이종욱 평전

WHO 사무총장, 백신의 황제

이종욱 평전

초판 1쇄 펴낸날 2013년 11월 30일
초판 3쇄 펴낸날 2016년 8월 30일
개정판 1쇄 펴낸날 2020년 6월 16일

지은이 데스몬드 에버리 | 옮긴이 이한중 | 감수 최원식 | 펴낸이 최윤정

펴낸곳 도서출판 나무와숲 | 등록 2001-000095
주소 서울특별시 송파구 올림픽로 336 1704호(방이동, 대우유토피아 빌딩)
전화 02)3474-1114 | 팩스 02)3474-1113 | e-mail namuwasup@namuwasup.com

@ WHO · KOFIH, 2013

ISBN 978-89-93632-76-7   03840

WHO 사무총장, 백신의 황제

이종욱 평전

그는 모든 가난하고 소외된 인류의 주치의였다

데스몬드 에버리 지음 이하중 옮김 최원식 감수

 World Health Organization KOFIH 한국국제보건의료재단 나무와숲

올해는 한국인 최초의 세계보건기구WHO 제6대 사무총장이었던 고故 이종욱 박사 서거 14주년이 되는 해입니다. 세계적으로 코로나19 팬데믹이 유행하고 있는 요즈음, 그 어느 때보다 그의 행동하는 리더십, 그리고 질병으로 고통받는 이들을 위해 헌신했던 그의 숭고한 정신이 그리운 때입니다.

"옳다고 생각하면 행동해야 한다"는 신념을 가졌던 이종욱 박사는 젊은 의사 시절 헌신적으로 한센병 환자들을 돌보며 '아시아의 슈바이처'라 불렸고, WHO 예방백신국장 시절에는 소아마비 완전 퇴치를 위해 노력하여 '백신의 황제'라 불리기도 했습니다. 또한 WHO 사무총장 취임 후 2005년까지 약 300만 명의 에이즈 환자들에게 치료제 보급을 목표로 한 '3 by 5' 캠페인을 전개한 것은 공중보건 역사상 가장 위대한 업적 중 하나로 평가받고 있습니다.

뿐만 아니라 WHO 본부에 전략보건운영센터SHOC, Strategic Health Operation Center를 만들어 24시간 전 세계의 감염병 정보를 모으고, 이를 토대로 즉각적인 대응 전략을 세울 수 있는 시스템을 구축하였습니다. 'JW LEE Center'라 불리는 이곳은 2004년 인도양 대지진부터 2020년 코로나19 팬데믹에 이르기까지 국제적 보건위기 상황에서 컨트롤 타워로서의 역할을 하고 있습니다.

"수백만 명의 사람들이 여전히 죽지 않아도 될 병으로 고통받다 죽어갑니다. 고귀한 목표를 절대 포기해서는 안 됩니다."

전문성과 리더십을 발휘했던 행동하는 사람, 이종욱 전 WHO 사무총장. 한국국제보건의료재단은 그의 유지를 이어받아 개발도상국, 북한, 재외동포, 외국인 근로자 등의 보건의료 향상에 힘쓰며 건강한 세상을 만들고자 부단히 노력하고 있습니다. 또한 이종욱기념공공보건상을 비롯한 이종욱 기념사업을 통해 그의 삶과 정신을 구현하고자 합니다.

KOFIH 이종욱 기념사업의 일환으로 제작된 이 평전에는 이종욱 전 사무총장의 삶이 담겨 있습니다. 코로나19 팬데믹으로 인해 신종 감염병에 대한 그의 선견지명과 리더십이 재조명되고 있는 지금, 이 책을 통해 그가 걸어온 삶의 여정과 생각을 독자들과 함께 돌아보고자 합니다. 행동하는 리더십과 본질에 집중하는 삶이 무엇인지 함께 고민하며, 나아가 그러한 고찰을 통해 다양한 영역에서 인류의 아픔에 공감하며 인도주의적 삶을 실천하는 사람들이 많아지기를 희망합니다.

2020년 6월
한국국제보건의료재단 이사장
추무진

차 례

1 남들이 가지 않는 길
1945~1979 한국

2 백신의 황제
1979~2003 태평양 지역사무처와 WHO

3 '옳은 일을 하라, 옳은 방법으로'

2003~2006 WHO 사무총장

일러두기

1. 본문에 나오는 나이는 서양식으로 만 나이를 썼다.
2. 국제기구의 명칭은 WHO를 제외하고는 독자들이 이해하기 쉽도록 한국어로 번역한 용어를 사용했다. 단, 유엔이나 유니세프처럼 널리 쓰여 익숙해진 용어는 그대로 사용했다. 대신 16~17쪽에 약어를 수록해 찾아볼 수 있도록 했다.
3. 책에 나오는 사진은 WHO 본부와 한국국제보건의료재단, 서울대 의대 도서관, 레이코 여사, 존 헤스가 제공한 것이다.

서 문

2006년 5월 22일, 이종욱 WHO 사무총장 타계했다. 장례식 바로 다음날, 그의 전기를 써달라는 청탁을 이메일로 받았다. 1988년부터 동료로서 그를 알았고, 2003년부터 2005년까지 그의 연설문을 작성했던 나는 그런 식으로 우리의 우정을 이어 나갈 수 있는 기회를 반겼다. 그를 알아 가는 과정에서 그의 역설적인 면모를 더욱 잘 알게 되었다. 그는 대단하다는 평을 흔히 받으면서도 자신의 한계를 부정하지 않았고, 겸손하다는 평을 받으면서도 자신의 성공을 자랑하거나 최고의 자리에 오른 것을 별로 어색해하지 않았다.

그의 삶은 대부분의 사람들의 꿈을 능가하는 명예를 누리고 인정을 받았다는 점에서 해피엔딩이었지만, 자신의 노력이 성공을 거두고, 또 자신의 잠재력을 다 발휘할 때까지 살지 못했다는 점에서는 안타까운 일이었다. 반면 그가 더 오래 살았더라면 이룬 게 더 많거나 적었을지 모르되, 어느 경우든 대대적이고 진심어린 칭송을 받지는 못했을지 모른다.

잘 알려진 인물의 삶에서 발견되곤 하는 그런 종류의 모순은 무시하기도 어렵고, 인물을 이상화하거나 과소평가함으로써 해결해 버리기도 어렵다. 이 책에서는 그런 오류를 피하기 위해 독자들 스스로 결론을 내릴 수 있도록 인물과 그가 속한 역사에 관한 충분한 정보만 모으기 위해 노력했다. 돌아가신 분을 존경하고, 고인과 가까웠던 살아 있는 분들을 존중하는 마음이 있었기에 그의 사생활을 파고들지는 않았다. 또한 진실을 존중하는 마음이 있었기에 성자나 천재나 영웅으로 만들려고 하지도 않았다.

하지만 어떤 이야기든 편파적일 수밖에 없다. 필자가 보기에 관련이 있다고 생각되는 증거만을 모아서 하는 수밖에 없고, 또 필자의 소재 선택을 결정짓는 견해가 반영될 수밖에 없기 때문이다.

애초부터 밝히는 게 좋을 중요한 제약 한 가지는 내가 영국인이고, 이종욱 총장은 한국인이라는 사실이다. 그는 해외로 나가기 전에 생애 절반 이상을 한국에서 살았던 반면, 나는 한국이란 나라에서 단 며칠만을 지내며 한국어를 몇 마디 더듬더듬 배웠을 따름이다. 우리는 같은 해에 태어나 세계 역사의 같은 시기를 살았지만, 영국과 한국은 그 어떤 두 나라 못지않게 서로 다르기에 아마도 서로 이해하지 못한 부분이 많이 있었을 것이다. 나를 비롯한 서구인들에게 그는 한국이라는 배경을 가지고 영어를 구사하는 철저한 세계인이었지만, 실은 조금 다르게 말하는 게 더 정확할지도 모른다. 즉 그의 말과 행동을 보면 세계인이면서도 철저한 한국인이었다.

내가 영어로 된 자료들만으로 이 책을 쓸 수밖에 없었다는 제약은 책을 읽어 보면 느낄 수 있을 것이다. 긍정적이든 부정적이든 언어와 배경의 차이는 그의 일면을 더 잘 비춰 주었을지도 모를, 훨씬 더 많은 양의 문헌을 구할 수 없게 했다. 그는 방대하고 다양한 기밀 사항을 취급한 신중한 사람이었던 것이다.

이종욱 총장은 일기를 쓰지도 않았고 편지를 많이 쓴 사람도 아니었다. 출판물을 많이 낸 사람도 아니었다. 기껏해야 초년 시절 한센병 전문가로서 공동 집필한 논문 두세 편과 나중에 고위 보건 공직자 시절에 다른 사람이 써준 보건정책 관련 글이 몇 편 있을 뿐이다.

그래서 그의 삶과 일에 관한 이야기는 다른 종류의 문헌에 주로 의존해야만 했다. 이를테면 가족이나 친구나 동료의 기억, 언론 보도, 역사적 기록이나 기관의 기록, 그가 관련된 문제를 다룬 문헌 같은 것들이다. 그렇다고 그의 이야기를 그다지 많이 들어 본 것도 아니다. 내가 그의 전기 작가가 될 줄 알았다면 달랐겠지만, 그랬다 하더라도 그를 쉽게 이해하기는 어려웠을 것이다.

그가 규정하기 힘든 인물이라는 사실은 그의 호칭이 하나로 통일되지 않은 것에서도 드러난다. 그의 의과대학 시절과 해외 생활 초년에 영어를 쓰는 그의 친구들은 그를 '욱이Uggy'라 불렀다. 그는 처음엔 서명을 한자로 하다가 나중에는 영어나 한글로 했다. 1990년대에는 친구들이 그를 'JW'라고 부르면 더 좋아했다. WHO에서는 처음에 공식적으로 'Jong-wook Lee'나 'JW Lee'라고 불리다가, 사무총장이 되어서는 성姓을 경우에 따라 전부 대문자로 쓰는 프랑스 방식을 따라 'LEE Jong-wook'이라고 표기하도록 했다.

하지만 이 방식은 별로 실용적이지 못했다. 이를테면 사람들 이름을 나열할 때 모두 성을 대문자로 쓸 수는 없는 노릇이고, 별난 과시처럼 보여 그렇게 적을 수 없을 때도 있었다. 서명용으로는 'Jong-wook Lee'라는 표기를 계속 썼는데, 공식 문서에 인쇄는 그렇게 되어도 사인은 'Lee Jong-wook'으로 했다. WHO의 출판물 담당자들은 성을 전부 대문자로 쓰는 그의 방식을 대부분의 경우 사용하기 힘들다고 보고 조용히 바꾸어 버렸다. 그의 수행단은 불확실성을 피하기 위해 그를

'보스'라고 불렀으며, WHO의 다른 직원들은 그를 사무총장을 뜻하는 Director-General을 줄여서 'DG'라고 불렀다. 이 책에서는 그를 '종욱'이나 '이종욱' 또는 '이종욱 박사', '이종욱 총장' 등으로 부르기로 한다.

이종욱의 삶과 업적은 그의 독특한 성격을 반영해 줄 뿐만 아니라 그 자체로도 중요한 보건이나 국제기구에 관한 문제들을 드러낸다. 이 책에서는 그런 문제들이 조명한 이종욱이라는 인물과 그가 조명한 문제를 함께 포착하려는 시도를 해보았다.

감사의 말

먼저 이 책의 집필을 의뢰한 한국국제보건의료재단 KOFIH에 깊은 감사의 뜻을 전한다. 재단은 이 작업에 경제적 지원과 더불어 용기를 북돋워 주었으며, 이종욱 사무총장의 인생 전반부에 관한 조사차 서울에 갔을 때 더할 나위 없이 많은 도움을 주었다. WHO에서도 자료를 볼 수 있도록 해주었으며, 여행을 지원해 주었다. 또 내용 선택에 조언을 해주는 등 많은 도움을 주었다.

두 기관과 더불어 이 작업을 하는 데 시종일관 큰 뒷받침을 해준 두 분이 있다. 가부라키 레이코 여사는 대단한 기억과 통찰력으로 필자를 아낌없이 도와주었다. 그리고 이언 스미스는 전기 작업을 처음 제안하고 내용을 선정하는 데 엄청난 도움을 주었을 뿐만 아니라 책이 완성되기까지 내내 관심을 쏟아 주었다. 두 분의 도움이 없었더라면 쓸 용기를 도저히 낼 수 없었을 것이다.

추억과 전문적인 식견과 정보와 실질적 도움을 준 분들을 일일이 나열하기엔 지면이 부족하므로 특별히 다음 분들에게 감사드린다. 이종오, 이종구, 이종원, B.K.김, 김연남은 내가 한국을 방문했을 때 큰 도움을 주었다. 베리 카우프만과 릴리 카우프만 부부는 이종욱의 의과대학 졸업반 시절에 대해, 존 헤스와 린 스탠스베리는 춘천과 호놀룰루 시절 및 그 이후 시기에 대해, 애니 워스와 짐 더글러스는 호놀룰루 시절에 대해, 기젤라 쉘터는 사모아 시절에 대해 도움을 주었다.

WHO 시절에 관해 도움을 준 분들은 데니스 아이켄, 브루스 에일워드, 지니 아널드, 케네스 버나드, 재닛 범파스, 패트릭 슈발리에, 마리아 드웨가, 빌 킨, 비요른 멜고르, 오미 시게루, 박기동, 마리오 라빌리오네, 앨리슨 로우, 샐리 스미스, 신영수, 스티븐 우고위처, 요시다 도쿠오를 비롯해서 다 밝히지 못할 만큼 많다. 그 모든 분들께 진심으로 감사의 말씀을 드린다.

약어

ADG	Assistant Director-General, 사무총장보
AI	Avian Influenza, 조류인플루엔자
AIDS	Acquired Immuno Deficiency Syndrome, 에이즈
ARI	Acute Respiratory Infection, 급성호흡기감염증
BMJ	British Medical Journal, 브리티시 메디컬 저널
CDC	Centers for Disease Control and Prevention, 미국 질병통제예방센터
CDD	Control of Diarrhoeal Diseases, 설사병 통제
CVI	Children's Vaccine Initiative, 어린이백신사업
DANIDA	Danish International Development Agency, 덴마크국제개발기구
DOTS	Directly Observed Therapy - Short Course, 직접관찰치료전략
ECFMG	Educational Commission for Foreign Medical Graduates, 해외 의대 졸업생 교육위원회
EPI	Expanded Programme on Immunization, 예방접종확대프로그램
EXD	Executive Director, 총괄국장
GAVI	Global Alliance on Vaccines and Immunization, 백신 및 예방접종을 위한 글로벌연합
GPV	Global Programme on Vaccines, 글로벌백신프로그램
Hib	Haemophilus influenzae type B (vaccine), 뇌수막염 (백신)
HIV	Human Immuno Deficiency Virus, 인간면역결핍바이러스
IMO	International Maritime Organization, 국제해사기구

IUATLD	International Union Against Tuberculosis and Lung Disease, 국제항결핵 및 폐질환 연합
KNCV	Dutch Tuberculosis Foundation , 네덜란드왕립결핵연구소 (Koninklijke Nederlandse Centrale Vereniging tot bestrijding der Tuberculose)
KOFIH	Korea Foundation for International Healthcare, 한국국제보건의료재단
LSHTM	London School of Hygiene & Tropical Medicine, 런던 위생학·열대의학대학
MSF	Médecins Sans Frontières, 국경없는의사회
NBME	National Board of Medical Examiners, 미국 의사국가시험
NIH	National Institutes of Health, 미국국립보건원
PAHO	Pan American Health Organization, 범미보건기구
PEPFAR	President's Emergency Plan for AIDS Relief, 에이즈 구제를 위한 미국 대통령 긴급계획
SARS	Severe Acute Respiratory Syndrome, 중증급성호흡기증후군
SHOC	Strategic Health Operations Centre, 전략보건운영센터
TAG	Technical Advisory Group, 기술자문단
UNAIDS	Joint United Nations Programme on HIV and AIDS, 유엔에이즈계획
UNDP	United Nations Development Programme, 유엔개발계획
UNICEF	United Nations Children's Fund, 유엔아동기금
WCED	World Commission on Environment and Development, 세계환경·개발위원회
WHO	World Health Organization, 세계보건기구

프롤로그

위대한 의사

WHO의 6대 사무총장이자 유엔 산하 기구의 첫 번째 한국인 수장이었던 이종욱이 2006년 5월 22일 월요일에 세상을 떠났다. 그날은 연례 세계보건총회가 시작되는 날이었다.

　장례 미사는 수요일인 24일 스위스 제네바의 노트르담 대성당에서 7명의 신부들을 대동한 로마 교황청 대사가 집전했으며, 세계보건총회를 위해 제네바에 와 있던 외교 사절들과 보건장관들과 관료들이 대거 참석했다. WHO의 임직원들은 인접한 WHO 본부에서 버스를 타고 왔으며, 한국이나 미국이나 일본에 있던 가족들은 급히 연락을 받고 비행기로 도착했다. 전 세계에 흩어져 있던 동료들과 친구들이 성당의 나머지 좌석을 메웠다. 국제기구와 호화 명품과 칼뱅주의로 유명한 도시 한가운데 위치한 신고딕 양식의 큰 성당이었지만 늦게 온 사람들은 선 채로 미사를 드려야 했다. 꽃과 양초, 미사곡, 전례 의식과 감명적인 추도사는 장례식의 의미를 돋보이게 했으며, 이 많은 것들은 같은 날 발표된 유엔UN 코피 아난 사무총장의 성명에 잘 요약되어 있었다.

　"세계는 오늘 위대한 인물을 잃었습니다."

코피 아난 사무총장은 직접 참석하진 않았지만 사무총장 대리로 마크 말록 브라운을 그 자리에 보냈다.

그날 밤 가족들과 친구들이 모인 자리에서 가까운 한국인 친구가 미망인이 된 레이코 여사에게 말했다. "종욱이가 가톨릭 신자인 줄 몰랐네요." 그러자 레이코가 짧지만 재치 있게 대답했다. "음, 이제는 그렇답니다."

이종욱 총장의 비서실장이었던 빌 킨은 추도사에서 이렇게 말했다. "그는 도덕적 품성과 뛰어난 지적 능력을 함께 갖춘 사람이었습니다." 그러고는 그가 사람들이 일을 매우 의욕적으로 하도록 만들었으며, 무척 강한 의지력을 지녔고, 독서의 폭이 참으로 넓었으며, 스키와 테니스를 잘했고, 많은 사람들이 그를 친구로 부를 수 있게 된 것을 자랑스러워했다고 회상하면서 다음과 같이 마무리지었다.

"이 위대한 인물은 베풀 것이 아직 많았습니다. 만약 우리가 그가 이미 이뤄낸 것들의 일부분이라도 앞으로 해낼 수 있다면, 그가 영향을 미치고 모습을 바꾼 세계의 작은 일부분에라도 그가 한 만큼 할 수 있다면, 이 세상은 훨씬 더 좋은 곳이 될 것입니다."[1]

아들인 충호(일본어나 영어로 쓰는 이름은 '충호')는 그가 "너무나 자애로운 아버지이자 남편이자 형제이자 아저씨"였다면서 다음과 같이 회상했다. "아버지는 도전 정신 덕분에 삶과 일에서 많은 것을 이루셨습니다. 행여 엄격하거나 조급한 듯 보였다면 그건 주어진 시간에 이루어야 할 것들이 많았기 때문이었을 겁니다. 어떤 질병을 퇴치하고자 애쓸 때이든, 어머니와 함께 아름다운 옛 성당을 보려고 할 때이든, 아버지는 시간을 조금도 헛되이 보내려 하지 않으셨습니다."[2]

2006년 세계보건총회가 시작된 5월 24일 아침, 스위스 제네바의 노트르담 대성당에서 이종욱 사무총장의 장례식이 열렸다.

두 사람에 이어 한국의 유시민 보건복지부 장관이 "이 박사님은 국제보건계의 거목"으로서 "수백만 명의 사람들에게 영향을 미쳐 그들을 더 좋은 삶으로 이끌었으며" 그의 죽음은 "밝게 빛나던 빛이 예기치 않게 꺼져 버린 일"[3]이라고 말했다.

각국의 명사들도 여러 형식으로 애도의 뜻을 나타냈다. 미국의 지미 카터 전 대통령은 그를 "열정적이고 담대하며 큰 성취를 이룬 인물"이라며 "그의 겸손함과 품위와 더 나은 세상을 향한 비전에 많은 영감을 받았으며" 그의 죽음이 "저와 제 아내에겐 개인적 상실이고, 전 세계에는 크나큰 손실"이라고 말했다. 프랑스의 자크 시라크 대통령은 그를 가리켜 "이 위대한 의사는 비전과 관용으로 다른 이들을 도왔으며",

그가 수장으로 있을 때 프랑스는 WHO와 "우정과 신뢰의 관계"를 맺을 수 있었다고 말했다. 미국의 조지 W. 부시 대통령은 "미국인을 대표하여" 자신과 로라는 "닥터 리의 갑작스런 죽음에 크게 상심했으며, 그가 WHO에 헌신한 덕에 전 세계 수천만 사람들의 삶이 개선되었다"고 말했다.

『브리티시 메디컬 저널』에서는 이종욱 총장이 중국의 후진타오 국가주석, 러시아의 블라디미르 푸틴 대통령과 친밀한 관계였으며, 푸틴 대통령은 이 총장을 그해 7월 상트페테르부르크에서 열릴 예정이던 G8 정상회의의 연설자로 초대했었다는 사실까지 밝혔다.[4]

새라 보즐리는 『란셋』지에 그가 "원숙한 정치인"이었다며, 그의 절친한 동료인 김용 박사(전 세계은행 총재)[5]의 말을 인용하여 유니세프 UNICEF 전 사무총장으로 존경받는 인물인 짐 그랜트와 닮았다고 썼다. 그녀는 사무국 직원인 크리스틴 맥냅의 말을 빌려 이렇게 말하기도 했다. "그는 진정한 지도자였다. 뭔가를 하기로 마음먹으면 반드시 이루고야 마는 사람이었다." 이어서 보즐리는 이렇게 덧붙였다.

> WHO의 동료들은 이종욱 총장이 뛰어난 지적 능력과 유머 감각을 지니고 있었으며, 자연을 사랑한 사람이었다고 말한다. 맥냅은 이렇게 말했다. "그분은 주말이면 셰익스피어를 읽거나 고전음악을 감상하거나 외국어를 배우거나 자연을 즐기며 보내셨지요." 김용은 그를 "러시아 역사, 셰익스피어, 입자물리학에 대해 유려하게 논할 줄 아는 박학다식한 분"이었다고 말했다.

보즐리는 그의 타계로 세계는 위대한 인물을 잃었다는 코피 아난 유
엔 사무총장의 성명을 이론의 여지가 없는 말이라면서 글을 마무리지
었다.[6]

그 주에 사람들이 보낸 이메일이나 편지, WHO의 여러 지역사무처
및 회원국 사무소에 비치된 조문록에 작성된 글들을 다 헤아릴 수는
없다. 수취인과 보관 장소가 다들 너무나 다르기 때문이다. 일부는 가
족들이 보관하고 있지만, 나머지는 각각 보관 형태나 언어가 다른 채로
WHO 사무실과 한국국제보건의료재단에 보관되어 있다.

위에서 인용한 사람들의 말처럼 스위스 제네바에 보관된 1500건의
이메일 추도문이나 조문 중에서 가장 많이 언급된 단어는 '위대한'이
다. 이종욱 총장과 함께했던 삶의 장면들에서 그가 얼마나 자기들에게
중요한 영향을 끼쳤는가를 말하려는 사람들도 있었다. 유니세프의 한
직원은 이렇게 적었다.

나는 그가 한반도의 화해를 위해 공헌한 점에 주목하고 싶습니다. 그
는 한국인 최초의 국제기구 수장이기도 했지만, 또한 남한 출신의 유엔
국제기구 전문가로는 처음으로 북한을 방문했습니다. 2001년 WHO의
결핵 통제 프로그램 총책임자였던 그는 당시 그로 할렘 브룬트란트 사
무총장과 함께 북한을 방문했습니다. 저는 당시 유니세프의 북한 담당
이었습니다. 그는 우리와 북한 실무자들에게 너무나 인기가 좋아서 나
중에 다시 와달라는 초청을 받기도 했습니다. 제가 보기에 이는 WHO
의 결핵 통제 지원과 북한 내 WHO의 총체적 프로그램의 질이 달라지
는 전환점이 되었습니다. 아시다시피, 이로 인해 북한은 WHO 사무총
장 선거에서 닥터 리가 당선되는 데 결정적인 역할을 하게 됩니다. 이

사실은 비록 잘 알려지진 않았지만 분단된 한반도의 화해를 위해서는 꼭 필요한 부분입니다.

그분에 관한 저의 마지막 기억은 인도양을 덮친 엄청난 쓰나미 직후 그가 인도네시아를 방문했을 때입니다. 그때 저는 유니세프의 인도네시아 담당 직무대리로 일하고 있었습니다. 우리는 많은 VIP를 초빙해서 자연의 끔찍한 재앙을 직접 보도록 했는데, 그중에서 정말 인간적인 접근으로 돋보였던 분이 이종욱 박사였습니다.[7]

북한과의 관계는 그가 생존해 있을 때는 거의 언급되지 않았지만, 5월 23일 배포된 보도자료로 확인되었다. 그가 타계하기 전날 이철 주제네바 북한 대사가 병원을 찾았으며, 그 이전에도 두 사람이 종종 함께 저녁을 먹으며 현안에 대해 토론을 했다는 것이다. 게다가 북한 대사관 직원에 따르면 그들은 돌아가면서 이종욱 박사[8]를 초대했으며, 가끔 한국 음식을 준비해서는 집에 가져가라고 싸주기도 했다고 한다. 이 직원은 "남북한은 그의 죽음에 대해 다른 어떤 나라보다 슬퍼할 것입니다. 우리는 고인과 아주 가까운 관계였습니다"[9]라고 말했다.

우즈베키스탄 타슈켄트의 한 WHO 직원은 이렇게 썼다.

저는 이종욱 박사가 공식 국가 방문 일정으로 타슈켄트에 왔을 때 우즈베키스탄의 WHO 대표(2003년 11월 그분에게 임명을 받았습니다)였던 것을 영광이자 특권으로 생각합니다. 대통령과의 면담은 공식적으로 몇 분 정도밖에 예정되어 있지 않았지만 실제로는 한 시간 반 넘게 이어졌습니다. 이종욱 박사가 대통령에게 아주 친밀한 느낌을 주었기 때문이지요. 저는 그 이후 우즈베키스탄에서 추진된 긍정적인 보건 사업들 중 상당수가 이종욱 박사의 방문과 그로 인한 우즈베키스탄 보건 문제에 대한 높은 국제적 관심 덕분이라고 생각합니다. 개인적으로 그는 편안하고 매력적인 사람이었습니다. 그와 함께 경비행기를 타고 '죽음'의 아랄 해를 건넌 것과 누쿠스의 다제내성 결핵 병원 개원식에 참석한 것(기쁘게도 다제내성 결핵 병원으로는 중앙아시아에서 최초임을 설명하는 액자를 통해 그의 이름과 업적이 영원히 남을 것입니다), 그리고 누쿠스의 역사예술박물관을 방문한 것이 기억에 남습니다.[10]

그 무렵 영연방의 작위를 수여받았던 뉴질랜드 출신의 한 동료는 다음과 같은 이메일을 보내주었다.

이종욱 박사는 뉴질랜드를 각별히 여겼습니다. 피지에서 의무관으로 있을 때부터 나중에 마닐라에서 지낼 때에도 뉴질랜드를 자주 방문했다는 얘기를 여러 번 했지요. 이종욱 박사는 바쁜 와중에도 뉴질랜드 대사 관저에서 열린 수여식에 참석할 만큼 인정이 깊었습니다. 그는 오후 6시의 교통혼잡을 피해서 버스를 타고 왔는데, 그러다 보니 손님들 중에 가장 먼저 도착했습니다. 그만큼 그는 특별한 데가 있는 인물이었습니다. 거대 조직의 수장으로서 대접받기를 싫어하는 겸손한 분이었지요. 큰 조직의 리더라는 사실 때문에 그분의 본모습인 따뜻한 마음씨가 가려지는 경향이 있다고 봅니다.

그는 연설을 할 때에도 즉흥적이고 명랑하면서 아주 재미있게 해서 눈길을 끌곤 했습니다. 이를테면 이런 식이었지요. '저는 뉴질랜드에 수십 번은 와봤는데, 그래서 이렇게 강한 키위 악센트를 갖게 되었답니다! 이러한 반어적인 유머 감각과 재치 있는 말재주야말로 대단한 재능이었습니다. 그는 누구도 흉내낼 수 없는 독특한 방식으로 이야기를 시작하기도 했습니다. '상황이 심각한 줄로 압니다. …… (극적인 효과를 위한 멈춤) …… 로버트가 이발한 모습을 보니까요!' 그는 이 두 가지 농담을 그다음 날까지도 재미있어하며 낄낄댔어요. 우리도 마찬가지였지요.[11]

갑작스레 타계한 인물에 대한 애틋한 마음을 참작하더라도, 그에 대한 온정 가득한 발언이 많은 것을 보면 그가 얼마나 호감 가는 인물이었는지 짐작할 수 있다. 그가 자신이 죽었을 때 받을 수 있는 가장 좋은 평가를 상상할 수 있었다고 하더라도 그만큼 대단한 찬사를 생각하긴 어려웠을 것이다. 많은 사람들이 이미 밝혔듯이 그의 가장 큰 미덕 중 하나는 겸손이었기에, 그만한 칭송을 받길 바라지 않았을지도 모른다. 냉철한 그였기에 아마 그런 찬사를 기대하지도 않았을 것이고, 결과가 재밌다고 여기기만 했을 것이다. 그가 자신의 전기가 씌어지기를 바랐으리라고 말하기도 어렵지만, 그가 생의 마지막 순간에 얻은 높은 사회적 위상과 그의 타계가 불러일으킨 반응이 극적인 만큼 전기를 쓸 만한 이유는 충분하지 않을까.

1

남들이 가지 않는 길

1945~1979 한국

우리의 소원은 통일

이종욱은 1945년 4월 12일 서울에서 태어났다. 아버지 이명세李名世와 어머니 이상간李商簡은 각각 20세와 19세이던 1928년에 혼인을 했다. 종욱의 위로는 누나 둘과 형이 하나 있었다. 누나는 16세인 종숙과 8세인 종원, 형은 14세인 종빈이었다. 본래는 누나와 형이 한 명씩 더 있었으나 일찍 세상을 떠났다. 형인 종익은 다섯 살 때 뇌수막염으로, 누나인 종희는 세 살 때 폐렴으로 목숨을 잃었던 것이다.[1]

4월의 그날 아침, 학교 갈 준비를 하던 종원에게 어머니는 등굣길에 산파를 불러 달라고 했다. 오후에 종원이 집에 와보니 아기는 이미 태어나 있었다. 아버지는 아들이 오래 잘 살기를 바라는 마음을 담아 이름을 욱郁이라고 지었다. 형제들은 종욱이가 아버지의 사랑을 가장 많이 받았다고 말한다.

종원은 매일 학교가 끝나면 남동생을 어서 안아 보고 싶어서 서둘러 집으로 돌아왔다. 그녀는 심부름을 갈 때에도 동생을 등에 업고 다녔으며, 동생을 맡았다는 뿌듯함 때문에 어디든 당당히 다닐 수 있었다.

어렸을 때의 종욱.
아래는 아버지와 함께 찍은 사진.
형제들은 종욱이가 아버지의 사랑을
가장 많이 받았다고 말한다.

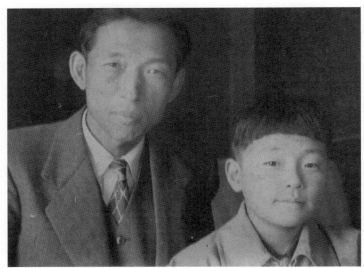

아기를 업고 다니는 그녀를 보면 일본인 군인이나 순사도 아기 때문에 마음이 여려졌는지 그녀에게 무섭게 대하지 않았다.

종욱이 태어난 때는 세계적인 격동기였다. 종욱이 태어난 날은 미국의 루스벨트 대통령이 63세를 일기로 뇌출혈로 사망한 날이기도 했다. 2주 뒤에는 유엔 창설을 준비하는 회의가 샌프란시스코에서 열렸고, 4월 마지막 날에는 히틀러가 베를린의 벙커에서 자살을 했다. 8월에는 히로시마와 나가사키에 원자폭탄이 떨어졌고, 그로써 태평양전쟁이 막을 내렸다. 그러자 한반도를 35년 동안 강점했던 일본인들이 바로 본국으로 돌아갔다. 일제가 물러나자, 공무원 신분이던 많은 한국인들이 일본인들의 자리를 대신하게 되었다. 서울시청에서 일했던 종욱의 아버지 이명세도 그중 한 사람이었다.

2차 세계대전이 끝나고 냉전이 시작되자, 미국과 소련은 일본군을 무장해제시키기 위해 한반도를 38선을 기준으로 분할 점령하기로 했다. 하지만 양대 강국은 해방된 한국의 미래에 대해서 합의하지 못했고, 한국의 정치세력들은 새로운 체제의 이념적 토대에 대한 합의를 이끌어내지 못했다. 그러면서 한반도 전역에서 정치 폭력과 무장 충돌이 끊임없이 일어났다. 이른바 '한국 문제'의 관할권은 1947년 유엔으로 넘어가게 되었으나 유엔은 한반도의 갈등을 해결할 힘이 없었다. 결국 유엔은 이승만이 자본가와 민주주의 옹호 세력을 규합하여 1948년 8월 15일 남한에 대한민국을 수립하는 데 도움을 주었다. 그리고 소련은 3주 뒤인 9월 9일에 김일성이 북한에 조선민주주의인민공화국을 세우는 것을 도왔다.[2]

1948년 유엔은 보다 희망적인 국제 협력을 전망할 수 있게 되었다.

4월 7일에 유엔 전문기구인 WHO가 출범하게 된 것이다. '모든 사람들의 행복과 조화로운 관계와 안전'을 증진시키기 위한 이 새로운 국제기구는 모든 사람들이 '가장 높은 수준의 보건을 향유할'[3] 권리를 드높이는 것을 목적으로 한다. 이 목적을 달성하기 위한 실질적 수단을 둘러싸고 정치적 또는 과학적 논란이 제기되기도 하지만, 원칙 자체는 지금까지도 지켜지고 있다. 아울러 그러한 WHO 정신에 따라, 지금까지 많은 나라들이 모든 국민에게 태어날 때부터 보건의료 서비스를 제공하기 위한 공중보건서비스를 실시하고 있다.

1949년 10월 1일에는 마오쩌둥이 중화인민공화국의 수립을 선포했으며, 4개월 뒤에는 소련과 중국이 30년 동안의 우호와 동맹과 상호원조를 약속하는 조약에 서명했다. 이제 북쪽과 서쪽으로는 침략당할 위협이 없어진 북한은 1950년 6월 25일 남침을 감행했다. 이튿날 유엔 안전보장이사회는 북한군의 철수를 요구하는 결의안을 채택했다. 이 결의안은 당시 소련이 중화민국 대신에 중국을 유엔의 일원으로 인정해 주지 않는 이사회에 반발하여 회의 참석을 거부했기 때문에 아무런 반대 없이 통과되었다. 안전보장이사회의 결정을 집행할 군사력을 당장 역내에서 행사할 수 있는 강대국은 미국이었다. 미국에는 더글러스 맥아더 사령관이 지휘하는 일본 주둔군이 있었던 것이다. 미국이 유엔의 후원 아래 연합한 여러 나라의 도움을 받아 한국전쟁에 군사적으로 개입한 것은 7월 초였다.

38선에서 전쟁이 시작되었을 때만 해도 종욱의 집에서는 서울에서 그대로 살 수 있을 것으로 생각했다. 하지만 종욱의 아버지는 평소처럼 출근했다가 깜짝 놀라고 말았다. 시청에 인공기가 내걸려 있었던 것이다.

그는 조심조심 집으로 돌아왔다. 그 사이 종원은 시장에 고기를 사러 갔다가 장터가 너무 조용하고 텅 빈 게 불길해서 역시 집으로 서둘러 돌아왔다.

이제 가족은 전쟁에서 살아남을 방법을 찾아야 했다. 종원과 종원의 오빠는 삼촌 댁으로 갔고, 종숙은 서울 외곽에 있는 양주의 사촌들 집으로 갔다. 아버지도 서울 영천(지금의 현저동)에 있는 다른 삼촌 댁으로 갔다. 하지만 어머니는 아직은 너무 어린 아이들과 집에 남았다. 종욱이 다섯 살이고, 1948년에 태어난 남동생 종오는 겨우 두 살이었다.

몇 주 뒤, 종원은 서울이 폭격당하고 있다는 소식을 들었다. 어머니와 동생들이 너무 걱정된 나머지 종원은 집으로 돌아가기로 마음먹었다. 그녀는 호박잎에 밥을 조금 싸고 100원짜리 지폐를 들고는 길을 떠났다. 걷기도 하고 숨기도 하고 소달구지를 얻어 타기도 하면서 이틀 만에 드디어 집에 도착하여 어머니와 동생들을 다시 만나니 얼마나 기쁜지 몰랐다.

전쟁이 끝날 기미가 보이지 않자, 어머니와 종원은 얼마 남지 않은 살림으로 최대한 버틸 방법을 찾아야 했다. 끼니는 밀가루와 달걀을 약간 섞은 호박죽으로 해결했다. 어머니가 금반지와 바꾼 쌀이 조금 있었지만 근처에 묻어 두고 꼭 필요할 때만 썼다. 한창 잘 먹어야 할 아이들이었지만 그렇게나마 먹으며 견뎌야 했다. 서울을 점령한 북한군은 집 안의 모든 물건에 압류 딱지를 붙이고 처분 금지 명령을 내렸다. 하지만 어머니는 명령대로 하지 않았다. 이웃들과 마찬가지로 기회를 틈타 식량으로 바꿀 수 있는 물건은 죄다 바꾸었다.

다음날 고모부가 찾아와서 아버지 소식을 전해 주었다. 아버지가 붙

잡혀서 경찰서 인근의 학교에 갇혀 있다가 처형될 뻔했는데 공습을 틈타 탈출하여 고모부네 지하실에 숨어 있다는 것이었다. 아직 어린 동생들은 소식을 들어도 상황이 얼마나 심각한지 몰랐다. 종욱은 동생을 데리고 마당에서 계속 놀 뿐이었다.

훗날 어른이 된 종욱은 그다음 날 북한 군인들에게 붙들려 아버지가 어디 있는지 아느냐는 질문을 받았다고 한 친구에게 말했다. 군인들은 달래기도 하고 때린다고 으르기도 했지만, 종욱이 정말 모른다고 하자 결국 놓아 주었다. 종원은 그런 일이 있었는지 기억하지 못했지만 며칠 뒤의 일은 잘 알고 있었다. 그녀가 종오를 업고 장에 간 사이 북한군이 찾아와 어머니를 경찰서로 끌고 간 것이었다. 끌려간 어머니는 남편이 있는 데를 말하라는 협박에 굴하지 않으며 거듭 말했다. "나도 알고 싶으니 당신네가 좀 찾아 주오. 나도 혼자서 어린것들하고 먹고살려니 너무 힘드오!" 군인들은 밤이 깊어 갈수록 그녀와 아이가 딱했던지 새벽에 그녀를 풀어 주었다.

새벽에 어머니가 집으로 돌아오자 종욱과 함께 있던 종원은 다시 한번 극적인 상봉을 하게 되었다. 재회를 기념하기 위해 그들은 과일 궤짝을 쪼개어 불을 지핀 뒤 보리 두 줌을 넣고 죽을 끓여 먹었다.

1950년 9월 28일, 인천상륙작전에 성공한 국군과 유엔군은 서울을 되찾았다. 하지만 종욱의 집에선 가족이 다시 만난 기쁨도 잠시였다. 사람들이 자유롭게 다니면서 소식도 빨라졌는데, 맏이인 종숙이 양주의 친척집에서 신장병으로 숨졌다는 사실을 알게 되었던 것이다. 종숙은 부모도 없는 가운데 이미 장례가 치러져 친척집 인근 묘지에 묻혔다. 종숙이 시집갈 때 해 입히려고 옷감까지 준비해 두었던 어머니는 딸의 소식을 듣고는 옷감을 태웠다. 종원의 말에 따르면 딸의 명복을 빌어 주기 위해서였다. 슬픔에 젖은 가족이 할 수 있는 일이라곤 아버지 혼자 양주에 가서 딸의 무덤을 쓰다듬으며 나머지 식구들의 몫까지 작별을 하는 것뿐이었다. 2006년에 종욱이 세상을 떠나자, 종원은 막 저세상으로 간 동생뿐만 아니라 오래전에 고인이 된 언니에게도 제를 올렸다.

이처럼 종욱의 어린 시절은 위험과 배고픔, 슬픔, 이별, 재회로 점철된 나날이었다. 훗날의 성공과 실패는 그런 경험에 뿌리를 둔 것이었다. 아이들의 복원력을 연구하는 학자들은 나중에 고난과 역경을 이겨내고 잘 자라는 사람들에게서 유머 감각과 사랑받는다는 자각을 공통적으로 발견할 수 있다고 말한다.

북한군의 전세가 크게 밀리자 중공군이 참전하여 유엔군을 38선 이남으로 밀어냈다. 그리고 1950년 12월, 남한 정부는 서울에 대한 대대적인 공격이 임박했으니 떠날 수 있으면 속히 남쪽으로 피란을 가라는 발표를 했다. 서울시청 공무원들도 대구로 떠나라는 지시를 받았다. 종욱의 아버지 이명세는 가족들에게 대구에서 만나자며 먼저 떠났다. 이제 열네 살이 된 종원은 사촌들과 차를 타고 충북 청주 교동으로 떠났다. 어머니와 두 남동생은 소달구지를 타고 청주로 향했다. 종원은 이불과 재봉틀, 그리고 돈이 될 만한 살림살이를 가득 싣고 가야 했다.

차는 아버지 고향인 충남 전의全義를 거쳐 가게 되었다. 그런데 당시 그곳은 눈으로 뒤덮여 있어 차가 그만 눈구덩이에 빠지고 말았다. 차를 끌어내 보려 하다가 실패한 사람들은 결국 차를 단념하고 소달구지를 마련해 청주까지 가기로 했다.

종원 일행이 청주에 도착하자, 삼촌이 따뜻하게 맞아 주었다. 종원은 어머니와 두 동생이 어서 오기를 기다렸다. 북한군과 중공군이 서울에 곧 들이닥칠 것이라는 소식이 계속 전해져 왔던 것이다.

1950년 12월 20일 해가 저물 무렵, 어머니와 두 동생이 마침내 소달구지를 타고 도착했다. 가족이 다시 만나 안도하게 된 것도 잠시, 여러 가지 걱정거리가 생겼는데 종욱이 발목을 다친 것도 그중 하나였다. 종욱이 누나를 다시 만난 것이 너무 기쁜 나머지 달구지에서 뛰어내리다가 발목을 삔 것이었다. 발목은 금세 부어오르며 아파 왔다.

좋지 않은 전쟁 소식이 계속해서 전해졌다. 1월 초에는 적군이 서울에서 남하하기 시작했다는 소문이 들려왔다. 할 수 있는 방법은 그들보다 앞서 최대한 남쪽으로 내려가는 것뿐이었다. 대구까지는 남쪽으로 150킬로미터 거리였다. 종욱의 가족은 같은 처지인 수많은 사람들과 마찬가지로 걸어서 가야 했다. 어머니는 전대를 허리에 차고 물건을 싼 보따리를 머리에 이었고, 종원은 종오를 등에 업었다. 종욱은 다리를 절룩거리며 누나 옆에서 걸었다. 종원은 상황이 나쁘긴 해도 자기네보다 어려운 사람들이 많다는 것을 알고 있었다. 자기네는 적어도 돈도 좀 있었고, 살 수단이 있는 자상한 아버지가 기다리고 있었던 것이다. 종욱은 그 어느 때보다 씩씩해질 필요가 있다는 걸 아는지 불평 없이 잘도 걸었다.

그들은 남쪽으로 가는 피란 행렬을 따라 하루에 네 시간씩 걸었다. 짐을 가득 실은 달구지를 끌고 가는 소도 더러 있었는데, 소가 죽으면 주인이 소를 잡아다가 자기들 먹을 고기만 남기고 나머지는 팔았다. 어머니는 그런 고기를 사다가 삶아 내놓곤 했다. 종원네 식구들은 이따금 그런 호사를 누리는 경우 말고는 주로 집에서 가져온 깨소금과 고춧가루로 버무린 밥과 피난길에서 산 김치를 먹으며 버텨야 했다. 어린 동생들 때문에 이따금 길거리에서 파는 고구마를 사서 먹기도 했다. 종오가 울면 종원은 달래느라 노래도 불러 주고 이야기도 해주었다. 종욱은 모험적인 피란길을 즐길 만큼 건강했고, 소를 잡는 광경에 관심을 가질 만큼 매우 활달했다. 종원은 그런 동생이 동상에라도 걸릴까 봐 털모자를 꼭 씌워 주었다.

길에 사람들이 너무 많아 한번은 종오를 업은 종원이 어머니와 종욱을 놓치고 말았다. 종원은 온종일 어머니와 동생을 찾느라 헤맨 끝에 낯익은 글씨로 쓴 쪽지가 나무에 붙어 있는 것을 보았다. 거기 그대로 있으면 엄마가 다시 오겠다는 내용이었다. 종원이 그 자리에서 추위를 이기려고 몇 시간을 오가고 있자니 어머니와 종욱이 마침내 나타났다. 가족은 다시 길을 떠났다.

1951년 1월 26일 대구에 도착한 그들은 아직 빈방이 있는 여관에 묵었다. 종원은 어머니와 동생들과 거울에 비친 제 모습을 보며 생각했다. '좀 쉬고 씻기도 했지만 우리는 영락없는 피란민이구나.'

종원은 종욱을 데리고 경상북도 도청을 찾아갔다. 아버지를 비롯한 서울시 공무원들이 임시 청사를 차린 곳이었다. 종원은 오누이를 보자 눈물을 쏟으며 아들을 번쩍 안아 올리던 아버지의 모습을 지금도 잊지 못한다.

아버지는 그곳 경찰서장 집에 가족이 묵을 방을 빌릴 수 있었다. 그때부터 가족의 본격적인 피란살이가 시작되었다. 쌀은 정부에서 주는 배급표를 받아 해결했다. 종원은 사범대학 교정에 차려진 피란민을 위한 특별반에서 수업을 들었다. 책상도 의자도 없는 교실이었지만, 서울

걸출한 학동(위 사진 오른쪽 맨 아래).
유엔 평화유지군 복장을 하고 있다.

동생 종오와 함께. 종욱과 종오는
대구 피란 시절 강가에서 놀며 개구리를
잡기도 하는 등 즐겁게 생활했다.

에서 학교 다닐 때 공부에 재미를 붙였던 종원은 열심히 공부해서 좋은 성적을 올렸다. 종원이 영어를 배우기 시작한 것도 대구에서였는데, 영어 실력은 이후 그녀의 삶에 큰 자산이 되었다.

종욱과 종오는 대구에서 즐겁게 생활했다. 강가에서 놀며 개구리를 잡기도 하는 좋은 추억도 갖게 되었다. 집에서는 어머니나 누나가 만화책을 읽어 주곤 했는데, 둘 다 이야기에 푹 빠져 세세한 부분까지 다 기억했다. 종욱은 그렇게 들은 이야기를 기억해서 말하길 좋아했고, 종오는 전쟁 장면을 그리거나 들었던 만화 이야기를 다시 하길 즐겼다. 가족들은 큰아들 종빈이 걱정을 많이 했다. 제주도에서 근무하던 종빈이 빈혈이 심해서 병가를 얻어 대구에 와 있었던 것이다.

서울이 수복된 뒤인 1951년 8월, 아버지는 서울시에서 식량 및 연료 조달을 책임지는 부서의 과장이 되었다. 아버지가 서울로 떠난 지 한 달 뒤, 종원은 어머니와 두 동생과 함께 트럭을 타고 서울로 올라왔다. 도중에 두 남동생을 잃어버려 온종일 찾아 헤매느라 난리가 났지만 큰 탈 없이 옛집으로 돌아올 수 있었다. 버려져 있던 집은 수도가 끊어지긴 했어도 식구들의 본디 보금자리였다. 어린 사내아이들에겐 물이 안 나오는 불편쯤이야 이미 일상이 되어 있었다. 집으로 돌아오니 종숙이 더욱더 생각났지만 집을 새로 꾸미는 일에 매달리다 보니 아픔을 차차 잊고 지낼 수 있었다.

종욱은 봉래초등학교에 들어갔는데, 처음엔 자기 이름밖에 쓸 줄 몰랐다. 종욱이 학교에 입고 갈 만한 번듯한 옷이 없자, 종원은 아버지의 헌옷을 양복점에 가져가 줄여 달라고 했다. 그녀는 이렇게 맞춘 옷을 입은 동생을 보고 패션잡지 모델을 해도 좋겠다며 기뻐했다.

2년 뒤 가족은 더 좋은 집으로 이사를 갔고, 동생들도 새 학교로 전학을 갔다. 종원은 이제 대학생이 되었다. 종원은 매일 아침 두 동생과 함께 아버지 승용차를 타고 등교했는데, 1950년대에 이것은 아무나 누리지 못하던 호사였다.

종원은 기회가 닿을 때마다 동생들 선생님께 동생들의 공부가 어떤지 물어 보곤 했다. 동생들이 숙제를 잘 했는지, 점수를 잘 받았는지 챙기는 것은 종원의 몫이었다. 아버지는 동생들의 성적이 탐탁지 않으면 제대로 돌보지 않았다며 종원을 꾸짖었다. 그러면 종원은 신경이 곤두서서 동생들을 엄하게 대했는데, 동생들은 엄해진 누나에게 '표범'이라는 별명을 붙였다.

학교 생활이 고되긴 했지만, 종원에게 그 시절은 행복한 기억으로 남아 있다. 남동생 종구가 갓 태어났고(1953년), 널찍한 정원도 있었던 것이다. 집은 친척들로 붐빌 때가 많았는데, 그래서 훗날 종욱이 사람들과 어울리길 좋아하게 됐는지도 모른다. 아버지는 가능하면 아이들과 시간을 많이 보내려 했고, 주말이면 시골에 데려가곤 했다. 아버지의 교육열은 대단히 높았으며, 아들들이 성공하기를 바라는 마음이 다른 그 무엇보다 컸다.

아버지가 볼 때 종오는 용돈을 아껴 써서 안심이 되었지만 종욱이 그렇지 못한 게 걱정이었다. 어머니는 아버지에게 종욱은 커서 돈을 많이 벌 테니 괜찮다고 말했다. 종욱은 학교 성적이 뛰어나지는 않았지만 어머니의 견해를 뒷받침할 만한 조짐을 보이긴 했다. 종욱의 초등학교 생활기록부에는 "영리하고 온순한 아이"라고 적혀 있다. 종욱은 보이스카우트에서 모범 어린이로 뽑혔는가 하면, 중학교에 들어가서는 부반장이 되기도 했다.

종욱의 중학교 담임선생님은 <우리의 소원은 통일>이라는 유명한 노래를 작곡한 분이었다.[4] 통일은 정치적 견해와 상관없이 당시 한국인들이라면 누구나 갖고 있던 공통된 염원이었다. 종오나 청소년기의 종욱을 아는 그 또래들은 종욱이 시시하게 학교 성적에 연연해하기보다는 세계여행이나 대모험 같은 거창한 일에 관심이 많았던 것으로 기억한다. 훗날 종욱은 한 동료의 어린 아들에게 자신의 소년 시절 꿈은 해적이 되는 것이었다고 털어놓은 적이 있다. 그는 대모험 이야기를 읽기 위해서 학교 도서관에서 자원봉사자로 일하기도 했다. 가족들은 그가 이미 영어로 에드거 앨런 포의 『황금 벌레』나 『검은 고양이』, 마크 트웨인의 톰 소여나 허클베리 핀의 이야기, 찰스 디킨스의 『두 도시 이야기』 같은 작품들을 읽었다고 회상한다.

1960년에 종욱은 서울의 명문고인 경복고등학교에 입학했다. 그는 3년 내리 반장에 뽑혔는데, 이는 그가 운동이나 성적이 특출해서가 아니라 학우들에게 신망을 얻고 인기가 있었기 때문이었다. 당시 그의 사진을 보면 당차고 차분하며 유머 감각이 있어 보이는 소년임을 알 수 있다. 그의 반 친구들은 부잣집 아이들이 많았고 상당수는 나중에 성공해서 부자가 되었다. 고교 시절의 종욱을 기억하는 친구들 중에는 대기업 CEO나 군 장성, 대학 총장도 있다. 그중 한 사람은 경복고등학교가 영국의 이튼과 같다며, 부잣집 자제들이 졸업 후 인맥 덕을 보기 위해 많이 진학한 학교였다고 말한다.

돌이켜보면 1953년부터 1960년까지는 종욱의 집으로서는 일종의 황금기였다. 그들은 세계대전과 한국전쟁에서 살아남아 서울 집을 다

중학 시절. 또래 친구들은 종욱이
시시하게 학교 성적에 연연해하기보다는
세계여행이나 대모험 같은 거창한 일에
관심이 많았다고 기억한다.

고교 시절. 3년 내리 반장을 했던
종욱은 당차고 차분하면서도 유머 감각이
있는 소년이었다.

시 꾸몄고, 아버지가 구청장을 지냈으며, 자녀들은 공부를 잘했고, 장래가 촉망되는 세 아들이 좋은 학교에 다니고 있었다.

종오의 기억에 따르면 아버지는 교육을 많이 받은 분은 아니지만 선비풍이라 책과 예술을 사랑하여 집 안에는 늘 읽을거리가 많았다. 종욱과 종오는 읽을거리가 있으면 신문이든 뭐든 닥치는 대로 읽었고, 부모님이나 삼촌이나 고모에게 용돈을 받을 때마다 책을 사 보았다. 그들은 경쟁적으로 책을 읽었는데, 새 책을 먼저 읽으려고 다투기도 했다. 종오는 두 사람이 어른이 되어서는 마음을 터놓는 친구가 되었지만 어릴 때는 라이벌이었다고 말한다. 그들은 자라면서 늘 한방을 썼지만 형은 아우에게 속마음을 다 얘기하지 않았다. 둘은 정치적 성향도 달랐다. 종욱은 세계적인 엘리트가 되기 위해 하버드대학에서 박사학위를 받거나 하려고 일찌감치 영어 공부를 열심히 하고 있었던 데 비해, 종오는 인권과 한국의 미래에 더 관심이 많았다.

한국은 아직 전쟁 피해를 복구하느라 안간힘을 써야 하는 개발도상국이었지만, 종욱과 종오는 남부러울 것 없는 생활을 하고 있었다.

당시 이승만 독재 체제는 점점 더 가혹해져 가고 있었지만 종욱의 가족은 행복한 나날을 보내고 있었다. 그러나 호시절은 갑자기 끝나 버렸다. 1960년 4월, 경찰이 시위 군중에게 발포함으로써 불붙은 전국 차원의 대대적 항거로 이승만 대통령이 85세의 나이에 아내인 프란체스카와 함께 하와이로 망명한 것이다. 일련의 사태가 펼쳐지는 격동기였고 이후로도 갈등과 반전이 많았지만, 1960년은 한국 민주화운동의 출발점으로 평가받는다.

1960년은 종욱의 가족에게도 큰 전환점이었다. 아버지는 같은 세대의 남성들이 대개 그랬듯이 담배를 많이 피웠는데, 혁명기에 공직을 그만둔 직후 후두암으로 병원에 입원했다. 그리고 그해 7월 세상을 떠났다. 가부장적이고 곧잘 언성을 높이곤 했지만 그는 자상한 아버지였다. 특히 아들 종욱을 가장 사랑했던 아버지였다. 아버지는 가족 중에서 유일하게 돈을 벌어 온 분이기도 했다. 종원은 그때를 회상하며 갑자기 '목자 없이 황야를 헤매는 양'이 되어 버린 것 같았다고 이야기한다. 당시 종원은 약학대학원을 다니고 있었고, 종빈은 황달이 심해 산에서 요양을 하고 있었다. 금연에 대한 종욱의 강한 신념은 그런 사별의 아픔 때문인지도 모른다.

WHO 사무총장 시절, 그는 이렇게 회고한 적이 있다. "저는 열네 살 때 흡연 관련 질환으로 아버지를 잃었습니다. 그래서 그 고통이 어떤지를 잘 압니다."[5]

아버지가 돌아가신 뒤 종빈이 서울로 올라와 가족의 생계를 돕기 위해 출판업을 시작했다. 그러나 실패하는 바람에 가족은 더 어려움을 겪어야 했다. 어머니는 자식들의 학비를 마련하고 생활비를 줄이기 위해 살던 집을 팔고 더 작은 집으로 이사를 했다. 어머니는 피란 시절의 생활 신조로 다시 돌아갔다. '무슨 일이 있어도 헤쳐 나가야 한다', '고생 끝에 낙이 온다.'

종원은 그런 어머니를 보며 마거릿 미첼의 소설 『바람과 함께 사라지다』에서 가족을 위해 어떤 희생도 마다않는 여인 스칼렛 오하라를 떠올렸다. 어머니가 자식들 앞에서 남편 잃은 아픔 때문에 눈물을 보인 것은 세월이 한참 지나서였다. 아들들은 그런 어머니의 강인함을 존경하며 가정에 보탬이 되기 위해 열심히 공부했다.

종욱은 학교 친구들에게 집안에 닥친 크나큰 불행에 대해 말하지 않았다. 그래서 친구들 대부분은 종욱이 여전히 자기네처럼 잘사는 줄 알았다. 이사를 가기 전까지만 해도 방이 많았기 때문에 종욱은 방과 후나 주말에 친구들을 집으로 데려가곤 했다. 친구들은 종욱이 그럴 형편이 더 이상 못 될 때에도 그 사실을 눈치채지 못했고, 적당히 둘러대면 그런 줄로만 알았다.

남들이 가지 않는 길

　　　종욱은 명석했음에도 다른 급우들과 달리 한국 최고의 명문 대학인 서울대에 수월하게 들어가지 못했다. 대신 한양대에 진학하여 건축공학을 공부하게 되었는데, 그는 전공에 그다지 흥미를 느끼지 못했다. 이 무렵의 삶에 대해서는 별로 알려진 게 없다. 확실한 것은 한양대를 다니다가 입대했다는 사실뿐이다.

　한국의 군 생활은 전 세계적으로 힘들고 어려운 것으로 알려져 있지만, 종욱은 정보부서에 배치되어 통역병으로 근무한 덕분에 덜 힘들게 복무할 수 있었다. 1970년대에 그를 알았던 한 동료는 그가 적기 관측병 임무를 맡았을 것으로 추측했다. 종욱이 항공기에 대하여 비상할 정도로 아는 게 많았고, 상공에 어떤 항공기가 나타나도 어디서 만든 어떤 성능의 비행기인지를 한눈에 알아보았다는 게 그 이유였다. 그러나 종욱은 자신의 임무가 군부대 비품 관리였으며, 지휘관의 아들에게 영어를 가르치기도 해서 책 읽을 짬이 있었다고 밝힌 바 있다.

　통상 군복무 기간은 3년이었지만, 종욱은 1968년에 발생한 북한 무장공비 침투 사건(1·21 사태)으로 인해 3년 반 근무했다. 군복무가 끝나자 그는 서울대 의예과에 진학하기로 마음먹었다. 당시의 심경에 대해 그는 1978년 미국의 친구들에게 보낸 편지에서 다음과 같이 술회했다.

> 남들이 가는 길을 따라가지 않음으로써 받는 불이익이 어떤지 잘 알고 있어. 하지만 어쩔 수 없어. 그건 병과도 같아. 건축을 전공하고 3년 이상 사병으로 군복무를 하고 나서 의사가 되기로 했으니 더 어리석었지. 한국에선 의사가 되려면 예과에서 기초 공부를 해야 하는데, 입학을 하려면 수학·영어·국어·독어 등 고등학교 과목 9개를 다시 공부해서 시험을 치러야 해. 입시 과목들이란 것이 여간 까다로운 것이 아니어서 학원이라는 데를 다니기도 해야 할 정도였지.[1]

그는 다른 자리에서 자신이 결국 의학을 택하게 된 것은 가장 안정된 길을 가라는 어머니의 설득 때문이었노라고 말한 적이 있다. 어머니는 전쟁 때 공산군이 의사는 죽이지 않는 것을 보았던 것이다. 그는 의사가 되면 여학생들에게 인기가 좋기 때문이라고 농담을 하기도 했지만, 왜 그렇게 늦게 의사가 되기로 했는지 설명한 적은 없다.

꿈 많은 소년이었던 그의 직업 선택이 왜 그렇게 늦어졌을까? 성공하려면 그가 예상했던 것보다 더 노력해야 한다는 걸 깨닫기까지 시간이 좀 더 걸렸던 것인지도 모른다. 자신이 정말 원하는 학교에 쉽게 들어가는 사람이 있는가 하면, 그의 경우엔 별도의 노력과 학비와 시간이 필요했던 것일 수도 있다. 어려움과 좌절을 겪게 되면 눈높이나 목표를 낮춰 잡는 게 보통인데, 종욱은 어머니를 닮아서인지 한번 마음먹은 것은 잘 포기하지 않았다. 어머니는 자식의 늦은 선택을 받아들이긴 했으나

군복무 시절 바닷가에서.
그는 정보부대에 배속되어 통역병으로 근무했다.
아래는 낙하산 훈련을 하고 있는 모습.

종욱이 그만큼 더 오래 가족의 뒷바라지를 받아야 했으므로 좋기만 한 건 아니었다.

종욱의 의과대 동기생들은 그가 남들보다 7년이나 늦게 입학한 사실을 잘 기억하고 있다. 종욱의 입장에서는 민망하기도 할 터였지만 덕분에 그는 자연스럽게 동기생들의 대표가 되어 학생들의 요구사항을 교직원들에게 전달하는 역할을 하곤 했다. 동기생들은 그와 함께 과제도 하고 라면도 먹으며 지냈다. 그리고 마음에서 우러나 가방을 들어 주려고 할 만큼 그를 잘 따랐다. 그는 무심결에 그런 대접을 받은 적도 있지만, 각자의 길을 가게 된 지 오래 지나서도 동기들에 대하여 강한 동료애를 잃지 않았다.

그는 예과 2년 동안은 과외 지도를 해 학비를 벌었다. 하지만 본과에 올라간 뒤로는 시험이 매달 있고 해야 할 공부가 너무 많아서 공부에만 전념해야 했다. 하루는 해부실에서 다음날 치를 시험 대비를 하고 있는데, 공부가 덜 끝난 상황에서 문을 닫아야 한다는 소리를 들었다. 머리뼈 해부 공부를 더 해야 했던 종욱은 머리뼈를 수건에 싸서 가방에 담아 집으로 가져갔다. 다음날 어머니는 집 안을 치우다가 아들 책상 위에서 머리뼈를 발견하고는 기겁을 했다. 그러나 아들이 시험을 잘 보길 기원했다.

당시에는 1969년 발표된 닉슨 독트린으로 아시아에 대한 미국의 영향력이 약화되기 시작했다. 1970년에는 각 2만여 명의 병력으로 구성된 주한미군 2개 사단 중 1개 사단이 철수했다. 1971년 미국의 금본위제 폐지와 당시 미국이 채택했던 보호무역주의 정책이 맞물려 경기침체가 이어졌다. 북한의 지속적인 적대감으로 불안감이 증폭됐고, 1971년

12월 박정희 대통령은 국가비상사태를 선포했다. 그리고 1972년 11월 국민투표를 통해 유신헌법을 통과시켰다. 이는 시민의 자유와 정치 활동을 심각하게 제한한 반면, 대통령에게는 초법적 권한을 부여했다. 이로써 박정희 대통령의 권력은 더욱 강해졌지만 자유민주주의에 대한 희망이 좌절되는 모습을 지켜본 사람들의 불만도 함께 커졌다. 당시 학생들 사이에서는 박정희 대통령 집권 초부터 반정부 감정이 고조되고 있었는데, 이러한 상황으로 이에 대한 확신이 더욱 강해지게 되었다. 반체제 감정은 당시 학생들의 삶에서 나타나는 특징과도 같았다.[2]

종욱이 의대를 다니고 종오가 군복무 중일 때, 막내인 종구가 서울대 사회학과 재학 중이던 1974년에 시위 혐의로 체포되었다. 다음은 종구의 당시 회고담이다.

저는 1974년 3월 31일에 집에 있다가 경찰에 연행되었습니다. 대통령 긴급조치 제4호 위반 혐의였는데, 대통령이나 유신헌법을 비판하면 사형에 처할 수 있다는 특별조치였지요. 이 조치가 실제로 발령된 것은 제가 체포된 후인 4월 3일이었으니, 정상적인 의미의 법에 따르자면 저는 무죄였습니다. 하지만 당시는 군사독재 치하의 광기의 시대였습니다. 저는 중앙정보부에서 취조를 당했습니다. 정보부는 민청학련 사건을 조작하여 잡아들인 사람들에게 불온단체 소속임을 자백하라고 강요했지요. 군사법원에서는 1심에서 제게 15년형을 선고했다가 2심 때 12년으로 감형해 주었습니다. 우리는 그런 사법제도의 권위를 인정할 수 없었기에 대법원에 상고하지도 않았습니다.

그러는 사이 개신교, 가톨릭, 지식인이 이끄는 단체들이 압제에 맞서며 시국사범들의 석방을 강력히 요구하는 대중운동을 조직했습니다. 저는 1975년 2월 15일에 다른 학생들, 운동가들과 함께 풀려났습니다.

하지만 박 대통령은 중앙정보부가 완전히 날조했던 인혁당 관련자로 분류된 사람들은 풀어 주지 않았습니다. 그리고 몇 주 뒤인 4월 9일, 여덟 명의 무고한 사람들을 교수형에 처했습니다. 그로부터 32년 뒤인 2007년, 대한민국 법원은 인혁당 사건에 대해 무죄를 선고했으며, 국가가 유족들에게 배상할 것을 명령했습니다.

제가 체포되던 날, 종욱 형은 경찰에게 완전히 속아서 제가 무사할 줄 알고 경찰들에게 기다리게 하고는 저를 설득해서 경찰에게 협조하게 하고, 심지어 저와 사복경찰들을 따라 경찰서까지 가기도 했습니다. 하지만 나중에 자신이 속았음을 깨닫고는 대학 교직원들에게 도움을 청했지만 소용은 없었습니다. 형은 친구인 미군 의사의 집에 제 동료를 은신시키기까지 했지요. 1974년 가을 시국사범을 석방하라는 인권운동이 고조되자, 형은 외국인 언론인들을 운동가나 양심수 가족과 만나게 해주기도 했지요. 한번은 미국 기자를 우리 집에 데려와 가족이 겪는 고초에 대해 종빈 형님과 인터뷰를 하게 했습니다. 제가 풀려난 다음날 종욱 형은 저를 영국 기자와 만나게 해주기도 해서, 저는 중앙정보부와 감옥에서 겪었던 일을 그에게 말해 줄 수 있었지요.

저는 석방은 됐지만 기본적인 시민권을 박탈당해서 투표도, 해외여행도, 정부 관련 기관 취직도, 대학에서 공부도 할 수 없었습니다. 더구나 일상생활을 철저히 감시받았고요. 그러다 1979년 10월 26일, 박 대통령이 중앙정보부장에게 살해당합니다. 저는 복학해서 1981년 8월에 졸업할 수 있었습니다.

그런데 그 사이 쿠데타로 정권을 잡은 전두환 장군이 1980년 5월 광주 일원에서 시위대를 대량학살하는 사건이 벌어집니다. 자유민주주의에 대한 탄압이 다시 시작되었지요. 저는 대학원에 진학하려 했지만 정권은 학생운동 출신자들이 서울대 대학원에 들어가는 것을 금지했습니다. 다른 학생들에게 영향을 끼쳐선 안 된다는 것이었죠. 그래서

저는 일본의 도쿄대학에 지원을 했고, 지원이 받아들여져 1983년 그
곳에 가서 공부를 하게 되었습니다.³

10년 뒤 김영삼 대통령(1993~1998년 재임)은 많은 시국사범들을 사면
하고, 민주화운동으로 유죄 선고를 받았던 사람들을 복권시켰다. 종구
도 그렇게 복권되어 뒤늦게나마 공로를 인정받은 사람들 중 한 명이었
다. 한때는 사회 위해 세력으로 낙인찍혔다가 이제는 큰 기여를 했다는
찬사를 받게 된 것이다. 종오의 말에 따르면 종욱은 젊은 날 적극적인
반체제 인사는 아니었지만, 종욱의 동료들은 그가 동생 종구가 복권될
당시 용감했던 동생을 자랑스러워했다고 말한다.

당시의 의대생들이 많이 그랬던 것처럼, 종욱은 미국에 가서 의학을
더 공부한 다음 의사로서 자리를 잡아 볼 마음이 있었다. 미국의 통계에
따르면, 1975년 미국에는 3만 2158명의 한국인 이민자가 있었다.⁴ 미
국 이민법은 고도로 숙련된 전문직 종사자들을 선호했기 때문에, 당시
한국을 비롯하여 가난에서 벗어나기 위해 몸부림치던 개발도상국들의
두뇌 유출 문제가 점점 더 심각해지고 있었다. 더구나 해외의 부유하고
자유로운 나라가 끌어당기는 요인만 있는 게 아니라 가난하고 억압적
인 모국의 밀어내기 요인도 있었다.

1974년, 졸업을 앞두고 미국 이민을 준비하는 몇몇 의대생들이 서울
에 있는 미군 의료시설에 영어회화 공부를 도와달라는 요청을 했다.
'Jong-wook Lee'라고 서명한 그들의 편지는 다음과 같은 답신을 받
았다.

이 선생께

제가 외과의로 일하고 있는 용산 121병원 지휘관으로부터 당신의 편지를 받았습니다. 영어를 가르쳐 본 경험은 없지만 제 아내와 제가 도움이 될지도 모르겠습니다. 평일 저녁이나 주말에 저희가 사는 강변 아파트에서 모이면 어떨지요. 교습비는 받지 않겠습니다. 아무 날이든 저녁에 전화 주시면 편한 시간에 처음 만남을 잡아 보겠습니다. 전화번호는 44-2057입니다.

의무대 외과의 베리 C. 카우프만 소령

참조 : 오돔 대령

이 편지는 35년 후 릴리 카우프만이 다음과 같이 술회하는 관계의 출발을 장식하는 서신이었다.

우리는 욱이가 서울대 의대생이던 1974~1975년 사이에 그를 만났다. 그는 서구 의료시스템에 대해 알려주고 대화를 나눌 미국인 의사와 교류하고 싶어 하던 서울대 의대생 모임의 조직과 연락을 책임지고 있었다. 남편 베리는 미군 소령으로 서울 용산기지에 있는 121후송병원의 외과 의사로 근무하고 있었다. 하루는 남편이 미국 의사들을 만나 볼수 있겠느냐는 욱이의 편지를 집으로 가져왔다. 우리는 한국에 온 지 얼마 되지 않았기에 우리 집 가정부 말고 '진짜' 한국 사람들을 만나 볼 수 있게 되어 기뻤다.

우리는 기꺼이 그들을 한강변에 있는 우리의 작은 아파트로 초대했다. 그때부터 1년 동안 학생들과 서울과 시골을 두루 돌아다니며 우정을 쌓았다. 우리에겐 작은 도요타 승용차가 있었는데, 아이들을 무릎에

1971년 테니스반 동아리 시절(위). 서울대 의대 동기들과 설악산으로 놀러갔을 때(아래).
그는 우리와 마찬가지로 소박하고 놀기 좋아하는 대학생이었다.

앉히고 비좁은 좌석에 끼여 앉아 돌아다녔다. 가끔은 택시를 이용할 때도 있었다. 처음에는 매주 만났지만 학생들 일정에 맞춰 만남을 미루기도 했다.

남편은 121병원에서 일어나는 의료 문제나 미국의 의료시스템에 대한 이야기를 들려주곤 했다. 그들은 돌아가며 우리에게 한국의 사회문화나 아시아적 사고방식에 대해 말해 주었다. 우리는 억압적인 정권 하에서 학생들이 위태로워지는 일이 없도록 정치 이야기는 입에 올리지 않았다. 욱이에겐 학생운동에 가담했다가 구속되었던 동생이 있었다. 우리는 그들과 불교 행사에 함께 참석하기도 하고, 우리 부부가 지키는 유대교 명절을 함께 보내기도 했다.

우리는 서로 터놓고 지냈으며, 우리 두 아들은 언제나 그들의 귀여움을 독차지했다. 우리는 배낭을 메고 나흘간 설악산으로 여행을 가서 별빛 아래 잠든 적도 있다. 그렇게 우리의 우정은 깊어져 갔다.

모임을 이끈 욱이는 유창한 영어를 구사했다. 그는 다른 학생들보다 나이가 많았으며, 놀라운 존재감을 보였다. 미래에 대한 확신이 강했던 그는 졸업 후 한국에 남아 있지 않을 게 분명했다.[5]

이 시기 종욱의 삶은 모험 정신과 우정으로 요약된다. 이 점은 그가 미국으로 돌아간 카우프만 부부에게 보낸 편지에서도 잘 드러난다. 첫 번째 편지는 두 사람이 미국으로 돌아간 지 얼마 안 되었던 가을에 쓴 것으로 날짜는 알 수 없으며, 'g'를 하나뿐인 'Ugy'라고 서명되어 있다. 그의 글씨는 아주 단정하지는 않아도 읽기는 좋으며, 그의 영어는 자연스러우면서 막힘이 없다. 그의 영어가 아주 높은 수준에 도달한 것은 대학을 졸업하기 훨씬 전의 일이었다.

다음의 발췌문은 녹음테이프를 보내지 못하는 점을 사과하는 것으로 시작된다. 녹음하기 위해 친구들이 모였으나 "사공이 많아서 배가 산으로 갔다"고 말한다. 모임 친구들이 다 시험을 잘 봤다며 이렇게 소식을 전하기도 한다.

"수술실에서 한 달을 함께 있다가 모두 흩어졌어요. SS는 응급실로, SD는 엑스레이실로, 정아는 유전학실로, 저는 그대로 수술실이에요. 우리 모두 이렇게 낯선 환경에 노출되는 게 값진 자극이 된다고 느끼고 있어요. 저는 척추수술 참관을 여섯 번 해야 하는데, 마취 후 회복실과 중환자실과 수술실에서 손만 까딱하는 정도로 돕고 있어요. 수술을 어떻게 하느냐에 따라 환자가 나을 수도 있고 죽을 수도 있다는 걸 실감하고 있어요."

종욱은 함께 공부를 했던 한 친구에 대해서 이렇게 말한다.

그는 미국으로 가는 것과 한국에 남는 것의 장단점을 이리저리 따져 본 결과 한국에 아마 남을 것 같습니다. 자기 꿈을 이루기 위해서라기보다 힘 있는 아버지를 둔 급우 둘이 남기로 했기 때문입니다. 우리는 좀 딱하게 여기고 있어요. 하지만 우리가 뭘 할 수 있겠습니까? 그 친구의 아버지는 군 출신 정치인이 아니고 한낱 교수일 뿐인데.

결혼 문제에 대한 고민과 더불어 모임에서 가장 매력 있는 여학생 이야기도 나온다.

그녀가 발산하는 에너지 같은 게 있는지 저는 자꾸 그녀 주변을 맴돌게 됩니다. 그녀보다 더 예쁘고 똑똑하고 재능 있는 여자애들도 있는

데 그렇습니다. 더 도도한 여자애도 있고요. 하지만 그녀는 특별한 데가 있습니다. 솔직히 사랑이니 뭐니 하는 감정과는 다른 무언가를 느끼고 있습니다. 저는 지금까지 질투를 해본 적은 있지만 사랑을 느껴본 적은 한 번도 없거든요. 그녀는 신비로운 데가 있습니다. 아마 그래서 매력을 느끼는 건지도 모르지요. 풀 수 없는 암호가 있는 것 같은데 영영 못 풀지도 모르겠습니다.

그러다 그는 화제를 갑자기 바꾸어 다음과 같이 말한다.

청량한 가을입니다. 서울에서 설악산까지 고속도로가 개통됐습니다. 이제 세 시간 반이면 갈 수 있어요. 다들 경치가 기막히다고 합니다. 고속도로는 서울 남부에서 동해안까지 이어지고 거기서 북쪽으로 꺾어 올라가서 설악호텔까지 연결돼 있습니다.
<미드나잇 카우보이>가 한국에서 상영되고 있습니다. 무섭더군요. 영화 속의 비정한 뉴욕을 통해서 서울을 볼 수 있었거든요. SS와 정아와 저의 서울이 아니라 이태원, 용산기지 주변 빈민가, 도심 뒷골목의 서울 말이에요. 오늘밤은 왠지 이런저런 생각이 많이 듭니다.
데이비드와 피터(카우프만 부부의 어린 두 아들)는 잘 지내나요? 피터는 아직도 스누피를 간직하고 있고요?
지난 토요일에는 의대 교향악단이 정기 연주회를 했습니다. 베토벤 교향곡 8번, 코리올란 서곡 등을 연주했어요. 그녀는 제2바이올린을 연주했고요. 우린 곧 모여서 녹음을 할 거예요. 부디 기대하시길.

욱이[6]

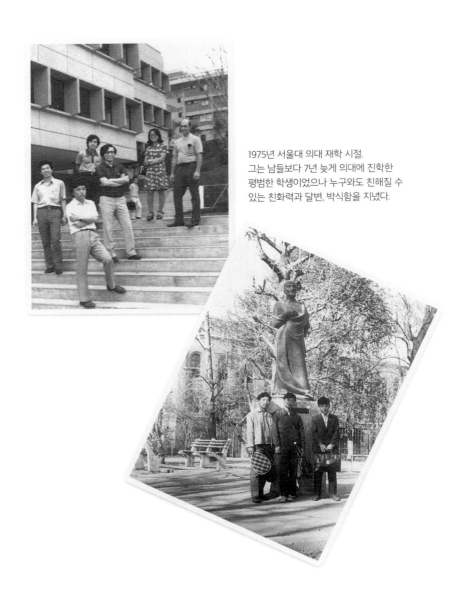

1975년 서울대 의대 재학 시절.
그는 남들보다 7년 늦게 의대에 진학한
평범한 학생이었으나 누구와도 친해질 수
있는 친화력과 달변, 박식함을 지녔다.

12월 22일에 그는 다시 편지를 쓰는데, 이번엔 한글로 '욱'이라고 서명을 했다. 기말시험이 다 끝나 가고 시험을 잘 봤다는 소식을 전하면서 그는 이렇게 묻는다.

"기분이 어떠냐고요? 글쎄 좌초당한 기분이랄까요. 든든한 남편이나 부모를 둔 부인이나 자식이 보호자를 잃고 나서 느끼는 기분과 비슷하달까요. 학교는 우리를 때로는 가혹할 정도로 힘들게 했는데, 이젠 학교가 얼마나 좋은 피신처였는지 실감하게 되네요."

든든한 보호자의 보호와 조언을 받으며 살 수 있다는 의식이 아버지를 잃으면서 크게 흔들렸지만, 이제 마음을 털어놓을 수 있는 친구인 미국인 부부와 의과대학 덕분에 어느 정도 회복되었음을 감지할 수 있는 대목이다. 그가 다음과 같이 자기 감정뿐만 아니라 계획에 대해서도 소상히 털어놓는 것을 보면 그들이 어느 정도 도움을 줄 수 있었던 게 분명하다.

1월 23일에 봐야 할 시험(의사면허시험)이 남아 있긴 합니다. 졸업은 2월 26일이고요. 졸업을 하면 비자를 받을 때까지 보건소에서 일할 생각입니다. 비자를 7월까지 받을 수 있을지 모르겠습니다. 이민 비자는 몇 개월 더 걸리거든요. 교류방문비자에서 이민비자로 바꾸려면 아주 오래 기다려야 하는데, 기본적으로 계약 위반이기 때문이지요. 7월까지 비자를 받지 못하면 수련 기간 1년이 날아가 버립니다. 그래서 지금 결정을 내려야만 합니다. 캐나다에 있는 친척에게도 그곳이 어떤지 알아보기 위해 편지를 보냈습니다. 지금 제 생각은 캐나다에서 인턴 과정을 밟으면서 미국 이민비자 신청을 해볼까 하는 겁니다. 너무 구체적이라 실현성이 떨어질지도 모르겠습니다.

아무튼 자신을 학대하지 않도록 애쓰고 있습니다. 결과가 정말 나쁘더라도 3년 이상 졸병 생활 해본 경험을 잊지 말아야겠지요. 그러니 결과가 어떻든 견디고 감사할 수 있을 겁니다. 결국엔 다 잘 되리라 믿습니다. 제겐 결혼할 사람도 필요합니다. 여기 살면서 힘든 점 하나는 제가 중매결혼에 대한 반감이 크다는 겁니다. (…중략…)

중매쟁이들은 의사라는 직업이 대개 돈을 잘 벌기 때문에 의사들을 열심히 쫓아다닙니다. 그들은 제가 재수를 하고, 과외지도를 하고, 이런저런 시험 준비를 하는 동안에는 무얼 했나요? 그들은 겉으로는 순진하고 아무것도 모르는 척하지만 실은 용기도 없고 상대와 동고동락할 마음도 없는 이기적인 사람들이에요. 그들의 부모는 중매 상대에게 보상 차원에서 딸의 몸 말고 이런저런 걸 내놓는 것이지요. 저는 어떤 의미에서 동등한 여성을 원합니다.

'어떤 의미에서'라는 말이 눈에 확 들어온다. 과연 '어떤' 의미를 말한 것일까? 그리고 동등하지 않다는 건 과연 어떤 의미에서일까? 정치나 문화에 대해서는 이렇게 말한다.

<Blowin' in the Wind>와 <If I get a Hammer>[7]는 미국의 다른 팝송 150곡과 더불어 금지곡이 되었습니다. 이 문제에 대해 당국은 공식 발표까지 했습니다. 권위적인 해석에 따르면 <Blowin' in the Wind>는 반전 가요이고, <If I get a Hammer>는 반체제 가요라는 겁니다. 가사를 보고 '내게 망치가 있다면 네 골통을 부셔 놓겠다'라고 바꿔 부를지 모른다는 통찰을 했나 보지요.

며칠 전엔 도언이가 길에서 장발 단속에 걸려 머리를 깎이고 벌금까지 냈습니다. SD도 그랬고요. 깜빡할 뻔했네요. 도언이는 그 일로 얼마나

화가 났는지 모릅니다. 그의 헤어스타일을 아시잖아요. 저랑 비교하면 짧은 것도 아닌데 말이에요. 저요? 저는 당장 노련한 이발사를 찾아가 이발을 했지요. 얼마나 자상한 정부입니까! 국민을 너무 사랑하니 그렇게 챙겨 주겠지요.[8]

1976년은 여러 면에서 종욱에게 운명적인 해였는데, 그해 초에 쓴 편지에서 그는 중매시장에 대한 불만을 다시 토로한다. 그는 좋다는 신부감과 그 어머니라는 사람들이 중매시장을 어떻게 좌지우지하는지를 설명하며 이렇게 말하기도 한다. "여기 우리에게 필요한 건 남성해방운동인지도 모르겠습니다. 맞선 볼 사람 어머니들이나 중매쟁이 부인네들은 물불을 가리지 않아요." 그러고는 뜻밖에도 무심결에 자기연민을 보이며 이렇게 덧붙인다. "요컨대, 가만히 보면 제가 겉으로는 쾌활한 척하지만 실은 아주 불행하고 속이 허하다는 거예요. 지금처럼 겉모습을 유지하려니 점점 더 힘이 듭니다."

그의 말대로라면 그의 외면은 그의 생각보다 헤아리기 어려운 것이었는지 모른다. 왜냐하면 그를 기억하는 사람들 중에 그가 불행하다거나 속이 허해 보인다고 말한 사람은 없기 때문이다. 이어서 그는 오랫동안 계획해 온 미국행에 대해 얘기하는데, 아직 안심하지 못하는 상황이다.

뉴욕에 가게 되면 당연히 승신이의 누이들을 만나 볼 겁니다. 승신의 어머니는 어젯밤 제게 미국에 사는 한국인 부부들의 어려움을 길게 말씀하시더군요. 남녀 역할이 바뀌고, 고분고분하던 여성이 갑자기 세진다는 얘기들이었습니다. 어머니 말씀에 따르면 미국엔 가정파탄이나 이혼자가 널려 있는 것 같더군요. 그들이 저보다 나이가 많든, 이혼을 했든, 크게 성공했든 말든 제겐 상관없습니다. 그런 문제에 대해서는 제가 꽤 개방적이라는 뜻이지요. 무슨 일이 생기더라도 그건 제가 거기 가서 일어날 일이고요. 그분들을 제가 거기서 자리 잡기 위한 수단으로 활용하고 싶은 마음은 추호도 없습니다. 제 판단이 맞는 건지는 모르겠습니다. 아무튼 좋은 아가씨가 있으면 부디 소개해 주시기 바랍니다.

모든 건 제가 2월 중이나 3월 초에 의사 면허를 받아야 시작됩니다. 복잡한 문제들이 곧 풀리지 않을까 싶습니다. 지금까지 그래 왔던 것처럼 동양적 인내심을 계속 발휘해야죠. 그렇긴 해도 이런저런 일들과 사람들이 너무 경멸스럽습니다. 물론 내색은 하지 않지요. 이젠 정말 기분전환이 필요합니다. 그동안 학교와 군대에서 오랫동안 버텨 왔지만 이젠 무너질 조짐을 보일까 봐 두렵습니다. 지금까지 전 대부분의 급우들과 달리 감당하기 힘든 실패와 좌절을 겪었습니다. 하지만 그런 경험을 제가 소중히 여기는 일을 위한 디딤돌로 삼으려고 애써 왔습니다. 돌이켜보면 제가 대단치 않은 것에 너무 많은 걸 희생한 건 아닌가 싶기도 합니다. 한국의 전통 민담 하나가 생각납니다. 어떤 사람이 8일 뒤인 생일날에 잘 먹으려고 굶다가 6일째 되던 날 굶어죽는다는 이야기예요. 지금은 제게 전환이 필요한 때입니다. 다가올 일들 꼭 멋지게 해내겠습니다.

'다가올 일들'이란 그가 이민을 가서 결혼을 하고 의사 생활을 한다는 뜻일까? 그런 목표를 '멋지게' 달성한다는 건 좀 별난 표현일 것이다. 그리고 실패와 좌절이 장애물이 아니라 디딤돌로 여겨질 만큼 그가 '소중히 여기는 일'은 무엇이었을까? 소중히 여긴다는 표현도 여기선 좀 어색하다. 그것은 어떤 덕목 같은 것, 이를테면 정말 독립적인 정신 같은 것일 수도 있다. 혹은 보다 외면적인 목표, 예컨대 행복한 가정이나 의사로서 인류의 안녕에 기여하는 일 같은 것인지도 모른다. 아무튼 그것을 그는 드러내지 않고 있다.

이러한 의문은 그가 보통은 18세나 19세에 시작하는 의대 진학을 25세가 되어서 결심하게 된 계기가 무엇이었느냐는 것으로 거슬러 올라갈 수 있다. 필자가 다방면으로 알아봤지만 아직 답이 보이지 않는다. 그런가 하면 '동양적 인내심'이란 말은 비교적 이해하기가 쉽다. 그것은 그가 많은 불확실성 속에서 믿을 수 있는 능력이었으며, 그가 손에 든 가장 확실한 카드 중 하나일 수밖에 없었다. 이어서 그는 힘차게 편지를 끝맺는다.

"정말 좋은 자리를 얻길 바랍니다. 저와 우리 모두를 걱정해 주셔서 감사하고요. 물론 저는 도움이 필요하면 주저 없이 도움을 청할 겁니다. 오랫동안 잊고 지낸 릴리, 그대 나의 자매여, 고맙군요! 어서 가서 모두 보고 싶습니다. 답신 주시길!"[9]

성 라자로 마을

종욱이 졸업하던 해인 1976년, 미국에서 한국인 의사에 대한 수요는 베트남전쟁이 끝나면서 크게 줄어들었다. 미국 의사로 일할 수 있는 비자자격시험VQE이 전보다 훨씬 어려워짐에 따라, 쏟아져 들어오던 외국인 의사가 졸졸 흐르는 수준으로 줄었다. 종욱은 이제 같은 세대의 누구 못지않게 화려한 경력을 시작하기 좋은 위치에 있었지만, 바라던 앞날이 불투명해지게 되었다. 그는 결국 새로운 시험에 통과해서 미국에 갈 수 있으리라 보았지만 그 사이 일을 해야 했다.

그는 서울의 한 보건소에서 일하게 되었는데, 보건소 활동 중에는 지금의 경기도 의왕시에 있는 성 라자로 마을을 지원하는 일도 있었다. 성 라자로 마을은 1950년 미국의 한 가톨릭 선교회가 한센병 환자들이 생활하며 요양할 수 있도록 조성한 공간이었다.

종욱이 자원봉사 의사로서 방문했을 당시, 이 시설을 운영한 사람은 미국에서 살았던 한국인 사제 이경재(알렉산더) 신부였다. 그는 마을의 원장 신부로 일할 뿐만 아니라 국내외 자선기관들의 도움을 받아 마을을 위한 기금을 조성했으며, 자원봉사 활동을 조직하기도 했다.

그런 이경재 신부에게 무료로 마을사람들을 돌봐 주고 치료해 주는 젊은 의사가 생겼다는 것은 대단히 반가운 일이었다. 종욱은 무료 진료를 하는 의사로서 그곳을 처음 방문한 것이었다. 그는 같은 해 3월 카우프만 부부에게 보낸 편지에서 이렇게 말한다. "한국에는 한센병 환자가 8만 명 정도 있어요. 그런데 실제로 그들을 진료하는 의사가 몇 명인 줄 아세요? 정답은 두 명입니다. 제가 그 둘 중 하나고요."[1]

그리하여 신참 의사인 이종욱의 첫 일자리는 역설적인 성격을 띠게 되었다. 야심만만하던 그가 겸허하게 봉사활동을 하고, 돈이 필요하던 그가 무보수 일을 하고, 동생 종오의 표현에 따르면 불가지론적 합리주의자이던 그가 가톨릭의 울타리 안에서 활동하게 된 것이다.

이경재 신부가 가장 아끼는 조력자는 가부라키 레이코라는 젊은 평신도 선교사 여성이었다. 도쿄의 예수회 학교인 소피아 대학에서 영문학을 공부한 그녀는 헌신적으로 봉사하는 삶을 사는 스승들에게 감명받아 졸업 직후 수녀회에 들어갔으나, 자신의 소명을 찾지 못해 몇 달 만에 그곳을 떠났다. 잠시 동안만이라도 이를 대체할 일을 찾던 중, 성라자로 마을에서 생활하며 도와줄 사람을 구한다는 소식을 듣고서 도움을 주기로 했다. 예수회 사람들의 따뜻한 격려를 받으며 1972년 성라자로 마을로 온 레이코는 한국어를 유창하게 구사하게 되었고, 마을 살림살이는 물론 한국어와 일본어로 모금 운동 편지를 보내는 일을 맡아 하고 있었다.[2]

그녀는 새로 자원봉사를 온 의사를 데리고 마을 구경도 시켜 주고 환자들에게 소개도 해주었다. 종욱은 그녀의 한국어 실력과, 그녀와 환자들이 서로 존중하며 정을 나누는 모습에 깊은 감명을 받았다. 레이

성 라자로 마을에서 봉사활동을 하고 있을
당시의 레이코 여사.

코는 엘리트인 그가 한국의 압제자였던 일본인에 대해 한국인들이 대개 느끼는 반감을 갖고 있지 않는 듯한 게 흥미로웠다. 종욱은 그녀를 동등한 존재로 대했으며, 그녀로부터 배우려고 했다. 게다가 두 사람 다 여러 세기 동안 사람들이 두려워하고 오명을 씌워 왔던 병을 앓는 사람들을 도우러 왔다는 사실에 서로 호감을 느끼게 되었다. 두 사람은 서로에게서 그들 각자의 꿈을 보았는지도 모른다.

두 사람은 영문학 얘기를 하면서 우애가 더 깊어졌다. 레이코는 종욱이 『성난 군중으로부터 멀리』[3]를 영어로 읽었다는 말을 듣고 기뻤다. 그것도 군대에 있을 때 미국산 밀가루 포대에 앉아 읽었다는 것이었다. 그는 그녀가 셰익스피어의 『한여름 밤의 꿈』이나 『맥베스』 같은 작품을 자세히 알고, 영국 출신의 예수회 신부 교수들에게서 배운 본토 영어로 작품 구절을 암송하고 숨은 뜻까지 설명하는 것을 보고 놀랐다.

그녀는 곧 생활의 가장 흥미로운 한 부분이 종욱의 방문에 있다는 사실을 알게 되었다. 종욱은 오겠다고 한 것보다 훨씬 늦게 오곤 했는데, 그럴 때마다 그가 결국 관심을 잃기 시작한 게 아닌가 하고 생각했다. 그러다가 5월에 그의 발길이 뚝 끊어졌다.

그런데 놀랍게도 편지가 왔다. 그가 춘천도립병원(지금의 강원대학교 병원) 응급실에서 일하게 되어 성 라자로 마을에는 가끔씩만 올 수 있다는 소식이었다. 이 편지는 나중에 잦은 이사로 분실되었지만, 8월에 그가 카우프만 부부에게 보낸 편지를 보면 새로운 상황이 생생히 잘 그려져 있다.

여기에 자리를 얻게 된 건 서울대 의대생만 받겠다는 원칙과 여기서 인턴으로 일하는 급우들의 추천 덕분입니다. 그들이 많이 도와줘서 많이 배우고 있답니다. 춘천은 한국에서 가장 아름다운 도시 중 하나예요. 무엇보다 호반의 도시라는 게 매력이지요. 인구가 30만인 이곳은 설악산을 품은 강원의 도청 소재지이기도 하지요.

이 의료원은 이 지역의 유일한 종합병원이어서 온갖 병으로 온 사람들이 많고, 밤마다 각별한 주의가 필요한 환자들이 찾아옵니다. 저는 오후 9시부터 오전 9시까지 밤 근무조로 일하고 있습니다. 다른 수련의 한 사람이랑 교대로 근무하지요. 우리는 사나흘씩 이어서 근무하고 한 주의 나머지 절반은 쉬는 식으로 역할을 나눴답니다.

처음엔 겁이 많이 났습니다. 지금도 겁이 나긴 합니다. 비상대기를 하는 레지던트(전공의) 없이 사실상 혼자 다 해결해야 하니까요. 동창들은 처음엔 많이 힘들어도 금세 따라잡을 수 있다고 걱정 말라고 합니다. 하루는 환자의 위세척을 하다가 폐에다 물을 주입하는 바람에 환자를 익사시킬 뻔한 적이 있습니다. 결국 환자가 의식을 차렸기에망정이지, 밤새 아주 끔찍했습니다. (…중략…)

여긴 뱀에 물린 환자가 실려 오는 게 보통입니다. 응급실은 전쟁터나 다름없지요. 처음엔 신병훈련소 나오자마자 베트남에 파병되거나 비행 초급 강좌 듣자마자 점보기 조종간 잡은 것처럼 막막하더군요. 미국에 가기 전에 가능하면 많이 배우려고 노력하고 있습니다. 냉엄한 현실과 직면하다 보니 자존심이고 체면이고 차릴 여유 같은 건 없습니다.

재미있는 건 솔직히 제가 모른다는 걸 인정해야만 하는 아주 어려운 상황에서 답을 찾아야 한다는 겁니다. 서울대 교수님들이 얘기해 주곤 하던 상황인데, 강의 내용을 다 기억하지는 못해도 서울대 교육의 질에 대해 실감하게 됩니다. (…중략…)

제가 생각해도 참 난처한 노릇이지만, 아직은 전공을 무얼로 할지 모르겠습니다. 결혼 문제랑 비슷합니다. 어떤 대상이든 기회가 그뿐이라면 택할 수밖에 없는 상황이랄까요. 그렇다고 제가 그 대상을 사랑하게 된 건 아닐 테지요. 돈을 보고 분야를 선택할지도 모릅니다. 성 문제를 고려해서 결혼하는 것처럼요. 한국사람들은 독자적인 결정을 하는 데 익숙해져 있지 않은 게 보통입니다. 저야 독립적인 편이고 그러려고 애쓰는 사람입니다.

그러나 나의 독립성을 증명해 보이지 않아도 되는 누군가가 그립기도 합니다. 돌아가신 지 오래된 아버지가 자꾸 그리워집니다! 결혼도 좋은 아버지를 대신해 줄 그런 상대를 만나면 좋겠다 싶을 정도입니다. 가정의학에 대해 잘은 모르지만 그쪽이 많이 끌리긴 합니다. 하지만 전망보다는 순전히 자리가 나느냐에 따라 전공이 결정될 수도 있는 게 현실입니다. 미국에도 가고, 수련 경험도 쌓고, 동반자도 생기면, 거 참 좋겠네요! 곧 다시 편지 하겠습니다.

욱이[4]

이제 갓 면허를 딴 의사가 이따금 실수하고 당황해서 어쩔 줄 모르는 것은 예사지만, 되도록이면 좋은 인상만 남기고 싶을 친구들에게 그렇게나 허심탄회한 태도를 보인다는 건 놀랍다. 자신의 부족함과 자신에게 닥친 감당하기 힘든 어려움을 짚어 보면서 "거 참 좋겠네요"라고 강조하며 글을 맺는 것을 보면, 파도타기를 즐기는 사람의 흥분이 느껴

진다. 파도가 클수록 더 좋다는 호기 말이다.

그는 성 라자로 마을에서 환자를 돌본 지 몇 주 뒤에 팔에 붉은 반점이 계속 돋는 것을 보고 한센병에 걸린 게 아닌가 걱정하게 된다. 전문가를 찾아가 보아야 했다. 전문의는 그와 커피를 마시며 환담을 나누고서 홍반을 검사하더니 다른 원인 때문일 테니 걱정하지 말라고 했다. 종욱은 안심이 되었다.

그러나 진료실을 나가다가 그 전문의가 간호사에게 커피잔을 살균하라고 말하는 소리를 듣고는 걱정이 더 커져 다른 전문의를 찾아보았다. 마침 일본인 한센병 전문의가 성 라자로 마을을 방문 중이라 그리로 가서 일본인 의사를 만났다. 검사 결과 붉은 반점은 곰팡이 때문임이 밝혀졌다. 아마도 교도소에 있는 동생 면회를 갔다가 옮은 듯했다.

크게 안도한 종욱은 그날 저녁, 주방 옆에 있는 레이코의 작은 방을 찾았다. 그녀는 책상 앞에 앉아 일을 하고 있었다. 개가 짖어 누가 오고 있다는 것을 알아차렸을 때 보니 날이 이미 어두워져 있었다. 레이코는 무슨 일이냐며 종욱을 맞았다. 종욱은 방에 앉자마자 물었다.

"결혼 생각을 해보신 적이 있나요?"

레이코는 잠시 그를 응시하다가 생각을 가다듬고는 말했다.

"제가 생각해 온 건 수도회 같은 곳에서 기도하고 일하며 지내는 은둔의 삶이었어요. 그런데……."

그는 그녀의 대답이 끝난 것인지 기다리다가 말했다.

"그런데 당신을 사랑해서 결혼하고 싶은 사람이 나타난다면, 이를테면 열심히 일하는 의사가 있어서 그 사람이랑 함께한다면, 그것도 노동과 기도와 명상하며 지내는 은둔자의 삶이 될 수 있지 않을까요?"

한동안 침묵하던 레이코가 말했다.

"만일 제가 아프다면요? 한센병에 걸렸다면요? 아내가 되기엔 정신적으로 건강하지 못하다면요?"

훗날 그녀가 밝힌 바로는 그때 레이코는 아직 종욱을 사랑하고 있지 않았다. 하지만 총명한 청년인 그가 마음에 들었고, 그가 자신을 좋아한다는 말을 듣고 기뻤던 건 분명하다.

그녀는 자신의 건강이 염려되며, 자신이 아무 도움도 못 되는 사람이 될까 봐 두렵다고 말했다. 그녀의 두려움은 한편으로 어느 정도 근거가 있었다. 레이코는 한센병 요양원에서 애를 많이 썼지만 그녀가 할 일이 점점 줄어들고 있었다. 정부의 지원이 늘고 있었고, 의술도 계속해서 발전하고, 도와줄 사람도 늘어나고 있었던 것이다. 더구나 마을은 희망을 불러일으키는 선교 활동에서 관료적이고 사업적이고 냉소적인 시설로 변모해 가고 있었다. 또한 한센병에 걸리게 될 것이라는 두려움과 암울한 예감 때문에 먹지도 마시지도 못하고 있었다. 내면의 평화와 힘을 잃었다는 것은 이제 그녀의 생활이 달라질 필요가 있다는 뚜렷한 증거였다. 하지만 그럴 필요성이 시급한 만큼 자신이 새로운 생활을 시작할 자격이 없는 건 아닌가 싶었다.

종욱은 그녀의 말을 가만히 듣고 있다가 말했다.

"건강이 좋지 않으면 돌봐줄 사람이 필요하잖아요."

"절 돌봐주시겠다는 말씀이신가요?"

"물론이죠! 누구든 자기를 돌봐줄 사람이 필요해요. 우린 그럴 사람을 구할 수 있는 더없이 좋은 기회를 만난 겁니다."

많은 사람들이 그가 무언가를 추진하기로 마음먹으면 상당한 설득력과 집요함을 발휘했다고 말한다. 그는 레이코의 걱정을 이해하면서도 단념하지 않았던 모양이다. 그리고 레이코는 그가 제안하는 일이 두 사람 모두에게 얼마나 큰 영향을 끼칠 수 있는지를 점점 깨닫게 되었다. 그날 두 사람의 대화는 딱히 '예'라는 대답으로 끝난 것은 아니지만, 그렇다고 '아니오'라는 암시가 있었던 것도 아니었다.

다음날 레이코는 마을 일을 도와주는 간호사가 일하는 가까운 병원에 예약이 잡혀 있었다. 레이코가 병원에 도착해 보니 종욱이 벌써 와서 기다리고 있었다. 두 사람은 함께 간호사를 만나러 갔다. 도중에 종욱이 말했다. "왜 장화를 신고 왔어요?" 그날 그를 만나게 될 줄 몰랐던 레이코는 숙소에서 버스 정류장까지 땅이 질어서 파란 고무장화를 신고 온 것이었다. 그녀는 장화를 내려다보며 확실히 낭만적이진 않음을 알 수 있었다. 나중에 종욱은 농담을 하곤 했다. "첫 데이트 때 그녀는 무릎까지 오는 고무장화 차림이었다니까."

레이코가 링거를 다 맞고 나자, 종욱이 말했다.

"시내 가서 뭘 좀 먹죠."

"네. 하지만 아무것도 못 먹을 거예요."

레이코가 말했다.

그는 그녀를 불고기 집으로 데려갔다. 그런데 레이코는 놀랍게도 오랜만에 허기를 느껴 꽤 많이 먹을 수 있었다.

"제 말이 맞죠?"

종욱이 의기양양해져 말했다.

"링거액보다 훨씬 낫잖아요!"

레이코는 자신을 좋아하는 사람과 늦여름 서울 거리를 거닐며 얘기할 수 있어서 행복했다. 그가 다시 결혼할 생각이 있느냐고 물었지만 확신이 들진 않았다. 두 사람은 일단 그 정도로만 해두었다.

레이코는 요양을 하기 위해 주말에 일본에 가기로 되어 있었다. 떠날 때까지 두 사람이 뚜렷한 결론에 도달하지 못하자, 레이코는 종욱에게 다시 한 번 생각해 보고 마음이 바뀌면 도쿄로 전화를 해달라고 말했다. 확신이 들 때까지는 아버지에게 결혼 얘기를 하고 싶지 않았던 것이다.

도쿄로 간 레이코는 아버지와 함께 지내면서 아버지의 노력 덕분에 식욕을 차츰 되찾았다. 그녀는 전화벨이 울릴까 봐 조마조마했다. 그러다 셋째 날 드디어 전화가 울려서 받아 보니 종욱이었다. 그는 마음이 바뀌지 않았다고 말했다. 그녀가 아버지에게 사실을 말하자, 아버지는 기뻐하면서 축하를 해주었다. 두 나라의 아픈 과거사를 고려할 때 아버지의 반응은 다행이었다. 덕분에 당시 한국인과 일본인의 통념을 크게 벗어나는 결정을 과감히 밀고 나갈 수 있었다.

종욱은 카우프만 부부에게 다음과 같이 약혼 소식을 전했다.

> 릴리와 베리, 그리고 데이비드와 피터에게
> 좋은 소식 하나 전해 드립니다. 녹음 테이프에서 말했던 그 일본인 아가씨에게 청혼해서 승낙을 받았습니다. 그녀는 도쿄에 가서 아버지께 말씀을 드렸고요.
> 그녀가 어떤 사람인지는 무엇보다 그녀의 편지를 한번 보기만 하면 쉽게 짐작할 수 있지요. 그녀는 한국어를 완벽하게 구사해서 우리 둘 사이에 언어 장벽은 없습니다. 그래도 조만간 일본어를 배울 생각입니다. 그녀 가족은 제게 도쿄로 와서 인사를 나누지 않겠느냐며 초청을 했습니다.

제 주변에선 일본 아가씨와 결혼하는 건 별로 좋은 생각이 아니라고 말하는 사람들이 많습니다. 잘 아시겠지만 저는 그녀가 일본인이라고 해서 마음에 걸리는 게 없고, 그녀 집안에서도 제가 한국인인 걸 개의치 않는 것 같습니다. 하지만 아시다시피 여기선 좀 별난 일이긴 하지요. 제 어머니만 해도 처음 반응이 이랬죠. '왜 하필 일본사람이냐?' 레이코는 영어를 아주 잘합니다. 영국을 여행한 경험도 있지요. 아주 검소하고요. 두 분 모두 레이코를 아주 좋아할 겁니다. 그녀는 모레 오후 5시 반에 김포공항에 도착합니다. 저는 내일 서울에 가서 반지를 사려고 합니다. 이번 편지에서는 이 얘기뿐이네요. 저로서는 어려운 결정이었고 지금도 그렇습니다. 유능한 중매쟁이가 하라는 대로 쉬운 길을 택하는 게 나을지도 모르죠. 그녀가 제 청혼을 받아들이고 나서야 제가 그동안 얼마나 큰 자유를 누려 왔는지 알 수 있었지요. 제가 지금 엄청나게 어리석은 짓을 하고 있는 건지도 모르겠습니다.[5]

종욱은 이렇게 대범한 가운데 염려도 하면서 중대 결정을 내렸다. 이번 결정은 아마도 그의 평생 그 어느 결정보다 급격하게 그의 미래를 바꿔 놓을 터였다. 그때까지만 해도 그가 관습을 벗어나는 삶을 살아 볼 생각을 그리 심각하게 하지 않아 왔다면, 이제부터는 그런 삶에 뛰어들어야 했던 것이다.

레이코가 일본에서 두 주를 머물다 한국으로 돌아올 때, 종욱이 김포공항으로 마중을 나갔다. 그녀가 모시고 있는 이경재 신부도 나왔다가 마중 나온 사람이 또 있는 것을 보고 놀랐다. 그는 레이코에게 그런 일이 있을 것이라곤 전혀 생각해 본 적이 없었기에 사실을 받아들이는 데 시간이 좀 걸렸다. 그만큼 레이코는 그의 사목 활동에서 중요한 역할을 했다. 나중에 종욱은 춘천에서 만난 친구인 헤스 부부에게 보낸 편지에서 이렇게 말했다.

> 레이코가 마을에서 한 일 중 하나는 신부님의 연설과 강론 원고를 준비하는 것이었어요. 하! 신부님의 연설 원고 작성자라뇨! 처음엔 그것만 봐도 신부님이 레이코를 착취한 게 아닌가 하는 생각이 들었는데, 어제 서울에서 춘천으로 돌아오는 길에 생각해 보니 좀 다르게 볼 수도 있겠더군요. 그분이 레이코의 쓰임을 받은 게 아닌가 하고요. 레이코가 그분의 입과 발을 빌려 마을사람들을 위해 일한 것인지도 모른다는 거지요. 전에는 그런 생각이 전혀 들지 않았습니다. 제가 요즘 르카레[6]를 너무 많이 읽어서 그런지도 모르겠습니다.[7]

신부님은 서운한 마음을 숨기고 태연한 체하며 마을 성당에서 성대한 결혼 미사를 올려 주겠다고 했다. 레이코와 종욱은 새로운 삶을 나름의 방식으로 시작하고 싶어서 신부님의 제안을 사양했다.

가을이 되자, 결혼을 앞둔 두 사람은 성 라자로 마을이나 서울이나 춘천을 오가며 만나곤 했다. 종욱은 레이코에게 일본인들이 세운 서울대 의대 주변을 구경시켜 주었다. 그는 또 좋아하는 음식인 매운탕을 잘하는 집으로 그녀를 데려가기도 했다. 위에 부담이 되어 자주 먹지 않던 음식이었는데, 레이코는 결혼하면 고춧가루를 덜 넣고 대신 된장을 넣은 매운탕을 끓여 주겠다고 했다. 이따금 그들은 서울 도심의 너른 궁궐인 창덕궁을 산책하기도 했다. 거기서 그녀는 일본 왕족의 여성이 대한제국의 왕과 결혼했으며, 남편의 사후에도 만년을 그 궁궐에서 지내고 있다는 사실을 알게 되었다.

레이코는 계속 성 라자로 마을에서 일하며 가능한 한 자주 춘천에 가서 종욱과 그 친구들을 만났다. 두 사람은 등산을 가기도 하고, 호수에서 노를 저으며 뱃놀이를 하기도 했다.

두 사람은 서울에서 결혼 미사 문제로 노기남 신부를 찾아갔다. 서울 대주교를 역임했고 성 라자로 마을에서도 생활했던 그는 미사를 직접 집전하겠다면서 종욱에게 말했다.

"자네 가톨릭 신자가 되어야 한다는 걸 알 테지?"

"예, 예, 압니다. 신자가 되겠습니다."

종욱은 그렇게 대답했으나 결국 한동안 개종하지 않았다.

레이코는 송별회 없이 성 라자로 마을을 떠났다. 하지만 마을을 벗어나는 길모퉁이를 돌자, 한센병 환자들 몇 명이 다가와 감사하다며 작별 인사를 했다. 그들은 돈을 모아서 레이코와 종욱의 이름을 새긴 금반지를 선물했다.

약혼식에는 레이코가 소외감을 느끼지 않도록 가까운 친구 몇 명만 초대할 계획이었다. 그러나 노기남 주교는 종욱의 어머니에게 옛날 방식대로 집안 어른들을 초대하는 게 좋지 않겠냐고 조언했다.

결혼식은 12월 18일 명동성당에서 치러졌다. 한쪽에는 두 사람과 레이코의 아버지, 종욱의 큰형인 종빈, 사촌과 삼촌 한 분씩이 서 있었고, 다른 한쪽에는 종욱의 어머니와 막내동생인 종구, 그리고 나머지 집안 하객들이 서 있었다.

춘천도립병원

1977년 초에 카우프만 부부는 춘천에서 온 다음과 같은 편지를 받았다.

릴리와 베리에게

요리책과 편지 잘 받았습니다. 총각 시절을 마감한 지도 석 달이 다 됩니다. 요즘 자주 드는 생각 하나는 두 분이 그때 저희 모임 사람들 예닐곱 명을 손님치레 하느라 얼마나 힘들었을까 하는 겁니다. 레이코랑 저는 즐겁게 손님을 치르고 있지만 보통 부담스러운 일이 아니군요!

전셋집을 얻었는데 방 세 개에 욕실과 주방이 하나씩인 집입니다. 우리가 쓰기에 딱 맞는 집이라고 하면 부적절한 표현일 겁니다. 제 어머니 집보다 좋거든요. 이번 겨울은 추위가 대단한데 따뜻한 집과 약간의 쓸 돈과 함께 지낼 아내가 있으니 그 어느 때보다 살기가 편합니다.

지난 1월에는 드디어 여권을 받았습니다. 하지만 언제 떠나게 될지, 과연 떠나게 될지는 아직 모릅니다. 미국 대사관에서는 작년 12월에 비자를 받으려면 이런저런 서류를 갖추라고 했지요. 하지만 법이 바뀌는 바람에, 그 사이에 계류된 건들에 대한 지시를 기다리고 있는 중이라네요. 저는 비자자격시험의 일환으로 여기서 미국 의사국가시험 1부와 2부를 치러야 합니다. 제 영어 실력이 2년 전만큼 좋다는 걸 입증하기 위해 ECFMG(해외 의대 졸업생 교육위원회) 영어 시험도 치러야 하고요. 전에는 아무나 쉽게 가더니 이제는 미국도 좀 선별할 여유가 생겼나 봅니다. 제 개인적으론 상당히 흥미롭고 도전적인 일로 느끼고 있습니다.

의사국가시험이야 낙제할 일은 없을 겁니다. 영어 시험도 통과할 거라고 봅니다. 누구보다 미국에 가려고 하던 저였는데, 지금은 이런저런 생각이 많이 드는군요. 힘든 시간을 보내서 그런가 봅니다.

결혼 문제는 우리 둘이서 모든 걸 다 결정했습니다. 저는 월급 받은 돈을 모아서 결혼반지를 샀고, 레이코랑 모든 경비를 같이 부담하며 언제 어디서 무얼 할지 모든 일을 결정했답니다. 그러면서 많은 분들께 상처를 주기도 했지만요. 다 조언을 해준다고 한 분들인데 말이에요. 양가 부모님만 해도 식장에 오시기만 하라고 초대만 받았지요. 레이코의 아버지는 도쿄에서 오셔서 닷새 머무르다 가셨습니다. 여기선 흔치 않은 일이지만 우리야 엄청 신났지요. 앞으로 어떤 일이 닥치더라도 제 힘으로 해결할 수 있고, 제 아내를 먹여 살릴 수 있다면 그걸로 만족하고 크게 영향 받지 않으려고 합니다.

피터와 데이비드는 이제 키도 많이 크고 의젓한 소년들이 되었겠네요. 서로 알아볼 수 있을 때 만나 보고 싶습니다.

욱이와 레이코[1]

카우프만 부부의 아이들에 대한 생각을 보면 종욱이 나이가 들어 감을 의식하고 있음을 알 수 있다. 아이들이 커서 다음번에 만날 때 알아보기 힘들 수 있는 것처럼 그도 나이가 들어서 알아보기 힘들 수 있다는 것이다.

강원도 지방의 도청 소재지인 춘천은 남북한 사이의 비무장지대와 가까운 곳이다. 종욱은 계속해서 춘천도립병원 응급실 의사로 근무했고, 부부는 병원 뒤편에 있는 의사 아파트에 살았다. 근무 시간은 길지만 보수는 괜찮은 편이어서, 두 사람은 미국으로 떠날 준비를 하며 약간의 저축도 할 수 있었다.

1970년대의 춘천이 어떠했는지는 훗날 레이코 여사가 쓴 다음의 회고록에 생생히 묘사되어 있다.

> 결혼하고서 강원 도청 소재지인 춘천에 살았다. 우리는 병원에서 의사 전용으로 지은 아파트에서 생활했다. 춘천은 중소도시로 경치가 아름다운 곳이다. 댐을 만들면서 생긴 호수가 있는데, 나는 남편을 따라 호수에 가서 함께 배를 저으며 놀곤 했다. 임신했을 때에도 호수에 가곤 했지만 더 이상 노를 저을 수는 없었다.
>
> 춘천에는 미군부대가 있었는데, 핵무기가 있는 아주 중요한 곳이라는 얘기가 있었다. 미군들이 일부 철수할 때 헬기에 폭탄을 싣고 어디론가 떠나는 것을 보았는데, 어디로 가는지는 알 수 없었다. 미군부대 앞에는 하루 일과가 끝날 무렵 부대 밖으로 나오는 미군들을 기다리는 몸 파는 여자들이 많았다. 춘천에는 큰 한국군 부대도 있었다. 한번은 그이와 함께 택시를 타고 호수로 가는데 갑자기 어디선가 탱크가 나타나 우리에게 포를 들이대 무섭고 깜짝 놀랐던 적이 있다.
>
> 하루에 한 번인지 두 번인지 시내 곳곳의 확성기에서 애국가가 울려퍼지면 길을 가다 말고 가슴에 손을 얹고 서 있어야 했다. 한 달에 한 번은 대피 훈련을 했는데 낮뿐만 아니라 밤에 할 때도 있었다. 밤에 할

때는 집집마다 불을 다 꺼야 했다. 버스나 기차를 타고 있으면 훈련이 끝날 때까지 모두 내려서 지정된 장소에 대피해 있어야 했다.

하루는 시어머니가 오셔서 호수로 모시고 가서 뱃놀이를 했다. 다음날 아침 시어머니 아침상 차릴 고민을 하다가 김치찌개를 끓여 드렸다. 그때 나는 임신 중이라 매운 음식에 매우 민감해서 김치 냄새를 맡으면 입덧이 심해져 김치찌개를 먹을 수 없었다. 그래 할 수 없이 빵과 차만 먹었는데, 시어머니는 영 탐탁지 않아 하셨다. 그이의 입장이 난처해졌다.

시어머니는 한 달에 한 번씩 우리 집에 오셨는데, 버스와 기차로 두 시간이 걸리는 길을 매번 김치를 가지고 오셨다. 그이는 어머니가 우리 가정생활에 간섭하는 게 싫어서 어머니를 썩 반기지 않았다. 그이는 특히 어머니가 바라던 신붓감들 이야기를 하시는 걸 싫어했다. 서울대 의대 출신은 엘리트 중에 엘리트였기 때문에, 딸 가진 부모들이 가장 바라는 신랑감 중 하나였다. 그의 장래성을 보고 시어머니께 사돈을 맺자는 사람들도 꽤 있었을 것이다. 하지만 그이는 그들과 어머니를 행복하게 해주기 위한 결혼을 하지 않았다. 그이는 누구의 간섭도 받지 않는 독자적인 삶을 살고 싶어했다. 객관적으로 볼 때 그이가 나와 결혼한 것은 그에게 도움이 되는 일이 아니었다. 나는 키가 크지도 않고 예쁘지도 않았다. 안경을 쓰고 앞니 사이도 벌어졌다. 부잣집 딸도 아니었고, 무엇보다 외국인이었다.

결혼 뒤 그이는 미국에 가서 의사로 활동하고 싶다는 바람을 이루고자 했으나, 베트남전쟁이 끝난 뒤로 외국 의사를 받아들이는 미국의 정책이 바뀌는 바람에 외국 의사에게 주는 비자를 받을 수 없었다. 그이는 낙심한 내색을 하지는 않았지만, 큰 충격을 받았음을 이제는 알 수 있다. 그이는 예비군 소속이어서 한 달에 한 번은 훈련을 받으러 가야 했다. 북한에서 간첩이 내려오면 두 번씩 가기도 했다. 춘천은 휴전선이 가까운 지역이기도 하다. 병원에서 밤 근무를 해 아주 피곤해도 훈련을 가야 했다. 나는 그이가 밤 근무를 하고 낮에 훈련을 받은 다음, 다시 밤 근무를 하는 날이면 몹시 걱정되었다. 하지만 그이는 체력이 아주 강해서 잘 버텨 냈다. 그는 체력에 대한 확신이 대단했지만, 지금 와서 보면 나이가 들어 체력의 한계를 간과한 게 분명하다.

레이코는 남편이 어떤 식으로 의사 생활을 하는지 볼 기회가 많았다. 다음은 그녀의 회고다.

이질 환자

그이가 밤 근무를 하고 지친 모습으로 집에 온 어느 날 아침이었다. 그에게 힘든 환자가 있었느냐고 물었더니 한 아버지가 어린 아들을 데리고 응급실로 왔다고 말했다. 소년은 탈수가 심하고 열이 많이 나는 상태였다. 이질이었다. 그의 치료로 아침에 아이의 상태가 좋아졌다. 몇 시간 뒤, 아이 아버지가 집 마당에서 키우던 닭을 산 채로 가지고 우리 집을 찾아왔다. 감사의 뜻을 특별히 전달하지 않을 수 없었던 것이다. 나는 이질 환자가 살던 집의 닭이라 좀 찜찜했다. 물론 불합리한 생각이긴 했다. 우리는 닭을 가까운 시장에 가져가 잡아 달라고 했다.

어머니

하루는 (낮이었으니 휴일이었을 것이다) 그이가 이상한 낯빛으로 집에 들어왔다. 무슨 일이 있었기에 그런 얼굴이냐고 물었더니, 교도소에서 교도관들이 환자 한 사람을 데리고 왔다는 것이었다. 재소자의 어머니도 함께였다. 그이는 환자를 검진한 뒤 어째서 휴일에 병원에 실려 오게 되었는지 궁금해했다. 그이는 일행에게 작은 방에서 기다리라고 한

다음, 그리로 가던 중이었다. 재소자의 어머니가 그에게 바짝 다가오더니 그의 손을 잡고는 뭔가를 꼭 쥐어 주면서 이렇게 속삭였다. "우리 아들이 많이 아프니 집에 데려가야 한다고 간수들한테 말 좀 해줘요. 너무 심해서 죽을지도 모른다고요." 그이는 깜짝 놀랐다. 집에 온 남편은 내게 그 이야기를 들려주며 이렇게 말했다. "그 어머니는 내가 의사 면허하고 그 돈을 바꿀 거라고 생각했을까?"

어떤 산모

그이는 내게 빈혈이 심한 여성이 응급실에 실려 왔다고 말했다. 그녀는 열흘 전에 출산을 한 뒤로 자궁 출혈로 고생하고 있었다. 그런데도 빨래며 요리며 청소며 온갖 집안일을 다 해야 했다. 시어머니가 출산 다음날에도 쉬게 놔두지를 않았지만 며느리는 아무 말도 할 수 없었다. 남편이 어머니 뜻을 거역하지 못해 아내의 상태는 점점 더 나빠져 갔다. 병원에선 잠시 들르는 남편 말고는 환자를 챙겨 줄 사람이 없었다. 그이는 간호사에게 환자의 친정 식구들이 있는지 알아보라고 했다. 찾아보니 환자의 오빠가 병원에서 꽤 먼 곳에 살고 있었다. 오빠가 소식을 듣고서 병원으로 찾아왔다. 그이는 그 오빠에게 여동생이 퇴원 후 시집으로 가게 하면 생명이 위험할지 모른다고 말했다. 그녀는 병원에 며칠 있으면서 치료를 잘 받은 다음 오빠네 집으로 갔다.

충수염 환자

우리 집엔 전화가 없어서 전화를 걸려면 그의 진료실로 가야 했다. 국제전화인 경우엔 교환을 기다려야 했다. 하루는 일본으로 전화를 걸기 위해 응급실을 지나가는데 여인의 울부짖는 소리가 났다. "아이고 아야! 아이고 아야! 좀 도와줘요! 너무 아파요!" 그녀는 계속 울부짖었다. 나는 그에게 어디가 아픈 여인이냐고 물어 보았다. 충수염(맹장염)인데 수술비가 없다는 것이었다. 그녀의 남편은 감옥에 있었고, 가족 중에 도움을 줄 사람도 아무도 없었다. 나는 남편에게 충수염 수술비가 얼마나 되냐고 물었다. 나 같은 사람이나 보통 월급쟁이 입장에선 아무것도 아닌 액수였다.

내게는 결혼하면서 아버지께 받은 돈이 있었는데 그 대부분을 달러로 예금해 두고(달러가 가장 안정되고 가치 있는 통화라는 인식이 있던 때였다) 남은 게 좀 있었다. 나는 우리가 그녀의 수술비를 대면 안 되겠느냐고 제안했다. 그이가 병원 원무과에 가서 얘기를 하자, 놀랍게도 원무과에서 무료로 수술과 치료를 해주겠다고 했다. 너무 감사했다. 그때만 해도 충수염으로 사람이 죽는 시절이 아니었던 것이다. 그 무렵 한국에서는 건강보험이 시작되었고 가난한 사람들을 도와주는 제도도 있었지만, 그녀는 해당 요건에 들지 않거나 가입 절차를 밟지 않았던 것 같다. 아무튼 그녀는 수술을 받고 며칠 뒤 퇴원했다. 그이는 내가 그런 제안을 하고 원무과에서도 돕기로 해서 아주 기뻐했다.

천식과 턱관절 탈구

계절이 바뀌거나 대기오염이 심해지면 천식이 심해지는 환자가 있었다. 시장에서 우산을 파는 사람이었다. 그는 병원에서 남편의 진료를 몇 번 받은 뒤로는 그가 자신의 병을 고칠 수 있으며, 증세가 심할 때 구해 줄 수 있는 유일한 의사라고 판단하게 되었다. 그는 천식 발작이 다가올 때를 알기에 때가 되면 병원 입구에 와서 발작이 시작되기를 기다리곤 했다. 그는 언제나 때맞춰 와 있다가 응급실에 들어가서 남편의 진료를 받았다. 그의 근무 시간이 아닐 때도 그만을 찾았다. 그러면 그이는 집에 있다가도 언제나 그 사람을 도우러 갔다.

턱관절이 탈구되어 침이 마구 흘러도 입을 다물 수 없는 환자가 응급실에 찾아온 것도 그 무렵이었다. 그이는 환자를 보며 생각했다. 턱이 빠졌으니 제자리에 맞춰 넣어야지. 그이는 턱을 제자리에 잘 맞춰 넣었다. 며칠 뒤 그 환자가 같은 문제로 동네 의사를 찾아갔는데, 그 의사는 남편처럼 하지 못했다. 그 의사는 수술을 권했으나 환자는 그럴 형편이 아니었고 원치도 않았다. 그래서 다시 응급실에 와서 남편을 찾았지만 그는 마침 자리에 없었다. 당직 중인 의사는 그의 턱을 맞추지 못해 동료들을 불러 도와달라고 했다. 그들은 엑스레이를 찍어 본 다음 수술을 고려하기 시작했다. 환자는 깜짝 놀라며 그를 찾게 좀 도와달라고 했다. 하지만 그때 그이는 춘천에 없었다. 그이가 집에 돌아와 보니 아주 고약한 문제가 있으니 어서 와달라는 응급실의 전갈이 있었다. 그이는 환자를 만나 전처럼 해서 이번에도 성공을 거두었다. 환자는 남편 때문에 살았다며 아주 기뻐하면서 집으로 돌아갔다.

한센병

하루는 그이가 비번이라 서울에 가 있는데 한센병 환자가 응급실에 찾아왔다. 당직 중인 의사들이 겁을 먹고 검진을 안 하려는 바람에 그는 오랫동안 기다려야 했다. 그이는 집으로 돌아오자마자 응급실로 불려 갔다. 한센병 요양원에서 일한 적이 있는 그이는 한센병을 별로 두려워하지 않았던 터라 기꺼이 환자를 진료하고 집으로 돌려보냈다. 한센병은 아직까지도 사람들이 가장 두려워하는 병 중 하나였다.

감전사

햇살 좋은 따스한 날, 집에서 그이와 함께 점심을 막 먹었을 때였다. 병원 쪽에서 갑자기 펑 하는 소리가 들려왔다. 그러나 병원 안에서 나는 소리 같지는 않았다. 남편은 무슨 일이 난 것 같다며 병원으로 급히 돌아갔다. 저녁때 돌아온 그는 병원 정문에서 감전사당한 사람이 있다고 말했다. 그이가 응급실에 도착했을 때 그 사람은 막 실려 왔는데, 온몸이 까맣게 타고 지독한 냄새가 났다고 했다. 이미 호흡이 멈춘 상태였으나 그이는 소생술을 실시했다. 가슴을 문지르고 입으로 인공호흡도 해보았는데 감전되어 타죽은 사람의 냄새는 상상을 초월한 것이었다고 한다.

1977년 10월 31일, 레이코는 병원에서 아들을 낳았다. 아기의 한국 이름은 충호, 일본 이름은 타다히로였다. 레이코의 다른 회고 장면을 보면 아버지가 된 종욱의 일면을 가늠할 수 있다.

어떤 아기의 죽음

우리 아이가 태어난 지 두세 달밖에 안 되었을 때다. 어느 날 아침 그이가 병원에서 돌아왔길래 아침을 차려 주었다. 그는 먹지 않고 가만히 앉아 바닥만 내려다보고 있었다. 그에게 무슨 일이 있었느냐고 물었으나 고개를 든 그는 눈물만 뚝뚝 흘리며 아무 말도 하지 못했다. 그가 우는 모습을 본 것은 그때가 처음이었다. 나는 몹시 걱정이 되었다. 하지만 그는 곧 마음을 가라앉히고는 있었던 일을 말해 주었다. 밤에 돌이 될까 말까 한 아기가 응급실에 왔는데 탈수가 심하고 의식을 잃은 상태였다. 그는 너무 늦었다는 걸 알면서도 아기를 살리기 위해 온갖 방법을 다 써보았다. 하지만 아기는 결국 아침에 숨을 거두고 말았다. 그는 아들인 충호 생각을 했다. 나는 의사가 환자를 진료할 때 감정에 휘둘려서는 안 된다는 얘기를 자주 들었지만, 그때는 그가 좋은

신출내기 의사이자 아빠인 이종욱. 그는 당시 강원도 춘천도립병원 응급실에서 임상의로 근무했다.

사람이라는 생각만 했다. 그 뒤로도 아기 사망에 대한 얘기를 여러 번
했지만 우는 모습을 보인 적은 없다.

새로운 우정과 모험

미국인 군의관 존 헤스는 제대 후 미국으로 돌아가 공부를 더 하기
전에 1년 동안 서울 용산기지의 121후송병원에서 복무하고 있었다. 그
는 토요일이면 빨간 닛산 스포츠카를 몰고 춘천까지 가서 성 골롬반
수녀회가 운영하는 의원에서 봉사활동을 했다.

1978년 1월 어느 날, 의원 운영을 맡고 있는 아일랜드인 제타 수녀가

말했다. "종합병원에 온 지 얼마 안 된 젊고 유능한 의사 분이 있는데 만나 보시면 좋겠어요." 그 무렵 종욱과 레이코는 종욱의 병원에 환자들을 보내주는 수녀들과 친분이 있어 그 의원을 자주 방문하곤 했다. 헤스가 수녀의 말을 들은 바로 다음 주였다. 헤스가 진찰실에서 통역자와 더불어 환자와 얘기를 나누고 있는데 노크 소리가 나더니 제타 수녀가 문을 열며 말했다. "헤스 선생님, 이분이 이 선생님이랍니다."

헤스의 기억에 그때 종욱은 청바지에 희고 까만 스웨터 차림이었는데, 겨드랑이에 『뉴잉글랜드 저널 오브 메디슨』을 끼고 있었다. 두 사람은 함께 있는 환자에 대해 영어로 얘기했고, 환자와 얘기할 때에는 헤스가 배우고 있던 한국어로 했다. 환자와 통역자가 곧 자리를 뜨자, 두 의사는 다른 사례와 지금 하는 일, 그리고 정치 상황에 대해 얘기를 나눴다. 문학 같은 공통의 관심사에 대해서도 이야기했다. 두 사람은 같은 서른두 살(1945년생)이고 의사인 데다 군복무 경험이 있고 모험심도 있어서 서로 호감을 갖게 되어 다시 만나기로 했다.

존 헤스의 약혼녀인 린 스탠스베리는 당시 의학을 공부하고 있던 하와이에서 그를 만나러 마침 한국에 와 있었다. 종욱은 두 사람을 그가 일하는 병원으로 초대해 구경시켜 준 다음, 집으로 데려가 레이코와 석 달 된 아기에게 소개했다. 그들은 보건의료뿐만 아니라 영문학 등 공동의 관심사로 이야기꽃을 피웠으며, 곧 가까운 친구가 되었다. 린이 하와이로 떠난 지 몇 달 뒤 존도 뒤따라가 두 사람은 결혼했다. 그 뒤로도 두 커플은 편지로 계속 소식을 주고받았다.

한편 종욱 부부의 미국 이민 계획은 비자 문제로 자꾸 미루어졌다. 아마도 그 무렵 두 사람은 적어도 당분간은 이민을 포기하고 있었는지

도 모른다. 그렇다고 레이코에게 한국 영
주권이 있는 것도 아니었다. 그녀는 체류
허가증을 갱신하려면 일본에 머무르다 와
야 했으며, 그나마도 한국에서 6개월씩만
체류할 수 있었다. 레이코는 아들의 돌이
막 지난 1978년 12월 비자가 만료되자, 아
들을 데리고 도쿄로 가서 여동생 집 근처
에 작은 아파트를 얻었다. 종욱은 한국 영
사관과 비자 문제를 가능한 한 빨리 해결
하여 가족과 합류할 계획이었다.

존 헤스. 1977년 설악산에서.

레이코와 충호가 도쿄로 떠난 직후인
1978년 12월 12일, 종욱은 존 헤스에게 보
낸 편지에서 가족이 처한 곤경에 대해 말하고 있다. 헤어져 있기 때문
인지 가족에 대한 사랑이 더 애틋해진 듯했다. "오늘에다 닷새를 더한
2년 전, 우리는 결혼 서약에 '네'라고 대답했습니다. 이제 레이코가 없
고 보니 함께 있던 그 어느 때보다 제 자신이 무력하고 레이코가 존경
스럽다고 느끼게 됩니다. 지난 며칠 동안 뭔가를 찾을 때마다 그게 마
술처럼 제가 찾는 자리에 반듯하게 있습니다. 그녀가 조용히 준비하는
사려 깊은 사람이라는 걸 알 수 있지요."[2] 그는 이민법 때문에 가족이
떨어져 지내지 않아도 되는 곳을 알아보기가 힘들다며, 그들에게 닥친
난관에 대해 자세히 설명한다.

그 사이 헤스 부부는 호놀룰루에서 한국인 친구들을 도울 방법을
찾고 있었다. 존은 종욱이 하와이 공중보건대학원에서 장학금을 받으

며 공부할 수 있는 기회가 있는지 알아보았다. 그런 요건에 들자면 갖은 교섭과 서류 작성과 전략이 필요했다. 종욱이 12월 12일에 보낸 편지는 헤스의 권고에 응답하며 다음과 같이 맺고 있다. "당신의 계획을 읽어 보니 전투 작전 보고를 받은 기분입니다." 그러면서 '멍해진 종욱'이라 서명을 한다.[3]

종욱은 1979년 2월 일본으로 가서 레이코와 충호를 만났다. 처음으로 한국을 떠난 그는 깊은 인상을 받았다. 일본에 온 지 1주일 뒤 헤스 부부에게 쓴 편지에서 그는 이렇게 말한다.

> 이 풍요의 바다에서 레이코의 가족들이 대체로 유복하게 사는 걸 보니, 그녀의 한국 생활을 다시 생각해 보게 됩니다. 그녀가 한국에서 봉사활동을 하면서 받은 고통에 대해 모욕이 되는 말을 해서는 안 된다고 느끼고 있습니다.[4]

존 헤스와 종욱의 노력은 마침내 빛을 보게 되어, 종욱은 등록금을 전액 지원받으며 하와이 대학에서 공중보건학 석사과정을 밟을 기회를 갖게 되었다. 이로써 레이코는 일본과 한국에서의 비자 문제가 해결되고, 종욱은 좋은 경력을 쌓을 수 있게 되었다.

하지만 미국 비자를 받기 위해서는 경제적 능력을 입증해야 했다. 그런데 그들에겐 저축해 둔 돈이 많은 것도 아니고, 당장 미국에서 기대되는 수입도 없었다.

헤스 부부는 이 문제에 대해서도 해결책을 내놓았다. 정말 인정이 넘치는 제안이었다. 헤스 부부는 종욱 가족에게 집세 부담은 그들과 함께 살면 덜 수 있을 테고, 그 밖의 생활비는 대학에서 매달 500달러를 지원받게 될 것이라고 했다. 그런데 이 지원금의 재원은 존이 호놀룰루에서 의사로 일하면서 받는 급여였다.

종욱 부부는 누군가에게 그 정도로 부담을 주는 게 마음에 걸렸지만, 어엿한 가정을 유지해야 한다는 간절함도 있었다. 그런 그들에게 헤스의 제안은 기도에 대한 응답과도 같았으며, 아직은 모르지만 보다 나은 무언가를 위해 쉽게 거절할 수 있는 게 아니었다. 이 제안은 헤스 부부로서는 그들이 정말 좋아하는 한 가정을 돕는 길이었다.

훗날 이들 부부는 종욱 부부에게 강한 친밀감을 느꼈다고 말했다. 하와이 전통문화에는 '오하나'라는 우정의 정신이 있는데, 이 정신에 따르면 가까운 친구끼리는 혈연이 아니더라도 서로를 한가족으로 본다. 이는 독일 전통에서 '선택된 가족'이라는 뜻의 '발훠어반드텐 wahlverwandten'이라는 개념과 비슷하다. 그런 바탕에서 절친한 친구가 도움이 필요할 때 경제적 도움과 집의 한 공간을 제공하는 것은 당연한 일이었다. 이는 낭만적인 관념일 수도 있지만 다른 많은 전통보다 더 합리적인 것인지도 모른다.

게다가 헤스 부부는 꽤 큰 집을 얻어놓았기에 종욱 가족 말고 또 한 커플과도 집을 함께 쓸 수 있었다. 두 사람 다 공동체 생활을 추구하는 히피는 아니어도 그 세대에 속했던 만큼, 주거 방식에 대해 상당히 열린 생각을 갖고 있었다. 또한 그들이 더 이상 청춘은 아니었지만 청년 의식과 모험심을 잃은 건 아니었다.

구상이 현실로 되어 가자, 종욱은 헤스 부부에게 보낸 날짜 미상의 편지에서 이렇게 소회를 밝힌다.

린과 존에게

남들을 위해서는 날마다 결정을 내리고 있는 저지만 이 일은 결정할 엄두가 안 났습니다. 논리적이고, 합리적이고, 현실적이고, 유순해지려고 애를 쓰고 있지만 지금도 힘듭니다. 아마 두 분의 우정 어린 '압박'이 없었다면 이 많은 서류를 다 갖추지 못했을 겁니다. 저는 강원도 환자들과 접촉하며 날마다 겪는 좌절을 자주 얘기합니다. 형편이 뻔히 다 들여다보이는 사람들이 체면을 차리려고 애를 쓰거든요. 제가 아무리 겉으로 세련된 척해 봐야 저도 뼛속까지 그들과 매한가지라고 느끼고 있습니다. 문득 린의 말이 떠오르더군요. 두 분이 제게 가족으로서 말하고 있다는 얘기 말이에요. 그 말을 자꾸 생각해 보게 되었고, 그럴 때마다 마음이 편해졌습니다. 달아나고 싶은 본능과 두려움을 극복해 가고 있는 중입니다.

제게 이만큼 큰 수고를 끼친 분은 어머니와 레이코, 싱가포르에 계신 누님밖에 없습니다. 그리고 이젠 두 분입니다.

아픈 자는 복이 있나니! 고마워요, 존.

이 편지를 보면 그가 겉으로 강한 모습만 보이려 한 게 아니며, 그렇다고 속으로 딱한 자신의 처지를 수치스러워하지도 않았음을 알 수 있다. 그가 환자들의 딱한 처지와 그것을 감추려는 애처로운 시도를 자신의 형편과 동일시하는 것을 보면 균형 잡힌 시각의 소유자임을 알 수 있다. 그는 종교적인 사람은 아니지만 마태복음 5장의 복됨에 대한 통찰을 보이고 있다. 병든 사람들이 처한 현실을 보면 마음이 가난한 사람들과 고통받는 사람들의 처지와 같다고 볼 수 있으니 복되다고 말한 것이다.

독특하게도 그는 다소 격정적인 상태에서 편지를 맺는 게 아니라 갑자기 꽤 실무적인 문제로 넘어간다.

추천서 한 장은 탬파에서 날아오고 있고요.
7페이지에 서명하기라고 양식 동봉합니다.
제 성적표는 내일 김 선생님 편에 학교에 전달될 것입니다.
전보 비용과 추가 양식 지원 몫으로 20달러와 지원비도 동봉합니다.
나머지 비용은 학교에서 부담하게 하시고요.

종욱(한국어로 서명)[5]

종욱과 존 헤스는 군복무 경험을 살려 기동력 있게 움직였던지, 1979년 7월 말에 모든 행정 절차를 다 마쳤다. 마침내 종욱 가족은 8월 새로운 인생을 미국에서 시작하기 위해 떠났다. 그들이 가져간 식기는 밥그릇 세 개와 접시 세 개, 그리고 젓가락 세 벌이 전부였다.

2

백신의 황제

1979~2003
태평양 지역사무처와 WHO

호놀룰루, 그리고 파고파고

        1979년 8월 9일 이종욱 가족은 호놀룰루 국제공항에 도착했다. 그의 학생 비자로는 한국 국적인 아들을 동반할 수는 있어도 일본인 아내를 동반할 수 없어, 레이코는 관광비자를 따로 발급받았다. 그녀는 미국 입국 신고서의 '직업'란에 '작가'라 쓰고, '방문 목적'란에는 '취재'라고 적었다. 그래야 12월에 비자가 만료될 때 기간 연장을 받기 쉬울 거라는 친구들의 조언을 따른 것이었다.

  하와이는 미국 본토와 3200킬로미터가량 떨어져 있지만 아시아·태평양 지역에서 미국으로 들어오는 가장 중요한 관문이어서 입국자들은 이민국 관리들이 앉아 있는 입국심사대를 통과해야 한다.

  레이코는 남편이랑 아들과는 다른 줄에 섰다. 피부양자인 아내보다 매인 데 없는 작가처럼 보이기 위해서였다. 그런데 차례가 되어 무얼 쓰기 위해 왔느냐는 질문을 받고는 당황하고 말았다. 대답이 없자, 여권을 검사하던 여성이 물었다.

  "결혼하셨나요?"

  "네."

"아이는 있고요?"

"아들 하나요."

"남편과 아이는 어디 있죠?"

"저쪽에요."

레이코는 남편과 아들이 기다리고 있는 쪽을 가리키며 말했다. 혼자만 왔다고 꾸미려니 자신이 없을뿐더러 허위 신고를 했다가 입국을 거부당할까 봐 두려웠던 것이다. 그런데 이민국 관리는 별말 없이 고개를 끄덕이며 메모를 하더니 여권에 도장을 찍고 돌려주면서 잘 머무르다 가기를 바란다고 말했다. 이렇듯 그들 가족은 오랫동안 바라던 꿈을 이루긴 했으나 마음 편히 입국을 할 수 있었던 건 아니었다.

이종욱은 세관 심사를 마치고 아내와 아들과 함께 짐을 끌고 나오면서 어릴 적 피란 시절의 아픈 기억을 떠올렸는지도 모른다. 만일 그랬다면 낯익은 반가운 얼굴들이 나타나 그 기억을 쫓아 버렸을 것이다. 입국장에서 기다리는 수많은 사람들 가운데 있던 헤스 부부가 이종욱 가족을 맞아 주었던 것이다. 두 사람은 폴리네시아 전통 방식대로 세 사람에게 각각 빨간 꽃과 하얀 꽃으로 만든 화환을 목에 걸어 주었다. 이제 그들은 의심할 바 없이 풍요와 기회와 친선의 땅에 들어선 것이다.

하와이 대학교 마노아 캠퍼스는 오아후 섬의 호놀룰루 북쪽의 골짜기 320에이커(약 39만 평)에 이르는 터에 자리 잡고 있다. 재학생이 2만 명이고 미국 내에서도 재정이 튼튼한 이 대학은 부자 나라에서 공부를 하더라도 그저 그런 지역에 비해 특별히 유리한 이점을 제공한다. 이를 테면 아시아·태평양 지역과의 연계성 덕분에 열대의학이나 열대농업, 화산학, 비교철학, 도시계획, 국제통상, 언어 같은 분야의 연구가 뛰어나다. 이 대학의 자랑거리로는 일본식 찻집과 정원, 조선 왕조 근정전 모형, 타로(토란) 밭, 뉴먼추기경센터, 동서문화센터, 한국학연구소 등이 있다.

번창하는 도시 호놀룰루에 위치한 데다 근처에 와이키키 해변이 있는 이 대학은 여러 면에서 경력을 쌓기에 아주 좋은 환경이었다. 그런 곳의 학생이라는 것은 부족하고 위험한 점이 많은 춘천의 한 응급실 의사인 것과 엄청난 차이가 있었다.

밥 워스 교수가 지도하는 공중보건학 정규 석사과정은 역학疫學과 보건경제학, 질병 예방 및 관리 등의 과목으로 구성되었다. 여기에다 종욱은 박사과정 학생들을 위한 박재빈 교수의 보건통계학 과목을 수강하고, 짐 더글러스 교수의 지도 아래 한센병을 옮기는 인자를 알아내는 혈청검사 개발 연구에도 참여했다. 이 연구를 위해 그는 생명의과학과 건물에 있는 실험실에서 근무하며 이따금 환자를 검진하고 혈액 샘플을 채취하기 위해 미크로네시아에 있는 포나페 섬에도 갔다.

그는 유능한 학생이요 연구자로 여러 시험을 통과했지만, 한번은 원심분리기를 잘못 조작해 폭발 사고를 일으키는 큰 실수를 하고 말았다. 파손된 기계 값이 5000달러나 되는 데다 사고가 큰 인상을 남겼던지 20년 후 밥 워스 교수를 만났을 때 그는 다시 한 번 후회 섞인 말을 했다.

한편 하와이에서 미국 의사 비자자격시험을 다시 치렀으나 이번에도 고배를 마셨다.

어느 날 밤, 이종욱은 긴급한 전화를 받았다. 그와 동료 연구원이 실험실에서 함께 기르던 아홉띠아르마딜로가 죽었다는 소식이었다. 의사인 그로서는 부검을 해볼 필요가 있었다. 몸에 띠 모양의 골절판이

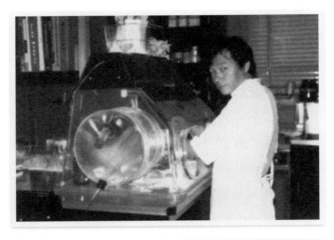

하와이 대학 실험실에서(위). 하와이 대학으로 유학간 이종욱 가족은 패티 드라이브에서 헤스 부부와 함께 살았다. 헤스의 아내인 린 스탠스베리와 함께(아래).

아홉 개 있는 아홉띠아르마딜로는 사람에게 한센병을 일으키는 세균을 옮기는 것으로 알려져 있어, 발병에 관한 미생물학 연구를 하기 위해 기르던 것이었다. 레이코는 종욱이 그 일 때문에 밤늦게 서둘러 집을 나간 것으로 기억했지만, 기록이 남아 있지 않은 것으로 보아 죽은 원인은 특별한 게 아니었던 듯하다.

'패티 드라이브'에 위치한 집에서 세 가족이 함께 살았던 생활은 헤스 부부와 레이코가 회상하듯 장단점이 있었다. 전도 유망한 의사들이었던 헤스 부부와 이종욱이 끈끈한 우정을 쌓을 수 있었다는 것이 가장 큰 장점이었다. 하지만 경제적 도움을 주고받는 사람들이 함께 사는 것은 단점이었다. 그 점에 대해 레이코는 "친구들이 관대해서 별 문제 없이 잘 지냈지만 편치는 않았고 좀 창피한 적도 있었다"고 말했다.

낮에는 레이코와 충호 말고는 모두 밖에 나가 일을 보았다. 존은 개인병원 의사, 린은 대학병원 응급실 인턴, 종욱은 대학원생이었다. 다른 커플인 샐리와 조엘은 각각 대학에서 독일어를 가르치고 언어학을 연구했다. 린은 당시를 이렇게 회상한다.

> 샐리는 제 하우스메이트였어요. 제가 한때 나갔던 호놀룰루 퀘이커 집회에서 만났지요. 그때 저는 의대 3학년을 마친 상태였고, 샐리는 하와이대 독일어학과 조교였어요(학생들의 자율권을 강조하는 교수법을 창안한 것으로 알려져 있었죠). 샐리는 키가 큰 채식주의자였는데(원추리 새순을 튀겨 꿀에 찍어 먹고, 집에서 요구르트를 만들어 먹고, 냄비에다 맛난 콩 요리를 지칠 줄 모르고 했어요) 아주 믿을 만한 친구였어요. 제가 의대 졸업반일 때, 막 결혼한 조엘과 샐리 그리고 존과 저는 샐리와 제 아파트에서 호놀룰루 전통식으로 바짝 붙어서 살았어요. 그러다

같은 해 존과 제가 패티 드라이브에 있는 주택을 사자, 우리 모두 그 집으로 옮겨간 거지요. 조엘도 (더 기초적인 수준이긴 해도) 언어학을 연구했는데, 듬직하고 아이다 호 출신답게 개척 정신이 강한 친구였어요. 조엘은 충호가 처음 본 털보였는데, 충호는 조엘을 보자마자 그의 남성다운 수염에 반했지요. 충호가 조엘의 턱수염을 쓰다듬을 때마다 우리는 '조엘'이라고 일러 주었지만 충호는 '턱수염'이라고만 했어요. 그 때부터 조엘은 집에서 '턱수염'이라고 불렸답니다.[1]

함께 놀거리가 많이 필요했던 충호는 저녁이 되어 사람들이 들어오면 무척 신나 했다. 그 시절을 돌아보며 린은 이렇게 말한다.

제가 인턴으로 일하던 때는 너무 힘든 일이 많아서 내내 제정신이 아니었어요. 함께 일하던 인턴 중 두 사람이 세상을 떠났는데, 한 사람은 살해되었어요. 또 유행성 독감 때문에 2월에는 몇 주 동안 동료 여러 사람이 나오지 못했어요. 여러 해가 지난 뒤, 욱이는 존에게 그 시절 얘기를 하면서 제가 병원에서 돌아온 날에는 밤마다 잘 때까지 엉엉 울곤 했다고 말했던 모양이에요. 하지만 밝은 면도 있었답니다. 바로 우리 집과 그곳에 사는 사람들이었지요. 존과 조엘, 샐리와 레이코, 욱이, 그리고 누구보다 충호가 있었지요.

한번은 욱이가 현장보고 과정을 마치고 하와이로 돌아왔다가 레이코와 제가 한창 '싫어' 소리만 하던 그의 두 살배기 아들을 꾀어서 씻기는 것을 보고 깜짝 놀랐어요. 저는 밤마다 아래층으로 달려 내려가면서 충호에게 '내가 욕조에서 목욕해야 하니까 너는 샤워만 해'라고 말했어요. (위층 욕실에는 샤워기만 있고, 욱이와 레이코가 쓰는 욕실에만 욕조가 있었거든요.) 아직 어린 아이는 '싫어' 소리를 안 하고는 못 배겨서 자기가 목욕할 테니 저보고는 샤워만 하라고 했어요. 그때를 놓치지 않고 레이코는 아이를 번쩍 안아서 욕조로 데리고 갔지요. 그러는 동안 소리치고 잡으러 다니고 웃고 하느라 떠들썩했지요.

그런가 하면 지금까지 마음이 아픈 기억도 있어요. 제가 하루는 충호에게 저녁식사를 하는 동안에는 식탁에서 장난감 자동차를 굴리지 말라고 꾸짖었어요. 그러자 레이코가 아이를 얼른 데리고 나갔어요. 제 어린 시절에 배운, 틀에 박힌 예절을 가르치려다 그들이 자기 집처럼 편안히 지낼 수 있도록 그동안 기울인 노력을 다 날려 버렸다는 자책감에 한동안 시달려야 했지요. 하지만 그 끔찍했던 한 해 동안 레이코와 충호가 주었던 기쁨과 축복을 잊을 수가 없어요.[2]

레이코는 집에서 언덕 아래로 1.5킬로미터 정도 떨어진 슈퍼마켓에 아들을 종종 데리고 갔다. 버스비를 아끼기 위해 주로 걸어서 갔다. 그러던 어느 날, 충호가 날은 더운데 땀은 안 흘리면서 얼굴이 놀랍도록 빨개져 있었다. 일사병 증상이었다. 레이코는 얼른 아이를 업고서 45미터가량 앞에 있는 약국으로 달려갔다. 그곳에는 에어컨이 있었던 것이다. 레이코는 아이가 열이 내려갈 때까지 시원한 바람 앞에 함께 서 있었다. 그 뒤로는 볕이 뜨거울 때 아이를 데리고 오래 걷는 위험한 일을 하지 않았다. 하지만 버스비를 쓴 만큼 다른 데서 돈을 아껴야 했다. 외식을 한다는 건 있을 수 없는 일이었다. 핫도그를 하나만 사서 소시지는 아이에게 주고 빵은 그녀가 먹은 일도 있었다.

이종욱 가족이 하와이에 온 지 1년 만에 함께 살던 헤스 부부가 미국령 사모아로 가게 되었다. 존이 그곳 보건국장으로 임명되었던 것이다. 그들은 집과 하얀 폭스바겐 소형차를 그들 부부에게 쓰라고 했다.

레이코 여사와 아들 충호.

존에게 운전을 배운 종욱은 시험 두 번 만에 면허를 땄다. 차가 생긴 가족은 오아후 섬 곳곳을 누비고 다녔다. 그는 레이코에게 운전을 가르쳤는데, 번번이 부부싸움으로 끝났다. 레이코는 화가 나서 차를 세우고 가버린 적도 있었다. 결국 두 사람 다 그녀의 면허 취득에 흥미를 잃게 돼 레이코는 하와이에 있는 동안에는 면허를 따지 못했다.

한편 운전에 관심이 있던 충호는 아빠와 함께 과속방지턱이 있는 곳에 나가 차들이 턱에 걸려 덜컹거리는 모습을 보면서 깔깔거리며 좋아했다. 어른들이 말도 안 되는 장난을 하는 것으로 본 것이었다.

하와이에 온 지 만 2년이 되어 갈 무렵, 가까운 미래에 대하여 크게 두 가지 선택권이 주어졌다. 하와이 대학의 공중보건학 강사로 남느냐, 아니면 미국령 사모아의 임상의 자리에 가느냐였다. 의사 자리는 경제적 독립과 웬만한 급여를 제공해 줄 테지만 경제가 덜 발달된 작은 섬에서 살아야 한다는 단점이 있었다. 그곳에서 살고 있던 헤스 부부는 하와이로 돌아올 예정이었다. 종욱이 그곳 파고파고에 자리가 났다는 소식을 들은 것도 그들을 통해서였다. 종욱은 지원해서 합격하자, 학자 생활의 매력을 물리치고 그곳으로 가기로 결정했다.

사모아 섬의 린든 존슨 병원

남태평양의 사모아 제도는 하와이와 뉴질랜드 중간에 있다. 폴리네시아 사람들이 2000년 넘게 거주해 온 이들 섬에 유럽의 탐험가들이 온 것은 18세기부터였다. 식민 지배권을 놓고 벌어진 오랜 분쟁은 1899년 독일과 미국이 군도群島를 크게 웨스턴 사모아와 아메리칸 사모아로 나누기로 합의하면서 정리되었다. 미국은 아메리칸 사모아를 획득함에 따라 태평양의 중요한 무역·군사 요충지인 투투일라 섬의 파고파고 항을 차지하게 되었다. 웨스턴 사모아는 1차 세계대전 초에 뉴질랜드에 점령당했다가 1962년에 독립했으며, 1997년에 '웨스턴'이란 수식어가 떨어져 나갔다.

파고파고 인근의 파가울라에 있는 린든 B. 존슨 병원이 문을 연 것은 1968년으로, 미국의 존슨 대통령이 방문한 지 2년 뒤의 일이다. 병상 120개와 의사 31명, 예산 1억 1500만 달러 수준의 이 병원은 지금까지도 남태평양에서 가장 시설이 좋은 곳으로 알려져 있다. 이런 시설이 있었기에 이곳 주민들은 전 세계적으로 탈식민화가 한창일 때 독립에 대한 요구가 약했던 것인지도 모른다. 군도의 동부 지역은 미국령으로 남아 있으며 통화도 미국 달러를 쓰지만, 엄밀히 말하면 하와이처럼 미국의 주도 아니고 식민지도 아니다. 촌장들의 연합체와 미국 의회의 지도를 받으며, 법적으로는 '편입되지 않은 영토'로 정의된다.

병원 주변에는 의료진과 그 가족들을 위한 방갈로들이 있었다. 종욱 가족은 그중 한 집에 입주했다. 침실이 두 개이고 커다란 거실과 주방과 욕실과 다락이 각각 하나씩 있는 집이었다. 오로지 그들만의 집이었다. 드디어 그들은 자기 집이라 할 수 있는 공간을 갖게 된 것이다. 이웃에는 같은 병원의 젊은 의사 부부인 빌 쉐터와 기젤라 쉐터가 살았다. 이들 부부의 아들인 샘이 충호와 동갑이었다. 기젤라는 27년 뒤에 다음과 같이 회상한다.

> JW는 우리 바로 옆집에 살았어요. 두 집 아이들은 아주 친해져서 구아바나무에 함께 올라가기도 하며 놀았죠. JW와 그의 아내는 둘 다 아주 학구적이었어요. JW는 늘 의학 공부를 했고, 아내는 외국어 공부를 했지요. 그녀는 저랑 독일어 공부를 하기도 했어요. JW는 비자 자격시험 공부를 했는데, 외국 의대 출신들이 미국에서 레지던트 자리를 얻으려면 그 시험에 통과해야 했기 때문이지요. 전번 시험에서 떨어졌다고 했어요.
>
> JW는 사모아에서 한국인들의 리더였어요. 사모아에는 그곳을 기지 삼아 참치 공장을 운영하는 한국 어선단이 있었지요. 그는 한국관에서 열리는 저녁식사 자리에 우리를 자주 초대했는데, 한국인이라면 무슨 문제가 있을 때 찾아가 봐야 할 사람으로 존경을 받았어요.
>
> 그는 응급실에서도 리더였어요. 한번은 버스가 절벽 아래로 구르는 사고가 나서 열네 명이 중상을 입었는데, 그가 병원에 와서야 환자를 부상 정도에 따라 분류해서 치료를 할 수 있었지요.[3]

레이코는 아이들이 나무에 올라가 따온 구아바가 아주 달콤했다고 기억한다. 두 가족은 지금도 가깝게 지내고 있다.

종욱은 평일에는 외래 환자를 진료했는데, 많을 때는 하루에 60명씩 보았다. 필요에 따라 큰 외과 수술을 하기도 하고, 직원들 하루 휴가 결재를 하기도 했다. 주말이나 휴가 때면 그의 가족은 바닷가로 소풍을 가서 파란 바다와 아름다운 해안을 마음껏 누렸다. 충호가 수영을 배운 것도 사모아에서였다. 레이코는 아들이 '물고기처럼' 헤엄을 잘 쳤다고 회상한다.

종욱은 당시 파고파고 인근의 대학에서 언론학을 가르치고 다이빙 클럽을 운영하던 미국인 존 플래니건에게서 스쿠버다이빙을 배웠다. 그는 물속에서 당황하지 않는 법을 배우기 위해 장비를 착용하는 훈련을 종욱이 썩 내켜 하지 않았다고 기억한다. 하지만 이 훈련은 응급실뿐만 아니라 더 큰 조직의 책임자로서 받는 스트레스에 대처하는 데 도움이 되었을 것이다. 플래니건은 종욱이 다른 사람들에 비해 바닷속에서 식물이나 산호를 가만히 바라보거나 물고기 떼의 이동을 지켜보느라 오랫동안 한자리에 머물렀다고 말한다. 그가 수중 사진 촬영에 취미를 붙인 것도 이때였다. 레이코는 섬뜩한 경우를 기억하고 있었다. 종욱이 한 친구와 스노클링을 하다가 무언가를 너무 골똘히 쳐다보느라 친구가 가까이에 상어가 있다고 손짓을 해도 알아차리지 못했던 것이다. 다행히 상어가 다른 데로 가는 바람에 그의 이야기는 여기서 끝나지 않을 수 있었다.

당황하지 않고 상황에 차분히 대처하는 훈련은 역시 유용했다. 어느날 레이코는 충호가 배가 많이 아파서 울고 있다는 연락을 받고 유치원으로 갔다. 그녀는 바로 아이를 데리고 병원에 갔다. 하지만 종욱도 그의 동료 의사들도 통증의 원인을 알 수 없었다. 피검사와 엑스레이 촬영을 해봐도 답이 나오지 않았다. 아이가 계속 괴로워하자 담당 의사는 충수염이 의심되니 제거 수술을 하자고 했다. 종욱은 딱히 적절한 방법

이라고 생각하지 않았지만, 그의 아버지가 그랬던 것처럼 아들을 애지
중지했기에 수술을 해야 하는 게 아닌가 고민하고 있었다.

그런데 의사들이 수술한 것이냐 말 것이냐로 대립하고 있을 때 다행
히 통증이 가라앉아 아이가 잠이 들었다. 나중에 알고 보니 아이는 편
도선염 초기 증상으로 아팠던 것이다. 항생제 치료를 이틀쯤 하자, 아
이는 괜찮아졌다.

한국 원양어선단이 입항하면 진료가 필요한 선원이 으레 한두 명 있
었다. 그들은 언제나 종욱을 찾아와 진찰을 받았다. 만일 그가 비번이
면 근무할 때 다시 오기로 하거나, 정 급하면 그를 집에서 불러 달라고
했다. 그는 가능하면 그들의 요청에 응했다. 그들은 보답으로 종욱에게
생선을 선물했다. 그 때문에 그의 집 냉장고에는 늘 참치가 가득했다.
부부는 참치 한 마리를 통째로 선물 받았을 때에는 시장으로 가져가 토
막을 내달라고 하여 친구들에게 나누어 주었다. 레이코는 일부는 참치
회를 뜨고, 머리 부분은 고아서 김치찌개 육수로 쓰곤 했다.

하루는 저녁에 참치회를 내놓았는데 종욱이 먹지를 못했다. 레이코
가 무슨 일이 있었느냐고 묻자, 그는 마지못해 대답했다. 그날 오후 진
료실에 한 부부가 찾아왔는데, 신문지와 천으로 감싼 무언가를 안고 있
었다. 부인은 울면서 그 꾸러미를 쓰다듬고 있었다. 남편은 어린 아들을
마지막으로 본 게 아이가 바닷가로 놀러간다며 집을 나설 때였다고 말
했다. 아이가 집에 돌아오지 않고 아무도 어디 있는지 모른다고 하자, 부
부는 바닷가에 아들을 찾으러 갔다가 모래밭에 떠밀려 온 살점들을 발
견했다. 부부는 사망 진단서를 받으러 의사를 찾아온 것이었다. 그는
꾸러미에 든 것들을 보고는 그들의 말을 믿을 수밖에 없었다.

그 일대에는 상어가 많았다. 그는 의사로서의 냉정함을 갖추게 되었다고 자부했지만, 붉은 참치회를 보자 신문지에 싸여 있던 살점들과 그 부모가 괴로워하던 모습이 떠올라 참치회를 입에 댈 수 없었던 것이다.

쉑터 부부는 사모아에서 2년 동안 열심히 일하며 종욱 가족과 우정을 쌓던 시절을 아름다운 환경에서 보낸 이상적인 시기로 기억한다. 하지만 바로 전 그곳에서 생활했던 헤스 부부는 어려웠던 일을 더 많이 기억하고 있었다. 종욱 부부에겐 그곳 생활 역시 전환기였을 테지만, 신나는 일이 저절로 찾아올 때까지 기다리며 지낸 건 아니었다.

종욱은 미국 비자자격시험에 세 번째로 도전하기 위해 열심히 공부했다. 이번 시험은 로스앤젤레스에서 치를 예정이었다. 파고파고에서 로스앤젤레스로 가는 비행기는 일주일에 두 번 있었다. 그는 시험 전에 이틀 정도 쉴 수 있게 예약을 해놓았다.

그런데 악천후로 항공편이 결항하는 바람에 다음 번 비행기를 타야 해 시험 당일 그곳에 도착하게 되었다. 그는 최선을 다했지만 12시간 비행 직후에 시험을 치른 터라 결과를 낙관할 수 없었다.

업무에 복귀하여 다른 일들로 바쁘던 1982년 11월 2일, 드디어 다음과 같은 내용의 편지 한 장이 날아들었다.

미국 의사국가고시위원회는 ECFMG에 1982년 비자자격시험의 결과를 전달했으며, 같은 결과를 본 위원회에서 비자자격시험 응시자들에게 개별적으로 통보하기로 했음을 알립니다. 귀하의 비자자격시험 합격을 축하드립니다.

종욱은 그 무렵 콜로라도에 살면서 막 부모가 된 존과 린에게 편지를 썼다.

축하합니다! 애런의 아빠 엄마가 되셨군요. 제게도 좋은 소식이 하나 있습니다. 비자자격시험에 합격했다는 편지를 받았거든요. 다른 데도 아니고 사모아에서 말이에요. 저희는 유사시에 대비해 세워 둔 계획이 있었습니다. 뜻대로 안 되면 올해 말 일본으로 철수한다는 계획이었지요. 변명을 좀 하자면, 제가 어머니를 포함해서 그 누구에게도 (거의) 편지를 쓸 수가 없었습니다. 그냥 그럴 수가 없더군요. 다 망가진 전투기로 끔찍한 공중전을 벌이다 살아난 느낌입니다. 고약한 시험에 통과한다는 게 참 우울한 일이었습니다. 여기서는 지금까지 우울할 여유가 없었고요.[4]

이 편지는 쉘터 부부가 이상적인 시기였다고 회상한 것과는 확연히 다르다. 당시의 종욱을 알던 사람들이라면 누구나 그가 매우 긍정적이고 쾌활한 사람이었다고 말하는 것과도 대비된다. 자신을 망가진 전투기를 몰고 싸워야 하는 조종사로 봤다는 것은 그가 실패를 두려워하는 동시에 실패하지 않기 위해 필사적으로 애썼음을 에둘러 말해 준다.

그렇다면 왜 그는 마침내 거둔 성공을 '우울한' 일이었다고 말했을까? 남들이 당연하게 여기는 자리에 오르기 위해 그토록 애를 써야 했다는 사실에 자존심이 상했는지도 모른다. 이 편지에서 엿볼 수 있는 그의 속내를 보고 그의 본모습을 단정하기는 어렵다. 겉모습 속에 감추어진 내면이 우울하다고 그 자신이 말한다면, 혹시 그 내면 또한 그의 참모습을 가리는 또 하나의 가면일 수도 있지 않을까. 아무튼 그런 작은 성취에 너무 흥분하고 안도하는 모습을 보이는 것도 그에겐 자존심 상하는 일이었을 것이다. 그에게 적어도 세계적 수준의 능력을 갖춘 사람이 되고자 하는 포부가 있었다면 말이다.

이어서 그는 설명하기 어려운 자기 심리 문제에서 발을 빼고는 말하기 쉬운 부분으로, 달리 말해 터놓고 자랑할 수 있는 주제로 옮겨간다.

> 충호는 유치원에 잘 다니고 있습니다. 유치원에서 책을 읽을 줄 아는 유일한 아이지요. 충호에겐 책이 140권이나 있습니다. 주로 디즈니 책이고 밤이 준 선물이 많지요. 충호 선생님은 레이코에게 아이를 사우스퍼시픽 아카데미에 보내는 게 어떻겠느냐고 했답니다. 하지만 우리는 아이를 또래들과 함께 지내게 하기로 했습니다. 그게 아이를 더 편안하게 해주는 길일 것 같아서지요. 선생님과 충호는 도움이 필요한 아이들에게 번갈아 가며 책을 읽어 주고 있습니다. 충호의 일본어 실력은 굉장히 빨리 늘고 있습니다. 충호와 레이코가 일본어로 나누는 대화 내용을 제가 다 이해하지 못할 정도입니다. 충호는 운동도 열심히 하고 있습니다. 두 발 자전거와 롤러스케이트를 타고, 무엇보다 수영을 즐깁니다! 물론 이 섬에 있는 다른 누구보다 장난감을 많이 가지고 있고요.

그는 아들이 이민자로서 겪는 어려움을 보상해 주기 위해서인지 책과 부모의 애정을 듬뿍 받았던 자신의 어린 시절처럼 아들에게도 해 주었다. 병원에서의 승진 및 좌천과 미국에서 수련받을 기회에 대해 약간 언급한 뒤, 그는 경력상 또 하나의 일보 전진에 대한 소식을 전한다.

"ELISA(효소면역측정법) 연구는 꽤 잘 진행되고 있습니다. 결과의 일부는 일본과 미국이 올해 센다이에서 여는 연례학회에서 발표될 겁니다. 논문 몇 편에 제 이름이 올라가게 된 거죠." 그는 이번 편지 서명은 '욱이, 레이코, 히로'라고 했다.

ELISA는 잠복기의 한센병을 발견해 내는 검사다. 그는 하와이에서 밥 워스 교수와 짐 더글러스 교수의 지도 아래 미크로네시아의 환자들을 대상으로 ELISA 검사법을 연구했다.

그 결과 그의 이름이 『국제 한센병 저널』[5]과 『한센병의 잠복기 감염 발견을 위한 혈청검사법』[6]에 실렸으니, 이제 이 분야의 전문가 자격을 갖추게 된 셈이었다. 성 라자로 마을에서 출발했던 전문가의 길은 춘천을 거쳐 사모아에까지 이어졌던 것이다(사모아에서도 한센병 환자들은 으레 그를 찾아왔다).

이종욱이 린든 B. 존슨 병원에 있을 때 색다른 기회가 찾아온 건 그 무렵의 일이었다. WHO의 한센병 담당 의무관으로 와달라는 제의를 받았던 것이다. 제안한 사람은 남태평양 회원국들을 관할하는 WHO 피지 사무소에서 근무하는 스페인 의사였다. 그는 유럽으로 돌아가고 싶은데 후임자를 구하지 못하면 자신에게 자리를 준 사람들을 불쾌하게 하여 앞날에 지장이 초래될까 봐 염려하고 있었다. 그 지역에서 한센병은 여전히 공중보건상의 큰 문제였던 만큼 전문가가 꼭 필요했다. 그는 이종욱이 혹시 그런 자리에 관심이 있을지 궁금해했다.

수바의 WHO : '이렇게 다를 수가!'

이종욱이 WHO에서 일하고 싶은 이유는 고귀한 것에서부터 현실적인 것에 이르기까지 적어도 다섯 가지가 있었다.

첫째로, 한센병 치료의 선구자로서 세계적 명성을 얻은 노르웨이의 의사 게어하르트 한센의 직책이었다는 점이다. 둘째로, WHO는 당시 한창 명성을 떨치고 있었다. 1980년에 두창(천연두)[1] 퇴치를 공식 선포함으로써 세계 과학계와 정치계에 큰 업적을 남겼던 것이다. WHO는 1978년 당시 소련 알마아타(현재는 카자흐스탄에 소재)에서 열린 국제회의에서 '2000년까지 모든 인류에게 건강을'이라는 목표를 내세웠는데, 이는 두창 퇴치를 앞둔 WHO의 찬탄할 만한 이상과 진정성을 담은 선언이었다. 당시 이러한 노력을 이끌었던 덴마크 출신의 할프단 말러 사무총장은 WHO의 수장으로서 조직을 이끌면서 한창 명성을 누리고 있었다. 셋째로, 국제기구에서 일한다는 건 미국이나 일본이나 그 밖의 나라에서 이민자로 일하는 것과 비교할 수 없이 좋은 일이었다. 넷째로, 그 자리는 다른 많은 경우처럼 가능성은 있되 아직 구체성이 없는 선택이 아니라 특정한 빈자리였다. 다섯째로, 실소득과 근무조건이 좋았다. 이를테면 교육비, 주거비, 건강보험료, 유급휴가비에 대한 지원이 있었다. 이종욱 부부는 이상의 장점들을 역순으로 고려했는지도 모르지만, 어느 모로 보나 잡아야 할 기회라고 생각했다.

이종욱은 청년 시절 진로 선택을 놓고 남들보다 7년이나 뒤졌지만, 다시는 같은 실수를 범하고 싶지 않았다. 그는 일반적인 이력서를 작성하고 공식 채널을 통해 지원 결과가 나올 때까지 느긋하게 기다리고 있을 수가 없었다. 그는 피지의 수바에 있는 WHO 대표부 책임자인 페어슈타이프트 박사를 만나 보기로 결심하고 서둘러 피지로 떠났다.

늘 그랬듯이 그는 유쾌하고 유능해 보여서 어렵지 않게 좋은 인상을 주었다. 페어슈타이프트는 이종욱에게 결정권이 자기에게 있다면 더 얘기할 것도 없지만 일단은 기다려 봐야 한다고 말했다. 필리핀 마닐라에 있는 서태평양 지역사무처의 대표만이 새로운 직원을 임명할 수 있으며, 지역사무처장도 인사 문제는 스위스 제네바에 있는 본부의 승인을 받아야 한다는 것이었다.

당시 지역사무처장은 WHO의 필수의약품 목록을 설계하는 데 도움을 준 일본인 의학자 나카지마 히로시였다. 그는 1978년 WHO 서태평양 지역사무처 회원국들의 보건장관들로 구성된 지역위원회에서 사무처장으로 선출되었다. 이 지역 회원국으로는 한국, 중국, 일본, 필리핀, 호주, 뉴질랜드, 말레이시아, 라오스, 캄보디아, 베트남, 그리고 대부분의 태평양 섬 국가들이 있다. WHO는 유엔 기구 중에서 유일하게 6개 지역사무처로 나뉘어져 있으며, 각 지역사무처에서 사무처장을 추천하면 WHO 집행이사회에서 공식 임명했다. 여섯 명의 지역사무처장은 제네바 본부의 사무총장과 각 지역위원회에 대해 책임을 지는데, 이런 구조 때문에 결정 과정에서 흥미로운 긴장이 유발되곤 한다.

1982년 말, 나카지마는 이듬해에 결정될 두 번째 5년 임기 재선을 위한 지지를 호소하기 위해 각지를 돌아다니고 있었다. 이종욱은 피지 사무소 벽에 당시 지역사무처장의 사진이 걸려 있어 그의 얼굴을 알고 있었다. 호놀룰루에 갔다가 파고파고로 돌아오는 길에 그가 같은 비행기에 타는 걸 보게 되었다. 타보니 그의 좌석은 멀리 떨어져 있었다. 이종욱은 이 기회를 놓칠 수 없다고 생각했다. 공항에 도착해서 짐을 기다리는 동안 그는 나카지마에게 자신을 소개했다. 나카지마는 자신을 알아보고 인사하는 사람들에게 익숙해서 낯선 이가 다가와 보건 문제를 이야기해도 놀라지 않았다.

그런데 그에게 행운이 따르려고 했던지 나카지마의 짐이 컨베이어 벨트에서 보이지 않아 이종욱은 그와 꽤 길게 이야기를 나눌 수 있었다. 그는 자신이 왜 한센병 담당관이 되어야 하는지 설명했을 뿐만 아니라 나카지마가 짐을 찾을 수 있게 도와줌으로써 다정하고 수완 있는 면모를 보였다.

이종욱은 자기 아내가 일본인이라 말하고 일본 언어와 문화에 대해 친숙한 태도를 보임으로써 그와 더 가까워질 수 있었다. 또한 자신이 참여했던 한센병 연구에 자금을 지원해 주던 사사카와 재단과 그 지역 WHO의 활동에 대해서 잘 알고 있었던 점도 유리하게 작용했다. 두 사람이 각자 택시에 탈 때, 나카지마는 이종욱이 직원으로 함께 일하면 좋겠다는 생각을 했을지도 모른다.

또 하나의 행운은 프로그램 관리 책임자이자 필리핀 마닐라 지역사무처의 차장이 한국 사람인 한상태 박사였다는 점이다. 그는 이종욱보다 열여덟 살이 많았지만 동포이자 서울대 의대 선배로서 종욱에게 호감을 가졌다. 그리하여 이종욱은 1983년 6월 25일 미국령 사모아 정부와의 계약이 만료되기 훨씬 전에 몇 가지 행운이 겹쳐 피지에서의 다음번 일자리를 확보할 수 있게 되었다.

이종욱은 새로운 직책을 맡기 전에 업무 지시를 받기 위해 마닐라로 가야 했다. 그와 레이코는 이 기회에 가족들을 만나기 위해 각자 고국을 방문하기로 했다. 충호는 레이코와 함께 도쿄로 가고, 이종욱은 서울로 간 것이다.

유엔 기구에서 일함으로써 받을 수 있는 가장 큰 혜택 중 하나는 유엔 통행증을 갖게 된다는 점이다. 이 통행증은 보통 여권처럼 보이지만 겉에 유엔 로고가 있어 공무상의 여행을 용이하게 해준다. 이종욱은 비자 문제로 워낙 애를 태웠던 터라 유엔 통행증을 하루라도 빨리 발급받고 싶었지만 아직 받지 못한 상황이었다.

이종욱은 아내와 아들을 만나러 도쿄행 비행기를 타기 위해 김포공항에 갔다. 공항 관계자가 출국 목적을 입증할 만한 증빙 서류를 보여달라고 했다. 하지만 그에겐 아직 WHO로부터 받은 계약서나 지시서가 없었다. 바로 그런 절차를 마무리하려고 마닐라로 가려는 것이었다. 출입국 관리는 이종욱의 설명에 별다른 반응을 보이지 않고 그가 WHO에 고용되었음을 증명할 만한 서류를 뒤지는 동안 가만히 기다렸다. 당시 한국은 전두환 정권의 억압적인 통치로 학생 시위가 격렬하게 벌어지고 있었고, 시위대에 대한 탄압이 가혹하던 때였다. 서류를 뒤지는 사이 출발 시각이 점점 다가오자, 이종욱은 아내와 아들을 다시는 만나지 못하게 될까 봐 가슴이 철렁 내려앉았다.

하지만 마닐라 방문과 회의 일정이 적힌 텔렉스 통신문을 마침내 찾아내 관리에게 보여주었다. 관리는 주의 깊게 읽더니 여권과 함께 돌려주고는 여전히 무표정한 얼굴로 지나가라고 손짓했다.

마닐라 공항에 도착하니 WHO 사무처 운전기사가 냉방이 되는 벤츠 승용차를 몰고 와 기다리고 있었다. 이종욱은 차를 타고 가면서 아버지와 함께 관용차로 등교하던 쾌적한 때를 떠올렸을지도 모른다. 메마른 땅에서 오래 고생하다가 드디어 습지로 돌아가는 오리처럼 새롭지만 안온한 곳으로 옮겨가는 느낌이었을지도 모른다.

마닐라의 유엔 거리에 있는 WHO 사무처 건물 맞은편에는 미국 식민지 시대의 유물이라 할 수 있는 5성급 힐튼호텔이 우뚝 서 있었다. 이종욱 부부는 업무 회의에 필요한 며칠 동안 그곳에 머무르며 한층 여유로워진 생활에 고무되었다. 시드니를 거쳐 피지로 갈 때에는 난생처음 비즈니스석을 타기도 했다.

WHO 직원이 30명인 피지 사무소는 직원이 300명인 마닐라 사무처의 축소판이고, 마닐라 사무처는 직원 2500명이 일하는 제네바 본부의 축소판이었다.[2] 수바는 남태평양에서 가장 큰 도시로, 상당히 현대적인 곳이었다. 고층 건물과 붐비는 쇼핑가가 있고, 치안 문제와 교통 체증도 있었다. 이곳 WHO 운전기사인 데이비드 나라얀은 종욱 가족이 쾌적한 교외 주택을 구할 수 있도록 도와주었다. 가까이 테니스장과 수영장과 국제학교가 있는 집이었다. 이제 그들은 레이코의 표현에 따르면 "미래에 대한 단꿈에 부풀어" 새 집에 자리를 잡았다.

이종욱은 도착한 바로 다음날 '한센병기금'(지금의 '태평양한센병재단')과의 회의에 WHO 대표로 참석하기 위해 뉴질랜드 크라이스트처치로 가야 했다. 그런 회의에 가려면 짙은 색 정장을 입어야 한다는 말을 들었지만, 그때까지 그런 옷이 필요한 적이 없었기에 입을 만한 옷이 없었다. 나라얀에게 그런 옷을 어디서 살 수 있느냐고 묻자, 나라얀이 대답했다. "아, 네. 간단합니다. 저랑 함께 가시지요."

나라얀이 차로 데려다 준 곳은 놀랍게도 백화점이 아니라 양복점이었다. 양복장이는 치수를 재고 옷감을 고르게 하더니 다음날 아침까지 양복을 만들어 놓겠다고 약속했다. 검소하게 살던 그에게 열심히 도와주려 하고, 또 도와줄 수 있는 사람들이 주변에 있고, 그들에게 대가를 지불할 수 있다는 건 즐거운 일이었다.

1983년 11월, 종욱은 헤스 부부에게 편지를 썼다. 줄이 쳐진 사무용 메모장에 흘려 쓴 글씨로 보아 사무실에서 썼을 것이다. 사무실은 호주 출신의 만성질환 전문의인 킹슬리 지와 함께 썼다. 전화가 울리면 두 사람 다 이렇게 받곤 했다. "누굴 찾으시는지요? '리' 선생인가요, 아니면 '지' 선생인가요?"[3]

수바에서 안부 전합니다! 린든 B. 존슨 병원 응급실에서 WHO로 오니 이렇게 다를 수가 있을까요. 저는 이제 9시부터 5시까지 근무하면서 중간에 한 시간 반 점심시간을 갖는 생활이 가능하다는 것에 서서히 적응해 가고 있습니다. 행정 업무를 백지 상태에서 출발해 배우고 있습니다. 그런데 한번은 365일을 다 채울 만큼 일이 없을까 봐 걱정이 되더군요. 지금은 일을 만들어서 할 수 있다는 걸 잘 알게 되었습니다. 편지를 쓰고, 편지에 답하고, 어떤 편지는 무시하면서 서류 작업을 엄청나게 할 수가 있지요. 정기적으로 오가는 최소한의 기본적인 문서 업무가 언제나 있기도 합니다.[4]

그는 아직은 외부자의 입장에서 보고 있다. 임상의로서 늘 과로하며 살다가 체력적 부담이 없는 공무원 생활을 하게 됐지만 아직은 완전히 적응하지 못한 상태이다. 가족들이 어떻게 지내고 있고 충호가 학교에서 어떻게 생활하는지를("교복에 규율에 악센트를 강조하는 게 대단히 영국적이지요") 좀 설명한 다음에, 그는 두 번째 페이지 전체를 보조 행정 직원이 지난 5개월 동안 겪어 온 피부병 문제에 할애한다. "올해 37세인 이 여성은 테트라사이클린과 아크로마이신에 알레르기 반응을 보이고 이따금 축농증을 앓는 병력을 갖고 있는데, 꽃가루 알레르기나 천식이나 피부병을 앓은 적은 없다고 합니다." 이어서 그는 편지를 이렇게 마무리한다. "사진 몇 장(가족 사진이 아니라 환자의 발진 사진이다) 동봉하니 관련 정보가 있으면 알려 주시길! 애런에게도 안부 전해 주시고요!" 그리고 그냥 '욱이'라고만 서명한다. 관료가 되어 느긋한 휴가나 안식년 같은 생활을 즐기다가 갑자기 바빠진 의사처럼 보이는 대목이다.

의사로서 다른 직원들을 기꺼이 도우려는 태도를 보면, 직업 정신이 투철하면서 정이 많은 그의 면모가 드러난다. 당시의 그를 알던 직원들 중에는 아직도 피지 사무소에서 일하는 이들이 있는데, 무엇보다 그가 동료들과 지위 고하를 가리지 않고 사귀었다는 사실을 기억하고 있다.

유엔의 직원 분류 체계에는 '전문직'과 '일반직'이라는 투박한 구분이 있다. 전자가 급여 수준도 높고 누리는 특권도 많다. 의료계와 과학계에서 흔히 그러하듯, WHO에도 '의사'와 '일반인'이 명확히 구분된다. 그러나 이종욱은 그런 구분에 전혀 구애받지 않고, 의사나 과학자나 외교관을 대하듯 사무원·운전기사들과 잘 어울린 것 같다.

크리스마스 직전에 보낸 '친애하는 린과 존에게, 그리고 누구보다

애런에게'로 시작되는 편지를 보면, 그가 일에 좀 더 익숙해지긴 했으나 여전히 적응하는 데 어려움을 겪고 있음을 알 수 있다. 고맙게도 하와 이에서 밥 워스가 보낸 컴팩 컴퓨터가 배송 중이었지만, 집에 있는 낡은 타자기로 작성한 편지에서 그는 말한다. "이 자리는 잠재적인 책임이 많습니다." 독설이 시작될 듯하지만 그는 반어적 표현으로 덮으며 '무엇보다' 다음과 같았다고 말한다.

> 저는 지금 관료제라는 전쟁터에서 갖가지 생존 기술을 터득해 가고 있습니다. 관료제는 아주 환상적인 시스템이에요. 열역학의 법칙을 무시하고 영구 기관이 되려고 하니까요. 이 시스템의 비밀 연료는 편지 (또는 메모) 쓰기예요. 편지가 오면 답신을 해야 합니다. 동의하든지 반대하든지, 아니면 우편물이 분실됐다고 주장해야 합니다. 하루는 포나페에서 약(맵손)을 좀 요청하는 텔렉스를 보내면서 전화까지 하더군요. 저는 마닐라에 전보를 두 통 보냈지요. 마닐라에서는 제네바에 있는 제약회사에 전보를 보냈고요. 스위스의 그 회사는 총 50달러어치의 알약을 보냈습니다(물론 항공운임과 보험료를 차감한 양이었지요). 당연히 포나페와 WHO는 50달러어치 약을 받기 위해 50달러를 몇 번씩 썼지요. 누굴 탓하겠습니까? 우린 아니지요. 우리 모두 그런 일을 하라고 고용된 거니까요. 그냥 재미있어 하시라고 하는 얘기예요. 저는 아직 일자리가 필요한 사람이니까요.
> 여기 와서 뉴질랜드에 두 번, 뉴헤브리디스에 한 번, 양쪽 사모아에 한 번씩 다녀왔습니다. 폴 터너는 친구 차를 몰고 가다가 뇌졸중으로 마비가 와서 트럭을 들이받는 바람에 작은아들은 죽고, 부인은 양쪽 대퇴부 골절을 당하고, 친구는 흉부 타박상을 입었습니다.

아메리칸 사모아 정부가 제 이주비로 8000달러를 지불했다는 얘기를 했었나요? 그때 저는 정부의 결정에 반기를 들 배짱이 없어서 아무 소리도 하지 않았지만, 그 일로 그들이 왜 파산 직전인지 이해할 수 있게 되었습니다.

올해는 자리를 잡기 위해 미국 영주권 신청을 하려고 합니다. 휴가철에 이 편지를 받고서 남태평양의 정취를 좀 느끼실 수 있기를 바랍니다.

이 무렵만 해도 WHO는 그에게 과도기적 방편이었다. 그의 관심의 초점은 여전히 미국에 맞추어져 있음을 알 수 있다. 그가 자리 잡는 것을 염두에 두고 있는 것도 WHO와의 계약이 단기 계약이었기 때문이다. WHO 입장에선 그를 언제든 해고할 수 있고, 그로서도 더 좋은 기회가 온다면 언제든 떠날 수 있었다.

뉴헤브리디스에 간 것은 바누아투의 에스피리투 산토 섬에 가기 위해서였다. 그는 그 섬 오지 마을의 한센병 환자들을 찾아 밀림을 헤쳐가며 며칠씩 걸었다. 그는 의료 혜택을 못 받는 사람이 없어야 한다는 생각에 힘든 여정을 견디며 걸었지만, 결국은 포기하고 산토의 숙소로 돌아와야 했다. 너무 지친 나머지 돌아와서 꼬박 하루를 잠만 잤다.[5] 그렇게 과로를 했던 것은 수바 사무소에서의 안이한 생활을 벌충하기 위해서였는지도 모른다.

처음의 임시 계약은 무기한 갱신할 수 있는 2년 계약으로 대체되었다. 이종욱은 서서히 지역에서 잘 알려진 WHO 인사가 되었다. 이 시기에는 헤스 부부에게 보낸 편지가 없다. 한국의 한 방송사에서 〈지구촌의 한인〉이라는 프로그램에 그를 소개하기 위해 찾아와 며칠을 함께했다.[6]

남태평양 사모아 제도에 있는 린든 B. 존슨 병원에서 임상의로 근무할 때(위).
중국 현지 여행에서 동료 의사들과 환담하고 있는 모습(아래).

외국에 거주하는 한인들 중에 소개할 사람이야 많겠지만, 그처럼 화면에 담을 게 많고 흥미로운 일을 하는 이는 드물었던 모양이다. 그는 비행기나 배를 타고 태평양 섬들을 오가며 한센병 환자들을 방문하고, 섬에 들어가서는 지프를 타거나 심지어 걸어서 다니며 인술을 펼치고 있었던 것이다. 방송팀은 피지뿐만 아니라 솔로몬제도까지 따라가서 취재를 했다.

이종욱은 수바에 있는 한센병 환자 치료소인 트와미 병원에서도 친숙한 인물이었다. 당시 이 병원은 자비의 성모 수녀회 선교사들이 운영했는데, 태평양 일대의 의사들과 간호사들이 WHO에서 후원하는 2~3주 과정의 강좌를 들으러 오던 곳이었다. WHO에서 권장하던 다중약물 치료법을 도입하기 위해서였다.

다중약물 치료는 6개월에서 2년이 걸렸지만, 병이 영구적으로 재발하지 않게 하는 장점이 있었다. 이전에는 댑손 하나만을 이용하는 단일 요법에 의거해 무기한 치료를 계속하는 방법을 썼다.

그러나 이 새로운 요법은 역사상 처음으로 한센병을 개인 차원에서 확실히 관리함으로써 유병률을 낮출 수 있다는 가능성을 보여주었다. 이런 일이 마침 그가 이 분야의 전문가로 활동하던 시기에 일어나고 있었기에 그는 WHO 초창기 시절에 상당한 성취감과 의욕을 느낄 수 있었다. 당시를 기억하는 사람들은 한센병 치료를 위해 일하는 사람들 모두에게 매우 고무적인 시기였다고 말한다. 게다가 에이즈가 아직 세계적인 유행병으로 인식되고 있지 않던 때여서 보건의료의 역사에서 낙관적인 시기이기도 했다.

WHO는 1980년대 말 이 지역 한센병 치료의 목표를 '관리'(1983)

에서 '전면적 관리'(1989)로, 이어 '2000년도까지 역내 전역에서 제거'(1991)하는 수준으로 높여 잡았다.[7] '제거'라는 단어를 선택한 것은 두창의 경우처럼 '퇴치'가 가능한 질병이 아니었기 때문이다. 한센병의 전염 경로는 충분히 밝혀지지 않았기 때문에 확실히 뿌리를 뽑을 수 있는 방법이 아직 없었다. 더구나 한센병의 세균은 병이 발현되기까지 20년이나 잠복하는 수도 있다. 그래서 공중보건의 과제 차원에서 제거한다는 목표를 설정한 것이다. 이 목표치는 '주어진 인구 1만 명당 한 건 이하의 유병률'로 정해졌다.

이종욱은 이 목표를 정하는 과정에서 유능한 위원으로 도움을 주었다. 이 목표가 가능해 보인 것은, 새로운 치료법으로 나균癩菌이 비활동 상태가 되면 그 환자로 인한 감염이 더 이상 일어나지 않기 때문이다. 나아가 사례 발견과 치료를 통해 발병률을 최소한으로 떨어뜨릴 수 있기 때문이었다.

한국 정부의 중요한 관리[8]가 수바를 방문했을 때, 이종욱은 집에서 저녁식사를 준비했다. 레이코가 30인분의 음식을 차려 본 건 그때가 처음이었다. 따라서 음식 장만을 하는 것 말고도 접시며 잔이며 수저며 의자며 식탁 같은 것들을 구하는 것 역시 큰일이었다. 다행히 만찬이 잘 끝나서 그는 지위 높은 지인과 후원자를 여러 명 얻을 수 있었다.

이종욱은 사람들과 어울리고 대접하는 것을 좋아했다. 서른 명씩은 아니어도 손님을 초대하는 일이 종종 있었다. 특기할 만한 경우는 일본인 지역사무처장인 나카지마 박사와 사무차장 한상태 박사를 초대한 것이었다. 레이코는 지금은 잘 기억하지 못하지만, 그 시절 이종욱과 함께 일하던 직원들은 그녀가 파티 때 기타를 치며 노래하곤 했다고 말한다.

여섯 살에서 여덟 살이 되기까지 피지에 살았던 충호는 이따금 사무실로 아버지를 찾아와 느긋하고 화기애애한 분위기를 더해 주곤 했다.

한편 이종욱은 스쿠버다이빙 훈련을 마치고 자격증을 땄으며, 레이코는 수영을 열심히 배웠다. 어느 정도 수영을 배우자 레이코는 하루에 2킬로미터씩 수영을 했다. 그러나 너무 무리한 탓인지 어깨 인대가 상해서 운동량을 줄여야 했다. 그녀는 흉부 통증을 수반하는 심한 기침으로 여러 달 고생하기도 했다. 진단은 기관지염이나 천식, 흉막 등으로 다양하게 나왔다. 치료 효과가 없자 결핵이 의심되어 엑스레이를 찍어 보니 심한 기침으로 갈비뼈에 금이 가 있었다. 하지만 눈에 띄는 염증은 없었다.

이종욱은 임상의 역할로 돌아가 무슨 병인지 알아내기 위해 열심히 공부한 끝에 마침내 아내의 병이 상피병을 일으키는 사상충이 폐 속에서 번식하고 있어 생긴 것임을 알 수 있었다. 다행히 일반적인 약물 치료로 나을 수 있었다. 이 경우만 보더라도 수바에서의 생활이 그들 가족에게 유쾌하고 즐거웠던 것만은 아니었다. 레이코의 경우엔 감염으로 인한 고생 말고도, 남편이 사무실에서 일하거나 출장을 가고 아들이 학교에 가 있는 동안 의미 있는 일거리를 찾지 못하는 어려움이 있었다.

충호가 세 살 때, 레이코는 친정아버지의 건강 악화로 충호를 데리고 도쿄에 가게 되었다. 이 일로 충호의 시민권 문제가 다시 불거졌다. 그때까지 충호는 한국 국적을 갖고 있어 일본에는 관광비자로만 들어갈 수 있고, 그것도 1년에 한 번만 가능했다. 그래서 휴가나 집안에 일이 생겨 다시 일본을 방문해야 할 경우, 아들을 데리고 가지 못할 수 있었다. 종욱은 해외 출장도 잦고 업무량도 많아져 아내가 없는 동안 아들을 돌보기가 힘들었다.

그런데 1984년 일본법이 바뀌어 이전처럼 아이의 아버지가 일본인인 경우에만 아이의 일본 국적을 인정해 주는 게 아니라 어머니의 국적을 따를 수도 있게 되었다. 이종욱 부부는 이 문제에 대해 전문가의 조언을 받기로 했다. 그래서 한국영사관의 여권과에서 근무하고 있는 친구를 찾아갔다. 친구는 충호가 일본 여권을 받은 다음 굳이 한국 국적을 갖고 있다고 밝히지 말라고 했다. 이중 국적은 당시 위법이었으나 법은 바뀔 수 있으므로 굳이 그 문제를 건드릴 필요가 없다는 것이었다. 그들 부부는 그 조언을 따라, 그 후 10년 남짓 그 문제는 잊고 살았다.

관료 조직에서 뜻한 바를 이루기 위해서는 결정권을 쥔 사람들 가까이 있을 필요가 있었기에, 이종욱은 필리핀 마닐라로 옮겨갈 준비를 했다. 나카지마 박사도 그의 뜻에 반대하지 않았다. 한상태 박사 역시 업무에 도움이 되고 조직 내 한국계와 일본계의 균형을 유지하기 위해 유능한 동포를 가까이 두는 게 좋겠다고 생각했다. 마닐라는 지리적으로 한센병 환자가 많은 나라들에 가까웠고 필리핀 자체도 그런 나라 중 하나였으므로, 종욱이 그곳으로 가는 게 이치에 맞기도 했다. 그는 1986년 11월 마닐라로 떠났다. 아내와 아이도 그의 뒤를 따라 12월에 마닐라로 이사왔다.

훗날 레이코 여사는 남편이 WHO 직원으로 일하던 피지 시절을 다음과 같이 썼다.

그이가 병원에서 일하던 시절에 의사로서의 일과 생활을 얼마나 즐겼는지는 잘 모르겠다. 그는 맡은 일마다 주어지는 도전을 즐겼던 것 같다.

한국의 춘천도립병원에서 일할 때 그는 흔히 보지 못했던 병을 가진 환자들을 많이 만났다. 때로는 희귀병 환자들을 진단하고, 때로는 어려운 결정을 내려야 할 때도 있었다. 당시 그는 열의가 넘쳤고, 환자들을 치료하기 위해 온몸을 바쳤다. 미국령 사모아에서는 2년 계약 이후의 미래가 불투명하긴 했지만, 가족이 함께 살 수 있다는 희망이 있었다.

그전에는 술을 거의 마시지 않았지만 사모아에 있으면서 맥주를 마시기 시작했다. WHO에 들어간 뒤, 나는 바닥에 그이 머리카락이 많이 떨어져 있는 것을 보고 걱정했다. 직장에서 스트레스를 많이 받는 게 분명했다. 내색을 안 했지만 스트레스를 많이 받고 있다는 걸 알 수 있었다. 사교적인 일 역시 그에게 익숙지 않은 부분이었다. 나 역시 마찬가지였다. 그이는 우리 집 저녁식사에 손님을 초대할 때마다 준비가 완벽하기를 원했지만 나는 그때나 지금이나 요리 실력이 별로였다. 그래도 그를 기쁘게 해주기 위해 최선을 다했다. 그는 병원에서 환자를 대할 때 그랬던 것처럼 새로운 생활의 모든 면에 에너지를 쏟아부었다.

그이는 오랫동안 환자를 진료하는 일을 떠나 있으면서 의술을 많이 잊어버리고 사무직 의료인이 된 것에 좌절감을 느끼는 듯했다. 그게 나에게도 느껴질 정도였다. 그런 좌절감은 그가 국제사회의 새로운 공직자가 되었을 때에만 느꼈던 게 아니었다. 그이는 아주 유능한 사람으로 인정을 받았지만 그게 좌절의 한 원인이 되기도 했다.

그이가 WHO에 들어간 데에는 우리가 국제결혼을 함으로써 겪는 불편도 한 원인으로 작용했다. 그가 나와 결혼하지 않고 한국이나 미국에서 의사로 활동했다면 더 행복하지 않았을까? 그는 그렇게 생각하는 걸 아주 싫어했다. 자신이 선택한 생활이니 그 속에서 묵묵히 나아갈 뿐이라는 것이었다. '그때 안 그랬다면' 같은 건 그에게 없었다.[9]

마닐라 : 기민하고 유능한 관리자

필리핀은 7107개의 섬으로 이루어져 있으며, 인구가 9000만 명 남짓 된다. 그중에서 1100만 명 정도는 해외에 살고 있으며, 2200만 명 정도는 마닐라 수도권에 살고 있다. 수도권은 이 나라에서 가장 큰 섬인 루손 섬 서부의 마닐라 만 일대에 있는 17개 도시들로 이루어져 있다.

필리핀은 16세기에 스페인의 식민지가 되었으나 스페인이 미국과의 전쟁에서 지면서 1898년에 미국의 영토가 되었다. 2차 세계대전 때 일본에게 점령당했다가 1945년 미군에 의해 해방을 맞았다. 1946년 미국으로부터 정치적 독립을 이루었으나, 미국은 냉전 기간에 경제원조를 하면서 대규모 주둔군을 유지했다. 베트남전쟁 당시 수빅만은 미군 폭격기의 기지로서 중요한 전략적 자산이었다.

3세기 동안 스페인의 중세기적 가톨릭 문화의 지배를 받고, 이후 반세기 동안 현대 미국 문화의 영향을 받은 필리핀은 남부에는 이슬람 분리주의 세력까지 있는 가운데, 원주민인 멜라네시아계와 이주민인 중국계가 섞여 복잡한 문화 전통을 발전시켜 왔다. 이로 인해 국가 통치가 어려워지자, 많은 사람들은 독재를 혼란을 막을 수 있는 유일한 대안으로 보기도 했다.

하지만 이종욱 가족이 이주해 온 1986년, 페르디난드 마르코스의 압제는 '피플 파워'로 알려진 해일과도 같은 시민혁명으로 종식되었다. 암살당한 유명 반체제 인사의 미망인인 코라손 아키노 여사는 가톨릭계의 수장인 신⁑ 추기경과 함께 구체제를 종식시키는 민중운동을 이끌었다. 아키노 여사는 스스로를 일개 가정주부라며 낮추었지만, 1986년 2월 대통령이 되어 한동안 국민 영웅이자 국제 명사로서 큰 사랑을 받았다.

서태평양의 이 놀라운 변화는 한국과 동구권, 그리고 냉전과 WHO 조직 내 정치에도 영향을 끼쳤다. 한국의 민주화운동 세력에게 필리핀의 민중혁명은 바람직하고 꼭 필요한 싸움을 꿋꿋이 하다 보면 결국 이길 수 있다는 걸 보여주었다. 계속해서 힘으로 지배하려던 전두환 대통령과 그 추종 세력들에게는, 정치에선 상식이던 바람이 더 이상 그들에게 유리하게 불지 않는다는 것을 말해 주는 신호였다.

미국은 전두환 정권에게 점점 거세지는 국민의 저항을 군사적 탄압으로 해결하려 들지 말라고 압박하고 있었다. 한국은 1988년 올림픽의 개최지로서 국제무대의 중심에 서고자 했다. 전국적 시위가 잠잠해진 것은 정부가 뒷받침하던 민정당의 노태우 총재가 1987년 6월, 시민들의 개혁안을 수용하는 선언을 하고 나서였다. 이 선언에는 12월에 있을 대통령선거 직선제를 받아들이고, 민권과 인권을 회복시키며, 언론 탄압을 중지하고, 정당의 활동을 보장하는 내용 등이 포함되었다.[1] 그 뒤 한국은 1988년 올림픽을 성공적으로 치르면서 경제뿐만 아니라 정치

발전에서도 기적을 이룬 나라로 국제적 찬사를 받게 되었다.

이종욱은 마닐라에서 자동차를 새로 구입했다. 그는 호놀룰루·파고·수바에서 운전을 해보았지만 마닐라만큼 교통이 혼잡하면서 넓은 곳에서 운전을 해보기는 처음이었다. 처음 몇 주 동안은 필리핀인 기사나 사무원과 함께 다니며 충돌을 피하는 법을 배워야 했다. 당시 중국에서는 자가용 소유가 흔치 않았기 때문에 마닐라의 WHO 사무처에 일하러 온 중국인 의사들은 운전이 미숙해서 사고로 비싼 대가를 치르곤 했다. 종욱은 그런 곤란한 경우를 피하기 위해 상당히 애썼고, 결과도 좋았다. 유익한 기술을 배운다는 느낌으로 직원 사교댄스 클럽에 가입하기도 했다. 덕분에 인기도 더 얻고 직원들의 고민이나 마음을 이해할 수 있게 되었다.

관료사회에서는 불안이나 반감이나 야심을 가진 세력이 내부에 생겨나게 마련인데, WHO에서는 그러한 과정이 대개 5년 주기로 반복되었다. 본부 사무총장이나 지역사무처장의 임기가 끝나 갈 무렵 그간의 좌절을 해결하려는 희망이 고조되다가, 새 임기가 시작되면 다시 실망하고 좌절하는 사람들이 생겨났던 것이다.

할프단 말러 사무총장은 네 번째 임기에 도전할 것인지를 놓고 고민하고 있었다. 지나친 것 같지만 전임자인 마르콜리누 칸다우가 4기까지 연임한 전례가 있었다. 일본에서는 유엔 기구 수장 자리에 자국민을 앉힘으로써 국제적 지도력을 높이려는 열망이 있었다. 한국도 오랜 압제의 시대를 벗어난 뒤로 국제무대에서 발언권을 강화할 방법을 찾고 있었다.

1988년 1월에 WHO 집행이사회는 차기 사무총장을, 같은 해 9월 서태평양 지역위원회에서는 차기 사무처장을 추천해야 했다. 말러는 경선 마지막 순간에 퇴임하기로 결정했다. 나중에 자신을 지지하는 사람들이 그렇게 많은 줄 알았다면 연임에 도전했을 것이라고 말했다.[2] 나카지마 히로시가 일본 정부의 후원을 업고 강력한 사무총장 후보로 거론되면서 지역사무처장 자리를 대신할 사람이 필요했다. 한국 정부의 지원을 받고 있던 한상태 박사는 그 자리를 맡고자 하는 마음이 컸다. 두 사람 다 그해 60세로 당시 유엔 직원으로서 정년을 맞았지만(지금은 62세로 연장되었다) 은퇴할 생각은 없었다. 수장 자리가 주는 보상과 명성이 워낙 컸기 때문이다. 선출된 관리는 WHO 규정상 정년도 없었다.

그리하여 이종욱을 택해서 마닐라로 오게 한 두 사람은 그가 업무를 막 시작한 1987년과 1988년에 선거를 치르게 되었다. 국가공무원과 마찬가지로 국제공무원도 정치적 중립을 지켜야 하기 때문에 WHO 직원들은 선거에 관여하지 않는 게 원칙이다.[3] 하지만 이 원칙의 실질적인 의미는 구체적인 경우에 논란의 여지가 있고 적용하기 어려운 경우도 많다. 특히 후보자가 현역 또는 얼마 전까지 직원인 경우에는 더욱 그렇다.

집행이사회는 34명으로 이루어지고(그때는 더 적었다) 이사는 각각 WHO 회원국의 지명을 받은 사람들이며, 지리적 안배 원칙에 따라 WHO 6개 지역 한 곳당 최소 3명 이상의 이사를 두게 되어 있다.[4] 사무총장이 되기 위해서는 1월에 열리는 집행이사회의 단순다수결 방식 투표에서 다수표를 얻어야 한다. 후보자 선정의 실질적인 주체는 집행이사회이지만, 그 선택이 효력을 가지려면 5월에 열리는 세계보건총회에서 회원국의 3분의 2 이상의 표를 받아야 한다. 지금까지 세계보건총회가 집행이사회의 선택을 받아들이지 않은 경우는 없었다. 만일 거부한다면 전례없는 외교적이고 절차적인 혼선이 빚어질 터였다. 지역사무처장도 비슷한 방식으로 선출된다. 서태평양에서 투표권이 있는 30개(2013년 현재는 37개) 회원국 대표들로 이루어진 지역위원회의 9월 투표 때 단수다수결 방식으로 선출된 후보가 이듬해 1월 집행이사회에서 승인을 받아 사무처장이 되는 것이다.

이종욱은 우선 나카지마 히로시가 사무총장이 되고, 뒤이어 한상태 박사가 지역사무처장이 될 수 있도록 열과 재능을 바쳐 도운 것으로 보인다. 그가 어떤 식으로 얼마나 도움을 주었는지는 정확히 알 수 없다. 엄밀한 자료를 근거로 하는 검증 가능한 결론이라기보다는 당시의 그를 알던 WHO 직원들의 일반적인 추정이 그렇다는 것이다. 이런 문제에서는 엄밀한 자료를 구한다는 게 어렵다.

1988년 5월 세계보건총회는 2000년까지 소아마비를 퇴치한다는 목표를 채택했다. 두창을 퇴치한 성공 덕분에 백신과 기금과 결의가 갖는 힘을 어느 정도 확신하게 되었던 것이다. 더구나 2000년은 아직 먼 미래로 느껴졌다. 한상태 박사는 서태평양 지역에서 1995년까지 소아마비를 퇴치하겠다는 인상적인 공약을 내걸기도 했다. 열띤 토론 속에 염려와 회의적인 의견도 있었으나, 지역위원회는 1988년 9월 그의 공약에 손을 들어 주는 결의안을 채택했다. 그리고 한상태 박사를 나카지마의 뒤를 이을 지역사무처장으로 추천하기로 했다.

하지만 1990년이 되었음에도 소아마비 퇴치 사업은 별 진전이 없었다. 자신의 위치에 자부심을 느끼고 있던 한상태 박사로서는 사무처장 자리에 계속 머무르기 위해서는 공약을 실현해야 했다. 그는 분위기가 좋을 때면 이런 농담을 하곤 했다. "제가 이 자리에 가장 필요한 사람인지는 몰라도 일단은 이 자리에 있으니 죽어라 매달릴 겁니다." 이 말은 사실 1993년 재선에 도전하겠다는 뜻이었다. 그런데 소아마비 퇴치 사업 때문에 신뢰를 잃게 된다면 연임 가능성은 적어질 터였다.

그는 이러한 상황을 타개하기 위해 특유의 대담하면서도 기민한 행동에 들어갔다. 데리고 있던 젊은 동포를 질병관리국장에 앉히는 것이었다. 이 자리는 서태평양 지역에서 소아마비 바이러스의 전염을 종식시키기 위해 필요한 자금과 인원을 동원하는 책임도 맡아야 했다. 이종욱에게는 지난날의 노력에 대한 보상인 동시에 더 많은 노력을 요구하는 일이었다.

공교롭게도 이 일은 두 사람 모두에게 꼭 필요한 것이었다. 이종욱은 관리자로서의 잠재력을 실현하고자 하는 열망이 있었고, 한상태 처장은 자신에게 도움이 되는 한 그를 도우려는 마음이 컸다. 두 사람은 한국인으로서 같은 언어를 쓸 뿐만 아니라 말이 통하는 사이였다. 더구나 같은 의과대학 출신이었고, 관료들의 복잡한 세력 관계가 사회의 중심을 차지하던 역사적 배경을 공유하고 있었다.

그리하여 이종욱은 마닐라에 있는 7년 동안 한 분과를 담당하는 직원에서 큰 프로그램을 책임지는 국장 자리에 오르게 되었다. 체스에 비유하자면 졸에서 비숍(주교)으로 승격한 것이다. 그가 새로 맡게 된 일로는 예방접종 프로그램 전면 확대(소아마비 말고도 결핵·디프테리아·백일해·파상풍·홍역 예방 목적), 에이즈 프로그램 신설, 급성호흡기질환 관리, 보건연구소 서비스, 그 밖의 전염병 관리 등이었다.[5] 그에게 그런 프로그램들을 운영하느라 발품을 많이 팔라는 건 아니었다. 그보다는 그런 사업을 할 적절한 팀을 구성해서 적절한 지시를 하라는 것이었다.

이종욱과 한상태 처장이 소아마비 퇴치 캠페인을 관할하는 예방접

야심찬 의사, 그리스 신화에 나오는 '건강의 여신' 히기에이아, 그리고 WHO 본부.

종 프로그램을 지휘할 중심 인물로 꼽은 사람은 오미 시게루였다. 41세인 그는 일본 후생노동성(우리의 보건복지부와 고용노동부에 해당) 출신의 정력적인 처장대리였다. 오미는 의사일 뿐만 아니라 분자생물학 박사였고, 법을 공부했으며, 태평양 외딴 섬에서 진료를 하기도 했다. 그는 자신의 강점을 의식하긴 했으나 겸손했으며 윗사람들의 뜻을 잘 따랐다. 그가 두 한국인 밑에서 일하던 당시의 기억을 떠올리는 건 쉬운 일이 아니었으나 책을 위해 많은 도움이 되었다.

1990년 그가 처음 만난 이종욱은 아직 새로운 자리에 완전히 적응하지 못했지만 '진짜 사무처장' 같은 자세로 일하고 있었다. 친화력 있고 사람 좋고 호감이 가는 스타일인 데다 일본어를 잘해서 처음부터 친해졌다. 하지만 대하기 어려운 면도 있었다.

오미가 새로운 일을 맡게 된 지 며칠 뒤 도쿄에서 기술자문단TAG 회의가 열리게 되었다. 이종욱은 지체 없이 오미에게 회의를 전적으로 책임지고 해보라고 했다. 참석자에 대한 연락과 더불어 의제·장소·숙소·여행·자료·물류·예산을 관리하고, 나아가 회의가 바라는 성과를 거둘 수 있도록 하라는 뜻이었다. 오미가 제때 모든 걸 준비하기 위해 애쓰고 있는데, 이종욱이 갑자기 그에게 라오스 비엔티안에서 열리는 회의에 참석하라고 했다. 라오스에서의 예방접종 프로그램 문제를 해결하기 위해 유니세프와 일본·라오스의 관리들이 모이는 자리였다. 오미는 기술자문단 회의 준비가 며칠 늦어지게 될 것을 우려하여 상관인 이종욱에게 비엔티안엔 다른 사람을 보내면 안 되겠느냐고 말했다.[6]

이종욱은 오미의 강력한 주장을 귀담아듣더니 말했다. "비엔티안으로 가세요. 도쿄 걱정은 하지 말고요." 오미는 서운한 마음 없이 라오스로 갔고, 전보다 과로를 하게 된 것 말고는 모든 일이 잘 풀렸다. 과로를 하긴 했어도 소아마비 퇴치 운동에 앞장섰다는 의미에서 긍정적인 면도 있었다. 섬세하고 겸손한 이종욱이 새 자리로 온 지 얼마 안 되었으면서도 그렇게 강한 면모를 보일 수 있었던 것은, 그가 필요한 지시를 할 수 있는 자신의 권한과 능력을 의심하지 않았기 때문이다. 훗날 그는 '보스'라는 별명을 얻었는데, 동료들뿐만 아니라 그에게도 편히 느껴지는 별칭이었다.

이듬해의 기술자문단 회의는 필리핀 세부에서 열렸다. 회의의 공식 목적은 소아마비 퇴치 전략에 대한 합의를 이루는 것이었다. 하지만 더 급한 문제는 자금을 어떻게 마련하느냐였다. 돈줄을 쥔 사람들이 반대하고 있었던 것이다. 세부 회의에서 기부 단체의 담당자들은 소아마비 퇴치 캠페인의 장단점과 타당성이나 단체의 도의적 지원에 대해서는 길게 얘기했지만, 물질적으로 정말 도우려는 의지를 내보이지는 않았다.

둘째 날 오후 늦게 아시아개발은행 대표가 다시 도의적 지원에 대해 긴 말을 늘어놓았다. 그러자 이종욱이 말을 가로막으며 큰 소리로 말했다. "이제 쓸데없는 소리는 더 이상 하지 맙시다. 지금 우리에게 필요한 건 돈입니다!" 흥분한 것이든 아니면 냉정하게 계산한 것이든, 그의 격한 발언에 난기류가 걷히면서 다들 상황의 긴박성에 관심을 쏟게 되었다고 오미는 회상한다. 이종욱의 말이 당장 기부금을 약속하게 만든 건 아니지만, 논의가 숙고에서 행동 차원으로 넘어갈 수 있게 된 것이다. 많은 사람들은 이종욱이 회의의 핵심 쟁점을 포착하는 데 뛰어난 면모를 보였다고 말한다.

그렇다고 그가 날카로운 면모만 보인 건 아니다. 이따금 건망증이 심해 보이기도 했다. 세 번째 기술자문단 회의는 베트남 호치민 시에서 열렸는데, 이때 한상태 처장과 이종욱과 오미는 유니세프 대표와 조찬회를 하기로 되어 있었다.

그런데 그 자리에 이종욱이 나타나지 않았다. 한동안 기다리던 세 사람은 먼저 얘기를 나누기 시작했다. 이종욱은 반나절이 지나서야 나타났다. 로터리클럽 사람들과 산책을 갔는데 대화가 너무 재미있어서 이야기하다가 그만 길을 잃었다는 것이었다. 변명처럼 들릴 수 있지만 그다운 행동이었다. 로터리클럽 사람들이 소아마비 퇴치 캠페인의 주요 자금원이었기 때문에 그들과 만나서 이야기하는 것이 더 중요하다고 생각했을 수 있다. 2005년까지 소아마비 퇴치를 위해 6억 달러를 기부한 단체가 국제로터리클럽이었던 것이다. 하지만 위계를 중시하는 사무처장에게 부주의했다는 이유로 크게 꾸중을 듣고 한동안 몸을 사려야 했다.

한상태 처장과 이종욱과 오미가 힘을 합친 효과는 꾸준히 나타나서, 1993년에는 소아마비 퇴치 캠페인이 한상태 처장의 연임에 도움이 될 정도로 신뢰감을 주게 되었다. 한상태 처장으로서는 그런 식으로 서로 도움이 되는 관계가 계속되기를 바랐지만, 이제 48세가 된 이종욱으로서는 상사에게 복종만 하며 지내는 생활이 답답해지기 시작했다. 이종욱은 나카지마와도 좋은 관계를 유지했는데, 나카지마는 제네바 본부 사무총장 자리를 5년 동안 연임하는 데 막 성공한 터여서 그에게 도움을 줄 수 있는 입장이었다.

그 무렵 나카지마는 WHO의 예방접종 활동을 '글로벌백신프로그램 Global Programme on Vaccines'이라는 단일 프로그램으로 새롭게 조직하는 중이었다. 이 프로그램은 몇 년 전에 시작했던 '어린이백신사업Children's Vaccine Initiative'을 보완하기 위해 고안되었는데, 유니세프와 유엔개발계획UNDP, 세계은행, WHO, 록펠러재단이 업계와 함께 세계적 백신 수요에 응하는 데 목적이 있었다. 새로운 계획에는 국장이 한 사람 필요했다. WHO 프로그램과 여러 기관이 참여하는 사업의 사무국을 함께 책임지기 위해서였다. 관련된 사람들과 단체들의 목적은 인류를 위하는 것에서부터 이윤을 극대화하는 것에 이르기까지 스펙트럼이 다양했기 때문에, 업무를 총괄할 국장은 지도력도 강하고, 문제를 다양한 관점에서 볼 수 있을 만큼 유연해야 했다. 아울러 동서양 기부자들의 신뢰를 얻을 수 있는 사람이어야 했다. 그야말로 수많은 사람들과 돈을 관리하는 권한을 가진 자리였기 때문이다.

WHO 서태평양 지역사무처에서 일한 것 말고 하와이와 미국령 사모아에서 일한 경험, 그리고 지역사무처 국장 경력도 3년밖에 되지 않았지만 이종욱은 그 자리를 지원했다. 그리고 WHO에 들어올 때 그랬던 것처럼 이번에도 나카지마에게 자신이 그 일을 왜 해야 하는지를 설명했다.

그가 중요한 직책을 맡고자 한 사실을 보건대 자기 능력에 대한 그의 평가가 어떤지 알 수 있다. 한편 그는 많은 친구나 동료가 증언한 것처럼 자신의 한계를 잘 알았고, 그런 한계 때문에 인정을 받거나 자리를 얻는 데 어려움을 겪었기에 겸손하게 행동했다. 그러나 다른 한편으로는 그 자리에 적임일지 모를 어느 야심가나 팔자 좋은 사람 못지않게 자신에게 자격이 있다고 생각했다. 어떻게 자기 자신에 대한 그런 모순된 생각을 하게 되었을까?

가능해 보이는 가설 중 하나는 그가 학력이나 정치적 이력이 대단한 경쟁자들의 강점들을 회의적으로 보았을 수 있다는 것이다. 그는 자신의 그럴듯한 겉모습을 꿰뚫어볼 수 있었듯이 그들의 속을 들여다볼 수 있었을 것이다. 유능한 전염병 학자가 일상적인 사회생활에서는 평균 이하일 수 있고, 공중보건의 영웅이 정치적으로는 너무 순진할 수 있다. 그는 그런 비정상적인 경우를 안타까워하곤 했다. 일을 하다 보면 고도의 지능을 요구하는 경우보다는 상식이나 정서적 안정, 우애, 용기, 기민함, 확신을 심어 주는 요령 같은 게 더 중요한 상황이 많았던 것이다. 그런 자질들이 측정하기 힘들다고 해서 덜 중요한 건 아니었다. 이종욱은 그렇게 규정하기가 힘든 유형의 자질을 많이 가지고 있었고, 그런 능력을 기르기 위해 노력했다.

그의 행정적인 능력과 무관하지 않은 면모를 엿볼 수 있게 해주는 예가 하나 있다. 레이코 여사의 동생 유리코는 마닐라 시절 그가 보여준 면모를 다음과 같이 말한다.

이종욱 박사가 마닐라에 근무하고 있을 때였다. 그는 다른 나라로 출장 가는 길에 일본에 들러 우리 집을 방문하곤 했다. 당시 나는 이혼한 상황이었는데, 아이들은 불안하고 외로워도 내게 말을 하지 못했다. 그는 그런 사정을 늘 염려하여 아이들에게 인도의 장식 고양이나 호주의 웜뱃 인형 같은 선물을 사다 주곤 했다. 그중에서도 특별히 잊을 수 없는 선물이 있다. 하루는 딸아이가 학교에서 만든 연을 근처 공원에서 날리기 위해 같이 집을 나서려는데 갑자기 그가 나타났다. 우리는 깜짝 놀랐다. 하지만 셋이 함께 공원에 가서 연을 날렸다. 아이는 푸른 하늘 높이 연을 날리며 너무 좋아서 마구 뛰어다녔다.

그로부터 몇 달 뒤 딸이 폐렴에 걸려 입원하게 되었다. 일주일 후 퇴원하여 집에 돌아오니 웬 선물 꾸러미가 배달되었다. 그가 보낸 것이었다. 열어 보니 중국의 전통 연이었다. 아이가 입원해 있는 동안 중국에 출장을 갔던 그가 아이가 다시 연을 날리며 행복하기를 바라는 마음으로 선물을 보낸 듯했다. 그 연은 한동안 우리 집 현관문에 걸려 있었고, 지금은 벽장 속에 잘 보관되어 있다.

우리 동네에 있는 공원은 아주 넓고 언제나 푸르다. 많은 사람들이 벚꽃놀이를 하러 오는, 일본에서 가장 유명한 공원 중 하나다. 그래도 평소에는 조용하고 갖가지 새도 구경할 수 있다. 우리 집에 와서 지낼 때면 그는 레이코와 내가 아직 자고 있는 이른 새벽에 일어나 공원에서 조깅을 하곤 했다. 그가 땀에 흠뻑 젖은 채로 우리 집 현관문 앞에 서 있는 걸 보고 깜짝 놀랐던 기억이 생생하다. 시간이 날 때면 열심히 운동하던 그의 습관은 마지막 날까지도 변함이 없었던 것 같다.[7]

'모든 어린이에게 더 나은 미래를!'

　　　　　　모든 사람에게 건강한 삶이 보장되어야 한다는 도덕적 합의는 날로 발전하는 기술로 강화되었으며, 이로 인해 어린이 질병 예방에 대한 기대가 높아지게 되었다. 보다 효과적이고 편리한 온갖 백신을 만들어낼 수 있다는 사실은 널리 인식되고 있었지만, 백신 하나를 개발하려면 수억 달러의 비용이 들었다. 그런 재원을 동원할 수 있는 사람들은 자금 집행을 다른 기관에 맡기길 주저했지만, 그렇다고 단독으로 집행할 수도 없었다. 제약회사들은 그만한 전문성과 자금력이 있지만 주주의 이익을 극대화하는 것이 먼저였다. 당연히 가난한 나라 어린이들의 생명을 구하는 것보다는 부유한 나라 성인을 위한 약을 개발하는 게 더 돈이 되었다.

　국제기구들은 명분은 있었지만 다른 사안에 더 관심을 갖고 있는 회원국들의 눈치를 볼 수밖에 없었다. 비정부기구들은 뚜렷한 목적을 가지고 활동해도 후원자들의 호의가 없으면 힘도 돈도 없었다. 관련 단체들은 서로 경쟁함으로써 상대를 좌절하게 만들기보다는 서로에게 힘을 실어 줄 수 있는 운영 방식이 필요했다.

이런 상황에서 유니세프와 WHO와 록펠러재단의 대표들이 제안한 것이 '어린이백신사업'이었다. 이 사업이 어떻게 시작됐고, 초기에 얼마나 어려웠는지는 윌리엄 뮤라스킨의 『국제보건의 정치』에 잘 그려져 있다. 다음의 설명은 이 책의 도움을 많이 받았다.[1]

1980년부터 1995년까지 유니세프 총재를 지낸 제임스 P. 그랜트는 1983년에 '어린이 생존 및 발달 혁명'이라는 운동을 시작해 세계적인 명성을 얻었다. 이 운동은 예방접종과 경구수분보충요법, 모유수유 권장을 통해 1980년대 말에는 "1200만 명의 어린 생명을 구한 것으로 추정되고 있다."[2] 그랜트의 재임 기간은 할프단 말러 WHO 사무총장의 재임기간(1973~1988)과 일부 겹치는데, 두 대표 모두 전례 없이 원대한 프로젝트를 통해 세계를 구하고자 하는 비전을 가지고 있었다. 말러의 경우에는 두창 퇴치를 달성하자마자 '2000년까지 모든 사람들에게 건강한 삶을'이라는 목표를 세웠다.

이 슬로건은 다가오는 새 천년을 인류의 친선과 독창성의 승리로 시작하자는 취지에서 전 세계 모든 사람들이 효과적인 1차 보건의료 서비스에 쉽게 접할 수 있도록 하기 위해 만들어졌다. 이 운동은 1978년 알마아타에서 열린 '국제 1차 보건의료 컨퍼런스'에서 시작되었다.

한편 그랜트는 '어린이 생존 및 발달 혁명' 운동이 어느 정도 뿌리를 내리자, '어린이를 위한 세계정상회담'에 관심을 쏟았다. 이 회담은 1990년에 71개국 정상과 그 밖의 88개국 고위 관리가 미국 뉴욕에 모여 '모든 어린이에게 더 나은 미래를 선사하는 일'을 후원하기로 다짐하면서 그보다 '더 고귀한 일'은 없음을 선언하는 자리였다.[3]

그랜트가 원한 것은 주사 한 대로 어린이가 주로 걸리는 여섯 가지에서 열두 가지 정도의 질병을 예방할 수 있는 백신 개발에 착수하는 것이 었다. 이 아이디어가 구체화된 것은 1980년대 중반으로, 록펠러재단의 보건서비스국장 케네스 워런, 유니세프의 어린이 생존 전담 팀장 윌리엄 페기, WHO 전문 과학자문단장 구스타브 노설, 그리고 WHO의 두창 퇴치 캠페인을 승리로 이끈 도널드 헨더슨이 논의에 참가했다.

그랜트는 이런 다기능성 약품을 개발하자면 일종의 '맨해튼 프로 젝트'가 필요하다고 생각했으며, "원자탄을 만들 수 있다면 어린이 백 신도 만들 수 있다"고 주장했다.[4] 이 비유는 그전에도 쓰인 적이 있다. 1950년대 초 조너스 소크가 발견한 소아마비 백신에 대하여 "수백 명 의 과학자와 기술자와 관련 실무자가 참여한 기술발전과 사회공학의 위업"[5]이라고 했던 것이다. 1980년대 들어서도 냉전은 계속되어 물리 학에서 공산권을 앞서야 하듯이 의과학 분야에서도 공산권을 앞서야 한다는 인식이 여전히 팽배했다.[6] 그러한 인식은 정치인과 사업가, 장 군, 의료인, 과학자가 모두 동의하는 것이었고, 이를 위해 서로 협력할 준비가 되어 있었다.

하지만 원자탄 비유는 편리하긴 하되 단점도 있었다. 한 세대의 가장 우수한 두뇌들이 좋은 의도에서 시작한 일이 결국 핵 확산으로 이어졌 고, 그 때문에 세계를 구하기는커녕 가까운 미래에 세계를 전례 없는 위험에 빠뜨리고 말았다는 사실을 상기시켰던 것이다.

WHO 사무총장보인 랄프 헨더슨(도널드 헨더슨의 친척이 아니다)의 제 안에, 그랜트는 '어린이백신사업'이라는 보다 부드러운 표현을 쓰기로 했다. 이 명칭은 원대한 포부와 당면한 과제를 함께 담을 수 있을 만큼 품이 넓었다. 당면한 과제란 이를테면 기존 백신의 공급을 늘리면서 품질을 향상시키고, 디프테리아나 백일해·파상풍 백신의 효능을 높이며, 열에 잘 견디는 소아마비 백신을 개발할 필요성을 말한다.

1988년 말러에 이어 WHO 수장이 된 나카지마는 이 사업에 상당한 열의를 보였다. 그리하여 WHO가 백신의 자체 생산 및 공급 문제를 해결하지 못한다는 간접적인 비판에 대응하고, WHO 자체의 예방접종 활동에 필요한 후원을 더 받아내고자 했다. 어린이백신사업에 참여한 기관에는 유니세프와 WHO, 유엔개발계획, 세계은행, 록펠러재단 등이 있었다. 사업의 명시적 목표는 제품 개발, 민간협력, 예방접종에 대한 국제 보건계의 참여 확대, 기부금의 대폭 신장 등이었다.[7] 사업을 총괄하는 사무국은 제네바의 WHO 본부에 두기로 했다. 뮤라스킨은 사업의 틀을 짠 사람은 존스홉킨스 대학에 있던 필립 러셀 박사라고 말한다. 그는 미군 의학연구개발사령부 퇴역 장성이었다.[8]

유명한 보건학자이자 지도자인 러셀은 새로운 사업을 지휘하는 국장으로 가장 적임자일 수 있었으나, 자리가 그의 생각만큼 WHO 내에서 높은 직책은 아니었다. 러셀 장군이 그 자리에 오게 되면 미국의 영향력이 너무 커질 것이라 우려하는 사람들도 있었다. 사업 추진 단체 중 세 곳의 대표가 미국인인데 사업 책임자도 미국인이 된다면 다자간 사업이라는 취지가 훼손될 수 있으며, 다국적 제약회사들의 영향력을 확대하려는 사업이라는 의심을 더 살 수 있었다. 뮤라스킨이 지적하듯이 사업적 필요가 가난한 사람들의 필요와 꼭 양립할 수 없는 것은 아니었다. 사업가도 누구 못지않게 공익을 실현하는 데 앞장설 수 있지만, 국제기구들 사이에 영향력과 자금력 확보 경쟁이 있듯이 민간 영역과 공공 영역 사이에 상호 불신이 있었다. 그로 인해 어린이백신사업을 이끌 사람은 미국인이 아니어야 한다는 여론이 지배적이었다.

1993년 사무총장 재임에 성공한 나카지마는 개혁을 추진하라는 정치적 압박을 받았다. 예방접종이 시급한 분야 중 하나라는 지적에, 랄프 헨더슨은 브라질 출신인 시로 데 쿠아드로스를 초빙했다. 아메리카 대륙에서 소아마비 퇴치 활동을 성공적으로 이끈 데 쿠아드로스에게 WHO의 백신 사업에 대한 정밀한 구조조정안을 부탁하기 위해서였다. 데 쿠아드로스는 WHO의 아메리카 지역사무처이기도 한 범미보건기구PAHO의 고위 관리일 뿐만 아니라 어린이백신사업의 전략 수립 전담팀의 핵심 인물이었으며, 도널드 헨더슨과 아리타 이사오[9]와도 절친한 사이였다. 그런 이점에다 능력까지 검증받은 데 쿠아드로스는 최상의 개혁안을 내놓을 만한 이상적 인물이었다.

데 쿠아드로스는 그때까지 이질적이던 예방접종 활동의 틀을 새로 짜야 한다고 생각했다. 그러기 위해서는 본부와 6개 지역사무처의 활동을 일원화해 관리할 독립 부서가 있어야 하며, 부서명을 글로벌백신프로그램이라 하고 광범위한 권한을 가진 국장을 두어야 한다고 권고했다.

그 무렵 어린이백신사업에는 강력한 리더십을 가진 사람이 절실히 필요했다. 참여한 저명한 기관들이 백신 연구나 생산, 보급 중 어떤 것을 우선순위로 삼아야 하는가에 대한 기본적인 합의도 이루지 못하고 있었던 것이다. 토론과 합의를 통해 책임자를 선출하지 못하자, 데 쿠아드로스는 사업 주체들 중 보건에 대해 기술적으로나 정치적으로나 책임이 있는 WHO가 국장을 직접 선임하는 게 좋겠다고 말했다. 그는 새로운 인물을 스카우트해서 두 국장에게 급여를 지불하기보다는 한 사람이 두 자리를 같이 맡는 게 좋겠다는 권고도 했다. 한 사람이 어린이백신사업의 책임자로서 운영자문위원회에 보고하고, 동시에 글로벌백신프로그램 국장으로서 WHO 사무총장에게 책임을 지게 하는 것이 좋겠다는 말이었다.

데 쿠아드로스의 방안은 랄프 헨더슨과 나카지마의 지지를 받았으나, 참여 기관들과 후원자들의 반응은 엇갈렸다. 거센 반대도 없었지만 전폭적인 지지도 없었기에 이 방안은 논란이 있는 복잡한 문제로 남게 되었다. 두 사업을 이끌 이상적인 적임자는 다름 아닌 데 쿠아드로스 자신 같았지만, 그렇게 될 경우 자신이 그 직책을 맡기 위해 그러한 제안을 한 것으로 비춰져 절실히 요구되던 신뢰성에 금이 갈 수 있었다. 그는 자신을 위해 일부러 그 자리를 고안한 게 아님을 증명하기 위해서였는지, 아니면 그 자리가 힘들어도 자신에게 보람을 줄 수는 없다고 생각했던지, 국장 자리에 지원하지 않겠다는 뜻을 밝혔다.

유니세프와 유엔개발계획은 나카지마에게 미국의 과학자인 마크 라포스를 추천했고, 다른 기관들은 어린이백신사업 운영자문위원회 의장이자 존경받는 인도 공무원인 라마찬드란이 좋겠다고 했다.

유엔의 인사 문제가 종종 그렇듯, 그런 제안들에 대하여 나카지마는 답변을 회피하다가 어느 날 두 사업을 총괄할 인물로 이종욱을 지명한다고 발표했다. 이종욱은 서태평양 지역 밖에서는 잘 알려진 인물이 아니었지만, 지역의 질병관리 활동을 책임지고 있는 국장으로서 글로벌 전략에 관한 논의와 협의를 잘 추진할 수 있는 입장에 있었다. 그는 자신이 한국인이고 잘 알려지지 않은 인물이라는 점이 오히려 유리하게 작용했다는 사실을 알았을 것이다. 그의 그러한 배경은 어린이백신

사업과 WHO의 활동을 불능 상태로 만들어 버릴 수 있는 부조화를
해결하는 데 도움이 될 것으로 보였다.

이종욱은 새로운 직책을 맡고자 하는 열의도 강하고 서구 강대국들
의 이해관계와 사업 취지 사이의 균형을 맞출 능력도 있어 보이는 데다
그만한 자질을 인정받았기 때문에 그 자리에 가장 적합한 인물이었을
것이다. 나카지마가 이종욱을 그 자리에 임명한 것을 좋은 선택이라고
본다고 해서 나카지마의 능수능란한 수를 보여주는 사례라고 말한 뮤
라스킨의 견해를 부정하는 것은 아니다. 나카지마는 "WHO와 나카지
마 자신에게 충직한 사람을 어린이백신사업 국장에 앉힘으로써 마침내
사업을 장악할 초석을 마련하면서 상임위원회를 완전히 압도해 버렸
다"는 것이다.[10]

아무튼 백신 프로그램에 대한 다국적 기관들의 지나친 영향력과 그로
인한 제약을 벗어나기 위해 추진된 사업이, 그 주최들이 가장 벗어나고
자 했던 WHO의 통제 아래 완전히 들어가게 되었다는 건 아이러니였다.

제네바의 새 자리는 이종욱 가족에겐 인생의 새로운 장의 시작이었다.

한편 어린이백신사업 상임위원회에서는 새 총괄국장을 만나 보고 상
당한 호감을 갖게 되었다. 뮤라스킨의 표현에 따르면 그들은 그가 "재기
발랄한" 사람이라는 걸 알게 되었다. 그것은 그들이 "달리 아무런 방법
이 없었기 때문"이었는지도 모른다. "그들에겐 이종욱을 믿을 필요가 절
실했던 것이다."[11]

뮤라스킨은 자신의 회의적인 태도에 대해 설명하면서 역시 미국인인
존 피바디가 WHO의 근무환경에 대하여 『소셜 사이언스 앤 메디슨』
지에 쓴 내용을 언급한다.[12] 피바디는 WHO 서태평양 지역사무처에서

직접 근무한 경험(1988년부터 1991년까지 에이즈 담당 의무관으로 일했다)을 살려 조직 이론을 바탕으로 한 연구를 했다. 그가 본 WHO는 "국제협력의 독특한 성공 사례"인 동시에 "뒤처진 조직 구조를 가진 복잡한 관료 조직"이라는 점에서 특별하다. 그는 WHO의 '2000년까지 모든 사람에게 건강을'이라는 "초현실적이고 원대한 목표"와 "인류의 질병과 고난에 대한 거의 무한한 세계적 부담"을 대조적으로 보여준다.

피바디는 그러한 모순된 상황을 문제의 온상으로 제시하면서 자신이 느끼고 있는 장애 요소를 열거한다. 이를테면 너무 엄밀한 부서 구분, 결과적 목표보다 과정적이고 자기유지적인 목표를 우선하는 경향, '훈련된 무능력'(즉, 책임 분산으로 인한 기술적 수완의 부족), 지나친 위험 회피, 전문성을 무시하는 지역 대표 체계 또는 의료계 경력자 일색인 직원들, 직권남용, 타성, 변화 거부, '끝도 없어 보이는 위계'와 그에 따른 '미로 같다고 표현할 수밖에 없는 결재 절차' 등이다.

게다가 해외출장이 잦은 직원들이 자기 국장의 호의에 지나치게 의존하다 보니 굽실거리기 쉬운 것도 문제였다. 이런 문제들은 관료제도 그 자체의 특성으로, 적절히 조정한다면 해결할 수 있으나 모든 문제를 없앨 수는 없다고 본다. 하지만 WHO의 경우에는 피바디가 역설하듯 그것으로 인해 신뢰를 잃음으로써 자금조달이 어려워지는 게 큰 문제였다.

피바디는 진단에서 처방으로 옮겨 지역사무처를 폐쇄함으로써 위계의 층을 줄이고 각국 사무소에 권한을 더 주라고 권고한다. 이 모델에 따르면 6개 지역의 선출직 사무처장은 그대로 두되 본부의 사무총장보로 근무하게 해 기존의 사무총장보를 대체하게 될 터였다. 기존의 사무총장보는 6명 중 5명이 중국·프랑스·러시아·영국·미국 출신으로 (유엔안전보장이사회의 5개 상임이사국과 같다), 모두 사무총장이 선임해 광범위한 영역의 프로그램들을 맡고 있었다. 새로운 사무총장보와 사무총장에 대한 선거는 '공개적인 장에서 치를 필요가 있으며' 그럼으로써 WHO에 대한 신뢰를 높여 모금도 늘리자는 게 피바디의 제안이었다. 피바디는 전문직에겐 예산상의 제약과 정책적 경계가 있는 구체적인 성과 목표를 제시하고, 직원 재직 보장 기간을 10년으로 제한하거나 해서 조직의 지나친 동질화를 막고, 조직의 목표를 보다 현실적으로 규정하자는 권고도 했다.

지금까지 볼 수 없었던 엄청난 변화가 일어나자면 피바디가 권고한 수준으로 WHO 규약을 개정할 필요가 있었다. 하지만 그런다고 해서 새 모델이 옛 모델보다 나은 결과를 가져올 것이라는 보장은 없었다. 특히 지역사무처를 폐쇄하면 비용은 줄어들겠지만 남은 7명의 선출직 대표들(즉 사무총장과 6명의 사무총장보)에 대한 충성 경쟁은 계속될 터였다. 그러한 긴장은 균형과 견제의 순기능을 할 수도 있겠지만 개혁론자들이 해결하고자 하던 유형의 문제들, 즉 결정의 지연과 복잡한 절차, 실현성 없는 목표 같은 문제들을 유발할 수도 있었다.

마닐라에서 피바디와 친분을 쌓은 이종욱은 WHO와 그 지역 구조에 대하여 그런 시각이 있다는 것을 잘 알고 있었다.[13] 피바디는 2009년에 이렇게 말했다. "제가 <소셜 사이언스 앤 메디슨>지에 쓴 글에 대해 이종욱과 준비 과정에서도 한 번 얘기한 적이 있고, 실린 뒤에도 여러 차례 얘기를 나누었지요. 그는 그 글이 발표되자 여러 차례 연락해서 자신이 WHO에 대해 갖고 있던 아이디어를 구체화하려고 했어요.

WHO가 가난한 사람들에게 더 도움이 되고, 효율적이고 진취적인 조직으로 만들 아이디어였지요. (…중략…) 저는 이종욱이 우리의 우정을 이어가려 하고, 사무총장이 되고 나서도 조언을 구하곤 하던 모습이 늘 마음에 들었어요."[14]

두 개의 프로그램 책임자가 된 이종욱이 가장 먼저 한 일은 어린이백신사업 사무국 관리를 한 사람에게 맡긴 것이었다. 이를 위해 그는 로이 위더스를 채용했다. 미생물 생화학자이자 전염병학자로 영국 제약회사와 미국 보건복지부에서 일한 경험이 있는 위더스는 기업과 정부 양측의 입장에서 볼 수 있어 어린이백신사업을 "공공과 민간 사이의 관계를 개선하는 데 꼭 필요한 인큐베이터 노릇을 함으로써 업계의 호감을 사고 강화하는" 역할을 할 수 있었다.[15]

그는 백신 '공급'을 어린이백신사업의 구체적인 목표로 보고, 얼마 전에 발견되었던 히브Hib(뇌수막염, b형 헤모필루스 인플루엔자) 백신을 개발도상국에 보급하는 데 집중했다. 히브 백신 덕분에 선진국에서는 뇌수막염이 거의 퇴치됐지만, WHO의 예방접종확대계획은 아직 아프리카와 아시아에서는 이 백신 보급을 우선순위로 두지 않고 있었다.

이종욱은 예방접종확대계획도 관할하게 되었기에 프로그램을 이끌 사람을 찾아야 했다. 랄프 헨더슨과 협의 끝에 덴마크국제개발기구DANIDA의 비요른 멜고르가 적임자라는 결론을 내렸다. 그러나 멜고르는 WHO에서 일하고 싶어 하지 않았다. 덴마크국제개발기구 직원으로 아프리카와 아시아에서 근무하는 동안 WHO의 활동을 탐탁지 않게 여겼던 것이다.

이종욱은 일단 제네바에 와서 일주일 동안 지내며 어떤 일을 하게 될

지 직접 보라고 설득했다. 멜고르는 결국 이종욱이 제의한 자리를 받아들였다. 그는 두 가지 이유 때문에 마음이 바뀌게 되었다고 말했다. "첫째, 이종욱 총장은 아주 설득력이 있는 사람이어서 그와 함께 일하고 싶은 마음이 생겼습니다. 둘째, 예방접종확대프로그램은 제가 보기에 WHO에서 제대로 일하고 있는 몇 안 되는 프로그램 중 하나였습니다."[16]

멜고르는 이종욱이 자잘한 일들을 다 챙기지는 않는 '불간섭주의 관리자'라고 평가했다. 그런 성향 때문에 프로그램의 잠재성이 일부 발현되지 못할 수도 있었겠지만, 전체적으로 큰 문제 없이 일하는 사람들의 능력을 최대한 이끌어내는 데 더 도움이 되었는지도 모른다.

"저는 그의 스타일을 좋아했어요. 그런 스타일은 노련한 고위직들에게 재량권을 많이 주어 그들을 편하게 해주었지요. 우리가 문제를 제기하면 그는 언제나 흔쾌히 논의에 참여했어요. 우리는 주요 기획이나 예산 문제에 더 적극적으로 관심을 갖길 바랐지만, 그는 그런 데엔 별로 관심이 없었던 것 같아요. 기부단체나 협력기관과의 관계 같은 대외 활동에 더 열심이었지요."

예방접종 분야의 가장 확실한 과업은 소아마비를 퇴치하는 일이었다. 멜고르는 그때까지 주로 지역 차원의 사업으로 진행되던 소아마비 퇴치 활동에 대해 본부의 지원을 더 끌어내기 위해 브루스 에일워드를 채용했다. 캐나다 출신 의사인 에일워드는 WHO의 소아마비 예방접종 캠페인의 고문으로 이집트·캄보디아·타지키스탄·쿠르디스탄 등지의 제3세계 지역에서 여러 해 근무했다.[17] 그는 경험이 많으면서도 젊고 활력이 넘쳐(30대 중반이었음) 소아마비 퇴치 프로그램을 맡았으나 소신대로 일하기가 쉽지 않았다. 미국 질병관리본부에서 파견한 특별자문위원격의, 직책이 분명하진 않지만 관련 업무를 맡고 있는 또 다른 사람이 있었던 것이다. 이는 두창 퇴치 때 워낙 성공을 거두었던 방식에서 영향을 받은 것으로, 그때에는 도널드 헨더슨이 질병관리본부에서 WHO로 파견을 나와 근무하고 있었다.

백신 프로그램 전체를 총괄했던 이종욱은 더 이상 소아마비 퇴치 사업에 직접 관여하지 않았다. 하지만 에일워드는 의사결정 과정의 문제를 해결할 사람은 그밖에 없다고 생각하여 그를 찾아갔다. 에일워드는 당시를 다음과 같이 회고했다.

결정권이 누구에게 있는지 아무도 모르는, WHO에선 흔히 일어나는 문제였지요. 저는 3개월 동안 참다가 이종욱 국장을 찾아갔습니다. 그는 구두를 신은 채 책상에 두 발을 올려놓고는 신문을 읽고 있었어요. 오전 11시였는데 한국 신문이더군요.

집무실에 들어가서 처음 느낀 건 이분이 프로그램을 지휘하는 사람인가 하는 의구심이었어요. 저라면 그런 식으로 지휘할 수 없었겠지만, 그런 모습을 보면 그가 얼마나 유능한지 알 수 있기도 하지요. 적임자를 구해서 일을 맡겨 놓고는 그 자신은 책상에 발을 올려놓고 다음 단계엔 무얼 하면 되는지 생각하는 식이었으니까요. 그런 스타일을 보고 빈둥거린다고 착각하는 사람들이 있는데, 빈둥거렸다면 그런 자리에까지 올라갈 수도 없었을 겁니다. 그는 세상을 바꾸려는 야심가였어요. 발을 올려놓고 여유를 부리고 있는 것 같지만 말이에요.

아무튼 저는 그의 맞은편에 앉아 설명을 했습니다. 저는 '이래 가지곤 아무것도 안 될 것 같은데 어떻게 생각하십니까?'라고 물었지만 실은 제 자신에게 하는 말이었어요. 그러자 그는 '지휘자이고 대가이신 분께서 제게 권하고 싶은 말씀이 무언가요?'라고 하더군요. 그는 신문을 내려놓지도 않고서 말했어요. 약간 젖힌 신문 너머로 내다보면서 얘기를 더 해보라는 시늉을 하더군요. 제 말이 끝나자 그는 '전쟁터에선 적을 살려 주는 게 아니죠'라고 말하더니 신문을 마저 보더군요.

저는 잠시 멍하니 앉아 '아, 이러다 잘리는 건가'라고 생각하다가 자리를 떴어요. 그런데 몇 주 후 보니 그 질병관리본부 사람이 잘렸더군요. 그걸로 끝이었요. 그때 이런 생각이 들더군요. '다른 사람들한테도 다 그러나? 아니면 내가 진짜 그의 일면만 슬쩍 본 건가?' 몇 해 지나고 보니 그게 진짜 이종욱 박사라는 걸 알 수 있었어요. 그는 그런 식으로 관리를 했어요. 일단 옳다고 결정하면 망설임 없이 밀고 나갔지요.

이종욱이 에일워드와 그 문제에 관해 말을 섞지 않은 것은 멜고르의 권위를 훼손하지 않기 위해서였을 것이다. 그는 이야기를 듣는 것만으로도 불간섭 원칙을 깨지 않으면서 돌아가는 형세를 잘 파악할 수 있었다. 그러한 모습이 겉으로는 관여하지 않는 것처럼 행동하면서 실제로는 권력을 행사한다는 인상을 줄 수도 있었지만, 그로서는 매우 유용하고 재미있기도 했을 것이다. 그는 피지에서 의무관으로 근무하던 시절부터 책상에 발을 올려놓는 습관이 있었다고 그의 비서는 기억한다. 당시 사고나 응급환자들을 처치하는 임상의로 힘들게 일하고 나서 다리의 피로를 풀기 위해 발을 올려놓았던 것인지도 모른다.

이러한 회고담들을 들어 보면 이종욱이 어떤 유형의 리더였으며, 어떤 바탕이 있었기에 정상의 자리에 오를 수 있었는지가 궁금해진다. 에일워드는 이렇게 보았다.

어떤 사람이 어떤 자리로 가는 것이 다른 사람들 모두에게 편하기 때문에 결정되는 경우가 더러 있어요. 그런데 그의 경우엔 엄청난 악전고투 끝에 치고 올라간 극히 드문 경우였어요. 딱히 적임자라 할 수도 없고, 뛰어난 관리자라고 알려진 것도 아니었고, 지도자로서 인정을 받은 것도 아니었고, 특별히 카리스마가 있는 인물도 아니었는데 말이지요. 그를 추종하는 사람들은 그랬다고 말할지도 모르지만 그는 우리를 썩 잘 지휘한 인물이 아니었고, 죽음의 아귀 속으로 뛰어들어도 사람들이 따라갈 정도로 타고난 리더도 아니었어요. 어쩌면 그 스스로 죽음의 아귀 속으로 뛰어들려 하지 않았고, 사람들도 다 그걸 알았기 때문인지도 몰라요. 그는 특정 프로그램의 세부 사항에까지 파고든 적이 없는 것 같아요. 하지만 그런 면들 때문에 그가 작아 보이는 건 아니었어요. 오히려 그가 얼마나 놀라운 인물인지를 알 수 있게 해주었지요. 그러면서도 '이 일엔 내가 적임자야'라는 자신감이 드러나 보였으니까요.

그러나 이종욱이 실은 '죽음의 아귀 속으로' 뛰어들었다는 사실을 주목할 필요가 있다. 적어도 그가 피할 수 있었던 위험을 마다하지 않았고, 그 때문에 큰 대가를 치렀다는 점에서 그러하다.

『사이언티픽 아메리칸』지로부터 '백신의 황제'라는 칭호를 얻어 고무되었던 이종욱은 상당히 창의성 있는 기회를 잡아 좋은 효과를 내기도 했다. 1997년에 스위스의 테니스 스타 마르티나 힝기스를 WHO 예방접종 프로그램의 홍보대사로 임명하는 데 기여했던 것이다.

당시 그는 다음과 같이 말했다. "마르티나 같은 젊은이들이 세계 다른 지역 아이들의 보건에 관심을 보일 때 우리의 활동은 새로운 활력

1997년 WHO 예방접종 프로그램의 홍보대사로 임명된 테니스 스타 마르티나 힝기스와 함께.

을 얻게 됩니다."[18]

　이 무렵 그는 『세계 백신 현황』이라는 정기 간행물을 발간하기 시작했다. 멜고르를 포함한 그의 보좌진들은 유니세프 『세계 아동 현황』이라는 유명한 정기 간행물을 모방하는 것 같아 반대했지만, 그는 뜻을 굽히지 않았다. 결국 그의 아이디어는 프로그램을 홍보하고 지원을 이끌어내는 데 도움을 주었다. 그는 신망을 받는 유니세프와 경쟁하기보다는 같은 목적을 추구하는 모습을 보임으로써 도움을 받는 게 낫다고 판단했던 것이다.

"다른 데로 가고 싶나요?"

1998년은 WHO 사무총장 선거가 있는 해였다. 과거에는 무기한 연임이 가능하던 때가 있었지만, 새로운 규약이 도입됨에 따라 5년 임기의 사무총장은 한 번만 재임할 수 있었다. 나카지마는 새 규약의 제약을 받을 만큼 오래 재임하지 않았지만 연임할 만큼 지지를 받지 못했다. 그러자 이종욱은 자신이 그를 대신할 적임자가 될 수도 있다고 생각했다. 그는 한국과 집행이사회 핵심 인사들의 지원을 어느 정도 받는 데도 성공했다. 그러나 그로 할렘 브룬트란트가 압도적 지지를 받으며 선두를 달리자, 공식 선거에 들어가기 전에 출마를 포기하고 한국 정부에도 그녀를 지지해 달라고 요청했다.

브룬트란트가 예상대로 사무총장에 선출되면서 전면적 개혁의 권한을 부여받자, 그녀는 이종욱을 선임 정책자문 중 한 사람으로 임명했다. 그의 지지에 대한 보답 차원의 인사였다. 그러나 이종욱은 이번 인사로 총장과 더 가까운 자리로 승진하게 되어 명예가 높아진 것 같으면서도 실질적인 권한은 별로 없고 쓸 수 있는 예산과 직원도 없어졌다. 그가 맡았던 백신국장 자리는 멜고르에게 넘어갔다. 새 집행부의 개혁

의지를 알리는 차원에서 프로그램의 이름은 '예방접종·백신·생물제제'로 수수하게 바뀌었다. 이는 세계은행을 비롯한 몇몇 기관들과 논의 중이던 백신에 관한 새로운 다국적 다자기구 제휴 사업과 연계한 결정이기도 했다. 그 사업은 결국 '백신 및 예방접종을 위한 글로벌연합GAVI'으로 바뀌었는데, 그가 이끌어 오던 기존의 프로그램들을 비판하는 측면이 있었기에 개혁에 반대한다는 인상을 줄까 봐 이종욱은 이 논의에서 배제되었다.

대신 그에게는 WHO 정보통신시스템을 종합 점검·감독하는 임무가 주어졌다. 그는 이 임무를 전문 컨설턴트에게 맡겨 1년 안에 마무리했다. 그 후 그는 대외협력부서에서 위신은 서지만 역할이 분명치 않은 직책을 맡게 되었다. 이처럼 이종욱은 브룬트란트 체제가 출범하여 한창 바쁘던 2년 동안 절박하고 뚜렷한 업무를 맡지 못한 탓에, 이 시기에는 별로 관심을 끌 만한 활동이 눈에 띄지 않는다.

하지만 2000년에는 결핵의 확산을 막기 위해 글로벌 차원의 노력을 총괄하는 임무를 맡았다. 결핵이라는 병은 의료 발전사에서 예기치 못했던 면을 보여주는 사례이기 때문에 여기서 그 역사를 잠시 살펴볼 필요가 있다. 결핵의 역사는 의과학적 요인도 중요하지만 정치적 요인도 직접 영향을 준 탓에, 긴 역사가 한 개인의 삶과 어떤 영향을 주고받았는지 알아볼 수 있는 좋은 기회다.[1]

결핵은 여러 세기에 걸쳐 존재해 왔지만 본격적으로 주요 사망 원인이 되기 시작한 것은 산업화로 밀집된 생활을 하게 된 18~19세기부터였다. 1815년 런던에서 일찍 사망하는 사례의 4분의 1이, 파리에선 병원들의 부검 결과 40퍼센트가 결핵 때문이었다고 한다.[2] 결핵을 '컨

섬션consumption'이라 부른 것은 환자의 살이 소모되듯 마르는 증상 때문이었고, '타이시스phthisis'라고 한 것은 그리스어로 '소모한다'는 뜻이기 때문이었다. 기침을 하면 피가 섞여 나오는 증상 때문에 사람들이 더 두려워하던 병이었다. 지금 쓰는 '튜버큘로시스tuberculosis'라는 용어는 폐가 붓거나 결절tubercle이 생기는 현상 때문에 붙여진 이름이다. 독일의 로베르트 코흐는 1882년에 결핵균을 분리해 내는 데 성공했으나 결핵을 예방하거나 치료하는 방법을 알아내지는 못했다.

그러다 의학적 방어 수단이 생긴 것은 1906년 프랑스에서였다. 칼메트와 게랭이 소의 결핵균을 약화시켜 배양하여 백신으로 이용할 수 있는 방법을 개발했던 것이다. 지금까지도 BCG Bacillus Calmette Guerin라 불리는 예방접종 방법은 1920년대에 널리 이용된 뒤로 경우에 따라서는 10년 동안 예방 효과를 보이면서 결핵 발병 사례를 80퍼센트까지 줄였다. BCG는 역사적으로 가장 널리 이용된 백신으로 여겨지지만, 모든 환경에서 효과적인 것은 아니며 성인들의 결핵 발병에는 검증될 만한 효과를 보이지 못했다.

그로 인해 결핵은 유럽과 그 밖의 지역에서 사람들이 몹시 두려워하는 치명적인 질병으로 남아 있었는데, 치료제가 1943년 미국에서 발견되었다. 이것이 바로 스트렙토마이신이다. 앨버트 샤츠가 토양 미생물에서 분리해 낸 것으로, 이 발견으로 그의 럿거스 대학 지도교수인 셀먼 왁스먼이 1952년 노벨상을 받았다. 결핵균을 죽이는 이 항생제의 효능으로 결핵도 치료 가능하고 퇴치도 가능하다는 믿음이 생기게 되었다. 이 효과적인 치료법은 2차 세계대전 이후 선진국에 널리 보급되었다.

1947년 파리에서 열린 WHO의 결핵 억제에 관한 첫 전문가 회담에서는 BCG 예방접종과 스트렙토마이신을 이용한 결핵 치료 전략이 합의되었다. 그러다 1950년대에 BCG의 결핵 예방 효과가 일부 개발도상국에서는 0퍼센트인 반면, 일부 선진국에서는 70퍼센트에 달한다는 결과가 나왔다. 하지만 4세 이하의 어린이들에게는 예방 효과가 여전히 있다는 것을 알게 돼 결핵이 고질적인 나라에서는 생후 가능한 한 빨리 접종하도록 권고하고 있다. 아울러 그 사이에 효과적인 결핵약 두 가지(이소니아지드와 피라지나마이드)가 개발됨으로써 결핵 예방이 생각보다 어렵긴 하지만 치료율이 점점 높아지고 있다는 인식이 확산되었다. 질병 사례 관리가 WHO 프로그램의 주축이 된 덕분에 1980년대 말까지 대부분의 선진국에서 결핵 발병률이 꾸준히 감소하는 효과가 나타났다.

하지만 개발도상국 사정은 달랐다. 약이 필요한 대부분의 사람들이 약을 구할 수 없었고, 믿을 만한 진단과 치료를 위한 보건 인프라가 부족했으며, 사회경제적 요건으로 인해 결핵 전염 및 재발이 계속되었던 것이다.

개발도상국에서는 약이 제대로 보급되어도 치료에 실패하는 경우가 흔했다. 환자가 공중보건의의 적절한 도움을 받지 못해 치료약을 지속적으로 복용하지 않는 일이 다반사였기 때문이다. 그런 문제를 해결하기 위해 국제항결핵연맹에서 일하던 체코인 의사 카렐 스티블로는 1970년대 말에 탄자니아와 모잠비크와 말라위에서 중요한 시범사업을 수행했다. 나치 집단수용소에서 결핵을 앓았던 경험이 있는 스티블로는 여생을 결핵 억제에 바치다가 1998년 76세를 일기로 세상을 떠났다. 그는 아프리카에서 약을 제때 공급해 주고 다제요법과 함께 직접복용

관찰을 통해 치료율을 43퍼센트에서 80퍼센트로 끌어올림으로써 열악한 환경에서도 효과적인 치료가 가능하다는 것을 입증했다.[3] 그 무렵 네번째 약인 리팜피신도 개발되어 치료에 보탬을 주었다.

한편 WHO는 1970년대 말부터 1980년대 초까지 두창을 퇴치하기 위해 노력을 기울인 데 이어, 여러 아동 질병에 대한 1차 보건의료와 예방접종 캠페인에 힘을 쏟고 있었다. 1980년대에는 결핵 억제가 WHO의 우선 관심사가 아니었지만, 그 무렵 에이즈가 나타나 질병을 통제할 수 있다는 낙관에 찬물을 끼얹었다.

게다가 아프리카에서 결핵 발병 사례가 급격하게 증가했다. 새로운 병 때문에 면역력이 약해지면서 결핵 감염률이 높아진 것이다. 다제내성 결핵이 급속히 확산되면서 1990년대 들어 발병률이 매우 높아졌고, 치료 효과가 없는 경우도 흔히 나타났다. 1990년에는 전 세계적으로 매년 800만 건의 결핵이 발병하여 300만 명이 사망하는 것으로 추정되었다. 예방과 치료를 통해 두 번 물리쳤다고 생각했던 결핵이 전보다 더 강한 병으로 되살아나 공중보건에 가장 큰 위협이 된 것이다.

1991년 세계보건총회는 마침내 2000년까지 결핵 사례 발견율을 85퍼센트까지 끌어올린다는 결의안을 채택했다. WHO는 결핵 프로그램을 정비하고 새로운 전략을 짰다. '직접관찰치료전략Directly Observed Therapy- Short Course'이라는 의미의 DOTS 전략은 스티블로의 업적을 바탕으로 한 다음 다섯 가지 요소로 구성되었다. 1) 정부의 약속, 2) 가래 현미경 검사를 이용한 진단, 3) 적절한 사례 관리와 직접 관찰에 따른 표준 단기 치료, 4) 신뢰할 만한 약품 공급 체계, 5) 진행 상황을 모니터할 보고 및 기록 체계.

이 전략은 실현 가능하긴 하지만 전보다 돈과 정치적 뒷받침이 더 필요했다. 1993년에 WHO는 결핵이 세계 보건계의 긴급대응이 필요한 유행병이라고 선언했으며, 같은 해 세계은행은 「보건에 대한 투자 Investing in Health」라는 보고서를 통해 결핵 치료를 위한 화학요법은 세계에서 비용 대비 가장 효과가 큰 치료법이라고 명시했다.

하지만 그러한 인식은 느리게 확산되었고, 부유한 나라에서는 현대 의학이 결핵을 꽤 잘 물리쳐 왔다는 믿음이 지속되었다. 1994년에 안내서인 『옥스퍼드 메디컬 컴패니언』에서는 안이하게도 이렇게 주장하기까지 했다. "결핵에 대한 두려움과 결핵의 유행은 항결핵 화학요법의 발견과 적용으로 대폭 줄어들었다."[4]

심지어 1998년에는 영국 런던의 한 결핵 환자가 기침과 흉통으로 인한 괴로움을 호소했지만 여러 의사들로부터 심기증(건강염려증)이나 위산과다, 천식 때문이라는 소견을 들었다. 그 환자는 계속해서 스테로이드나 안정제 처방을 받으며 제대로 치료받지 못하다가 2002년에는 급기야 한쪽 폐가 완전히 망가져 버리기 직전까지 갔다. 나중에 치유되고 나서 그녀는 29세 때의 경험을 되돌아보며 이렇게 말했다. "내 인생의 중요한 3년을 잃어버린 거예요. ……결핵의 온갖 전형적인 증상이 다 나타났어요. 기침하면 피가 나오고, 땀이 많이 나고, 몸이 마르고, 누워 있다 보니 욕창도 생겼어요. 그런데도 의사들 말만 들은 제가 바보죠. 이젠 원망도 안 해요. 바보 같은 의사들만 만난 게 잘못이죠."[5] 결핵 같은 병을 통제하지 못함으로써 나타나는 확실한 부작용은 의사들에 대한 존경심이 줄어드는 것이었다.

1990년대 미국과 유럽의 도시들과 러시아의 교도소에서 결핵이 확산되자, 강력한 대책이 필요했다. WHO와 관련 기관들은 그러한 필요성을 인정했지만 전략과 운영 방식에 대한 합의를 이끌어내지 못했다. 치료법이 널리 알려졌음에도 불구하고, 결핵을 진단하지 못해 치료가 이루어지지 않는 사례가 한 국가의 보건시스템이나 국제 프로그램이 대응할 수 있는 수준을 넘어선 상태가 지속되고 있었다. 치료제의 효능이 꽤 좋다는 착각 때문에 사람들이 안심하면서 조직적인 대응이 늦추어졌고, 재정 지원은 더 절박하다고 생각하는 분야로 흘러들어갔다.

그러다 현실적인 대응책이 마련된 것은 1998년 3월 런던에서 소집된 WHO 임시위원회에서였다. '런던 선언'이라고 알려지게 된 이 계획은 비정부기구와 기업, 정부, 기부자의 노력을 한데 모으기로 결의했다. 그러자면 제휴 단체들이 협력하는 연합체를 구성하고, 각지에서 치료약품귀 현상 문제를 해결하기 위해 약품조달기구를 세울 필요가 있었다.[6]

WHO의 '글로벌결핵프로그램'은 사무총장이 된 브룬트란트가 단행한 개혁의 하나로, 그녀가 선택한 '수평적' 관리 구조에 맞게끔 해체되었다.[7] 이에 따라 결핵 전문가들은 WHO를 떠나 각자의 전문 분야에서 계속 일하거나, 다른 팀으로 가서 전문 지식을 다른 문제에 응용하는 쪽을 택해야 했다. 이는 WHO의 프로그램을 '결핵퇴치사업Stop TB Initiative'이라는 다자기구로 대체하여 "결핵 통제에 관여하는 기구·기관·조직·단체를 아우르는 새로운 국제 파트너십을 수립·확대·육성"하기 위한 조치였다.[8] 파트너는 WHO·세계은행·유니세프 같은 국제기구, 비용을 많이 부담하는 국가들의 대표, 국제 항결핵 및 폐질환 연합IUATLD 같은 전문기구, 네덜란드왕립결핵연구소KNCV, 그리고 미국 질병관리본부였다.

결핵퇴치사업의 우선적인 목표는 '런던 선언'을 이행하는 것이었다. 브룬트란트는 1998년 사무총장에 취임하면서 기존의 모든 국장들에게 개혁에 협조하는 차원에서 그녀가 원할 경우 자리를 비워 달라고 요청했다. WHO의 글로벌결핵프로그램 국장이던 고치 아라타는 일반 질환 프로그램을 조정하는 자리에 남았다가 새로운 사업을 맡게 되었다. 어린이백신사업처럼 결핵퇴치사업은 처음에 불확실성과 불협화음의 오랜 이행기를 거치느라 진행이 더뎠다. 그러자 사업 참여 당사자들은 어떤 성과든 내려면 기존의 방식과 결별해야 한다는 것을 분명히 알게 되었다.

2000년 3월 네덜란드 암스테르담에서 열린 결핵에 관한 각료회의에서는 DOTS 치료를 확대할 각국 및 국제 협력체를 구성하고, 2005년까지 70퍼센트의 발견율과 85퍼센트의 치료율이라는 목표를 달성하며, 한 해 12억 달러의 예산을 조달하기로 합의했다.[9] 결핵 역사의 이 대목에서 우리는 다시 이종욱의 인생으로 돌아가게 된다.

같은 해 12월 브룬트란트는 바라던 변화를 이루기 위해 이종욱에게 고치를 대신해 프로그램을 맡아 달라고 요청했다. 그녀는 이 협력사업에서 WHO의 주도적 역할을 역설하면서 사업 수행을 전적으로 지원하겠다고 약속했다. 그는 새로운 임무를 기꺼이 받아들였다. 2년 동안 직위는 높지만 할 일은 별로 없이 지내다가 진짜 일거리를 맡게 된 것이다. 새로운 자리는 그가 특히 자신 있다고 생각하는 정치적·기술적·심리적·관리적 능력을 요구했다. 게다가 그는 강력한 사무총장의 전적인 지원을 받게 되었다. 두 사람이 2년 전에 라이벌이었던 점을 고려할 때, 이번 인사는 그로서는 인상적인 성취였으며 아마도 그녀 역시 그랬을 것이다.

영국인 의사 이언 스미스는 이종욱이 고치의 자리를 물려받던 당시 상황을 잘 기억하고 있다. 네팔에서 한 비정부기구와 결핵 통제 일을 하다가 스위스 제네바의 WHO 본부에서 근무하게 된 그가 말하는 당시의 분위기는 이종욱이 예상 밖으로 백신 프로그램을 지휘하게 되었을 때와 상당히 비슷하다. 결핵퇴치사업 주체들 사이에는 결정하기 힘든 문제들이 있었다. 특히 결핵 약품조달기구 사무국을 WHO 본부에 둘 것인지 다른 곳에 둘 것인지가 어려운 문제였는데, 스미스는 이 문제도 갑자기 해결된 것으로 보았다.

11월 29일 우리는 상당히 이례적으로(적어도 나와 결핵퇴치사업의 동료들에겐 그랬다) 사무총장의 이메일을 받았다. 고치가 HIV/AIDS 부문으로 옮겨가고 이종욱이 결핵 사업을 맡게 되었다는 소식이었다. 하지만 그가 무엇을 하게 될 것인지는 분명치 않았다. 결핵 부문은 아직 하나의 부서로 존재하지 않아서 그가 결핵국장에 임명된 것은 아니었던 까닭이다.

그날 우리는 복도에서 수군거리거나 여기저기서 걸려오는 전화를 받으며 남은 업무 시간을 다 보냈다. 당시 전염병 담당 총괄국장인 데이비드 헤이먼을 비롯한 결핵 부문 동료들과 회의를 하기도 했다.[10]

그러고 나서 며칠 동안 우리는 이종욱과 만나게 되었다. 우리들 대부분은 전에 그를 만난 적이 없었으며, 내 경우엔 들어 본 적도 없었다. 내 기억이 정확하다면, 그가 결핵 부문을 맡게 된 것을 두고 우려하는 사람들이 꽤 많았다. 그를 잘 모르던 사람은, 결핵에 대해 너무나 잘 알고 전문적인 지식과 지도력을 인정받던 고치를 대신해 아무 경험도 없는 이종욱이 자리를 맡게 된 것을 몹시 걱정했다. 복도에서는 심지어 그 결정을 뒤집거나 결핵 전문가가 그 자리를 맡아야 한다고 사무총장에게 전하고, 필요하다면 다른 참여 기관들의 지원도 구해야 한다는 얘기까지 나왔다. 그런 의사를 제휴 기관들을 통해 사무총장에게 전달하려고 한 움직임도 있었다. 그런 시도가 실제로 이루어졌는지는 모르지만, 그런 식으로 우려를 표명한 사람들이 있었던 게 사실이다.

우리들 중에 고위직들은 이종욱과 면담하기 위해 7층 그의 방으로 몇 번 올라갔다. 그때 그 방에 처음 가보았는데, 생각보다 수수했다. 당시 우리는 그가 어떤 식으로 일하는지 잘 몰랐지만, 돌이켜보면 매우 전략적으로 일했던 것 같다. 그는 기본적으로 '좋아요, 필요한 일이 뭔지 생각대로 얘기해 봐요'라고 말하는 식이었다. 그러면 우리는 며칠 동안 온갖 아이디어를 내놓았다. 사실 그는 자신이 원하는 것을 아주 잘 알고 있으면서 우리가 같은 결론에 도달하기를 기다리고 있었고, 우리는 결국 그렇게 되었다.

결론은 결핵사업의 주체들을 한데 묶을 결핵퇴치사업 부서를 만드는 것이었다. 우리는 각종 조직도를 만들어 그에게 제출했다. 그때 나는 그가 딱히 말을 하지 않으면서도 자신이 원하는 바를 남들이 하게 만드는 능력을 갖고 있다는 것을 알 수 있었다.[11]

하버드에 본부를 둔 비정부기구 '파트너스 인 헬스Partners in Health'의 공동 창립자인 김용이 WHO의 신임 결핵 프로그램 국장을 만난 것은 2001년 1월, 다제내성 결핵을 관리하기 위한 'DOTS 플러스' 회의가 열린 페루에서였다. 그는 다음과 같이 회고했다. "우리는 그가 최근에 WHO의 전화시스템 관리를 맡아 했으며, 결핵에 대해서는 아는 게 없는 '백신 전문가'라는 얘기를 들었다. 우리의 기대 수준은 매우 낮았다."[12] 하지만 그와 그의 동료들은 뜻밖에도 놀라며 만족해했다.

> 회의에서 그는 자신의 강점을 드러냈다. 그것은 공중보건의 어느 영역이든 주의 깊게 듣고 정치적이고 기술적인 문제들을 포착해 내는 능력이었다. 그는 회의 기간 내내 가만히 팔짱을 끼고 앉아 사람들의 얘기를 아주 열심히 들었다. 회의를 마칠 무렵 우리는 그에게 한마디 해달라고 부탁했다. 그는 먼저 농담으로 운을 떼는 특유의 화법으로 말했다. "음, 제가 WHO 회의에 많이 참석해 봤지만 성공적으로 끝났다고 하지 않은 경우가 없었습니다. 그렇다면 이번 '다츠 플러스' 회의는 특별히 더 성공적인 회의였다고 말하겠습니다."
> 그런 다음 그는 회의 결과를 요약했는데, 문제를 잘 이해하고 있으며, 우리의 노력에 힘을 보탤 것임을 보여주는 식이었다. 우리는 신임 결핵국장이 대단히 명민한 인물이며 날카로운 유머 감각을 가졌다는 사실에 안도감을 느꼈다.[13]

당시 마흔 살이던 김용은 같은 또래의 많은 한국계 미국인들과는 달리 이종욱에게 한국어로 자기소개를 했으며, 15년 연상인 성공한 선배에게 존댓말을 썼다. 그 자신 뛰어난 학자이자 의사였지만, 그는 이종욱에게 "한국식으로 사제지간처럼 지내면 영광"이겠다고 말했다. 이종욱은 존경의 뜻을 고맙게 받아들이며 화답했다. 이후 두 사람은 좋은 친구가 되었고, 이듬해 레이코가 자원봉사 일을 찾고 있을 때 '파트너스 인 헬스' 창립자인 김용은 그녀가 페루 리마 변두리의 빈민가에서 결핵이나 에이즈로 고통받는 사람들을 돌보는 프로젝트에 동참할 수 있도록 주선해 주었다.[14]

이종욱이 결핵퇴치사업의 책임자로 일한 지 얼마 되지 않았을 때, 사업 주체들 사이의 관리 구조를 결정하는 회의가 이탈리아 벨라지오에서 열렸다. 록펠러재단의 컨퍼런스 센터가 있는 곳으로, 코모 호수가 내려다보이는 자리였다. 참여 기구들 사이에 의견이 엇갈리는 부분이 많고, 막대한 자금은 물론이고 사업 자체의 미래가 걸려 있는 상황이었다. 때문에 논의가 어떤 식으로 흘러갈지 모두 초조해하고 있었다.

이종욱은 며칠에 걸친 회의를 통해 각 대표들의 뜻을 확인한 다음, 자신의 의사를 전달하는 데 성공했다. 그는 위세를 부린다는 인상을 주지 않기 위해 중립적이고 존경받는 인물을 의장으로 내세워 회의를 진행하게 하고, 그 자신은 회의 내내 잠잠히 있었다. 이러한 모습은 WHO가 다른 사업 참여 기관들에게 WHO의 입장을 밀어붙일지 모른다는 두려움을 누그러뜨렸다. 그 결과 대화는 놀랍도록 건설적인 방향으로 흘러갔다.

회의 분위기를 부드럽게 만든 재치를 크게 인정받은 가운데 저녁때 한잔 하는 자리가 마련되자, 이종욱은 검은 나비넥타이에 턱시도 차림으로 서빙을 했다. 따분하거나 위선적인 인상을 주지도 않고 딱히 크게 양보하는 모습도 보이지 않으면서 그 자신과 WHO가 봉사할 준비가 되어 있다는 것을 보여준 것이다. 이렇게 섬세하면서 유머가 있는 접근은 회의가 사업 주체들 사이에 보다 효과적인 업무 관계를 시작하는 계기가 되도록 했다.[15]

이종욱은 사람들의 역량을 최대한 이끌어내고 공동의 목표를 추진하는 것에서 즐거움을 느꼈다. WHO 결핵국의 유능한 직원이던 마리오 라빌리오네(현재 WHO 본부 결핵국장)는 그 무렵 이종욱이 한편으로는 기강을 세우면서 다른 한편으로는 사기와 동료애를 고취했던 업무 스타일을 기억하고 있다. 라빌리오네는 기강을 세운 사례로 이종욱이 2002년 1월 11일 결핵국 전체 직원에게 '다른 데로 가고 싶나요?'라는 제목으로 보낸 이메일을 예로 든다. 이 메일은 한 직원이 다른 자리 제안을 받고서 수락하기로 한 다음 갑자기 그에게 통보하는 것을 보고 보낸 것이다. 이 글을 보면 이종욱이 순해 보이면서도 엄한 면모를 보이려 했음을 알 수 있다.

동료 여러분
살다 보면 개인적인 사유나 공적인 이유 때문에 다른 부서나 지역, 나라나 조직으로 자리를 옮겨야만 하거나 옮기고 싶어서 애쓰게 되는 경우가 있게 마련입니다. 정기적으로 자리를 옮기는 것은 개인의 발전을 위해서도 조직을 위해서도 좋은 일입니다. 개인적으로 저는 여러 나라와 지역, 그리고 본부의 여러 부서에서 일하며 많은 것을 배울 수 있었습니다.
그렇다면 새로운 자리로 매끄럽게 옮겨갈 수 있는 방법은 무엇일까요? 저와 일하는 여러분은 우선 제게 알려 주시기 바랍니다. 인사이동은 우리 모두의 업무에 영향을 끼치므로 가장 중요한 일입니다. 팀과 부서는 인사이동으로 인한 영향에 대비하여 긍정적인 조치를 취할 시간이 필요합니다. 그러니 그 사실을 먼저 알려 주시면 제가 할 수 있는 지원을 아끼지 않겠습니다.

반면 모든 과정이 끝난 뒤 제게 통보만 할 수도 있겠지요. 좋습니다. 그렇게 하면 자신이 원하는 것을 얻을 수 있겠지요. 하지만 저는 그런 행동에 크게 실망할 것이고, 조직 전체에도 좋지 않은 인상을 줄 것입니다.

여러분 중 직원과 인사이동에 관한 상담을 한 경우에도 제게 먼저 상의해 줄 것을 부탁드립니다. 감사합니다.

JW

관료제도에서 '실망스러운 행동'을 했다는 딱지가 붙을 수 있다는 위협은 그 행동의 옳고 그름을 떠나 당사자에게 상당한 불안감을 줄 수 있다. 그만큼 행동에 대한 자신감이 약해질 수 있다. 이종욱의 메시지는 표현이 조심스럽긴 해도 결국 이렇게 읽힐 수 있다. '나한테 불편을 끼치면서 다른 데로 가려는 사람이 있다면 블랙리스트에 올리겠다.'

이런 메시지를 받으면 현재의 자리에 꼼짝없이 있거나 어떻게든 벗어나야겠다는 마음을 먹게 마련인데, 어느 쪽도 팀워크에는 도움이 되지 않는다. 잘 협의해서 지원과 승진을 보장하겠다고 암시적으로 약속한다고 해서 노골적인 위협이 상쇄되는 건 아니다.

강압에 의한 관리는 이 무렵 WHO에 나쁜 영향을 끼치고 있었고, 이종욱도 그런 방법을 별로 좋아하지 않았기에 일주일 뒤 자신이 지나친 반응을 보인 데 대해 모든 관련자에게 사과했다. 자신이 초래한 험악한 분위기를 몰아내고 자기 메시지의 위협적인 톤을 누그러뜨리기 위해 애쓴 것이다.

그런가 하면 그의 결정이 필요한 현실적인 문제에 대해 다소 충동적으로 대응하는 등 신경질적인 모습을 보인 적도 있었다. 이메일에 맺는 말과 서명 없이 이렇게만 답했던 것이다. "고맙습니다. 앞으론 이런 메

그는 여가 시간에는 클래식과 영화, 셰익스피어의 작품 등을 즐겼으며, 뛰어난 유머 감각을 가졌다.

일에 답하지 않겠습니다." 이 답장을 받은 사람은 아직도 무엇이 문제였는지 모르고 있다. 며칠 뒤 만났을 때 이종욱은 같은 문제에 대해 적극적으로 협의하는 모습을 보였던 것이다.

그가 이따금 부정적인 반응을 발끈 보였다가 갑자기 협조하는 태도를 보인 것은, 그가 한 동료에게 말한 것처럼 처음엔 부당하게 '노'라고 말했다가 나중에 '예스'라고 하면 온당해 보이고 분위기도 좋아지는 장점이 있다고 정말 믿었기 때문인지도 모른다. 이러한 행동은 뜻대로 되지 않아 서로에 대한 이해를 높이는 데 도움이 되지 않는 경우도 있었지만, 실제로 효과가 있었던 적도 많았던 것으로 보인다.

한편 그는 세계 여러 지역에서 결핵 통제 활동을 조직하느라 주고받은 메시지를 통해 친밀한 동료애를 보이기도 했다. 한번은 페루에서 이렇게 썼다. "마리오, 여기 쿠스코에서 멋진 아마존 나비 표본을 발견했어요. 액자에 넣어 파는 걸 기념으로 당신께 드리려고 샀답니다." 아바나에서 열릴 회의에 대해서는 이렇게 말하기도 했다. "개인적 취향으로 본다면야 만년의 헤밍웨이가 드나들던 곳과 근처 해변에도 꼭 가보고 싶습니다. 회의에도 가보고요."

한번은 이종욱이 모스크바에서 열리는 회의에 참석하러 갔을 때 볼쇼이 극장에서 하는 저녁 공연 표를 끊어 놓았다. 라빌리오네는 메일에 이렇게 썼다. "이건 누구 아이디어인지 모르지만 정말 잘한 일입니다. 그런데 왜 미코는 안건이 없다고 불평할까요?" 그러자, 이종욱의 답은 이랬다. "글쎄 말입니다."

국제적인 협력을 이끌어내는 과정은 서로에게 도움이 되었다. 이종욱의 입장에서는 서로 믿고 의지할 수 있는 친구와 동료와 지지자를 늘려 갈 수 있었고, 협력기관들로서는 그가 잠재성을 실현하고 공통의 목적에 힘을 모을 수단이 되었다. 2003년 영국의 '건강부문발전연구소' 독자 평가에서는 다음과 같은 결론을 내렸다.

이 협력사업은 불과 3년 만에 상당한 성과를 올렸다. 나열하자면 다음과 같다. 우선 협력기관들 간의 광범위한 네트워크를 구축하여 지금까지 유지해 오고 있다. 또한 광범위한 후원을 받을 수 있는 협력 구조를 마련했다. 결핵을 퇴치하기 위한 면밀한 국제협력 방안에 대한 정치적 약속과 폭넓은 지지를 결집시켰다. 어려운 환경에서도 결핵 퇴치 활동을 상당히 발전시켰다. 또한 매우 중요하지만 시간이 흘러야 효력이 나타나는 새로운 진단법과 약품과 백신의 개발을 강조했다. 아울러 놀랍도록 짧은 기간 안에 결핵 2차 치료제 보급을 위한 '녹색등위원회'와 1차 치료제 보급에 필요한 기술적 지원을 위한 보조금 조성과 조달 업무, 그리고 협력기관 동원 업무를 맡는 복잡한 글로벌약품조달기구 GDF를 조직했다. 모두 대단한 업적이다.[16]

이러한 긍정적인 인상은 2007년에 성과로 확인되었다. 결핵퇴치사업 사무국은 세계보건총회에 결핵 발병률이 10년 동안 증가하다가 상승세를 멈추고 감소하기 시작한 것으로 보인다고 보고했다. 2005년 결핵 감염 건수는 880만 건, 사망자는 160만 명으로 추정되었다. 치료 성공률은 목표치 85퍼센트에 살짝 못 미치는 84퍼센트이고 감염 발견율은 목표치 70퍼센트보다 낮은 60퍼센트에 머물렀으나, 협력 기관들과 관련국 정부들의 노력 덕분에 사업이 성과를 보이고 있음을 보여 주기에는 충분했다.[17]

이러한 성공의 열쇠는 결핵퇴치사업 참여 기관들이 결핵약에 대한 접근성을 높이고 DOTS 프로그램을 확대하기 위해 2001년 초에 설립한 글로벌약품조달기구였다. 이종욱은 글로벌백신프로그램의 경험과 네트워크를 활용하여 이 기구를 조직했다.

이 기구는 약품 생산과 품질관리·조달·배급을 담당하는 기업, 세계은행 등의 기부 단체들로 이루어진 자금원, 그리고 WHO 등의 결핵 퇴치 활동 기구들로 이루어진 기술지원 단체들로 구성되었다. 이 3대 요소를 취합한 것은 결핵퇴치사업단 사무국의 한 팀이었다. 이 팀의 대표는 인도 출신의 경험 많은 의사 제이컵 쿠마레산이 맡고, 관리는 이언 스미스가 맡았다. 컨설팅 회사인 매킨지가 2003년 4월에 내린 평가에 따르면, 이 조달 기구는 16개국에서 의약품의 품질과 접근성을 향상시켰으며 사업단의 협력 관계를 강화시켰다. 단, 1년에 적어도 2000만 달러의 보조금이 필요했지만 당시 700만~900만 달러가 부족한 상황이었다.

그러나 이 무렵 이종욱은 결과적으로 그의 마지막이 될 다음 과업을 향해 이미 옮겨 가고 있었다.

3

옳은 일을 하라, 옳은 방법으로

2003~2006 사무총장

새로운 리더십

2002년 8월 31일 'WHO 사무총장 사임'이라는 제목의 머리기사가 『브리티시 메디컬 저널』지에 실렸다. 강건해 보이지만 사무총장 재임에 도전하지 않겠다고 말하는 그로 브룬트란트의 사진도 함께 실렸다. 브룬트란트는 두 번째 임기를 마치면 69세가 될 텐데 "원기 왕성하게 일할 수 없는 상황에 놓이기는 싫다"고 설명했다.[1] 만일 그녀가 자리에 더 남아 있고 싶었다면 그녀가 추진했던 개혁을 마저 이행하고자 하는 의지와 새로운 인물보다는 유리한 위치에 있다는 확신에 따라 행동했을지도 모른다.

이종욱은 브룬트란트의 선언이 있기 전까지는 개인적으로 맥베스를 동정한다고 했다가, 그녀가 선언한 이후에는 햄릿을 동정한다는 농담을 했다.[2] 그녀를 대신해서 선출될 기회를 얻으려면 단호하게 행동해야 하지만 햄릿처럼 그에 따르는 위험을 알았다는 뜻이었을 것이다. 도전했다가 실패하면 경력이 그대로 끝날 수도 있었다. 반면 성공한다면 전혀 모르던 중압과 책임과 관심 속에 살아야 하기 때문이었다.

모두 8명이 WHO 사무총장이 되기 위해 집행이사 32인의 지지를 얻기 위한 선거운동에 들어갔다. 이종욱, 세네갈 보건장관 아와 마리 콜-섹, 멕시코 보건장관으로 WHO에서 브룬트란트의 오른팔이었던 훌리오 프렝크, 레바논 보건장관 카람 카람, 모잠비크 총리로 보건장관을 지냈던 파스콜 마누엘 모쿰비, 유엔에이즈계획UNAIDS 수장인 피터 피오, 이집트 보건장관을 지낸 이스마일 살람, 그리고 쿡 제도 총리를 지낸 조셉 윌리엄스였다.[3]

이종욱은 확실한 선두주자는 아니어도 피터 피오와 함께 다른 후보자들을 크게 앞서 나갔다. 투표에서 두 사람은 집행이사들의 표를 각각 16표씩 받았는데, 결국 피오의 지지자 중 한 사람이 이종욱 쪽으로 넘어옴에 따라 이종욱이 17대 15로 이기게 되었다.[4] 결과가 발표될 때 이종욱의 피곤하지만 기뻐하는 얼굴이 찍힌 사진은 그의 재임 중 가장 많이 쓰인 사진 중 하나가 되었다.

이종욱이 집행이사회에서 사무총장 출마 연설을 하면서 내건 공약은 에이즈에 대한 공격적 대응, 본부 자원의 지역사무처 배분, 효율성과 책임성 제고, WHO를 '보다 나은 일터'로 만들 근무환경 같은 것들이었다. 자원 배분에 대해서는 구체적인 목표를 제시했다. "2004~2005년도 예산의 36퍼센트가 본부에 배정되어 있습니다. 저는 본부 예산을 2005년 말까지 25퍼센트로, 2008년 말까지는 20퍼센트로 줄이겠습니다."[5]

2003년 5월 21일, 세계보건총회에서 정식으로 사무총장으로 선출된 이종욱은 공약을 되풀이하면서 또 하나의 구체적인 목표를 제시했다. 에이즈 환자 300만 명을 2005년까지 치료하겠다는 이 약속은 '3 by 5' (300만 명을 2005년도까지) 캠페인으로 알려지게 되었다. 세계적인 유행병인 사스가 어떻게 될지 아직 잘 모르는 상황에서 치러진 총회의 분위기는 보기 드물게 무거웠다. 이 총장이 사스의 전파를 막기 위해 애쓰다가 순직한 카를로 우르바니에게 찬사를 바치면서 분위기는 더 가라앉았다.

> 우르바니 박사가 몸져눕기 직전에 그의 아내가 지금처럼 연구하는 것이 너무 위험하지 않으냐고 걱정을 했습니다. 그러자 그는 이렇게 대답했습니다. "내가 그런 여건에서 일할 수 없다면 왜 여기서 일하겠어? 이메일에 답하고 서류 업무만 하면서 지내려고?" 카를로 우르바니 박사는 우리에게 WHO가 할 수 있는 최선의 것을 보여주었습니다. 사무실에서 서류만 제출하며 지내는 대신 가난과 질병에 맞서 싸웠던 것입니다. 오늘 이 자리에 우르바니 박사의 부인이신 지울리아나 치오리니 여사를 모시게 되어 영광입니다. 여사님과 가족, 그리고 고인에 대한 애도와 존경을 표합니다.[6]

공중보건에 종사하는 사람들이 모두 다른 사람의 생명을 구하는 데 자신을 바칠 생각으로 일하는 것은 아니지만, 이 경우는 참석자 전원이 뜨거운 박수를 보내기에 충분했다. 참석자 대부분은 바란다고 해도 그럴 기회를 얻기 힘들었겠지만, 동료 중에 누군가가 그런 고귀한 일을 할 수 있었다는 사실만으로도 큰 힘을 얻을 수 있었을 것이다. 그것은 그런 장한 일을 해낸 동료에 대한 심정적인 기립박수였으며, 관심을 끌어낸 조직의 새 지휘자에 대한 존경과 찬성의 표현이기도 했을 것이다. 한편 '애도'라는 표현은 정확히 3년 뒤 보건총회에서 가장 여러 번 쓰이는 단어가 될 터였다.

2003년 1월, 이종욱 총장이 자신과 함께 일할 직원들을 소개하고 있다(위).
무엇이 그리 재밌을까? 브룬트란트 전 사무총장과 새 사무총장(아래).

새 집행부

그래도 이 총장에게는 당분간 흥미로운 아이디어들을 현실로 옮길 기회와 의무가 있었다. 매킨지 컨설팅 회사는 글로벌약품조달기구에 대한 평가를 마무리짓던 참이었고, 게이츠 재단으로부터 업무 인수 용도로 보조금도 받았다. 이언 스미스는 이 총장이 컨설팅 회사에 대해 "이미 알고 있는 사실을 확인하기 위해 큰돈을 들이는 것"이라고 생각했지만, 그렇다고 해도 컨설팅이 값진 용역임을 알았을 것이다. 이용할 수 있는 최선의 전문성을 동원하여 최선의 안건을 제시함으로써 새 집행부의 가치와 신뢰를 높일 수 있기 때문이었다. 아울러 컨설팅은 WHO에 기부하는 기관 직원들에게는 자신의 업무에 최선을 다하게 하는 계기가 될 수 있었다.

이 총장은 이언 스미스와 김용에게 인수팀 업무 조율을 맡겼다. 인수팀에는 스미스와 김용과 매킨지 컨설턴트들 말고도 벨기에 출신으로 에티오피아에서 WHO 대표를 지냈던 미셸 장클로에스, WHO의 약품 안전성 프로그램의 일본 코디네이터인 요시다 도쿠오, 결핵국의 프랑스인 행정보좌관인 실비 샬레 같은 이들과 비상근 및 임시 근무자들이 있었다. 이 총장은 새로운 집행부의 출발을 준비하기 위해 본부의 국장들을 일일이 면담하기 시작했다.

그중에는 뉴질랜드 출신으로 비전염성 질병 감시를 맡고 있던 루스 보니타라는 인물도 있었다. 그녀는 남편인 로버트 비글홀과 함께 얼마 전에 『기로에 선 공중보건』이라는 책을 펴내 그들이 보기에 전 세계 보건시스템이 당면한 중대 선택 사항들을 제시했다.[7] 루스 보니타로부터 그녀의 남편이 하는 일에 대해 알게 된 이 총장은 비글홀을 만나고 싶어 했다. 그리고 짧은 면담 후 이언 스미스에게 그도 인수팀에 합류시키라고 말했다. 비글홀은 국제 보건 문제에 대한 전문 지식을 갖추었을 뿐만 아니라 관대한 스타일로 동료들의 능력을 이끌어낼 줄 아는 사람이었다. "탁월했다. 이 총장이 사람들을 재빨리 평가해서 뛰어난 사람들을 식별해 내는 능력은 정말 대단했다. 나는 그게 그의 가장 뛰어난 점 중 하나였다고 생각한다."[8] 스미스가 나중에 털어놓은 말이다.

이 총장은 이미 알고 지내던 국장들과의 면담에서는 최근의 업무 동향 위주로 이야기를 나눴다. 잘 모르거나 전혀 모르는 국장과의 면담에서는 그 사람이 맡은 프로그램과 의욕에 대해 알아보았는데 서로의 낙관과 열의를 확인하곤 했다. 하지만 면담이 전부 고무적이었던 것만은 아니었다. 방향성이 별로 없거나 바라는 결과를 얻을 능력이 없어 보이는 국장들도 더러 있었다. 면담에 여러 번 동참했던 스미스는 "그는 사람들이 자기 업무에 대해 얼마나 잘 아는지, 그리고 맡은 부서를 얼마나 잘 관리하는지 알아보는 눈이 아주 정확했다"고 말한다. 새로운 사무총장의 임기가 시작될 때면 업무 내용에 엄청난 변화가 생기게 마련인데, 그러한 면담을 통해서 사기가 올라가기도 했다.

전략과 상관없이 변화가 필요해진 이유 중 하나는 마리얀 바퀘로의 갑작스런 죽음 때문이었다. 그는 브룬트란트가 2001년 5월 총괄국장에 임명했던 인물로, 그전에는 유엔의 코소보 사절단장과 유니세프 인사국장을 지냈다. 그런 그가 2003년 5월 13일 무릎 수술 합병증으로 세상을 떠난 것이다. 당시 그는 보건총회에 제출할 WHO의 2004~2005년도 프로그램 예산을 짜고 있었다. 이 총장은 이 예산이 자신의 계획과 별 차이가 없어야 했기 때문에 바퀘로와 인수팀 사이에 의논할 것들이 많았다. 바퀘로는 수술 직후에도 예산 편성 작업 때문에 병원에서 전화를 하곤 했다. 그러던 중 무릎 감염이 심해져 패혈증으로 발전, 결국 세상을 떠난 것이다.

그의 죽음은 분권화를 위해 WHO 예산을 재편하려던 인수팀으로서는 슬픈 일이자 불길한 출발이었다. 업무를 이어받은 사람은 요시다 도쿠오였다. 그는 매킨지 팀의 도움을 받아 본부의 지출을 빠른 시일 안에 전체 예산의 25퍼센트 수준으로 줄일 방안을 찾아내야 했다. 그들은 그 정도로 큰 변화를 이루자면 본부 인원을 33퍼센트 줄여야 한다며 업무 영역 축소 기준을 권했다. 업무 활동의 영향력, 학계 같은 다른 분야에 비슷한 활동이 있는지 여부, 지역사무처에서 전문지식 이용 가능성 같은 것들이 그 기준이었다. 본부 인원을 줄이면서 행정 업무를 간소화할 수 있는 방안으로는 정보기술과 통번역을 외주로 내보내고, 국제계정 부서를 인도로 이전하며, 효율성을 높여 비용을 절감하는 것이 있었다. 또한 사무실 칸막이를 줄여 정보를 더 많이 공유하고, 모든 새로운 결정을 예산 편성에 따르도록 하며, 각국의 WHO 대표부에 권한을 더 많이 위임하도록 했다. 요시다는 이 총장이 공약을 이행하자면 그런 일들이 다 필요하고, 또 가능하다고 생각했다. 이 일들은 '3 by 5' 공약과는 달리 다른 기관들에 의존할 필요가 없고 이행하기가 더 쉬운 것들이었다.

하지만 그는 필요한 조치가 초래할 어려움을 고려할 때, '연착륙'을 하려면 2년이 아니라 4년에 걸쳐 해야 한다고 건의했다.[9] 그런 어려움들이 인원감축에 대한 직원들의 본능적 저항감을 뜻하는 건 아니었다.

요시다의 권고안에 대해 인수팀은 다소 불편해했다. 하지만 본부 인원을 대폭 줄이는 대신 지역에 대한 각국과 국제단체들의 자발적인 후원을 크게 늘림으로써 25대 75의 비율을 달성하자는 김용의 제안을 듣고서 참석자들은 안도할 수 있었다.

이 총장은 그런 접근법을 받아들일지, 아니면 두 가지를 절충할 것인지를 결정할 권한을 가진 유일한 사람이었지만 아무 말도 하지 않았다.[10] 이언 스미스는 공약을 하긴 했지만 면밀히 따져 보니 이행이 불가능하다는 결론이 나왔기 때문이라고 보았다.[11] 브룬트란트의 참모장을 지냈던 데니스 아이켄은 이런 말을 한 적이 있다. "누가 여기 본부에서 일한다고 해서 그 사람이 각 나라에 아무 도움도 되지 않는다고 주장하는 것은 잘못이다."[12] 그게 아주 큰 문제였다면 활동을 재편함으로써 변화를 줄 것 없이 어떤 나라가 어떤 프로그램의 도움을 받는지 정확히 보여주기 위해 회계 시스템을 바꾸기만 해도 비율을 조절하는 게 가능했을 것이다.

하지만 이 총장은 본부 조직을 실제로 줄이길 원하고 있었다. 그러한 생각을 비공식적으로 말하기도 했기에, 창조적인 회계법을 이용해서 모면하는 데에는 관심이 없었다. 또한 조직 슬림화로 초래될 고통을 원치도 않았다.

이종욱이 5월에 사무총장으로 선출되어 보건총회에서 선서를 하고 나자, 인수팀은 WHO에서 걸어서 5분 거리에 있는 세계교회협의회 WCC 건물의 사무실 열두 개와 회의실 두 개를 빌렸다. 그해 여름은 유난히 더웠는데 건물에 에어컨이 없어 문과 창을 계속 열어놓아야 했다. 이곳에 근무하게 된 사람들은 아침마다 간단한 회의를 하고 업무를 시작했기 때문에 정보 공유가 잘 되었다.

아침 회의에서 그들은 한 사람씩 돌아가며 전날 했던 일과 그날 할 일들을 간단히 말했다. 회의 때는 아무도 앉을 수 없었기 때문에 회의가 15분 이상 길어지면 모두 짝다리를 하고 서 있곤 했다. 회의는 매일 한 사람씩 돌아가며 이끄는 체조로 시작되었다. '발로 뛰는 관리' 정신을 일깨우기 위해 업무 그룹별로 만보기를 지급하여 누가 가장 많이 걷는지 경쟁을 하기도 했다. 매킨지의 한 직원은 책상에 앉아서 만보기를 흔들다가 적발됐지만 장난으로 받아들여졌다.

이언 스미스는 이렇게 말한다. "거기서 일한 때가 우리 직장생활에서 가장 즐겁고 재밌고 만족스러운 시간이었다고 생각한다."[13] 반면 요시다 도쿠오는 이렇게 술회한다. "이종욱 박사의 사무총장 업무 인수 기간은 2003년 제네바의 지독한 더위 속에서 별 소득도 없이 고통스럽게 머리를 짜내던 시기였습니다."[14]

예산 편성보다 흥미롭지만 덜 난감했던 일은 7월 21일까지 새로운 고위관리팀을 임명하는 것이었다. 이 총장이 선출 직후에 단행했던 상징적인 변화는 기존의 '사무총장보ADG'라는 직함을 복원한 것이었다. 이 직함은 유엔의 다른 기구들처럼 WHO에서 오랫동안 여러 부서를 이끄는 책임자들의 것이었는데, 브룬트란트가 1998년 사무총장이 되면서 명칭을 총괄국장EXD으로 바꾸었다. 그녀의 선택은 보다 기업적인 접근을 암시했지만, WHO 관리의 외교적이고 봉사적인 측면을 약화시켜 기존의 명칭이 그런 취지를 더 잘 나타낸다는 지적이 있었다. 적임자를 새로운 집행부의 사무총장보로 임명하는 일은 신임 사무총장의 행정이 매끄럽게 출발하는 데 매우 중요했다. 임명은 사무총장이 보건총회에서 선출된 5월부터 임기가 시작되는 7월 사이에 이루어져야 했다. 이전의 몇몇 집행부에서는 사무총장보들을 '참모부cabinet'라 불렀는데, 국가 행정부의 내각과 비슷한 기능을 하는 게 사실이다.

이 총장은 마리얀 바퀘로를 대신해 안데르스 노르드스트룀을 접촉했다. 43세의 스웨덴 의사인 그는 '에이즈·결핵·말라리아 퇴치를 위한 세계기금'의 임시 사무국을 이끌다가 2002년에 최초의 총괄국장이 되었던 리처드 피첨에게 자리를 넘겨주었다. 그는 믿을 만한 인물로 정평이 나 있었다. 이 총장과는 일해 본 경험이 없다는 것도 장점이었다. "그는 조직과 자원을 맡을 사람을 선임하면서 그 사람이 자신과 개인적 연고가 없고, 중요한 기부자들에게 받아들여질 만하며, 아주 깨끗한 인물이라는 점을 분명히 해두려고 했습니다."[15] 이언 스미스의 설명이다. 5월 보건총회 이전에 합의된 다른 임명 건은 블라디미르 레파힌을 '보건의료기술 및 제약' 부문 사무총장보로 선임한 것이었다. 레파힌은 옛 소련 및 러시아연방의 보건부 차관보를 지냈으며, 브룬트란트가 WHO를 이끌기 전인 1998년에도 잠시 사무총장보를 지내다가 이 총장과 함께 정책자문으로 있으면서 그와 가까워지게 되었다.

이 총장은 이전 집행부에서 총괄국장을 지낸 사람들은 자리를 보전할 수 있다는 기대를 하지 말아야 한다는 뜻을 분명히 했다. 하지만 그들에게 직접 말하지는 않았다. 그러자 그들 중 일부는 상당히 불안해진 나머지 자신의 운명이 어떻게 정해졌는지 알아보거나 인수팀을 통해 이 총장과 만나려는 헛수고를 하기도 했다.

그 점에 대해 이언 스미스는 이렇게 말했다. "나라면 그들을 직접 만나서 다른 데 알아보라고 말하고 싶었지만 그는 나서지 않았다. 내가 알기로 그는 그들 중 그 누구도 만나지 않았다. 그냥 내버려둘 뿐이었다. 그가 그들 중에서 명예롭게 물러나겠다고 나서는 사람이 있기를 기대하고 있었던 게 아닌가 싶다. 하지만 명예롭게 행동한 사람은 극소수였다."[16]

자리를 보전한 사람 중 한 명은 데니스 아이켄이었다. 그는 이 총장의 요청을 받고 참모장에서 사무총장실 실장으로 직함만 바뀌고 같은 일을 하게 되었다. 스코틀랜드 출신으로 영국에서 공무원으로 일하다가 국제해사기구IMO에서 일했는데, 나카지마 사무총장이 WHO 종합관리부문 사무총장보로 발탁하면서 WHO에 오게 된 것이다. 재능과 경험을 두루 갖춘 아이켄은 계획된 변화 속에서 조직이 원만하게 굴러가도록 누구보다 잘할 사람이었다.

가나 출신의 아나르피 아사모아-바아 역시 사무총장보 자리를 지키게 되었다. 그는 브룬트란트 집행부의 '보건의료기술 및 제약' 부문 총괄국장을 지냈는데, 이 총장의 요청으로 전염병 부문 사무총장보 자리를 데이비드 헤이먼으로부터 물려받게 되었다. 헤이먼은 미국 질병관리본부 직원으로 WHO에 근무하게 된 사람으로, 사스 확산을 막기 위해 일선에서 일하다가 이 총장의 청으로 소아마비 퇴치 사업의 특사가 되었다.

당시 소아마비 퇴치 사업은 거의 완결되기 직전으로 여겨졌기 때문에, 헤이먼은 비교적 편하면서 단기간만 맡아도 되는 자리로 간 셈이었다. 브룬트란트 시절에 '말라리아 저감' 사업에 이어 '지속가능한 개발과 건강한 환경' 부문을 이끌던 활달한 영국인 데이비드 나바로는 '공중보건 위기대응' 부문을 맡게 되었다.

WHO에서 일하다가 사무총장보로 선임된 나머지 한 사람은 쿠웨이트 출신의 카젬 베베하니였다. 이 총장의 오랜 동료로 '동지중해 연락관'에서 '대외관계 및 운영' 부문 책임자로 옮겨갔다.

나머지 신임 사무총장보 다섯 명은 컨설팅과 면접을 통해 외부에서 발탁했다. 미국 국무부 보건 및 과학 부차관보를 지냈던 잭 차우는 '에이즈·결핵·말라리아' 부문을 맡았다. 뉴욕 록펠러재단에서 의료형평성 부문 국장으로 있던 팀 에반스는 '정책 지원 근거 및 정보' 부문을 맡게되었다. 프랑스 보건장관 과학 고문을 지냈던 카트린 카뮈는 '비전염성 질병 및 정신건강' 부문을 맡았다. 중국 주재 유엔 조정관 및 유엔개발계획 대표를 지냈던 케르스틴 라이트너는 '지속가능한 개발 및 건강한 환경' 부문을 맡았다. 보츠와나 보건장관을 지냈던 조이 푸마피는 '가정보건 및 공동체보건' 부문을 맡았다.[17]

완전히 새로워진 팀은 이 총장의 임기가 시작된 2003년 7월 22일 본부에서 열린 직원 상견례에서 소개되었다. 신임 국장 아홉 명도 같은 날 발표되었는데, 그중에서 두 명(마거릿 챈과 파울루 테이셰이라)은 외부 인사였다. 아홉 명의 신임 사무총장보와 아홉 명의 신임 국장이 모였으니 중대한 변화가 임박한 게 분명했다. 하지만 조직의 상층부가 너무 무겁다는 비판이 계속 나올 만도 했다.

세계적 유행병, 사스와 AI

세계적인 유행병인 사스가 발발했다가 통제되기 시작한 것은 업무 인수가 이루어지던 때였다. 병이 확산되기 시작한 것은 중국 광둥 지방에서 온 한 의사가 2월 21일 홍콩 메트로폴 호텔 911호실에서 하룻밤 묵은 뒤부터였다. 그는 적어도 16명의 여행자에게 사스를 옮긴 것으로 알려졌다. 그리고 여행자들은 각기 싱가포르, 토론토, 하노이, 그리고 홍콩의 다른 지역으로 가서 병을 퍼뜨렸다. 그 뒤 4개월 동안 30개국에서 4000건의 발병 사례가 발견되고 550명이 사망했다. 모두 그 중국인 의사의 홍콩 방문에서 비롯된 것으로 추정되었다.[18]

WHO에서 이 신종 질병을 처음 발견한 직원은 당시 베트남에서 환자들을 검진하고 있던 카를로 우르바니였다. 그는 감시 수준을 높이고, 새로운 환자를 찾아내 병원 직원들을 감염시키기 전에 격리시켰다. 우르바니는 WHO에 들어오기 전 '국경없는의사회' 이탈리아 지부 회장이었으며, 1999년에 국경없는의사회가 노벨평화상을 수상할 때 오슬로에 상을 받으러 간 대표단의 일원이기도 했다.[19]

WHO에서는 55건의 발병 사례를 확인한 다음, 3월 12일 전 세계에 경보를 발령했다. 이어 3월 15일에는 병명을 처음으로 언급하고 여행객들과 항공사들에게 긴급 권고문을 제시하는 2차 경보를 발령했다. 카를로 우르바니는 3월 29일 태국 방콕의 한 병원에서 사스로 46세의 나이에 숨졌다. 사스의 확산은 5월에 절정에 달해 하루 200건의 새로운 발병 사례가 접수되었다.

보건총회가 열리기 직전에 이 총장은 베이징을 방문했다. WHO 사무총장 당선자로서 중국에 대한 지원을 약속하기 위해서였다. 그는 중국에 가면서 프랑스어로 된 알베르 카뮈의 『페스트』를 가져갔다. 프랑스어 실력을 향상시키기 위해서이기도 했지만, 냉정함을 유지하고 이 유행병을 역사적이고 윤리적인 관점에서 보고 있다는 인상을 주기 위해서였다. 위험과 무력감을 이겨내고 본분을 다하는 의사의 이야기를 그린 카뮈의 이 소설은 WHO와 그 회원국들에게 주는 명백한 메시지를 담고 있었다.

중국 정부에서 이 총장의 가장 큰 조력자는 보건부 국제협력국장인 류 페이룽이었다. 그는 나중에 제네바에서 이 총장의 비서관을 맡게 된다. 이 총장은 베이징에 도착하자마자 양복저고리를 두고 내렸다는 사실을 알게 되었다. 하지만 다행히 류와 치수가 거의 같아서 류의 옷을 입고 회의에 참석할 수 있었다. 이 총장에겐 그런 실수를 활용해서 격의 없이 동료애를 유발할 줄 아는 재주가 있었다.

그 무렵은 AI가 사스만큼이나 빠르게 확산될 수 있다는 예상이 점점 커지고 있던 때였다. 2003년 4월 17일 고병원성 바이러스H7N7가 네덜란드 수의사의 목숨을 앗아간 뒤로 네덜란드와 벨기에에서 닭을 비롯한 가금류 2300만 마리가 살처분당했다. 2월 네덜란드 중부의 가금류 농장 여섯 곳에서 발견된 이 바이러스는 80명이 넘는 사람들에게 눈 감염과 독감 증상을 일으켰는데, 그들 대부분이 살처분 작업에 참여했던 사람들이었다. 네덜란드와 벨기에에서 이루어진 가금류 살처분은 여섯 명의 목숨을 앗아갔던 A형 AIH5N1의 발발로 1997년 홍콩에서 모든 닭을 살처분한(약 1400만 마리였다) 경우보다 훨씬 더 큰 규모였다.[20]

홍콩에서 발생한 AI에 대한 대응을 지휘했던 사람은 마거릿 챈(7대 WHO 사무총장)이었다. 그녀는 1994년 여성으로는 처음으로 홍콩의 공중보건국장이 되었다. 강력한 정치적 반대를 무릅쓰고 가금류 살처분을 단행한 그녀의 결단력 덕분에 AI는 더 이상 확산되지 않았다. 두 번의 보건 긴급사태를 지휘한 노련한 지도자였던 챈은 미래의 유행병 발발

사태에도 핵심적인 역할을 할 만한 인물로 알려져 있었다.

'옳은 일을 적절한 곳에서 옳은 방법으로 하라'

그로 할렘 브룬트란트가 근본적인 WHO 개혁 프로그램을 발표한 지 5년째 되던 날, 6대 사무총장이 된 이종욱이 WHO 직원들에게 자신의 계획을 발표했다. 그날은 이 총장이 연설 서두에서 말한 것처럼 그가 WHO에 들어온 지 거의 20년이 되던 날이기도 했다.

그의 이력을 돌이켜볼 때 이 총장과 브룬트란트는 상당히 대조적인 길을 걸어왔다. 브룬트란트는 42세에 노르웨이의 첫 여성 총리가 되어 10여 년 동안 총리를 세 번 지낸 다음 WHO로 자리를 옮겼다. 국가의 수반이자 '브룬트란트 위원회'라 알려진 '세계환경·개발위원회WCED'의 장으로서 이미 유명 인사였다(이 위원회는 이제 친숙한 용어가 된 '지속가능한 개발'이라는 개념을 선구적으로 알린 단체이기도 하다). 그녀에 비해 이 총장은 42세 때 모국에서도 국제사회에서도 별 영향력이 없는 WHO 관리로 마닐라의 그만그만한 자리에서 일하고 있었다. 사무총장이 되기 전에 누렸던 가장 높은 자리가 결핵국장 정도로, 그다지 알려지지 않은 인물이었다. 게다가 브룬트란트가 WHO 외부 인사였던 데 반해 이 총장은 내부 인사였다. 브룬트란트의 스타일이 직선적이고 단호하고 철저하게 서구적이었다면, 그의 스타일은 섬세하고 세련되며 동서양의 감수성에 모두 호소하는 것이었다.

하지만 WHO 본부의 집행이사회 회의실은 그때나 이번이나 같았고,

5년 전에 그랬던 것처럼 직원들과 기자들로 붐볐으며, 그중 상당수는 같은 사람들이었다. 1998년에 브룬트란트가 사람들이 간절히 바라던 근본적 변화를 가져다줄 인물로서 반가움과 두려움이 뒤섞인 환영을 받았다면, 이종욱은 지속성을 부여해 줄 인물로서 그리 열광적이진 않아도 따뜻한 환영을 받았다. 그가 지속적으로 추진해야 할 방향은 크게 두 가지였다. 브룬트란트가 조직에 되찾아 준 위신을 유지하고, 오랜 전통을 바탕으로 각국의 보건 수요를 꾸준히 충족시키는 것이었다.

이 총장은 새로운 팀을 소개하기에 앞서 자신이 목표로 하는 바의 윤곽을 제시했다. "옳은 일을 적절한 곳에서 옳은 방법으로 한다"는 문구는 수수한 선의가 느껴져 청중의 호감을 샀으며, 그 뒤에도 자주 인용되었다. 그가 가장 앞세우고 구체적으로 언급한 '옳은 일'은 "개발도상국 사람 300만 명에게 2005년 말까지 항레트로바이러스 치료를 제공한다"는 것이었다. 이 캠페인은 새 집행부에 힘을 실어 주고, 1996년 에이즈 프로그램을 새로운 여러 기구들의 연합체로 이관함으로써 잃었던 신뢰를 되찾고, 거액의 돈을 마침내 에이즈 치료와 예방에 쓸 수 있는 계기를 마련해 줄 것으로 기대를 모았다. 이 총장의 이 캠페인은 다른 기구들, 특히 글로벌펀드와 유엔에이즈계획에 많이 의존하는 것이었는데, 대규모 협력사업들을 성공적으로 이끌었던 그의 전력이 도움이 되었다.

그가 말한 또 다른 '옳은 일'로는 보건 관련 '새천년 발전 목표'(여기에 결핵 및 말라리아 통제와 산모 및 유아 건강 증진이 포함되어 있다), 비전염성 질병 통제, 소아마비 퇴치 완수 및 차기 글로벌 유행병 방어 체계 구축 같은 것들이었다. '적절한 곳'이란 본부보다는 각국의 현장을 말하며,

그에 따른 자원 이동이 포함된 개념이었다. '옳은 방법'은 인사이동과 순환보직을 통해 인재를 잘 활용하고, 정보기술의 관리와 이용을 더 잘하고, 총장실부터 앞서서 사무실을 개방형으로 전환하는 것 등이었다.

숨이 트이고 기대가 높아지게 하는 일들이었다. 이 총장은 브룬트란트가 새로운 팀을 짰듯이 새로운 사무총장보들을 소개했다. 그는 조이 푸마피에게 대표로 인사를 해달라고 함으로써 명분에다 결속감을 더했다. 이 총장이 새로운 국장급 인사들도 소개하고 '겸허하면서 결의에 찬' 모습으로 회의를 마칠 무렵, 정말 밝은 미래가 다가올 것으로 보였다.

전혀 다른 네 종류의 지도력

2003년은 WHO 역사의 새로운 5년이 시작되는 해일 뿐만 아니라 '알마아타 선언'이 발표된 지 25주년이 되는 해이기도 했다. 축하 행사가 이제는 알마티Almaty가 된 알마아타를 비롯한 세계 각지에서 열렸다. 이 선언은 1978년에 134개 나라와 67개 보건 관련 단체의 대표들이 합의한 것으로 "세계 만국 사람들의 건강을 보호하고 증진하기 위해 모든 정부와 모든 보건 및 개발 활동가들과 국제사회의 긴급행동"을 촉구했다. 이 선언은 WHO 역사와 1차 보건의료를 통한 모든 인류의 건강이라는 개념을 왕성하게 펼쳐 온 사무총장 할프단 말러의 생에서 정점을 찍었다.

1965년에 유니세프를 대표하여 노벨평화상을 받기도 했던 미국 외교관 출신의 유니세프 총재 헨리 라부이스는 말러의 이 같은 활동을 강력히 지지했다. '모든 인류에게 건강을'이라는 개념은 인도적일 뿐만 아니라 실현 가능한 목표로서 강력한 도덕적 권위를 갖게 되었다. 세 어절로 된 이 슬로건은 WHO라는 조직의 사명을 아주 간결하고 쉽게 표현했다. 목표 달성까지 22년을 앞둔 1978년, 회의 참가자들은 "2000년까지 모든 인류를 위해 납득할 만한 수준의 보건"을 충분히 요구할 만하다고 느꼈다.[21]

1980년대에는 에이즈가 기승을 부리고 결핵과 말라리아가 다시 부활한 데다 보건 재정의 전반적인 감소까지 겹쳐서, 모든 사람들에게 보건의료 혜택을 주자는 운동은 힘을 잃고 있었다. 하지만 그 정신과 이상만은 계속 남아 있었는데, 이 총장은 이 운동의 선의와 잠재성을 되살리는 데 관심이 많았다.

그런 맥락에서 그는 제네바에서 열린 25주년 기념행사에 전임자였던 총장 세 사람을 초대했다. 그때 그로 브룬트란트, 나카지마 히로시, 할프단 말러, 그리고 이 총장이 나란히 서서 찍은 사진은 공중보건 역사의 고전이 되었다.[22] WHO 지도부의 끊임없이 이어져 온 30년 역사를 말해주는(많이들 기대했듯이 이 총장이 2013년까지 생존했더라면 40년이 되었을 것이다) 이 사진은 전혀 다른 네 종류의 지도력을 나타내기도 한다.

브룬트란트는 5년 동안 재임하면서(1998~2003) 보건 정치계에서 강력한 권한을 행사했으며, 특히 담배규제기본협약을 추진하고 사스 확산을 막는 과정에서 힘을 보였다. 나카지마는 10년 재임하는 동안(1988~1998) 난해한 방식으로 막후에서 조종하는 스타일로 세계 정치계와 보건계의 대격변을 헤쳐 나갔다. 말러는 15년 동안 총장으로 있으면서(1973~1988) 두창을 퇴치하고 '모든 인류에게 건강을' 운동을 펼쳤으

역대 사무총장들과 함께. 그로 할렘 브룬트란트(1998~2003), 할프단 말러(1973~1988), 나카지마 히로시(1988~1998), 그리고 이종욱(2003~2006).

며, 모유 대체품 제조업자들과 제약업계에 맞서 뛰어난 언변으로 도덕적 권한을 행사했다.

사무총장 전임자로 참석하지 못한 두 사람은 1983년에 타계한 마르콜리누 칸다우와 1971년에 타계한 브록 치즘이었다. 칸다우는 20년 재임하는 동안(1953~1973) 말라리아를 퇴치하는 데는 실패했으나 그의 관리 능력 덕분에 WHO는 보다 크고 강한 조직으로 성장할 수 있었다. 정신과 의사로 2차 세계대전 때 캐나다군 의료단장을 지낸 치즘은 강력한 지도력과 도덕적 권위를 두루 활용해서 WHO 조직을 창설하고 최초의 5년을 이끌었다(1948~1953). 그는 WHO의 주요 창립자일 뿐만 아니라 논란은 많았지만 보건의 정의를 넓게 잡는 데 기여했다.

이 총장이 선배 총장들의 대열에 새로이 보탠 것은 사진의 다소 어정쩡한 표정에서도 넌지시 드러난다. 최고위직의 엄숙한 분위기와 어떻게든 조화를 이루려는 균형 감각과 유머 감각을 갖고 있었던 것이다.

공중보건 위기대응 전략

바그다드 폭격의 충격

데이비드 나바로가 '공중보건 위기대응팀'의 새 책임자로서 처음 맡은 임무 중 하나는 2003년 3월 미국의 이라크 침공 이후 이라크 내 병원 재건에 필요한 지원을 확보하는 것이었다. 유엔의 이라크 지원단이 막 결성되어 바그다드의 커낼 호텔에 자리를 잡았고, 단장은 브라질 출신의 세르지우 비에이라 지 멜루가 맡은 상태였다. 3층 높이의 이 호텔 건물은 원래 호텔 트레이닝 학교였으나 1980년대에 유엔 사무실로 개조해 쓰고 있었다.

8월 19일 나바로가 이 건물에 있을 때 1000파운드의 폭발물을 가득 실은 시멘트 트럭이 지 멜루의 사무실이 있던 2층 창문 바로 아래 뒷벽을 들이받았다. 폭발로 건물의 상당 부분이 붕괴하면서 22명이 사망했다. 대부분이 유엔 직원이었는데, 그중에는 지 멜루와 오후 4시 27분에 그의 사무실에서 함께 회의를 하던 이집트 여성 나디아 유네스도 있었다.[1]

폭발 순간 나바로는 유네스를 만나러 위층으로 올라가던 길이었다. 그는 유리 파편에 베이긴 했으나 크게 다치지는 않아서 잔해 더미를 헤치고 나와 바로 구조 활동을 도왔다. 이틀 후 제네바로 돌아온 나바로는 당시 상황을 언론에 자세히 설명하며 다음과 같이 이야기를 맺었다.

> 이런 짓을 저지른 사람들은 세르지우 같은 사람이 무엇을 위해 일했는지 전혀 모릅니다. 나디아 같은 여성이, 피오나 왓슨 같은 여성이, 그리고 그들과 마찬가지로 목숨을 잃거나 중상을 입은 이라크 동료들이 그들 가해자들을 돕기 위해 무얼 하고 있었는지 전혀 모릅니다. 그들은 다른 많은 문제들에만 빠져 있었으니까요. 그들이 옳고 그른지는 판단하고 싶지 않습니다. 분명한 것은 그들이 절대선에 대해서는 모른다는 겁니다. 절대선을 알았다면 그런 사람들을 죽일 생각 같은 건 절대 하지 못했을 테니까요.[2]

그가 쇼크 상태에서 벗어났더라면 아마 '절대선'이 아닌 다른 표현을 썼을지도 모른다. 하지만 이 표현은 그나 동료들이 그 사건을 어떻게 생각하고, 또 얼마나 심각하게 받아들였는지 어느 정도 알 수 있게 한다. 그런 맥락에서 볼 때 유엔과 그 특별기구들은 부족한 점이 많긴 해도 다른 유형의 국제기구들에 비해 우호와 친선을 도모할 방법을 더 많이 가지고 있었다는 것을 알 수 있다.[3]

폭탄 테러 말고도 테러에 대한 두려움도 고조되고 있었다. 2001년 9·11 테러 직후 미국에서 언론과 정부에 탄저균 편지가 일곱 통 발송되어 22명이 감염되고 7명이 사망했던 것이다. 그로 인해 생물무기 테러의 잠재적 위험에 대한 인식이 높아졌다. WHO 초대 사무총장 브록 치즘은 인류가 생물무기에 얼마나 노출되어 있는지를 말해 주는 사례로 보툴리누스균(보톡스의 원료)과 탄저균을 자주 언급하곤 했다.[4] 그때만 해도 그런 우려를 대수롭지 않게 여기고 낙관을 하는 게 가능했다.

하지만 이제 우려가 현실로 되면서 경각심도 커졌다. 2002년 12월 미국의 조지 W. 부시 대통령은 군통수권자로서 두창 백신을 직접 맞고, 2003년에 1000만 명의 경찰과 보건 종사자들에게도 두창 백신을 접종하는 캠페인을 시작했다. 임박한 이라크 공격에 대하여 이라크가 두창을 테러 무기로 사용할 수도 있는 위험에 대비하기 위해서였다.[5] 특별히 누군가가 그렇게 할 것이라거나 할 수 있다는 증거는 없었지만, 그러지 않을 것이라거나 하지 않을 수 있다는 증거도 없었다.

그에 따라 두려움이 몹시 고조되면서 주요 정책 결정권자들은 백신을 접종해야 할 일반적인 의학적 이유가 없었음에도 그러한 조치를 취할 수밖에 없었다.

전략보건운영센터

그런가 하면 AI에 대한 두려움도 커지고 있었다. 1918년과 1919년 '스페인독감'이 전 세계적으로 유행하면서 H1N1 바이러스에 감염돼 죽은 사람이 "적어도 5천만 명이었다. 이는 당시 세계대전으로 사망한 사람의 10배가 넘는 수치였다."[6] 1919년 영국의 최고 의료책임자는 다음과 같이 말한 것으로 유명하다. "나는 대유행성 인플루엔자의 확산을

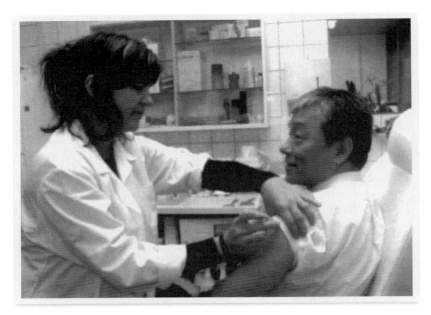

독감 예방주사를 맞고 있는 이 총장. 2005년 스위스 제네바에서.

막을 수 있는 공중보건 수단을 알지 못한다."[7] 그에 비해 2003년 사스
가 유행했을 때는 감염자를 격리하고, 감염 경로를 추적하며, 여행을
제한하고, 실험실에서 분석하고, 정보를 공유하는 등의 공중보건 수단
덕분에 독감성 대유행병이 확산되는 것을 막을 수 있었다.

WHO는 7월 5일 모든 감염 경로가 차단되었다고 선언했다. 이로써
30개국에서 8456명을 감염시키고, 그중 809명의 목숨을 앗아간 사스
는 더 이상 사람들 사이에서 퍼지지 않게 되었다.[8]

이를 통해 명백해진 것은 질병이 무서운 속도로 퍼진다고 하더라
도 통제 대책을 잘만 세우면 매우 효과적으로 병을 차단할 수 있다는

사실이었다. 아울러 다국적 조직 하나가 긴급 대책 조율 권한을 잘 행사한다면 얼마나 유익한지도 분명해졌다. 여러 나라에 영향을 미치는 보건상의 위협에 대응하자면 그런 조직이 꼭 있어야만 했다. 개별 정부는 자기 나라의 국익을 우선으로 하기 때문에, 사태를 큰 그림으로 보고 필요한 결정을 내리기가 어렵다. 관련된 모든 나라를 위해 최선의 선택을 한다고 하더라도 그것을 실행할 수 있는 실질적인 권한이 없다는 것도 문제다.

그래도 각국 정부는 나름의 상황실을 갖추고, 최선의 기술을 이용해 중대한 질병이 발생하거나 그 밖의 긴급사태가 일어나면 이에 대응하고 있다. 그런 기관의 필요성은 사스가 발생한 후 특히 절실해졌다.

이종욱이 사무총장에 오르면서 가장 시급하면서 실현 가능한 목표로 삼은 것은 WHO 제네바 본부에, 그것도 그의 집무실 가까이에 위기관리센터를 만드는 것이었다. 그가 이러한 생각을 하게 된 것은 4월에 미국을 방문했을 때 미국 보건복지부 장관인 토미 톰슨이 안내해준 워싱턴의 최첨단 시설을 보고 나서였다.

이 총장은 그런 센터를 만들기 위해 하버드 MBA 출신의 젊은 미국인 컨설턴트 재닛 범파스를 채용했다. 굵직한 기술 분야 프로젝트들을 추진한 경험이 있었던 범파스는 차분하게 당시를 회고했다. "닥터 리는 내게 그걸 만들어 보라고 소리를 쳤어요. 저는 최선을 다했고요."[9]

미국 질병관리본부는 상황실을 100일 만에 만든 것으로 알려졌는데, 이 총장은 범파스에게 WHO 제네바 본부에도 그렇게 신속하게 설치하라고 주문했다. 이 프로젝트는 몇 가지 이름으로 진행되었는데, 초기에는 '경계대응운영센터Alert and Response Operations Centre'라 불렸다.

그 무렵의 기획 문건을 보면 다음과 같이 씌어 있다. "경계대응 과정은 아주 신속해야 하기 때문에 WHO 시스템 안팎으로 효과적인 실시간 통신과 의사결정이 필요하다. 아울러 체계적이고 조직적으로 대응하기 위해서는 다양한 전문 인력의 뒷받침이 있어야 한다. 이 프로젝트가 성공하기 위해서는 정보기술이 매우 중요하다."[10]

센터 조직도를 보면 왼쪽으로는 WHO 운영진과 각 지역사무처, 각국 사무소와 연결되어 있고, 오른쪽으로는 WHO의 각 프로그램과 지역 네트워크, 위험 병원체, 자금조달 등의 업무를 담당하는 부서들과 연결되어 있다. 가운데 아래의 '피해 국가들'과는 더 직접적으로 연결되어 있다. 아직 추상적인 단계라 할지라도 상황실이 모두에게 도움이 될 만한 곳임을 알 수 있다.

아이디어를 물리적으로 실현할 공간으로는 낡은 극장을 택했다. 사무총장 집무실에서 여덟 개 층 바로 아래이고, 집행이사실과 가까운 지하의 작은 강당으로 잘 안 쓰는 공간이었다. 「전략보건정보센터—섹션 1.01 시설의 물리적 구성」이라는 제목의 기획 문건을 보면 어떻게 작업이 진행됐는지 알 수 있다. 그 문건은 다음과 같이 시작된다.

- '극장'의 기존 설비를 완전히 치운다.
- 모든 벽을 최대한 허문다.
- 기존의 하수도관을 시설 밖으로 옮기거나 눈에 잘 띄지 않도록 천장 가까이 더 올린다. 기존의 하수도관은 물 흐르는 소리가 잘 들리기 때문에 소음 방지 자재로 싼다.
- 전선이나 그 밖의 배선은 새로운 시설과 관련이 없는 경우 가능한 한 바깥에 설치한다.

12쪽 분량의 이 문건에는 바닥을 높이고, 화상회의에 알맞은 조명을 설치하며, 벽과 천장에 방음 타일을 붙이고, 두 개의 작은 방을 트는 구조 변경을 하는 것 등이 있었다. 또 영사실로 쓰이던 공간을 개조하여 뿌연 창을 댄 제2회의실을 만들고, '엘리베이터에서 센터까지의 통로가 다소 삭막하므로' 복도를 리모델링하는 것도 있다.

그 밖에도 전력 공급 시설, 내부 통신 및 IT 장비를 위한 전산실, 위성 및 지상 안테나 시설, 저소음 냉난방 시설, 고성능 컴퓨터 20대와 소프트웨어, 다수의 서버, 근거리통신망, 디지털 비디오 벽면용 영상 시스템, 보안시스템, 동시통역 설비 같은 것들이 있었다.

센터 구축에 드는 예산으로는 500만 달러가 책정되었다. 센터의 기능이 WHO 프로그램 대부분과 관련 있는 위기관리, 정보공유, 그리고 언론 및 대중에 대한 정보 전달이었기 때문에 필요한 기금도 주로 각 프로그램의 예산에서 조달되었다. 관련 문건에 따르면 2003년 10월 이제는 '사무총장 상황실'이라고 불리는 이 프로젝트를 위해 300만 달러의 자금이 집행되었다. 남은 액수 200만 달러는 미국 보건복지부에 요청한 상태였다. WHO에서 자금을 댄 예산 항목 중 가장 큰 것은 전기 배선 등을 포함한 공사비로 180만 달러였다. 보건복지부에 자금을 요청한 항목 중에서 가장 큰 것은 서버실과 통제실 구축에 사용할 115만 달러였다. 이 프로젝트를 처음부터 확실히 지지해 주었던 보건복지부 장관 토미 톰슨은 약속대로 자금을 지원해 주었다.

프로젝트의 규모와 실체가 가시화될수록 '전략보건정보센터SHIC'보다는 좀더 의미심장해 보이는 명칭이 필요하다는 의견이 많아졌다. 범파스는 '글로벌 운영 데이터베이스GOD'라는 이름을 제안했으나 이 역시 적절치 않아 보이자 '운영operations'이라는 표현만 살리기로 했다. 새로운 시설을 '정보' 센터보다는 '운영' 센터라고 하는 것이 더 정확하고 약자도 인상적이어서 '전략보건운영센터SHOC'라 부르기로 한 것이다.

범파스는 다음 프로젝트인 세계은행과 일을 하기 위해 떠난 뒤 SHOC 시절의 경험을 팀워크 차원에서 다음과 같이 회고했다.

> 팀을 이루어서 하는 일의 가장 큰 장점 중 하나는 아주 다양한 사람들이 어떻게 하나가 되는지 볼 수 있다는 겁니다. 우리 팀은 전에 함께 일해 본 적이 없는 각 분야의 사람들로 이루어졌습니다. 이를테면 캐나다 출신의 젊은 스티브는 과학기술 전문 프로그래머였고, 스위스 출신 캄피셰는 구세대 건축가였습니다. 두 사람은 서로 빤히 쳐다보다가 한 사람이 '당신이 필요한 걸 얘기하면 거기에 맞는 공간을 마련해 주죠' 라고 얘기하면, 다른 한 사람은 '장소를 말해 주면 거기 맞게 기술적인 문제를 해결해 드리죠'라고 말하는 식이었어요. 프로젝트가 시작되고 3~6개월가량은 뚜렷이 이룬 게 없다고 생각합니다.
> 어떤 팀이든 팀워크를 이루는 데 보통 네 단계를 거친다고 하지요. 우리도 형성기forming·규범기norming·격동기storming·수행기performing 를 거쳤는데, 특히 격동기를 넘기는 데 많은 시간을 보낸 것 같아요. 나중에 스티브와 캄피셰는 사이가 너무 좋아져서 토요일에 함께 암벽 등반을 가기도 했지요. 저는 두 사람의 경우를 팀 협력의 좋은 사례로 인용하곤 합니다.[11]

유감스럽게도 이 프로젝트에 대해 처음에는 WHO 직원들 사이에서도 회의적인 시각과 반대가 많았다. 프로젝트의 중요성과 가능성을 끝

전략보건운영센터(SHOC). 중대한 질병이 발생하거나 긴급사태가 발생했을 때 발빠르게 대응하기 위한
상황실이다.

까지 확신하고 열의를 보였던 사람은 오직 이 총장뿐이었다. 그는 범파
스에게 거의 매일 진행 상황을 물어 보았으며, 막힌 곳이 있으면 직권
으로 뚫어 주고 의사결정이 빨리 이루어지도록 해주었다. 그의 전폭적
인 지원은 매우 효과적이긴 했지만 다른 직원들과의 협의가 매번 원만
했던 것은 아니다.

사스가 유행했을 때 정보기술 책임자로서 각국을 돌아다니며 지체
되고 있던 데이터 수집·분석·공유 문제를 해결했던 스티븐 우고위처도
상황실 개설 작업에 참여했다.

그는 SHOC 시절을 회상하며 다음과 같이 극찬했다.

상황실 설치는 조직 내에서 각 분야 사람들이 서로 소통하며 무언가를 만들어낸 최초의 일이었어요. IT 전문가와 건물관리·경계대응 네트워크·공중보건위기대응 쪽 사람들이 모두 협력하여 조직 전체를 위해 도움 될 일을 하고 있었지요. 그러면서 서로에게 필요한 걸 해결해 주기 위해 힘을 합쳤어요. 건물관리 책임자인 암비 순다람은 일이 계획대로 진행되도록 스케줄 관리를 하면서 매주 회의를 소집했지요. 우리는 동시에 말 그대로 수백 건의 컨설팅 계약을 맺고 일하고 있었어요. 아시다시피 계약 한 건만으로도 벅찰 때가 있는데, 이 프로젝트의 경우엔 동시에 그 많은 걸 다 해야 했지요. 그 많은 판매회사와 공급자를 대하고 자잘한 일들을 다 챙기면서 말이에요. 그러다 보니 단순히 프리젠테이션이나 하는 공간이 아니라 정말 조직의 신경중추가 될 만한 곳을 만들 수 있겠다는 생각이 들었어요.[12]

상황실은 100일이 아니라 2004년 말이 되어서야 완공되었지만, 대규모 정부 간 조직의 일반적 기준으로 보자면 대단히 인상적인 업적이었다. 이 센터는 이 총장의 능력을 구체적으로 보여주는 증거로 남아 있다.

'3 by 5' 캠페인

세계적인 유행성 독감이 만일 사스 정도의 치사율을 보인다면 엄청난 재앙이 되겠지만 아직 그런 일이 일어나지는 않고 있었다. 그에 비해 1980년대에 처음 나타난 에이즈는 100퍼센트에 가까운 치사율을 보이며 유행하기 시작하여, 나라별로나 국제적으로나 상당한 노력을 기울였으나 수그러들 기미가 보이지 않았다.

2003년까지 3400만에서 4600만 명이 에이즈 바이러스에 감염되었고, 2000만 명이 사망했다. 그해에만 300만 명이 목숨을 잃었다.[1] 25년 전까지만 해도 알려지지 않았던 병이 이제는 세계적으로 15~59세 연령대 사람들의 정상 활동을 불가능하게 하거나 목숨을 앗아가고, 또 영유아 사망률을 높이고 있었다. 감염 인구의 3분의 2가 아프리카에 살고 있지만, 바이러스는 모든 나라에 퍼진 상태였다. 1990년대에 개발된 항레트로바이러스 치료로 많은 사람들이 희망을 가질 수 있게 되었으나, 에이즈 바이러스 양성 진단은 여전히 사형선고나 다름없었다.

확실한 치료법도 백신도 없었지만, 항레트로바이러스 치료를 받을 수 있는 사람들은 여러 해 생존하면서 일도 할 수 있었다. 하지만 약값이 떨어지고 있긴 해도 여전히 대부분의 환자들이 엄두를 못 낼 정도로 비싸서 약이 필요한 600만 명 중 40만 명만이 약을 구할 수 있었다.

효과적인 치료법이 있지만 대부분의 환자에게 비용이 너무 부담스럽다는 것은, 문제가 해법을 찾아야 할 과학계나 고통을 감내해야 할 환자 개인에게 있는 게 아니라는 것을 말해 준다. 문제는 사회가 공정하게 기능할 때 해결될 수 있었다. 보건의 정치적 측면 또한 2000년 유엔의 '새천년 선언'으로 공론화되었다. 당시 '새천년 발전 목표'로 채택된 여덟 가지 중 하나가 에이즈·말라리아 등 질병의 확산을 막자는 것이었다.

나머지 일곱 가지 목표는 빈곤 퇴치, 기본 교육, 양성평등, 아동 사망률 감소, 모성보호, 환경, 국제협력에 관한 것이었다. WHO는 에이즈바이러스의 확산을 줄이고 이미 감염된 사람들에게 치료 수단을 효과적으로 제공한다면 이 모든 목표를 달성할 수 있지만, 만일 에이즈 확산을 막지 못한다면 이 모든 게 불가능해질 것이라고 강조했다.[2] 아프리카에서는 성인 12명 중 한 명 꼴로 에이즈에 감염된 것으로 알려졌다.[3] 아프리카 사하라 이남 지역의 경우 점차 늘어나던 평균수명이 줄어들고 있었으며,[4] 에이즈 환자들의 다중약물 내성 때문에 다른 질병, 특히 결핵 같은 병에 대한 통제력이 약해지고 있었다.

2005년 말까지 300만 명에게 항레트로바이러스 치료를 제공하겠다는 목표는 전 세계 에이즈 환자에게 필요한 약품을 공급하려는 첫걸음인 셈이었다. 2002년 스페인 바르셀로나에서 열린 '에이즈 국제회의'에서 제시된 이 목표는 '파트너스 인 헬스'의 창립자로 아이티의 시골 지역에서 상당한 치료 효과를 달성했던 김용 박사의 열렬한 지지를 받았다. 이 총장은 이 목표를 자신과 WHO의 목표로 삼았다. 그의 말대로 목표를 세우는 사람들은 목표를 달성할 책임이 있기 때문이었다. 장기적인 캠페인은 초기에는 덜 긴급해 보이는 단점이 있으며, 목표로 한 기간이 끝나갈 무렵에는 이 일을 물려받은 사람들이 처음에 비해 덜 현실적으로 보기 쉬운 문제점이 있다.

2003년 에이즈 치료를 받은 환자들의 90퍼센트 이상이 잘사는 나라 사람들이었다. 반면 아프리카에서는 치료가 필요한 사람들의 2퍼센트만이 약을 공급받았다. 브라질은 1996년 모든 환자에게 약품을 제공하는 정책을 수립해 감염률을 떨어뜨리는 데 성공했다. 브라질의 '국가 에이즈 프로그램'을 성공적으로 이끈 책임자는 파울루 테이셰이라로, 이 총장은 그를 2003년 7월 이미 에이즈 국장으로 임명했다. 하지만 테이셰이라는 '3 by 5' 캠페인 초기에 건강 문제로 물러났고, 그 자리를 이 총장의 정책자문이었던 김용이 대신하게 되었다.

2002년에 세워진 '에이즈·결핵·말라리아 퇴치를 위한 글로벌펀드'는 에이즈를 막는 데 드는 천문학적인 자금을 모으고 배분하기 위한 기구였다. 모금 활동과 각종 제안 평가를 위해 각국 정부와 기업들의 도움을 받은 끝에 2003년 말까지 121개국의 각종 질병 퇴치 운동에 21억 달러를 보낼 수 있었다. 이는 2001년 유엔의 코피 아난 사무총장이 요청한 연 100억 달러에는 못 미치는 액수였지만, 기금이 계속 늘어날 것이라는 희망을 주었다. 이 총장은 이 기금의 책임자인 리처드 피첨과 유엔에이즈계획 사무총장인 피터 피오를 설득해서 2003년 9월 22일 유엔 총회 특별회의에 참석하게 했다. 에이즈 치료약이 충분히 공급되지 않아 전 세계 보건을 위협하고 있다며, 2005년까지 300만 명이 항레트로바이러스 치료를 받을 수 있도록 즉각 행동을 취해야 한다는 선언을

그는 3년 동안 60개국을 순방하며 병들고 가난한 아이들의 손을 잡고 위로해 주기 위해 고된 여정도 마다하지 않았다. 위는 2003년 앙골라에서, 아래는 취임 후 처음 방문한 남아프리카 공화국의 쾀랑가에서 주민들과 함께 춤추며 즐거운 시간을 보내고 있는 이 총장.

하는 자리였다.

이 선언으로 WHO에 전 세계의 이목이 집중되었지만 원치 않던 결과도 낳게 되었다. 이 총장의 구상 중 하나는 에이즈 통제에 대한 재정 지원을 늘리는 것과 더불어 WHO의 위상을 높이는 것이었다.

그런데 WHO 사무총장 선거에서 이 총장에게 아깝게 패했던 피터 피오 유엔에이즈계획 사무총장도 이 총장과 같은 야심을 갖고 있었다. 리처드 피첨 역시 글로벌펀드의 창립 집행이사로서 단체의 위상을 높일 계획이었다. 두 사람 다 '3 by 5' 캠페인을 통해 얻을 것이 있었고, 세 사람 다 서로의 도움이 필요한 상황이었다. 이 총장이 초대한 두 사람은 WHO와 야심찬 새 사무총장에게 주도권을 넘겨줄 수 없었다.

"누군가는 그 일을 해야 하고 우리가 바로 그 누군가입니다."

이 총장이 11월 제네바에서 열린 WHO 대표단 세계회의에서 한 말이다. 그 '누군가'와 '우리'가 확장되어 관련된 모든 단체와 개인을 아우르게 된다면 바람직할 터였다. 그러나 어렵지만 보람이 큰일에 도전하는 행복한 소수가 되려는 결의는 점점 옅어졌고, 그 때문에 어느 정도의 불확실성이 남게 되었다. 바로 이튿날 <뉴스데이>의 로리 가렛 기자는 전략적 핵심을 다음과 같이 짚어냈다.

> WHO의 전략은 시행착오를 거치면서 빠르게 전개될 것이다. WHO의 정책자문 김용 박사는 WHO가 유엔의 다른 기구들이나 국경없는의사회 같은 비정부기구들과 긴밀히 협조할 것이라고 밝혔다. 김 박사는 WHO가 활동을 선도할 것이며 유엔에이즈계획은 통계적 지원을, 글로벌펀드는 가난한 나라들에게 자금을 조달하는 창구 역할을 할 것이라고 설명했다.

유엔에이즈계획이나 WHO와 별도의 기관인 글로벌헬스이니셔티브 집행이사인 닐스 덜레어 박사는 한 인터뷰에서 사업에 대해 다음과 같은 희망을 피력했다. "지위나 패권을 다투기보다는 함께 노력하고 함께 이끄는 사업이 되기를 바랍니다. 우리는 일만 잘 된다면 누가 가장 앞자리를 차지하든 상관이 없습니다. 세 기구와 미국과 각국 정부가 협력한다면 이 일은 정말 해볼 만합니다."[5]

2003년 초 미국의 부시 대통령은 연두교서에서 가난한 나라들의 에이즈 퇴치 활동에 5년간 150억 달러를 투입하겠다고 발표했다. 단, 글로벌펀드와 같은 국제기구를 통하지 않고 그 나라에 원조 형태로 직접 지원할 것이라고 밝혔다. '에이즈 퇴치를 위한 대통령 비상계획PEPFAR'이라 불리는 이 프로젝트는 2008년까지 200만 명의 환자에게 항레트로바이러스 치료를 제공하겠다는 방안을 담고 있었다. '2 by 8'이 '3 by 5'와 양립할 수 없는 것은 아니었지만 둘을 조율하기 위한 노력이 필요했다.

그러자 유엔에이즈계획은 혼란을 막기 위해 글로벌펀드와 세계은행 등의 기구들과 힘을 합쳐 숫자를 이용한 또 하나의 슬로건을 발표했다. 2004년 4월에 발표된 '세 가지 하나Three Ones'라는 이름의 슬로건은 기부자들과 개발도상국들과 유엔 기구들이 합의한 '세 가지 주요 원칙'이 그 핵심이다. 세 가지 원칙이란 "모든 협력 당사자들의 임무를 조율하는 바탕이 되고 서로 합의된 에이즈 대응 행동 체계, 광범위한 권한을 가진 국가별 에이즈 업무 조정 기관, 서로 합의된 국가별 감시 및 평가 시스템"[6]을 말한다.

그러나 에이즈 관련 노력을 조정하는 하나의 국제기구가 필요하냐는 질문은 피해 갔다. 이에 대해 미국 정부의 '글로벌 에이즈 코디네이터' 사무국 대사 랜들 토비아스는 조심스럽게 다음과 같이 말했다. "오늘의 합의는 모든 협력 당사자들이 우리의 공동 대응을 제약하지 않고 배가하는 방식으로 각자의 강점을 활용하는 데 도움이 될 것입니다."[7]

한편 2005년이 점점 다가오고 있음에도 '3 by 5'에 필요한 자금이 예상만큼 들어오지 않고 있었다. 다행히 2004년 5월 10일 캐나다 총리 폴 마틴이 2년 동안 '3 by 5' 사업에 1억 캐나다달러(미화 7200만 달러)를 지원하겠다는 발표를 해 안도할 수 있었다. 이 기부금은 그때까지 들어온 액수의 두 배가 넘는 것이었으며, 다른 기부자들의 약속을 권장할 수 있는 촉매가 되었다. 이로써 개발도상국의 보건 종사자 10만 명에 대한 훈련과 1만 개의 진료소를 마침내 재조직할 수 있었다.[8]

발전의 동력

에이즈 퇴치 활동이 이 무렵 뉴스 중 하나이긴 하지만, WHO는 보건 의료 전반에 걸쳐 노력을 기울이고 있었다. 많은 인력이 에이즈 퇴치 캠페인에 힘을 쏟고 있었지만, 일부는 세계보건보고서 작성을 위해 밤낮으로 일하고 있었다. 2003년 보고서는 그해 12월에 나왔고, 2004년 보고서는 불과 5개월 뒤인 5월에 나왔다. 그렇게 빨리 낼 수 있었던 것은 두 보고서의 편집장인 로버트 비글홀의 업적이지만, 새로운 집행부의 활력을 보여주기 위한 이 총장의 격려가 있었기에 가능한 일이었다.

두 보고서의 제목은「미래를 설계하다」와「역사를 바꾸다」로, 사실상 같은 뜻이었다. 하지만 첫 번째 보고서가 가장 먼저 해야 할 과제가 무엇인가에 관한 것이라면, 두 번째 보고서는 '3 by 5' 캠페인을 완수하기 위한 세부 계획과 타당성에 관한 것으로 표지에 에이즈 치료를 위한 연대의 상징인 빨간 리본을 넣어 강조했다.

보고서는 관례대로 '사무총장이 드리는 말씀'으로 시작되었고, 두 곳에 모두 이 총장의 사진이 실렸다. 특유의 활기찬 미소를 띠고 있고, 방금 테니스 대회나 선거에서 1등을 차지한 사람들에게서 볼 수 있는 성공의 기운이 감도는 사진이다. 사진 아래에는 'Lee Jong-wook'이라 되어 있고, 글 끝에는 'Jong Wook Lee'라고 친필 서명이 휘갈겨 쓰여 있다. 두 보고서의 주제는 당연히 '발전'이었다.

2003년 보고서는 다음과 같은 수단을 통해 평균수명을 높이자는 내용을 담았다. 즉 보건상의 위해를 줄이고, '새천년 발전 목표' 중 보건 목표 달성으로 빈곤을 퇴치하며, 에이즈라는 죽음의 병에 맞서고, 소아마비를 지구상에서 완전히 퇴치하며, 사스로부터 얻은 교훈을 적용해 더 나은 예방 시스템을 구축하고, 심혈관계 질환·암·교통사고를 줄이는 데 힘쓰며, 보다 나은 보건시스템을 구축하자는 것이었다.

그 무렵 21세기의 첫해에는 1980년대까지 만연했던 보건 분야에 대한 낙관론이 로이 포터가 말한 '어떤 문제점' 때문에 무너진 지 오래였다. WHO의 경우 1950년대의 최우선 과제였던 병은 결핵과 말라리아와 성병이었다.[9] 그것이 에이즈로 바뀐 건 반세기가 지난 뒤였다. 가장 큰 승리는 두창을 퇴치한 것이었으나, 성공했다는 사실 자체 때문에 위험과 논란을 불러일으켰다. 이와 관련해 포터는 1990년대에 이렇게 썼다. "일종의 허무한 정복이라고 할 수 있다. 전염병의 시대가 가고 만성 질환의 시대가 왔다. 수명이 길어지면서 질병에 걸리는 기간은 더 길어 졌으며, 의료학은 더 자주 비난을 받게 되었다."[10]

하지만 의학 기술에 대한 기대는 수그러들지 않았고, 그럴 만한 역사 적 근거가 있기도 했다. 2008년 프랑스의 폴 벵키문은 과학자들과 함 께 상당히 긍정적인 전망을 펼쳤다. 2012년까지는 대유행 인플루엔자 가 사라지고, 2016년까지는 효과적인 에이즈 백신이 도입되며, 2020 년에는 소아마비, 2026년에는 말라리아에 대한 예방접종이 끝나고, 2025년에는 퇴행성 신경질환에 효과적인 노화방지 알약이 상용화될 가능성이 높다는 것이다.

그는 수명이 아주 길어질 것이라는 전망을 달갑지 않게 여기는 사람 들에게는 2015년이면 실용화될 경두개자기자극을 통해 우울증도 치료 할 수 있을 것이라고 말한다.[11] 2015년이면 '새천년 발전 목표'를 달성하 게 되는 연도이기도 하다. 혹자는 이렇게 발전을 당연시하는 정서가 매 력적이기보다는 올더스 헉슬리가 『멋진 신세계』에서 그린 어두운 미래 가 오는 게 아닌가 하고 염려하지만, 보건의료 종사자와 환자 모두가 희 망을 품을 만한 근거가 계속해서 나오는 것도 사실이다.

이처럼 낙관적인 전망이 지배적이지만, 희망이 금세 두려움으로 바 뀔 수도 있다. 『다가오는 전염병』[12], 『시한폭탄』[13], 『현대의 6대 전염병』[14] 같은 책들에서 볼 수 있듯이, 그런 염려는 흔히 발전이라는 개념 자체 에 대한 회의를 담고 있다. 이 총장은 어떤 문제를 풀어 가는 개인과 집 단의 독창성을 강하게 믿었지만, 초기에는 보건의료가 거침없이 발전하 는 것처럼 보이다가 질병 통제가 불확실해 보이는 경우가 종종 나타나는 것도 사실이었다. 이를 막기 위해서는 강력한 지도력에 의한 전면적인 노력이 필요해 보였다.

SHOC와 '3 by 5'는 WHO가 지속적인 노력을 이끌고 긴급 상황에 효과적으로 대응할 수 있는 역량을 높이기 위한 시도였다. 마찬가지로 2003년에 그 중요성이 부각되었던 일련의 프로그램들은 사스에서부터 인수공통전염병에 이르는 각종 질환에 대응하기 위한 촉매로 인식되었다.

그런데 프로그램이나 프로젝트나 캠페인을 추진하자면 온갖 행정 업무가 뒷받침되어야 했다. 이를테면 재무관리, 인사관리, 통·번역, 회의 관리, 건물 관리, 정보 서비스 등이 필요하다. 1966년에 완공된 유리와 철제로 지은 인상적인 WHO 본부 건물은 그 많은 직원들이 근무하기에는 너무 좁아진 지 오래였다. 주변에 다른 건물들을 계속 지었지만 지상 및 지하의 주차 공간이 만성적으로 부족했다. 이런 문제를 해결하기 위해 브룬트란트 시절에는 조립식 건물을 계속 세워 부족한 사무 공간을 메워 나갔다. 그러다가 2003년 WHO 버스정류장 건너편의 너른 새 부지에 유엔에이즈계획과 함께 쓸 새 건물을 짓기 시작했다.

이렇게 기구가 확장됨에 따라 가용 자원의 많은 부분을 세계 다른 지역으로 보내는 것이 상식적으로 이치에 닿았지만, 본부도 함께 커져 가는 추세를 꺾기는 힘들었다. 사무총장은 9월에 주로 열리는 6개 지역위원회의 각 연례회의에 참석하기로 되어 있었는데, 그때야말로 숙원이던 분권화 방안을 발표하기 가장 좋은 기회였다.

하지만 구체적인 방안이 마련되지 않았기에 그해 남아공 요하네스버그에서 열린 아프리카 지역위원회 회의에서는 포부를 밝히는 데 그쳤다. 그나마 다른 사람들에게 의존하는 내용이었다. "본부에서는 모든 사무총장보가 각자 책임을 맡고 있는 부서들의 활동 중에서 어떤 것들을 지역사무처나 국가별 사무소로 이관할 수 있는지 알아보고 있습니다. 저는 그러한 변화가 2006~2007년 예산에 반영될 수 있기를 바랍니다." 그러자면 2003년부터 2006년 사이에 많은 일이 벌어져야 할 터였다.

보건 활동이 단지 일자리나 사업 기회를 제공하는 것이 아닌, 인류에 대한 고결한 봉사라는 인식을 높이기 위해 이 총장은 알마아타 선언 25주년 기념 행사를 최대한 이용했다. 브라질과 카자흐스탄과 스위스에서 열린 행사에 우선 참석했고, 2004년 1월에 소아마비가 아직도 고질병인 6개국의 보건장관들과의 회담에 참석하여 소아마비 퇴치 의지를 다졌다.

1991년 세계보건총회가 박멸을 목표로 채택한 또 하나의 병은 메디나충증이었다. 이 병은 오염된 물에 사는 기니벌레가 인체에 들어가 최대 80센티미터 크기로 자라다가 주로 발등 피부를 뚫고 나오는 것으로, 상당한 통증과 장애를 유발한다. 이 병의 예방법은 수돗물을 걸러 쓰고 연못물을 소독하는 것이다. 사람이 숙주 노릇을 하지 않으면 벌레가 살아남을 수 없다. 이 병을 박멸하자는 운동을 벌인 것은 미국 대통령을 지낸 지미 카터와 그의 재단인 '카터센터'였다.

2004년 2월 이 총장은 카터 전 대통령과 가나의 크웨쿠 아프리이 보건장관, 그리고 유니세프의 쿨 고탐 부총재 대행과 함께 질병 퇴치 노력이 제대로 이뤄지지 않고 있는 가나의 타말 지역을 방문했다. 소아마비의 경우와 마찬가지로 가장 필요해 보이는 것은 정치적 지원이었다. 노벨상 수상자이자 당시에는 비교적 독립적인 개인으로 활동하고

2005년 3월 스위스 제네바에 있는 WHO 본부를 방문한 스웨덴 국왕 부부와 함께(위).
2004년 10월 WHO 방문을 기념해 한국 공중보건의 대부인 권이혁 박사가 자작나무를 심고 있다(아래).

있던 카터 전 대통령은 가나 정부의 분발을 촉구하기 위해 다음과 같이 다소 직선적인 표현을 썼다. "가나 정부는 즉시 신속한 행동을 취해 문제를 해결해야 합니다."[15]

이 총장은 가나를 다녀와서 카터 전 대통령에 대해 스스로의 가치를 아주 잘 알고 있는 인물이라고 재미있게 평했다. 가나에서 카터 전 대통령을 본 한 보건 활동가가 열띤 어조로 "오, 당신은 최고의 전직 대통령이세요!"라고 말하자, 그는 잠시 생각하다가 말했다. "뭐, 경쟁이 별로 없어서겠죠."[16]

상징을 활용한 관리

상징의 힘을 잘 알고 있었던 이종욱은 이를 창의적으로 활용했다. 사무총장에 취임한 지 얼마 안 되어 그는 벚나무 70그루를 길가 두 곳에 심었다. 한 곳은 본부 건물 입구로 들어오는 길목이었고, 또 다른 한 곳은 건물 뒤편 공원의 길가였다. 나무 대부분은 나가사키 의과대학에서 기증했고, WHO의 전·현직 일본인 직원들도 기여했다. 이 총장 자신도 몇 그루 기증했다. 관리 기록에는 벚나무들이 이 총장의 지시로 'OK 포레'라는 업체에서 심은 것으로 되어 있다. 아울러 식물도감에서 따온 다음과 같은 설명도 실려 있다. "벚꽃은 봄의 전령이다. 일본인들은 벚꽃이 필 때 벚나무 아래 모여 새봄을 축하하는데, 이 벚꽃은 인생의 덧없음을 말해 주는 상징이기도 하다."

이 가로수 길 조성은 문화적이고 미학적인 행위지만 정치적으로도 읽힐 수 있다. 그의 전임자는 건물 앞 커다란 장미 정원을 뒤집고 잔디를 깔도록 함으로써 변화의 바람을 예고했다. 두 경우 모두 조경을 바꾸면서 공식적인 언급이 있었던 것은 아니기에 다양하게 해석될 수 있다.

이 총장이 재임하는 동안 일련의 기념식수가 있었다. 한국 보건의료의 대부이자 보건사회부 장관, 문화교육부 장관, 초대 환경부 장관, 서울대 총장을 지낸 권이혁 국제보건의료발전재단[17] 이사장의 방문을 기념해 자작나무를 심었다. 2004년 11월 WHO 5대 사무총장이던 브룬트란트의 공식 초상화 제막식이 열린 날에는 단풍나무를 심었다. 그리고 2005년 3월에는 스페인 국왕 내외가 호두나무를 심었다. 코피 아난 유엔 사무총장은 2005년 10월에 단풍나무를 심었고, 2006년 4월 방문한 노르웨이 국왕 내외는 물푸레나무를 심었다. 마지막으로 심은 나무는 2006년 5월 23일 영국의 찰스 왕세자가 세계보건총회 연설차 와서 심은 자작나무였다. 이러한 전통은 이 총장의 타계 이후에도 계속되고 있다.

이 총장은 새로운 직위에서 상징이 갖는 힘의 잠재력을 다른 방도로 활용하는 것에도 흥미를 가졌다. 이를테면 그는 관용차로 중형 하이브리드 차량인 도요타 프리우스를 택했다. 이는 기후변화 방지 노력에 동참하는 것은 물론, 고위직 인사들을 짓누르는 위신에 대한 부담으로부터 자유로운 그의 의식을 보여준다. 그의 운전기사였던 패트릭 슈발리에는 이 총장이 자신의 하이테크 관용차를 자랑하곤 했다고 말한다. 1월 다보스에서 열린 세계경제포럼에 슈발리에는 이 차를 몰고 눈 속에 파묻힌 고지대에 있는 호텔까지 올라갔다. 그러나 벤츠 500이나 600 승용차를 가진 사람들은 엄두도 내지 못했다고 덧붙였다. 이 일을 두고 이 총장은 회의에서 만난 고위 인사들에게 자기처럼 좋은 차를 사라고 농담하며 즐거워했다고 한다.

그 무렵 그의 개인 승용차는 1994년에 샀던 빨간색 볼보로 35만 킬로미터나 달린 것이었다. 슈발리에는 이 총장에게 좀 좋은 차로 바꾸라고 했지만 그는 듣지 않았다. 100만 킬로미터를 주행할 때까지 타고 싶다는 것이었다. 미래지향적이고 경제적인 관용차와 구식이고 비경제적인 자가용 사이의 모순이 그에게는 대수롭지 않았던 모양이다. 적어도 그는 볼보를 타면서 낭비하는 돈은 개인 돈이라고 항변했을지도 모른다. 아무튼 이 사례는 그의 도덕성보다는 별난 기질을 드러내 준다.

할프단 말러 전 사무총장은 운전기사가 있는 사람들이 거의 그러듯 관용차 뒷좌석에 앉는 게 아니라 앞의 조수석에 앉는 것으로 유명했는데, 이 총장도 그랬다. 그래야 슈발리에와 대화하며 프랑스어를 더 배울 수 있었기 때문이었다. 둘은 그렇게 하면서 친해졌다. 슈발리에는 스키를 아주 잘 타서 주말이면 함께 스키를 타러 가서 배우기도 했다. 슈발리에는 그를 우수한 학생이라고 평가했지만, 종종 그의 실력보다 힘든 슬로프를 택하는 바람에 어려운 처지에 빠뜨리기도 했다.[18]

WHO의 193개 회원국 대표들이 매년 5월 제네바에 모여 일주일 동안 정책 결정을 하는 세계보건총회는 상징적인 제스처를 보이기에 좋은 기회였다. 사무총장이 된 첫 해에 이종욱은 노벨평화상 수상자를 연사로 모셨다. 미국의 지미 카터 전 대통령과 한국의 김대중 전 대통령이었다. 또한 자신의 연설 도중에 젊은 에이즈 운동가이자 그 자신이 에이즈 환자인 아나스타샤 카밀크를 단상으로 불러내 추상적 설명과 경제적 논리를 접고 '3 by 5' 운동이 왜 필요한지 증언하도록 했다.

이듬해에는 몰디브 대통령 마우문 압둘 가윰을 초청해 작은 섬나라가 기후변화로 얼마나 피해를 입기 쉬운지 연설하게 했다. 또한 빌 게이츠를 초청해 게이츠재단의 업적과 계획에 대해 말하게 했다. 이 보건총회는 이 총장이 고안한 가장 창조적인 총회였다고 해도 좋을 것이다. 개막 행사의 일환으로 빈 필하모닉 오케스트라를 초빙해 연주하도록 함으로써 대조적인 두 연사에게 힘을 실어 주는 극적 효과를 연출했던 것이다.

2005년 5월 총회의 극적 효과를 높인 또 하나의 요소는 유니세프 총재 앤 배너먼이었다. 같은 달 초에 취임한 앤을 자신의 총회 도중 단상으로 초청해 그녀의 손을 잡고 높이 들어올리며 유니세프와 WHO가 '절친한 친구' 사이임을 알렸던 것이다. 청중 대부분은 두 기구의 관계가 늘 좋은 것이 아니었음을 알았을 테지만, 이 총장의 제스처는 미리 계산된 것이든 즉흥적인 것이든 모험 정신과 친선을 공유하는 신선한 느낌을 주었다.

보건의 사회적 결정요인

2004년 말이 되자 300만 명의 에이즈 환자에게 2005년까지 항레트로바이러스 치료를 제공한다는 목표를 달성하는 것이 불가능하다는 게 분명해졌다. 더 많은 본부 자원을 각국으로 보내야 한다던 취지는 다소 힘이 빠져서 '전략적 방향 및 기능에 대한 재검토'라는 표현이 슬슬 나오기 시작했다. 사무 공간을 개방형으로 전환하려는 움직임은 예상보다 큰 저항에 부딪쳤다. 사무총장의 책상은 그가 세계에 공언했던 대로 많은 사무직원들이 있는 큰 공간에 열다섯 개의 다른 책상들과 어울려 있는 게 아니었다. 그의 집무실은 본래 그랬던 것처럼 다른 직원들과의 사이에 비서 두세 명이 있는 상태로 분리되어 있었다.

반면 WHO 담배규제기본협약의 이행은 예상보다 빨리 진행되어 12월에 40번째 당사국을 갖게 되어, 2005년 2월 27일에 효력을 발휘하게 되었다. 2005년 세계보건총회에서 채택될 예정이던 국제보건규약 개정도 잘 진행되고 있었다. WHO의 모든 회원국과 모든 관련 국제기구의 파견단으로 이루어진 정부간 실무단이 11월에 열흘간 만났으며,

2월에도 일주일 동안 만날 예정이었다. 국가적·국제적 안전상의 우선순위에 대한 의견이 매우 분분함에도 불구하고, 공통 규약이 필요하다는 인식은 확고해서 관련 작업이 순조롭게 진행되고 있었다.

이 총장은 그러한 논의가 이루어지는 자리에 가능한 한 자주 참석하여 그 중요성을 강조하고, 필요한 경우 교착 상태를 타개할 방안을 제시하곤 했다. SHOC는 이미 완비되어 가동 직전에 있었다. 이 총장은 1월 다보스에서 열릴 세계경제포럼에서 '추후 세계 보건 대공황 대비'에 관한 논의에 사실상의 작전사령관으로서 참여할 채비를 마쳤다.

쓰나미

12월 26일 아침, 세계에서 지난 40년 동안 일어났던 지진 중 가장 큰 지진이 인도양에서 일어났다. 그리고 이로 인한 쓰나미가 인도네시아·스리랑카·방글라데시·미얀마·소말리아 해안 지역과 몰디브·세이셸 같은 섬나라를 초토화시켰다. 최종 사망자는 28만 명으로 추정되었다. 데이비드 나바로가 이끄는 WHO 공중보건 위기대응팀은 현재의 전략보건운영센터실로 옮겨 비상사태에 대한 대응책을 조율했다.

이 총장은 새해 첫 주에 인도네시아의 반다아체와 스리랑카의 갈, 암파라를 방문하여 필요한 업무를 점검하고 지원을 약속했다. 처음에는 필수의약품과 수질정화용 알약, 항생제, 구강수분보충염(탈수증 치료제), 임시 보건서비스를 제공하고, 붐비는 임시 수용소에 대한 전문적인 위생 관리와 사체 관리를 하는 일들이 급했다. 하지만 갈수록 보건시설과 서비스를 재건하고 복구하는 일이 중요해졌다.

쓰나미는 아무 경고도 없이, 사람과 직접 관계된 어떤 원인도 없이 일어났다. 하지만 그것이 미치는 파급효과와 범위는 인적 대응에 크게 좌우되었다. 2005년 초의 대대적인 지원 활동 호소로 전 세계에서 70억 달러에 달하는 지원 약속이 있었으며, 그중에서 6700만 달러가 최악의 피해 지역 보건 활동에 쓰도록 WHO에 전달되었다.

사회적 결정요인 위원회

쓰나미가 세계 보건의 주요 이슈를 압도하는 동안, '사회적 결정요인 위원회'를 3월에 발족시키기 위한 준비도 이루어지고 있었다. 이 위원회는 '정책 지원 근거 및 정보' 부문을 이끄는 팀 에반스 국장이 보건정책의 원리에 대한 관심을 높이기 위해 제안한 것이었다. 생명공학이 전례 없는 질병 치유력과 예방력을 획득했지만, 그 혜택이 인류에게 돌아가는 정도는 사회적 선택에 달려 있다는 것이었다. 나아가 이 위원회는 경제적 부를 얻기 위한 수단이라기보다 그 자체가 목적인 보건에 초점을 맞추었다.

이에 대해 링컨 첸은 다음과 같이 말했다.

WHO 위원회의 변천 과정을 보면 보건을 그 자체로 중시하는 태도와 다른 목표를 위한 수단으로 보는 태도가 대립적으로 나타남을 알 수 있다. WHO에서 새천년 들어 발족했던 '거시경제보건위원회'는 제프리 삭스를 위원장으로 하여 보건을 효과적인 경제성장 수단으로 보는 태도를 취했다. 목표는 보건 자체가 아니라 경제성장 수단으로써의 보건이었다. 보건을 경제와 연계함으로써 얻어지는 전술적 이득이 있는 건 분명하다. 이와 반대로 팀 에반스는 마이클 마멋을 위원장으로 하는 '보건의 사회적 결정요인 위원회'를 출범시켰다. 이 위원회가 앞서 위원회와 다른 점은 보건을 본질적인 가치를 가진 궁극적인 목표로 보았다는 점이다.[1]

마이클 마멋은 『지위증후군 : 사회적 지위가 보건과 수명에 어떤 영향을 끼치는가』[2]라는 책을 막 출간한 상태였다. 이 책은 사회적 불의가 수명을 단축하고 장애를 늘릴 뿐만 아니라 그런 불의를 줄이기 위해 보건을 아우르는 폭넓은 정책이 할 수 있는 게 많다는 사실을 통계적 근거를 들어 입증하고 있다.

마멋은 팀 에반스를 비롯한 여러 사람의 도움을 받아 스무 명의 저명한 학자·정치인·활동가들로 위원회를 꾸리려 했다. 두창 퇴치로 명성이 높은 윌리엄 페기, 칠레의 라고스 대통령, 모잠비크 대통령을 지낸 모쿰비, 1998년 노벨경제학상 수상자인 아마르티아 센, 그리고 WHO 6개 지역의 유명 인사들이었다.[3]

에반스는 이따금 이 명단을 이 총장에게 보여주며 승인을 받으려 했다. 그러면 이 총장은 그 자신의 '직감'이라 부르는 것에 따라 변경을 제안하곤 했다. 이를테면 한 전직 국가원수를 명단에서 빼자고 제안했다. 이유는 방대한 공무원 조직이나 군대를 통솔하던 사람이 너무 많으면 팀원들이 동등한 일원으로 일하기가 어려울 수 있다는 것이다.

이 총장은 위원회의 소관 사항을 결정하는 일은 위임의 원칙에 따라 대부분 다른 사람들에게 맡겼다. 위원회 구성 초기 단계에 소냐 간디[4]가 자주 언론에 오르내리자, 마멋은 이 총장에게 해명을 요구했다가 그녀처럼 "내면의 목소리를 따르라"는 말을 들었다. 마멋은 근거가 확실한 것만 믿는 신중론자라, 이 총장의 말을 과학인들 사이의 농담으로 받아들여야 할지 아니면 자신의 통찰력에 충실하라는 진지한 조언이나 전권위임의 뜻으로 해석해야 할지 알 수 없었다.

위원회는 '모든 사람을 위한 보건'을 정책 지침으로 삼는 사회정의의 원칙으로 되돌아감을 표방했다. 칠레 산티아고에서 라고스 대통령이 주최한 발족식에서도 그러한 세계 차원의 공동 목표를 되찾자고 결의했다. 이 행사에는 할프단 말러가 주빈으로 초청되었고, 칠레의 국민시인 파블로 네루다와 가브리엘라 미스트랄의 시가 인용되었다. 최종 보고서 발간은 WHO 창립 60주년이자 알마아타 선언 30주년인 2008년으로 정해졌다. 2008년은 WHO 사무총장 선거가 있는 해이기도 했으므로, 위원회가 성공을 거두면 이 총장이 재선되는 데에도 도움이 될 터였다. 행사 장소도 영감을 불러일으키는 원천이 되었다. 행사가 열린 곳이 '다그 함마르셸드[5] 길'이었던 만큼, 이 총장은 그해 100주년을 맞은 유엔의 가장 큰 영웅인 함마르셸드를 기리는 발언도 했다.[6]

대중적 연설

통솔력은 그 자체로 보건의 사회적 결정요인 중 하나다. 통솔력을 행사하고 싶은 사람은 대개 최고의 자리에 올라가고 그 자리를 유지하기 위해 유창한 언변이 필요함을 느끼게 된다. 그래서 율리우스 카이사르 같은 행동형 인간도 무술을 연마하고 뒷짐을 진 채 말을 타는 것 말고도 수사법을 익혀야 했다. 우리 시대에도 정치인이라면 화술이 뛰어나든 그렇지 않든 연설 실력을 타고나거나 연마할 필요를 느낀다.

이 총장은 리더십을 발휘하는 데는 열정적이었지만 전통적인 방식으로 뜻을 전달하는 데는 그리 열성적이지 않았다. 그는 사무총장으로 선출되기 전에는 연설 코치를 고용했다. 하지만 자리에 오른 뒤에는 따로 연습을 하지 않았다. 대신 자신이 가진 장점을 최대한 살리는 쪽을 택했다. 그중 하나가 발랄하고 전술적인 상상력을 발휘하는 것이었다.

그가 청중의 관심을 끌기 위해 사용한 전술 중 하나는 청중을 놀라게 하는 것이었다. 그는 준비한 연설의 시작을 프랑스어나 스페인어 같은 예상 밖의 언어로 해 청중을 놀라게 하곤 했다. 그런 언어의 발음이 유창하지는 않았으나 사람들이 알아들을 수 있을 만큼은 연습을 했다. 그렇게 시작했다가 도중에 모두가 좀더 이해하기 쉬운 영어로 바꾸면 사람들을 편하게 해주고 관심도 끄는 효과가 있었다. 그의 영어는 대체로 유창하다는 평을 받았다. 특히 서른네 살이 되기까지 영어를 사용하지 않는 나라 사람이었다는 점에서 더 인정을 받았다. 그는 중학 시절부터 영어를 열심히 공부하여 성인이 되었을 때에는 상당히 유창한 수준에 이르렀다.

이 총장은 자크 시라크 프랑스 대통령을 만났을 때는 프랑스어를 사용해 상당한 호감을 주었다. 두 사람은 2004년 4월 '세계 보건의 날' 주제인 교통안전에 대해 각각 연설을 했는데, 뛰어난 웅변술을 구사하는 시라크는 '친애하는 닥터 리'를 다정하게 언급하며 우정을 과시함으로써 특별한 효과를 거두었다. 두 사람은 아주 대조적인 데가 있었다. 키가 큰 시라크는 원고를 보면서도 청중에게 호소력 있게 전달하는 재주가 아주 뛰어난 반면, 키가 작은 이 총장은 청중에게 크게 호소하겠다는 인상 없이 원고를 덤덤하게 읽는 스타일이었다. 인상적이기보다는 수수한 느낌을 주었지만 청중과 시라크에게 신뢰감을 주었다.

1주일 뒤 유엔총회의 한 특별회의에서 다시 교통안전이 주제가 되었다. 여기서 이 총장은 사뭇 다른 접근 방식을 택했다. 그는 교통안전에 대해 발표할 여러 기관장들 중 한 명이었다. 다른 사람들은 모두 정신이 번쩍 들게 하는 통계를 인용하며 도덕적 결론을 이끌어낼 것으로 보였다. 그러나 이 총장은 최초의 자동차 사고 사망자에 관한 이야기를 어느 뉴스에서 들은 기억을 떠올리며 내게 거기서부터 이야기를 하고 싶다고 말했다. 보건총회 연설에서도 그랬듯이, 그는 추상적이고 논리적인 언어보다는 인간에 초점을 맞추고 싶어했다.

자동차 사고로 사망한 최초의 사람은 브리짓 드리스콜이었습니다. 그녀는 마흔네 살로 두 아이의 어머니였습니다. 그녀는 1896년 8월 17일 런던의 크리스털 팰리스에서 쓰러졌습니다. 사고 차량은 시속 12킬로미터의 속도로 달리고 있었습니다. 그녀는 자신이 무엇에 부딪쳤는지도 몰랐습니다. 검시관은 사고사라는 판단을 내렸고, 법정에서 이렇게 경고했습니다. "이런 일이 다시는 일어나선 안 됩니다."

그러한 방식은 좋은 반응을 얻어 그의 대중적인 이미지가 더 널리 알려지고 호감을 사게 되었다. 2004년 5월에는 BBC 월드뉴스의 인터뷰 프로그램으로 '뉴스를 만드는 이야기의 이면을 알아본다'는 <하트톡HARDtalk>에 출연하기로 했다.[7] 인터뷰는 캐나다에서 로스쿨을 나오고 야세르 아라파트나 하미드 카르자이 같은 유명한 정치인들을 날카로운 질문으로 괴롭힌 베테랑 저널리스트 리스 두셋이 진행했다. 스위스의 산들과 WHO 본부 건물을 배경으로 인터뷰를 시작한 그녀는 사무적인 태도로 "우리의 세계적인 의사가 수백만 명을 사망에 이르게 하는 질병을 퇴치할 올바른 처방을 갖고 있는지"를 알아보고자 했다.

두셋은 '3 by 5' 사업에 관한 WHO 보고서인 「역사를 바꾸다」에 대한 비판으로 인터뷰를 시작했다. 그녀는 사업이 너무 조급했다는 지적이 있으며, WHO에서 제의한 모금 건수의 60퍼센트가 거절당했고, 필요한 만큼의 재원을 확보할 수 없으며, WHO가 일개 비정부기구처럼 활동하고 있고, 캠페인이 운영 미숙으로 실패한 것 아니냐고 물었다. 이 총장은 온화하면서도 다소 자랑스러워하는 듯한 미소를 지으며 매일 죽어 가는 사람이 수천 명이라며, 충분한 돈과 완벽한 계획을 기다리고 있다가는 아무것도 할 수 없을 것이라고 답했다. 두창이나 소아마비 캠페인도 다 그런 식으로 시작해서 성공한 것이라는 이야기였다. 캐나다 정부가 이제 막 1억 캐나다달러를 기부한 것 말고도 잘 진행되어 가고 있다고 답했다.

두셋은 캐나다가 "(미화) 7천만 달러"로 "당신을 구해 낸" 것이라고 고쳐 말하며 서둘러 다음 문제로 넘어갔다. "많은 나라들이 에이즈와의 싸움에 정치적·경제적으로 돕겠다고 약속해 놓고 그만큼 돈을 내놓지 않는 현실에 좌절하진 않는지요?"라고 물으며 부시 대통령을 대표적인 예로 들었다. 아프리카에서의 에이즈 구제 프로젝트에 150억 달러를 내놓겠다고 "매우 요란스럽게" 세계에 선언해 놓고서는 "의회에 가서는 21억 달러만 요청했다는 것"이었다.

"그럼 우린 의회를 설득하고 다른 잘사는 나라들도 설득해서……."

"그러니까 기부자들이 말 따로 행동 따로이군요."

"뭐 그들도 이제는…… 우리 함께 주목할 만한 사례를 세계에 선보여야 한다는 얘길 WHO로부터 들었으니까요. 잘 몰랐던 것이지요. 우리가 2010년까지 100만 명을 치료한다고 말했다면 따분한 소리 같아 모두가 하품했을 거예요. 하지만 우리는 이 야심차고 거의 불가능해 보이는 목표를 이루기 위해 노력해 왔습니다. 이게 얼마나 급하고 중요한 문제인지 그들을 잘 설득할 필요가 있었지요."

인터뷰는 계속해서 항레트로바이러스 치료 지원을 거부한 남아프리카공화국의 타보 음베키 정부에 대해 이 총장이 어떤 제안을 했느냐는 질문으로 이어졌다. 결핵의 경우 DOTS 전략이 통하지 않았다고 단언한 국경없는의사회의 발언에 관한 이 총장의 입장은 무엇이며, WHO에서 말라리아 치료용으로 권장한 약들이 약효가 없었다는 것은 의료사고에 버금가는 일이라는 비난에 대해서는 어떻게 생각하는가, 세계적 문제인 비만에 대하여 거대 제당회사들에 맞설 것인가, 아니면 그들의 압력에 굴복하고 WHO 전문가 권장량을 변경할 것인가에 대한 질문도 이어졌다. 그녀는 에이즈나 결핵·말라리아 문제에 대한 이 총장의 전문적이고 외교적인 답변에는 더 이상 따지지 않았지만, 제당회사 문제에 대해서는 강하게 밀어붙였다.

"당신은 사실상 세계를 대표하는 의사인데 압력에 맞설 건가요?"

"그게, 그게 말이죠……."

"압력에 맞설 건가요?"

"네, 그게 우리의 기본 입장입니다. 그런데……."

"그런데요?"

"네, 그게 우리 입장이고 메시지입니다. 우리는 소아비만을 상당히 염려하고 있으니까요. 이건 아주 큰 문제이니만큼, 이것이 올바른 방향이라는 점에 대해서는 모두가 동의할 겁니다. 표현은 여기저기서 달라질 수 있겠지만 문제의식이나 원칙이나 전체적인 방향은 확고합니다."

그리고 AI가 크게 유행하는 '최악의 시나리오'와 관련해, 중국이 사스 발발 초기에 그랬던 것처럼 협조를 거부한다면 거대한 중국에 맞설 것인가? 이 질문은 답하기가 더 쉬웠다. 당시 중국이 매우 협조적이었기 때문에 질문의 유통 기한이 지난 셈이었다.

하지만 그녀의 우려는 상황이 나빠질 경우, 이 총장이 입장을 고수하지 않을지도 모른다는 것이었다. 이 총장은 그녀의 의심을 완전히 불식시키지는 못했다.

이 총장은 크게 당황하는 일 없이 모든 질문을 잘 넘겼다. 이따금 말을 꽤 더듬고 상대가 말을 자꾸 자르고 공격적으로 나왔지만 모든 질문에 큰 무리 없이 답했다. 그는 전문기관의 수장들이 대개 그렇듯 전문적인 지식으로 상대를 압도하거나 결판이 날 때까지 논쟁하려 하지 않았다. 일반적이고 상식적인 입장을 고수해 무난하다는 인상을 주었다. 어떤 질문을 받아도 미소를 잃지 말라는 조언을 받아서 그랬겠지만, 그게 반드시 호감을 주고 효과를 낸 것은 아니었다.

이를테면 WHO의 한계나 엄청난 사망자 수, 그리고 암울한 전망에 대해 이야기할 때에는 괴로운 표정을 짓는 게 오히려 나았을 것이다. 그를 곤란하게 만들기로 작정하고 나선 듯한 인터뷰어가 자꾸 말을 끊고 도발적인 표현을 썼을 때에는 이따금 불쾌한 표정을 짓는 게 효과적이었을 것이다.

인터뷰의 끝은 대개 그렇듯이 다소 유화적인 분위기로 마무리되었다. 두셋은 "소아마비 퇴치 캠페인의 경우 '일을 잘만 하면 수많은 사람들에게 도움을 줄 수 있다'고 말씀하셨는데, 수백만 명의 목숨을 구하는 일이 사실 생각보다 어렵지 않은가요?"라고 다소 동정적인 어조로 물었다.

"그렇지요. 하지만 힘들어도 뿌듯한 일이지요. 생명을 구하기 위해 애쓰는 일이니까 보람이 있습니다."

"의료적인 일이기만 한 게 아니라 대단히 정치적인 일이기도 해서 좌절할 때도 많을 텐데요."

"정치적인 일이긴 하지요. 네, 그러니까……."

"구걸하는 일이기도 하죠."

"구걸이라고 할 수도 있겠지만 더 멋진 말이 있습니다. 기금을 조성하는 일, 즉 모금 활동이지요."

"그런데 세계는 이라크 문제나 거기에 투자하는 데 더 관심이 많은데요. WHO 입장에서 보면 훨씬 더 위협적이라고 할 문제에 써야 할 돈이 그런 데로 빠져나가는 게 걱정스럽진 않으신지요?"

"다른 문제를 걱정하는 사람들도 있게 마련이지요. 제 임무는 건강 문제를 염려하고 그걸 어떻게 풀어 나갈 것인지를 고민하는 것입니다."

"당신이 주도한 보고서의 표현대로 '역사를 바꾸는' 건 어려울 텐데요."

"네, 노력하고 있습니다."

더 나은 세상을 바라며 역사를 바꾸려고 노력하는 사람을 비난할 사람은 아무도 없을 것이다. 인터뷰는 여기서 끝났고, 악수하는 두 사람은 마쳐서 다행이라는 표정을 지었다.

이 총장의 의과대학 동창생 중 한 사람은 어떤 강연이 끝난 후 그가 했던 말을 기억한다. "언젠가는 내가 저런 연단에 서 있고 너희들은 전부 내 말을 받아 적고 있을 거야." 그 말에 친구들은 물론이고 이 총장까지 한바탕 웃었다. 지나고 보니 이 총장에겐 정말 야심이 있었고, 그 야심은 상상할 수 있는 것보다 크게 이루어졌음을 알 수 있다.

이종욱이 사무총장이 된 뒤로 받은 의료기관의 연설 요청은 대부분 그다지 중요하지 않은 주제여서 거절했다. 그러다가 수락한 요청 중 하나가 2004년 포거티 국제센터와 미국 국립보건원NIH이 메릴랜드주 베데스다에서 개최한 연례 밤스 강연[8]이었다. 이 강연에 나왔던 사람들로는 해럴드 바머스, 배리 블룸, 리타 콜월 같은 저명한 과학자들이 있었다. 이 총장은 '21세기 보건 연구의 도전'이라는 주제를 택하고, 위대한 학자들이 마련한 돌파구를 맥락으로 하여 WHO의 노력을 소개했다. 그의 강연은 18세기 괴혈병 치료법을 발견한 제임스 린드, 19세기에 콜레라 예방법을 발견한 존 스노, 그리고 20세기에 소아마비 백신을 발견한 조너스 소크에 초점을 맞추었다.

강연의 결론을 보면 그가 한 개인으로서, 그리고 한 기관의 대표자로서 끼치고 싶었던 영향이 어떤 것이었는지를 알 수 있다.

지금까지 말씀드린 세 명의 연구자들은 비범한 개인이었을 뿐만 아니라 자기 시대 사회운동의 한 부분이기도 했습니다. 린드는 계몽주의자였습니다. 스노는 산업혁명이 초래한 비인간적인 주거 및 작업 조건에 경종을 울렸습니다. 소크는 소아마비 피해자를 돕기 위한 미국의 대대적인 대중운동과 '마치 오브 다임스March of Dimes' 재단의 지원을 받았습니다.

그들은 사회적 추세에서 힘을 받았지만 그런 추세에 개인적으로 힘을 실어 주기도 했습니다. 그들은 우리처럼 어렵고 위험한 시대를 살았습니다. 그들처럼 우리도 우리 시대의 긍정적인 추세에 맞추어 일할 필요가 있습니다. 그들은 각자 다른 면에서 뛰어난 위대한 과학자였지만 존경스러운 품성을 갖추고 있었습니다. 그런 품성이야말로 그들이 성공하게 된 중요한 비결 중 하나였습니다. 또한 그들은 용기와 끈기와 너그러움을 갖고 있었습니다. 그런 자질을 갖추어 가며 고민하고 노력한다면 어느 분야에서건 필요한 발견을 해낼 수 있을 것입니다.[9]

이것이 바로 그가 사물을 바라보는 방식이었다. 그리고 그런 견해에 대하여 사람들의 지지와 인정을 얻을 수 있는 능력도 갖고 있었다.

타고난 친화력

      이 총장은 각 분야의 업무를 성공한 사람들에게 위임함으로써 성공을 추구했듯이, 유명 인사들로부터 명성을 구하기도 했다. 이제는 자신의 지위로 이미 꽤 유명해진 데다 그와 마찬가지로 그의 영향력 덕을 보려는 사람들도 많았기 때문에 그에겐 선택의 기회가 많았다.

  2004년 3월 WHO의 「세계 폭력 및 보건 보고서」를 발표하기 위해 그는 안데스 지역의 보건장관 회의에서 연설을 해달라는 초청을 받아들였다. 베네수엘라 푸에르토 오르다스에서 우고 차베스 대통령이 주최한 이 회의에서 차베스는 '폭력을 줄이기 위한 모든 수준에서의 지원'을 요청하는 이 총장에게 친절하게 화답했다. 또한 그에게 호감을 나타내며 카라카스로 돌아갈 때 타고 가라며 대통령 전용기를 내주기까지 했다.

  임기 첫해 있었던 또 하나의 인상적인 만남은 이집트 대통령 무바라크와의 접견이었다. 이 만남은 15분간 예정되어 있었지만 이 총장이 1973년 욤 키푸르 전쟁(4차 중동전쟁)에서 이집트 공군이 한 역할에 대해 언급하자, 무바라크는 그때 자신이 했던 역할을 떠올리며 상세히 이야기했다. 급기야 40분 뒤 보좌관이 와서 대사 몇 명이 기다리고 있다고 조심스럽게 상기시키기에 이르렀다. 이 총장이 비서와 지역사무처장과 함께 느긋하게 접견실을 나오자, 기다리고 있던 대사들 중 몇몇은 시계를 가리키며 이 총장에게 얼굴을 찡그렸다.[1]

WHO 사무총장의 전통적인 외교 임무 중 하나는 각국의 보건 현황을 살피기 위해 여러 나라를 공식 방문하는 것이다. 이 총장은 2004년 5월 체코의 초청을 받았는데, 바츨라프 하벨 전 대통령과의 만남을 포함하는 조건으로 초청을 받아들였다. 1989년 벨벳 혁명의 영웅인 하벨은 1989년부터 1992년 분단되기 전까지 체코슬로바키아의 대통령을 지냈으며, 1993년부터 2003년까지 체코 1·2대 대통령을 지냈다. 그는 극작가이기도 했다. 하벨도 이 총장의 조건을 받아들였다. 이 총장은 필자가 하벨의 팬이라는 것을 알고는 내게도 함께 가자고 했다. 두 사람의 만남은 하벨과 그의 부인 다그마르가 세운 재단 '비전 97' 사무실에서 이루어졌다. 이 재단은 '인간 조건의 근본 문제를 다룸으로써 인류의 지평을 넓히는' 과학 연구를 북돋우기 위해 세워졌다.[2]

대여섯 명의 정부 관리들이 함께 자리한 탓에 우리가 바라던 편안하고 지적인 대화를 나눌 수는 없었다. 당시 67세였던 하벨은 검은 양복 저고리에 밝은 색상의 점잖은 넥타이를 매고 있었고, 부인도 함께 참석했다. 그는 체코 말로 이 총장을 반기며 '전 지구적 조직' 수장의 방문을 받아서 영광이라고 했다. 그러고는 "지금 세계가 직면한 중대 보건 문제는 무엇인가요?"라며 정말 관심을 보이면서도 약간은 반어적인 태도로 정중하게 물었다. 대단한 골초였던 하벨은 폐암으로 인한 기관지염

2003년 파리에서 프랑스 자크 시라크 대통령과 함께(위). 2004년 5월 체코 대통령을 지낸 바츨라프 하벨 부부와 함께(아래).

으로 몹시 숨가빠 했다. 그는 말을 가장 적게 할 수 있는 표현을 고르느라 애쓰는 것 같았다. 이 총장은 에이즈, 결핵, 말라리아, 신종 질병과 재난에 대하여 간단히 이야기했다.

"각국 정부가 WHO의 권고를 잘 받아들이나요?" 하벨이 물었다. 이 총장은 사스가 발생했을 때 각국 정부가 WHO 권고를 받아들여 자국민들에게 여행 경고 조치를 해서 큰 효과를 보았다고 말했다. 하벨은 문명이 의학의 발전을 가져오긴 했지만 동시에 건강상의 문제를 낳기도 한다면서 보건 환경이 바뀌는 바람에 체코의 보건장관들도 자주 바뀌고 있다고 농담을 했다. 하벨은 재단에 대해 소개하기도 했다.

그는 하벨의 에세이집인 『진리에 살다』 1989년판에 사인을 해달라고 했다. 많이 봐서 닳고 여기저기 줄도 많이 쳐진 책이었다. 하벨은 영어 번역본을 다소 신기한 듯 들추어 보더니 자신의 이름을 쓰고 그 아래에 하트 모양을 그렸다. 그는 이 총장이 가져온 작은 책자들에도 마찬가지로 이름을 적고 그림을 그렸다.

"제네바에 한번 와주십시오." 이 총장이 몇 번이나 요청하자, 다그마르는 "저희는 시간이 없어요"라고 대답했다. 하벨의 건강을 걱정해서인지 다른 여지가 없어 보이는 어조였다. 나중에 이 총장은 그녀가 남편이 살 날이 얼마 남지 않았음을 염려해서 그런 말을 한 것으로 짐작했다. 하지만 결과적으로 하벨은 더 젊고 건강한 방문객보다 훨씬 오래 살았다.

2005년 6월에는 영국 찰스 왕세자의 런던 관저를 방문했다. 이 총장을 수행했던 WHO 직원 로버타 릿슨은 두 사람이 만나자마자 죽이 맞아 보였다며 다음과 같이 회고했다.

두 분은 의자 끝에 앉아 몸을 앞으로 기울인 채 대화에 푹 빠졌어요. 이종욱 박사가 전통 의학과 영국 왕실에 대해 아주 해박한 것을 보고 깜짝 놀라서 저는 없어도 될 뻔했다는 생각을 했어요. 찰스 왕세자는 그의 가족 모두 대체의학에 관심이 많고, 특히 할머니가 그렇다고 얘기했어요. 자신도 그 분야에 관심이 많으며, 특히 영국 국가보건서비스에서 대체요법에 대한 인식을 넓혀야 한다는 말도 하더군요. 닥터 리는 왕가의 배경에 대해 적절히 언급할 줄 알았고, 중국 약초나 한국 민간요법, 인도의 전통 치료법에 관해 이야기했어요. 왕세자는 아주 흥미롭게 들었지요.[3]

이 만남은 예정보다 30분 이상 길어졌다. 이 총장이 왕세자에게 2006년 세계보건총회 때 연설을 해달라고 초빙한 것도 이때였다. 왕세자는 처음에는 자신에게 그만한 지식이 있겠냐며 고사했지만 분명 흥미를 느끼는 듯했다. 그리고 자신이 주장하는 대의에 대한 지지를 얻을 좋은 기회로 보는 것 같았다. 릿슨은 이렇게도 말했다. "재미있는 건 세간의 주목을 많이 받아 온 왕세자가 다소 어색해하면서 반지를 계속 매만지고 있던 반면, 이종욱 박사는 시종일관 여유로워 보였다는 것입니다." 이 총장이 다시 권하자 찰스 왕세자는 한번 생각해 보겠노라 했고, 며칠 뒤 WHO의 공식 초청장이 오자 수락했다.

이 총장이 개인적으로 친분을 다진 다른 저명인사들로는 중국의 후진타오 주석, 러시아의 블라디미르 푸틴 대통령, 미국의 조지 W. 부시 대통령, 그리고 앞서 말한 프랑스의 자크 시라크 대통령이 있었다. 이 네 사람은 유엔 안전보장이사회의 5개 상임이사국 중 4개국의 수반이었다. 유엔 기구 수장이 강대국 수반과 개인적 친분을 쌓는 건 흔한 일이 아니지만, 세계적 보건 응급상황에 대처한다는 측면에서 있을 수

유엔 코피 아난 사무총장과 함께. 2005년 제네바에서.

있는 일이었다. 이 총장에게는 그럴 만한 개인적 동기도 있었다.

2006년엔 새로운 유엔 사무총장을 선출하는 해였고, 이 총장은 코피 아난의 뒤를 잇고자 하는 야심을 갖고 있었다. 유엔 헌장 97조에는 "사무총장은 안전보장이사회의 추천으로 총회에서 지명한다"고 명시되어 있다. 총회는 언제나 안전보장이사회의 선택을 받아들였으며, 5개 상임이사국(중국·프랑스·러시아·영국·미국)은 사무총장 선택에 결정적인 발언권을 가지고 있었다. 이 총장이 유엔 사무총장직에 오르려는 시도를 했다는 공식 기록은 내가 알기로는 없으니, 그 사실에 대해 말한 사람들을 언급할 필요도 없을 것이다. 따라서 이 이야기는 추측의 차원에 머무를 수도 있다. 하지만 이 총장의 단면을 보여주는 중요한 사례이며, 또 그가 생의 마지막 몇 달 동안을 어떻게 보냈는지 이해하는 데 도움이 된다.

이미 반기문이라는 한국인 후보가 지지를 받고 있었기에 WHO 사무총장과 유엔 사무총장이 모두 한국인이 되면 다자간 체제에 불균형을 초래하게 되므로 논란의 여지가 있었다. 그러나 이종욱이 유엔 사무총장이 된다면 그런 문제도 해결되고, 마침 한국인 후보자에게 유리한 지역 순환 원칙이 지켜질 수도 있었다.

그러나 당시에는 총회와 안전보장이사회 비상임이사국들의 참여가 늘어나면서 보다 투명한 임명 절차가 도입되고 있었다.[4] 그가 타계한 2006년 5월 22일까지 준비를 잘 했다고 하더라도 2006년 10월 2일로 예정되어 있던 안전보장이사회 투표에서 이길 승산이 있었다고 볼 수는 없을 것이다. 준비를 잘 했는지 확실히 알 수는 없으나 가까운 지인 두 사람은 이 총장 스스로는 잘 되고 있다고 생각했다고 말한다.

세계 각 지역의 사람들과 계속해서 만나려면 어느 정도 건강이 따라주어야 한다. 유엔의 전신인 국제연맹의 한 실무 그룹은 1944년 유엔 사무총장이 갖추어야 할 자질을 정의하면서 "사무총장은 젊어야 한다"[5]는 기록을 남긴 바 있다. 그들은 그 점에 대해 확신했던 것 같다. 보통 공식 일정이 아주 빡빡한 것을 고려할 때 WHO 사무총장도 마찬가지라고 할 수 있다. WHO 초대 사무총장이었던 브록 치즘은 52세에 총장이 되어 57세에 권장 연령에 더 가까운 사람을 위해 물러났다. 마르콜리누 칸다우는 이상적인 나이인 42세에 총장이 되었으나 62세에 물러났다. 할프단 말러는 50세에 임기를 시작하여 65세에 퇴임했다. 말러 이후로는 다들 나이가 더 들어서 총장이 되었다. 나카지마는 60세, 브룬트란트와 이 총장은 58세, 마거릿 챈은 59세였다.

　이 총장은 취임 후 6개월 동안 담배규제 회의 때문에 헬싱키에 갔고, WHO 지역위원회 연설 때문에 요하네스버그·마닐라·빈·뉴델리·워싱턴·카이로에, 유니세프와의 회담을 위해 뉴욕에, 런던 위생학·열대의학대학LSHTM을 방문하기 위해 런던에, 유럽의회 의원들을 만나기 위해 브뤼셀에, 네덜란드왕립결핵연구소 100주년 기념으로 헤이그에, 알마아타 선언 25주년을 위해 알마티에, WHO 집행이사들과 회합을 갖기 위해 아크라(가나)에, '세계 에이즈의 날' 기념으로 리빙스턴(잠비아)에, 1차 보건의료에 관한 국제 세미나에 참석하기 위해 브라질리아에 갔다.

　9월에는 6개 지역위원회 회의 때문에 일정이 더 빡빡했다. 아무튼 한 달에 2개국에서 5개국을 방문하는 게 보통이었다. 2005년 말이 되자 그는 피로감과 함께 혈압이 좀 높은 것을 발견하고 일정을 좀 줄이기로 했다. 그래도 2005년 11월부터 2006년 5월 사이에 '새천년 발전 목표' 회의 때문에 파리에, 말라리아 문제로 야운데(카메룬)에, '백신 및 예방접종에 관한 글로벌연합' 회의로 델리에, 영유아 생존 문제로 런던에, 독감 유행에 관한 지원국 회의 때문에 베이징에, 재원 마련 문제로 파리에, 각국 방문 차원에서 터키와 마다가스카르와 모리셔스와 케냐에, 세계 보건의 날 기념으로 루사카(잠비아)에, 국가별 예방 차원에서 아제르바이잔에, G8 보건장관 회의에 참석하기 위해 모스크바에 갔다.

이처럼 한 달에 여러 나라를 돌아다녔으며, 방문하는 곳마다 기자회견이나 언론 인터뷰가 뒤따르는 부담 많은 회의에서 집중적인 관심을 받았다. 정치적 관심을 받게 되면 책임과 권위가 있는 답변을 해야 했다. 해외 출장을 가지 않더라도 WHO 본부가 있는 제네바에서도 공식적인 자리에 자주 모습을 드러내야 했다. 이를테면 유엔을 비롯한 여러 국제기구의 본부나 회원국들의 영사관 같은 곳을 방문해야 했다. 게다가 8000명이 넘는 직원을 지휘하는 본분이 주는 부담도 있었다. 그런 생활은 아무리 건강하고 체질에 맞는 사람이라고 해도 가혹할 정도로 힘들수밖에 없다.

이 총장은 처음에는 혼자 다니거나 방문 목적에 맞는 전문성을 갖춘 직원을 그때그때 찾아서 함께 다니곤 했다. 하지만 몇 달이 지나자 전담 수행원이 절실히 필요해졌다. 브리핑과 일정, 약속, 예약, 기록, 합의나 약속 관리, 그 밖의 출장 관련 세부사항을 챙겨줄 사람이 필요했던 것이다. 보좌진은 개발도상국 출신의 젊은 남성이 이상적이라 생각했지만, 이 총장은 몇 사람을 검토한 끝에 영국 출신의 젊은 여성을 택했다. 케임브리지 대학 인류학과 출신으로 31세인 지니 아널드였다. 결핵퇴치 사업 때 이 총장을 도왔고 이언 스미스에 이어 2003년에 글로벌약품조

2005년 12월 서남아시아 지진 후 파키스탄 내의 캠프에서 겨울을 보낸 사람들의 보건 문제를 파악하고 있다(위). 2004년 12월 쓰나미로 인도네시아와 스리랑카 등 섬나라의 해안이 초토화되자, 현장을 방문해 지원을 약속하고 있다(아래).

달기구 관리자로 일했던 사람이었다. 그녀는 사무총장과 함께 다닌 1년 반이라는 시간이 부담스러운 일정의 연속이었다고 말한다. "참 힘들었어요. 저한테 그 정도였으니 저보다 나이가 두 배나 많은 분은 어땠을까요?"[6]

그해 10월 사흘간 러시아를 방문했을 때, 그녀가 생각한 이 총장의 두 가지 특징이 잘 드러났다. 하나는 자상한 면모였다. 이 총장은 상트페테르부르크에 있는 에이즈 고아원을 방문했을 때 아이들을 아주 따뜻하게 대했다. 40여 명의 아이들이 보건부의 항레트로바이러스 치료를 받으면서 위탁 가정이 나타날 때까지 그곳에서 살고 있었다. "사무총장님은 아이들을 정말 다정하게 대했어요. 사진으로는 안 나타나는 면모지요. 사람들이 카메라를 들이대면 어색해지는 분이니까요."

또 하나는 장난기였다. 이 총장과 WHO 수행단, 그리고 러시아 정부 관리들은 모스크바에서 상트페테르부르크까지 '빨간 화살' 침대차를 타고 갔다. 그런데 이 총장은 긴 하루 일정이 끝난 뒤 쉬러 가는 대신 일행들과 보드카를 마시면서 인터내셔널가(옛 소비에트연방의 국가)를 불러 보라고 부추겼다. 이 노래의 러시아어 가사를 조금 알았던 것이다. 19세기 말 프랑스에서 만들어진 이 노래는 많은 나라에서 사회주의 혁명을 고취시켰으며, 오른손 주먹을 치켜들고 부르는 게 전통이었다. 이 노래는 참석자들 대부분에게 향수를 자극했으며, 노래가 원래 불러일으키던 희망과 나중의 역사적 현실이 대비되면서 유쾌한 분위기를 연출했다. 일행은 모두 과장된 열정을 보이며 목청껏 노래를 불렀다. 이런 식으로 즐기는 것은 정치적으로 그다지 존경할 만한 일은 아니었지만, 외교상의 귀중한 자산인 강한 동지애를 느끼게 했다.

특히 힘들었던 여행 중 하나는 2005년 1월 초 발생한 쓰나미로 인해 인도네시아에서는 지프를 타고, 스리랑카에서는 헬기를 타고 돌아다녔을 때였다. 지니 아널드가 아체 지역에서 쓴 여행 보고서에는 다음과 같은 내용이 있다.

> 군인들이 하루에 시신 3000구 이상을 수습하고, 하루 105톤의 식량이 배급된다. 잔해 정리는 민간 용역업자들이 맡아서 하고 있다. (…중략…) 우리 팀은 차로 해안과 병원들과 시내를 둘러보면서 쓰나미와 지진으로 인한 파괴의 심각성을 목격했다. 내륙 7킬로미터 지점까지 엄청난 수해를 입었다. 시신을 담은 자루가 길가에 줄지어 있고, 가족 가운데 한 사람이라도 잃지 않은 가정이 없었다. 우리는 보건시스템이 겪고 있는 부담도 목격할 수 있었다. 제일 큰 병원은 기능 정지 상태였고, 보건 종사자의 50퍼센트가 사고로 희생되었다. 이로 인해 자원봉사자들이 남아 있는 북적이는 병원들의 직원 노릇을 했다. 가장 큰 보건상의 문제는 골절·괴저·호흡기감염·설사 등이었다. 그런 참사에도 불구하고 생존자들의 투지를 목격할 수 있었다. 이들은 집 안을 청소하고 잔해를 치우는 등 복구 노력을 시작하고 있었고, 삶을 재건하기 위해 힘쓰고 있었다(시장의 활력과 교통 혼잡, 자전거 탄 아이들).[7]

공식적인 기록으로 남길 수 있는 사실이 있는가 하면 그럴 수 없는 것들도 있었다. 이를테면 수많은 시신들이 썩어 가는 냄새와 다치거나 아프거나 가족 잃은 사람들이 자아내는 분위기와 심리적 영향은 그녀와의 대화나 사적인 메모로나 짐작할 수 있다. "살면서 그런 광경은 처음 봤어요. 다시는 안 보고 싶어요." 이 총장 역시 큰 충격을 받았지만 국가 지도자들에게 적절한 약속과 조언을 하면서 차분하게 대처했다.

2주 뒤 그들은 정반대되는 기후와 안락한 곳에 있었다. 다보스에서 열린 세계경제포럼의 '다음번 세계 보건 대공황'에 대비하는 토론회에 초청받았던 것이다. 아널드에 따르면 이 총장은 가고 싶지 않았지만, 안 갈 경우 받게 될 정치적 불이익을 고려해야 한다는 보좌진의 의견을 따랐다. "거긴 그분이 바라는 자리가 아니었어요. 그는 항상 남들 앞에 모습을 드러내거나 명사를 만나려고 주변을 서성이는 분이 아니었거든요." 그는 토론회에 그럭저럭 기여했으며, 시간이 비는 오전에는 지니와 기사인 슈발리에와 함께 눈신을 신고 산을 돌아다녔다.

그가 세계 각지를 돌아다니며 공식적으로든 비공식적으로든 만난 유명 인사들은 서로 공통점이 거의 없었지만, 그에겐 그들과 잘 어울리는 재주가 있었다. 그들은 유명하든 그렇지 않든 다른 많은 사람을 대표하는 사람이었는데, 이 총장을 이런저런 이유로 각별히 느끼며 좋아했다. 그는 무엇보다 그런 점 덕분에 성공했는지도 모른다.

많은 사람들이 그가 그들의 삶이나 생각에 관심을 갖고 그들을 인간적으로 존중하는 것에 친근감과 호감을 느꼈다. 그런 면모 때문에 그는 널리 존경받았다.

대립과 화해

　　사람들을 좋아하고 사람들의 호감을 사는 자질 덕분에 이 총장은 직원들의 사기를 그 어느 때보다 높여 줄 사무총장으로 기대를 모았을지 모른다. 하지만 밝고 낙관적이던 분위기는 몇 달 만에 평상시로 되돌아왔다. 취임 2년차 되던 해가 끝날 무렵에는 몇몇 분야에서 임원과 직원 사이의 관계가 이전 총장들 때보다 나빠졌다는 평이 나오기도 했다.

　　급기야 WHO 역사상 처음으로 제네바 본부에서 업무 중단 사태가 일어나고 말았다. 2005년 11월 30일, 파업 지지자들에 따르면 700명이, 반대 측에 따르면 350명의 직원이 파업에 참여했다.

　　파업 주도자의 주장은 다음과 같았다.

　　임직원 관계의 파행을 초래한 주된 문제점은 협의 부족과 의사결정 관여, 직원 및 재원 관리 부실, 직원 선발 과정에서 직원 대표 배제(이로써 규칙과 절차에 대한 신뢰가 훼손됨), 외부 채용에 대한 중단 요구 거부(해고와 고용 병행), 고도의 괴롭힘, 조직 내 사법제도 도입 방해, 용인

할 수 없는 수준의 연고주의와 정실인사, '임시' 계약의 지속적인 남용 등이었다.[1]

그러한 비난은 말러 사무총장 재임 후반기부터 정도는 달라도 흔히 있던 일이었으며, 변화와 개혁 과정에 영향을 주었다. 그런 문제들을 어떻게 해결할 것인지를 둘러싸고 솔직히 의견 차이가 있었다. 또한 그런 문제가 있다는 것 자체가 정부의 야당이나 기업의 노조처럼 정당한 반론 제기를 할 장치가 미흡하다는 사실을 반영하는 것이었다.

그런데 보다 나은 조건을 희망하는 단기 계약직이 늘어남에 따라 불만의 정도도 커져 갔다. 이 문제에 대한 유엔의 공식 입장은 단기 계약직의 계약 갱신을 막는 것이었다. 이에 대해 생계 위협을 느끼는 많은 직원들이 본능적으로 적대적인 반응을 보였다.

2005년에 이 총장의 정책자문이 된 미국인 켄 버나드는 파업자들의 입장을 다음과 같이 표현했다.

> 직원협의회는 단기계약직인 11개월 계약을 없애고 싶어했습니다. 그들은 그 제도가 사람들을 속여서 급여와 수당과 근속년수와 퇴직금을 가로채는 일이라고 했는데, 일리가 있는 주장이었어요. 그런데 뉴욕에서 '좋다, 그럼 정규직으로 흡수되지 못한 11개월 계약직원들은 11개월 계약 대상에서 전부 제외하겠다'고 했지요. 그러자 직원협의회는 이렇게 생각했어요. '어 그거 좋지. 전부 정규직이 되겠구나.' 하지만 결과는 일 잘하는 직원들만 정규직으로 전환되고 나머지는 계약이 해지된 거예요. 직원협의회 활동가들 중 일부는 '나는 WHO에서 평생이 보장되는 정규직이 될 자격이 충분한 사람이야. 그런데도 나를

쫓아내는 건 나를 우롱하는 일이야'라고 생각했어요. 제가 아는 한 파업은 그 이상의 차원이 아니었습니다. 하지만 사무총장은 마음이 상했어요. 그는 직원협의회에 이렇게 말했어요. '당신들이 요구한 게 있었고 그걸 얻지 않았느냐. 그런데 이제 4년 연한이 다 차서 우리가 더 많은 사람을 고용할 자금이 없다고 하니까 당신들이 우리더러 요구하는 게 무어냐. 자격이 있으니 11개월 계약직을 다시 주거나 정규직을 달라는 것 아니냐.' 이 총장은 제게 이렇게 말했어요. '그들은 그럴 자격이 없어. 여긴 유엔이라구. 전문직은 유엔 정규직이 될 자격이 없어. 전문직은 와서 한동안 일하다가 자기 나라로 돌아가는 거지.' 하지만 그들은 그렇게 생각하지 않았어요. 이 총장은 그냥 넘어갈 수 없었어요. 다른 사람들도 마찬가지였죠. 문제는 유엔의 정책 중에 직원협의회가 싫어하는 부분이 있었다는 겁니다. 그들은 그걸 바꾸고 싶어했지요. 무언가를 바꾸고 싶으면 누군가가 그걸 바꿀 때까지 야단을 피워야 하는 법이고요.[2]

사실 유엔 기구에서는 임원과 직원의 구분이 뚜렷하지 않다. 기업의 노조 비슷한 조직이라곤 직원협의회뿐이다. 최고위층을 포함해서 모두가 직원협의회 소속인 데다 수많은 자리가 위계는 낮더라도 일종의 관리직이기 때문이다. 때문에 협상 통로가 분명치 않고, 직원협의회 자체가 단일한 입장을 취하기 어려운 경우도 많다.

그러니 파업은 별로 위협적이지 않을 수 있으며, 별 기대 없이도 이루어질 수 있었다. 그래도 예정일 전날 직원들 중 일부가 파업에 동참하겠다는 뜻을 밝혔다.

이 총장은 인내심이 강한 것으로 유명했지만, 이 경우엔 인내심을 잃었는지 '사무총장이 모든 직원들에게 전하는 메시지'라는 제목의 이메일을 보냈다. 이 때문에 사태가 더 악화되었는지도 모른다. 이메일은 "직원들의 우려, 특히 이 험난한 전환기의 불안"을 이해는 하지만 파업에 대해서는 전혀 공감하지 않는다는 뜻을 밝혔다. 파업은 누구에게도 도움이 되지 않는다는 것이었다. 본부 사람들에게도, "다르푸르나 바그다드 같은 곳에서 고생하는 사람들이나 아프리카와 아시아 현장에서 일하는 사람들에게도, 우리의 도움을 받는 사람들에게도" 유익한 일이 아니라는 이야기였다. 이어서 그는 실무적인 차원으로 돌아와서 파업을 단념해야 할 이유를 세 가지 제시했다.

- 업무는 지속되어야 합니다. 그러니 파업 참여 의사를 밝힌 직원들은 자신의 업무가 필수적인 성격의 것이라면 파업을 할 수 없다는 사실을 각자의 사무총장보에게 통보받게 될 것입니다.
- 파업에 참여하는 직원들은 업무에 임하지 않는 기간 동안 급여를 받을 자격이 없다는 점을 숙지하시기 바랍니다. 그러므로 업무 중단에 동참할 직원들은 오늘 중으로 해당 사무총장보에게 참여 의사를 문서로 꼭 제출하기 바랍니다.
- 그 밖에 해고 등 징계 조치를 포함한 다른 조치도 고려하고 있습니다.

이러한 접근법은 아마도 자신이 유엔 기구의 인사 문제에 단호히 대처할 수 있다는 점을 국제사회에 보여주기 위한 것으로 보인다.

밖에서 보면 이해할 만한 방법일지 모르지만, 이 총장의 강경한 메시지는 부하 직원들을 진퇴양난으로 몰아넣었다. 두려움 때문에 정의를 요구하지 않는 것도 잘못이고, 체제를 무너뜨리고 그 과정에서 자신을 위태롭게 하는 것도 잘못이었다. 이로 인해 파업에 참여할 의사가 없다가 화가 나서 참여한 사람들이 있는가 하면, 참여하려다가 놀라서 마음이 바뀐 사람들도 있었다. 결과적으로 이 총장의 메시지는 참여 인원에 별 영향을 주지 않았지만, 파업을 막는 데는 분명 실패했다.

극적인 타결은 없었다. 이 총장이 경고를 실행에 옮기지 않고 보다 유화적인 태도를 보였지만 그 후 몇 달 동안 불만은 좀체 가라앉지 않았다. 직원협의회에서 집행이사회에 진술서를 제출하기로 예정되어 있던 2006년 5월까지 사태는 더 이상 악화되지 않았다. 직원들 중에는 문제가 있다고 판단되는 부분에 대해 강경하고 구체적으로 보고하자는 측이 있었는가 하면, 신중하고 일반적인 언술로 우려를 표명하자는 측도 있었다. 진술서는 제출하기 전에 사무총장실의 승인을 받아야 했지만, 마감 시한이 다 되도록 의견 일치가 이루어지지 않았다. 결국 두 가지 안이 제출되었다. 그중 하나는 다른 하나에 비해 훨씬 더 대결적이었다.

5월 19일 금요일 저녁, 이 총장은 직장협의회 위원장과 일부 회원들, 그리고 행정 담당 사무총장보와 몇몇 자문들을 사무실로 불러 이 사안에 대해 논의했다. 양측 모두 예민해진 상황이었지만 이 총장은 처음부터 여유와 유머 감각을 보였다. 회의에 참석한 회원 중 한 사람은 이 논의가 놀라울 정도로 즐거운 것이었다고 회고했다.

분위기가 완전히 반전된 1주일 뒤, 인트라넷에 게시한 그녀의 글은 다음과 같이 마무리되었다.

그는 직원과 관련된 국제적 사안들을 경청하듯이, 본부 직원협의회와 지역사무처 직원협의회의 모든 우려도 해결되어야 한다는 입장이었다. 그는 또 자신도 직원협의회에 회비를 내는 회원이기 때문에 투표할 기회가 있다면 B안(집행이사회에 제출할 보다 온건한 진술서)에 표를 던지겠다고 농담조로 말했다. 그는 본부 직원협의회에 대하여 자신이 보건총회에서 할 예정인 연설을 참작해 달라며 WHO 직원들의 재능과 헌신과 용기, 그리고 조직의 운명을 개척해 나가야 할 우리 모두의 공동 책임을 생각해 보길 부탁했다. 그는 이날 회의가 모든 관계자의 보다 건설적인 대화의 출발점이 되기를 바랐다. 마지막으로 그는 서류상의 글 못지않게 조직의 분위기와 정신이 중요하다고 말했다. 20년 동안 WHO 직원으로 일하며 직장생활 대부분을 조직의 사명을 위해 바쳤으며, 조직과 특히 조직원들을 매우 아낀다고 덧붙였다.

회의는 긍정적인 분위기 속에서 마무리되었다. 나는 사무총장이 한 마지막 회의가 그렇게 끝난 것을 늘 감사하고 있다. 그의 때이른 죽음 전의 마지막 공식 회의가 화기애애했다는 것은 매우 상징적이다.[3]

이 총장이 겪어야만 했던 고충은 그 잘못이 어디에 있건 간에 유엔 시스템의 약점을 보여준다. 유엔 기구는 위계 감독자가 하급자에 대한 임명·승진·포상·처벌의 권한을 갖는 시스템이다. 하지만 모든 감독자 역시 누군가의 하급자이며, 이는 사무총장도 예외가 아니다. 사무총장은 집행이사회의 지시를 따르게 되어 있으며, 집행이사회는 총회를 따라야 한다. 그리고 총회는 제각각 자국 정부의 지시대로 움직여야 하는 회원국 대표들로 이루어져 있다. 따라서 최고위층에서부터 팀의 차장에 이르기까지 '책임은 내가 진다'고 말할 수 있는 사람은 아무도 없으며, 누군가가 꼭 책임을 질 필요도 없다. 이런 조건에서 조직이 잘 굴러갈 수 있게 하는 일은 드문 재능을 요구하는 매우 복잡한 일이다.

앞서 말했듯이 WHO는 다른 내부 문제, 즉 지역사무처의 구조적 문제도 안고 있었다. 지역사무처장들은 사실상 그 지역의 회원국들에 의해 선출되는데, 제네바의 사무총장에게도 책임을 지는 동시에 연례 지역위원회를 통해 지역 회원국들에게도 책임을 진다. 국제적인 요구사항은 국가나 지역의 요구사항과 항상 일치하는 게 아니어서 사무총장과 지역사무처의 영향력은 이질적이면서 겹치기도 하는 회원국들 간의 이해관계를 얼마나 잘 조정하느냐에 달려 있는 경우가 많다. 그 결과 사무총장과 사무처장은 원활한 업무를 위해 필요한 권한을 행사하지 못하거나, 자원 확보 때문에 필요 이상 경쟁적인 수단에 의존하는 수가 있다. 업무를 둘러싼 권한 다툼에 대하여 이 총장은 본부의 요구사항을 우선하는 동시에 강한 총장이 되기 위해 회원국들의 지지를 얻고자 했다.

그가 더 오래 살았더라면 대립을 극복하고 화해를 이루었으리라고 장담하기는 어렵다. 회유책과 강경책 사이를 예측할 수 없이 오갔던 그의 성향을 고려하면 특히 그렇다. 레이코 여사는 마닐라에서 남편과 한 팀이 되어 테니스 혼합복식 경기를 한 때를 떠올렸다. 한 세트를 더 이겨야 승리하는데 그들은 경기에 이긴 줄 잘못 알고 있었다. 그런데 이 총장은 더 노력해서 이기지 못하고 서브에서 더블 폴트를 범하거나 쉬운 공을 놓쳐 몇 게임을 지더니 결국 마지막 세트를 져서 경기 자체를 지고 말았다. 그때처럼 이기는 요령을 잊어버렸는지도 모르지만, 그에겐 역경을 이겨내고 결국 성공한 전력이 있다.

직원들의 파업은 '3 by 5' 사업이 300만 명에게 치료를 제공한다는 목표를 이루지 못한 채 목표 기한이 끝나 가고 있던 때 일어났다. 이 총장이 12월 1일 '세계 에이즈의 날'에 전달한 메시지는 치료가 필요한 사람들에 대한 공감이었다.

이 총장은 치료 활성화를 위해 두 명의 활동가, 즉 앙골라의 에이즈 예방 요원인 캐롤라이나 핀토와 2004년 세계보건총회에서 발언했던 벨라루스의 아나스타샤 카밀크를 소개하면서 자신의 이해관계보다는 그들의 바람과 두려움에 더 관심을 기울였다. "아나스타샤는 다른 에이즈 환자와 마찬가지로 죽음을 늘 느끼며 살아갑니다. 죽음이 유예된 채로 살아가기 때문에 자신이 갖고 있는 능력과 남은 역량과 시간을 최

이 총장은 업무의 중압감을 견디기 위해서 주말이면 스키를 타곤 했다. 사진은 2006년 2월 스위스에서.

대한 활용하겠다는 절박함이 더 큽니다."[4]

동시에 그는 캠페인의 성과에 대하여 매우 긍정적인 보고를 내놓았다. "불과 18개월 만에 아프리카와 아시아에서 항레트로 바이러스 치료를 받은 사람들의 수가 세 배나 증가했습니다. 지금 개발도상국에서 100만 명이 넘는 사람들이 항레트로바이러스 치료를 받고 있습니다." 이는 2년 전에 대대적으로 선언했던 300만 명이 아니라 100만 명에 그친다는 뜻이기도 했다.

한편 이 총장은 업무의 중압감을 털어내기 위해서 스포츠와 여가 활동도 열심히 했다. 남태평양이 스쿠버다이빙의 천국이라면 스위스는 스키의 천국이었다. 그해 겨울 레 루스나 레 콘타민 같은 산간 마을에서는 오렌지색 재킷과 헬멧과 장갑 차림에 최신 쾌속용 스키를 타고 가파른 슬로프를 멋지게 내려오는 그를 심심치 않게 볼 수 있었다. 그는 기사인 슈발리에나 다른 친구들과 함께 가기도 했지만 가끔 혼자 가기도 했다.[5] 그런가 하면 디본 호수 주변에서 자전거를 즐겨 탔다.

"총장님이 쓰러지셨어요"

2006년 5월 14일 일요일, 세계보건총회 일주일 전 이 총장은 레이코에게 앙시에 가자고 했다. 총회가 시작되면 곧 페루로 떠날 레이코와 함께 있을 시간이 별로 없기 때문이었다. 앙시는 그들이 사는 곳에서 차로 한 시간도 채 안 걸리는 곳이었다. 하지만 레이코는 안 가는 게 좋겠다고 했다. 그가 몹시 피곤해 보였던 것이다.

이 총장은 레이코를 설득해서 함께 출발했다. 그런데 금세 졸음이 와서 차를 세우고 20분 동안 눈을 붙였다. 레이코는 집으로 돌아가서 쉬자고 했으나 이 총장은 괜찮다고 고집했다. 두 사람은 프랑스의 유서 깊은 소도시 앙시까지 갔다. 앙시는 그들이 종종 여가를 즐기며 호숫가를 산책하던 곳이었다. 그들은 여느 때처럼 호숫가에 차를 세워 두고 산책을 시작했다. 100미터쯤 걸었을 때 이 총장이 말했다.

"집으로 돌아갈까?"

피로가 꼭 우려스러운 증상은 아니어서 이 총장은 좀 쉰 다음 보건총회가 열리기 전 며칠 동안 평소처럼 일했다. 미팅과 리셉션으로 꽉 찬 일정이었다. 토요일 아침에는 레이코가 만들어 준 주먹밥을 잘 먹었다. 그가 좋아하는 음식이었다. 그는 바쁜 하루를 보내기 위해 출발하면서 건강하고 명랑한 표정으로 "아주 좋아"라고 말했다. 그 말이 그가 아내에게 한 마지막 말이었다.

그는 중국 보건장관인 가오 치앙과의 점심 약속을 앞두고 오전에는 집무실에서 월요일에 있을 총회 마지막 준비에 몰두했다. 총회 연설 원고 작성자와 의논하던 중 두통을 호소했다. 그러나 업무 부담에 대한 압박 때문으로만 여겼는지 두통약인 파라세타몰 한 알만 먹었다.

12시 30분에 가오 치앙과 다른 중국 관리들이 WHO 측 직원들과 함께 중국의 유엔 대표단 연회장에서 이 총장을 기다리고 있었다. 이 오찬은 세계보건총회 기간에 제기될 현안들에 관한 견해와 정보를 나누기 위해 해마다 열리던 행사였다. 이 총장은 피로를 호소하며 조금 늦게 도착했고, 두통거리가 너무 많다고 농담하며 파라세타몰을 한 알 더 먹었다. 패트릭 슈발리에는 이 총장이 잠시 얼굴만 비칠 생각이었다고 말한다. 몸이 좋지 않아 집에 가서 쉬어야겠으니 식사를 함께하기 어렵다고 양해를 구할 생각이었다는 것이다.

하지만 마음이 바뀌었던지 이내 사람들과 함께 오찬 테이블에 앉았다. 식사 중에 그는 평소의 그답지 않게 말이 없었고, 동석한 WHO 직원들에게 대만이나 국제보건규약 등의 문제에 관해 답해 달라고 부탁했다. 그는 먹지도 않았다. 그러다 세 번째 코스 요리가 나올 때 옆방에 가서 잠시 누워 있는 게 좋겠다며 양해를 구했다.[1]

함께 참석했던 의사인 마거릿 챈과 빌 킨은 이 총장이 자리를 떠나려는 것을 보고 서둘러 부축하여 소파로 가서 눕게 했다. 이 총장은 구토를 한 다음 자리에 누웠으나 이내 의식을 잃었다. 식사 중이던 사람들이 모두 일어났고, 앰뷸런스를 불렀다. 몇 분 뒤, 앰뷸런스가 도착했다. 차 안에서 기다리고 있던 슈발리에는 앰뷸런스 소리가 들리자마자 사무총장일 것이라고 느꼈다고 말했다. 앰뷸런스는 곧 병원으로 달려갔다. 슈발리에는 레이코 여사를 모시러 니용으로 달려갔다.

이언 스미스는 집에서 보건총회 준비를 하던 중 빌 킨의 전화를 받았다. "이언, 문제가 생겼어요. 총장님이 쓰러지셨어요." 문제 일부는 간단했다. 그날 남은 약속 두 건과 일요일 약속 아홉 건을 취소하는 것이었다. 보다 복잡한 문제는 월요일에 열릴 세계보건총회였다. 사무총장 좌석에 누구를 앉힐 것인가, 아니면 비워 둘 것인가? 어느 쪽을 택하든 적절한 절차인지 아닌지를 판단하고, 회의를 누가 주재한단 말인가?

언젠가 이 총장은 누군가에게 당국은 어떤 입장이냐는 질문을 받았을 때 "제가 당국입니다"라고 답변한 적이 있다. 물론 농담이었지만, 그가 쓰러짐으로써 시스템의 취약점이 확연히 드러났다.

고위 관리자들이 사무총장의 공백을 메우기 위해 고민하는 동안 이 총장은 뇌혈전 제거 수술을 받고 있었다. 그날 저녁, 수술을 집도한 의사는 기다리고 있던 레이코 여사와 이 총장의 가까운 두 친구, 샐리 스미스와 켄 버나드에게 나쁜 소식을 전했다. 환자가 아직 살아 있기는 해도 인공호흡기를 통해 생명을 유지할 뿐이며 회복될 가능성이 없다는 것이었다.

그날 밤 레이코 여사는 중환자실에 누워 있는 남편 곁에 앉아 그가 막 의사가 되어 성 라자로 마을에 오던 때와 자신이 결국 수녀가 아니라 그의 아내가 되기로 결심하던 때를 떠올렸다. 그녀는 대주교가 남편에게 "자네 가톨릭 신자가 되어야 한다는 걸 알 테지"라고 하자, 이 총장이 말로는 그렇게 하겠다고 하던 순간도 기억했다. 결혼한 뒤로 이 총장은 이따금 자신이 "레이코를 하느님한테서 훔쳤다"며 농담을 하곤 했다. 이 총장은 두 사람이 결혼하지 않았더라면 갖지 못했을지도 모르는 종교적 안목을 그녀를 통해 갖게 되었다고 해도 좋을 터였다. 나중에 레이코 여사는 다음과 같이 썼다.

> 토요일 밤에 그이가 회복될 가망이 없다는 얘기를 듣고서 아침에 갑자기 그 생각이 들었다. 나는 그게 우리 둘 다 저세상으로 간 다음에 다시 만날 수 있는 유일한 방법이라고 생각했다. 물론 성경에서는 우리 두 사람이 하늘나라에서는 더 이상 부부가 되지 않는다고 하지만 말이다. 응급 시 어떤 신자라도 성부와 성자와 성령의 이름으로 그렇게 할 수 있다고 들었기 때문에 나도 그럴 수 있다고 생각했다. 그래도 샐리에게 신부님을 모실 수 있는지 알아봐 달라고 부탁했다. 병원 사목을 담당하는 신부님이 와주셨다.[2]

이언 스미스는 샐리에게 두 달 전 이 총장과 신앙에 대해 나누었던 이야기를 들려주었다. 이 총장이 과거에 자기가 잘 되면 그리스도인이 될 것을 고려해 보곤 했는데, 막상 잘 되고 보니 그래야 하긴 하는데 어떤 식으로 할 것인지 구체적으로 말하진 않았다는 것이다. 이 총장은 레이코 여사에게도 얼마 전에 비슷한 말을 한 적이 있었다. "우리가 함께 가본 그 많은 성당에서 당신이 나와 충호를 위해 밝혔던 그 많은 촛불들이 효험이 있었나 봐."

그런 발언들은 유머러스한 양면성을 보여주는 이 총장의 평소 태도와 대화를 나누는 상대방의 견해를 잘 취하는 그의 능력과 일맥상통하는 바가 있다(그가 그런 분야에 관심이 전혀 없다고 단언하는 사람들도 있다). 하지만 그가 이런 마지막 순간에 종교를 갖게 된 것에 반대하지 않았으리라고 추측할 수 있다. 그렇게 해서 아내의 마음이 더 편해질 것을 안다면 더더욱 반대하지 않았을 것이다.

신부는 약간의 설명을 한 뒤에 영어로 임종 세례를 거행했다. 세례 받는 사람은 머리에 붕대를 감고 인공호흡기에 의지한 상태로 의식 없이 누워 있었고, 켄 버나드와 샐리와 레이코 여사가 그 곁에 서 있었다. 레이코 여사는 나중에 이렇게 썼다. "세례식을 마칠 때 촛불을 켜야 했지만, 중환자실에서 불을 붙이는 게 금지되어 있어 초를 받아 두었다가 장례 미사 때 촛불을 켜달라고 부탁했어요. 샐리(침례교인)와 켄(유대교인)이 가톨릭 세례식에 함께 해주어 참 좋았어요."[3]

그날 나머지 낮과 밤 동안 이 총장은 미국에서 아들이 올 때까지 계속 인공호흡기에 의지하고 있었다. 하지만 아들이 월요일 아침까지 도착하지 못하자, 주치의는 더 이상의 처치를 중단하기로 결정했다. 이 총장은 오전 7시 43분에 사망한 것으로 발표되었다. 충호는 8시 30분에야 병원에 도착했다.

다음의 보도자료는 서거 직후에 발표된 것이다.

WHO의 이종욱 사무총장께서 타계하셨습니다

총장께서는 토요일 오후부터 입원해 계셨으며, 뇌혈전(경막하혈종)[4] 제거 수술을 받으셨습니다.

WHO의 모든 직원들은 총장님의 유족에게 심심한 애도를 표하는 바입니다. 저희는 지도자이자 동료이자 친구인 분을 갑작스레 잃게 되어 충격에 빠져 있습니다. 이종욱 박사는 세계 각국의 많은 사람들에게 최상의 보건 서비스를 제공하는 사명을 다하기 위해 WHO를 이끌어 오셨습니다.

그는 만 61세로 일기를 마치셨으며, 유족으로 사모님과 아드님, 누님한 분과 아우님 두 분, 그 밖의 가족을 남기셨습니다.

애도의 말씀은 다음 주소로 남겨 주십시오. DrLee-tribute@who.int.[5]

같은 날 오전 10시 20분, WHO의 192개 회원국 대표단이 참석하는 세계보건총회가 유엔 본부 건물에서 열렸다. 사회는 스페인 보건장관인 엘레나 살가도가 맡았다. 그녀는 개회를 선언한 다음에 사무총장의 서거를 알리는 어려운 임무를 맡았다. 살가도는 이따금 떨리는 목소리로 WHO에 대한 총장의 헌신과 세계 보건 문제를 해결하기 위한 그의 노력, 그가 각국의 보건장관들과 나눈 친분에 찬사를 보냈다. 그녀는 이 총장을 추모하는 뜻에서 2분 동안의 묵념과 30분 동안의 휴회를 제안했다. 휴회에 이어 빈 필하모닉의 '이 총장을 기리는 느린 악장' 연주가 있었다.[6] 오케스트라는 그전 두 해 동안 그랬던 것처럼 보건총회 개회식을 기념하기 위해 초청받았으나 적절한 음악을 찾기 위해 빈에 다시 갔다 와야 했다.

회의가 속개되자 살가도는 2003년에 이종욱 박사가 행정 담당 사무총장보인 안데르스 노르드스트룀을 유사시의 사무총장 권한대행으로 지명해 두었다는 사실을 알렸다. 유사시란 사무총장이 직무를 수행할 수 없게 되거나, 자리가 빌 경우를 뜻한다. 세계보건총회의 절차에 따라 사무국 최고위직인 노르드스트룀 박사가 사무총장 대행으로 임명되었다. 살가도는 최대한 빨리 집행이사회가 열릴 것이라고 덧붙인 다음, 사무총장 서거 이전에 계획되었던 총회 순서(유엔 사무차장과 제네바 의회 의장이 연설하는 관례)로 바로 넘어갔다.

이어서 대만의 보건총회 옵서버 참여를 요구하는 연설과 반대하는 연설이 있는 다음(이번엔 찬반 연설이 각각 두 번씩뿐이었다) 추가로 행정적인 문제에 대한 논의가 있었다. 오후에는 누가 사무총장 대행을 맡아야 하는가에 대한 우려 표명이 있었다. 사무국 데니스 아이켄은 집행이사회의 특별회의가 실무적으로 "가능한 한 빨리" 열릴 것이며 "우리가 오늘 아침 들은 너무나 비극적인 사건과 관련된" 회의라고 발표했다.[7] 파키스탄 대표가 세계보건총회의 규정 113조를 인용하며 문제를 제기했던 것이다. 해당 규정에는 "사무총장이 직무를 수행할 수 없거나 자리가 비게 될 경우 사무국에서 최고위직인 사람이 이사회의 결정에 따라 사무총장 대행을 맡게 된다"고 명시되어 있다.

그가 궁금한 것은 사무총장이 2년 반 전에 비공식적으로 만든 조항이 규약 및 절차 규정에 명시되어 있는 조항들에 우선할 수 있는지, 임명된 고위직(이를테면 사무총장보)이 선출된 고위직(예를 들어 지역사무처장)보다 우위에 있는지, 총장 권한대행이 임시 사무총장이 되는 건지, 아니면 후임자가 되는지였다. 그는 어느 쪽이든 "공백을 최소화하기 위해 시간 낭비 없이" 집행이사회가 모임을 가져야 한다고 말했다.[8] 이 같은 우려에 대해 7개국 대표들이 공감한다는 발언을 했고, 법률고문이 WHO 규약의 조항들을 설명했다. 논의는 다음날 저녁 6시에 집행이사회를 열어 상황을 정리한다는 결론을 내면서 끝이 났다. 6개 공식 언어를 자정까지 통역하기로 했다.

'사무총장 연설'이라는 제목의 안건에 대해서는 준비되어 있던 원고 중 핵심적인 내용을 빌 킨이 대신 읽었고, 원고 전문全文을 모두에게 배포했다.[9] 그가 선택한 부분은 전년도 협상 과정에서 회원국들이 보여준 '대의와 협력 정신'에 관한 것이었다. 팔레스타인 사람들의 보건, 소아마비 완전 퇴치, 에이즈 치료에 대한 보편적 접근, 말라리아 통제를 위한 WHO의 강력한 리더십, '말보다는 행동'을 요구하는 유엔의 개혁 등에 관한 것이었다.

그런 다음 그는 존슨 와카지를 소개하며 다음과 같이 말했다. "이종욱 박사는 올해 3월 케냐를 방문했다가 이 19세 청년의 집에서 놀라운 시를 들었습니다. 에이즈에 관한 청년의 발언을 들은 그는 청년을 이곳 보건총회에 초청했습니다."

존슨 와카지는 에이즈 환자들에게 붙어다니는 낙인에 관한 시를 읊었다. 그는 이를테면 다음과 같은 대목을 읊어서 청중을 감명시키기도 하고 불편하게 해 이 총장이 바라던 효과를 거두었는지도 모른다.

아무튼 나를 이해하거나 동정해 달라고
애걸하진 않겠어요.
당신들 중 일부가
아니 당신들 대부분이
나 같은 사람 때문에 돈을 번다는 걸 아니까요.
하지만 이것만은 알았으면 해요.
여러분은 안전하다고 생각할지 모르지만
검사를 받아 봐야만 알 수 있어요.

에이즈 환자의 고통과 차별에 관한 시를 쓴 케냐 소년 존슨 와카지와 함께.

비록 테스트 결과가 음성이라고 나와도
검사를 받아 봐야만 알 수 있어요.
잠복기란 게, 그래요 잠복기란 게 있으니까요.

그는 '영원토록 다스리시는 주 예수 그리스도'에게 호소하는 문구로
시 낭독을 끝냈다. 하지만 참석자들의 신앙이 다양한 관계로 모두가
공감하지 않았는지도 모른다.

이어서 관례대로 여러 회원국 대표들이, 사무총장의 연설문이나 자
국의 보건 활동에 대해 연설했다. 그들의 연설은 모두 총장의 서거에
대한 충격과 슬픔을 말하는 것으로 시작되었다. 영국 왕세자도 마찬가

지로 연설을 시작하여 대체의료에 대한 견해를 밝혔다. 그다음으로는 국제로터리클럽의 '국제소아마비플러스위원회' 의장으로 일하다가 86세로 은퇴하는 빌 서전트에 대한 공로상 수여가 있었다. 세 초빙객을 균형 있게 안배한 것을 보면(아주 젊은 케냐인과 고령의 미국인 사이에 58세의 영국인 명사를 모셨다) 보건총회를 창조적이고 흥미롭게 개최하려 한 그의 의도를 알 수 있다.

하지만 영국 왕세자와 존슨 와카지의 참여는 회의 분위기가 평소처럼 조건부 선의에 조심스럽게 기대는 것이었다면 역효과가 날 수도 있었다는 것에 주목할 필요가 있다. 데이비드 헤이먼이 사무총장을 대신해서 상을 수여한 다음, 회원국 대표들의 발언이 오후 5시 35분까지 이어졌다. 집행이사회의 특별회의가 6시에 열릴 예정이었으니 여유가 좀 있었다.

특별회의는 '닥터 리를 추모하는' 1분간의 묵념으로 시작되어 안데르스 노르드스트룀을 사무총장 대행으로 확정할 것인지를 논의했으나 결론을 내기가 어려웠다. 동지중해 지역의 이사국 대표들 전원과 아프리카 지역 대표들 대부분은 노르드스트룀을 사무총장 대행으로 임명한 이 총장의 문서가 유효하지 않다는 입장이었다. 반면 나머지 대표들은 대체로 중립적이거나 호의적인 발언을 했다. 관련 조항에는 대행 지명이 "이사회의 결정에 따른다"고 되어 있었으므로 이사국들은 어떻게든 결정을 내려야만 했다.

논의는 주로 누가 가장 상급자인지에 집중되었다. 1982년부터 동지중해 지역사무처장을 지내고 있는 후세인 게자이리가 사무총장 대행이 되어야 한다는 주장이 제기되었다. 그러자 본부와 지역들 사이에 권한을 둘러싸고 긴장이 극도로 높아지면서 50분 동안 휴회가 선언되었다. 회의가 속개되었을 때 의장은 게자이리 박사가 사무총장 대행을 맡을 의사가 없음을 밝혔다고 발표했다. 그러자 이사회는 "WHO의 새 사무총장이 선임되어 취임할 때까지 안데르스 노르드스트룀 박사를 사무총장 권한대행으로 지명한다"[10]는 결정에 대한 공감대가 형성되는 분위기였다.

이 결정은 더 이상의 논의 없이 채택되었다. 사무총장 대행의 위상을 명시하고 차기 사무총장의 선거를 최대한 빨리 열기 위한 절차를 마련하자는 결정도 이루어졌다. 회의는 10시 50분이 되어서야 끝이 났다.

다음날엔 책의 서두에서 묘사했듯이 장례식이 열렸다. 이로써 이종욱 박사의 삶에 대한 이야기도 끝이 났다.

2005년 5월 23일 세계보건총회에서. 그는 국제 보건과 결핵 및 소아 질병 예방백신 개발 분야에서 WHO 회원 및 기부 국가, NGO, 기업 및 재단을 포함한 250개 이상의 국제적 파트너들과의 연대를 이끌어낸 뛰어난 지도자였다.

행동하는 사람

"자기가 인생에서 정말 원하는 게 무엇인지를 이해하고 그 목표를 향해 쉬지 않고 나아가는 게 중요합니다."

이 총장은 그의 마지막 연설에서 이렇게 말했다. 치료가 필요한 사람들에게 자기 권리를 주장해야 한다고 촉구하던 아나스타샤의 발언을 인용한 것인데, 다른 누구 못지않게 그에게도 적용되는 조언이었다.

그런데 그는 자기 삶에서 정말 무엇을 원했는지 알고 있었을까? 그가 야심만만한 인물이었다는 건 쉽게 알 수 있지만, 그의 야심이 무엇이었는지는 알기 쉽지 않다. 보건총회 마지막 연설문에서 그는 3년 전에 야심차게 선언했던 '3 by 5' 캠페인의 약속을 지키지 못했음에도 자신을 세계의 지도자로 나타내려는 인상을 주었다. 그는 학창시절부터 많은 것을 배웠지만, 좋은 성적을 내는 것을 부차적인 문제로 여기며 더 큰 꿈을 키워 나간 듯하다.

그런 자세가 꼭 성공한다는 보장은 없지만 '3 by 5' 캠페인의 경우에는 성공했다는 평이 많다. 이 캠페인은 목표에 크게 미치지 못했지만, 피터 피오는 WHO가 본연의 역할을 하게 만든 계기가 되었으며,[1] 2008년에는 실제로 300만 명까지 치료를 받게 했다고 높이 평가했다.

로버트 비글홀 역시 '3 by 5' 캠페인을 두창 퇴치에 필적할 만한 "공중 보건 역사상 가장 위대한 업적"의 하나라고 말했다.[2] 항레트로바이러스 치료에 대한 보편적인 접근이 이제 각국 정부나 당국의 공식 목표가 된 것은 흔히 불가능에 도전한 이 총장의 야심찬 노력 덕분이라는 평을 받는다.

그런데도 2009년 말 기준으로 치료가 필요한 900만 명 중 적어도 500만 명이 생명 연장에 필요한 치료를 받지 못하고 있으니, 그러한 업적은 책임을 다했다기보다 책임에 대한 인식을 높였다는 데 의의가 있다고 할 수 있다.[3]

소아마비 퇴치는 성공할 경우 두창 퇴치에 필적할 만한 업적이 될 것이며, 이 총장이 재임 기간에 겪었던 차질에도 불구하고 그 공로를 인정받을 수 있다. 하지만 소아마비 퇴치는 시간이 흐를수록 달성하기가 생각보다 어려워 보인다. 이 경우도 이 총장이 시도했던 다른 도전들, 이를테면 결핵 통제나 WHO 자원의 탈중심화나 보건 안보 같은 경우들과 마찬가지로, 그가 실질적으로 이룬 게 무엇이냐는 질문에 대답하기란 어렵다. 앞으로 세월이 더 흘러야 알 수 있는 문제인 것이다.

그가 가장 중요하게 생각했던 목표는 겉으로 드러내지 않았는지도 모른다. 어린 시절의 경험 때문에 남북한 사이의 골을 메우는 역할을 하거나, 유엔 시스템을 보다 강력하고 효과적으로 만드는 데 한몫하려고 했을 수도 있다. 아니면 특별한 목적을 달성하기보다는 지도자가 되는 것 자체를 더 중요하게 여겼을지도 모른다.

그에겐 사회적 성공을 다소 냉소적으로 보는 면도 있었다. 성공이 자신에게 가장 중요한 문제가 아니라는 암시를 보이곤 했던 것이다. 그는

2004년 제네바에서 상영된 김기덕 감독의 영화 <봄, 여름, 가을, 그리고 겨울>을 보고 크게 감명을 받았다. 한 섬의 스님이 소년에게 자비와 묵언과 정좌의 미덕을 가르치는 이야기였다.

그 무렵 이 총장은 알베르 카뮈가 1955년 프랑스의 라디오 방송에서 녹음한 <이방인> CD를 발견하고는, 건조하고 또렷한 음성으로 들려주는 놀랍도록 무심한 이야기를 짬짬이 듣곤 했다. 찰리 채플린의 <위대한 독재자> DVD를 보고서는 매우 즐거워하며 이야기했다. 머리를 다친 이발사가 히틀러로 오인되어 나중에는 호전적인 군중집회에서 평화와 사랑의 메시지를 전달한다는 진지하면서도 익살스러운 영화였다.[4]

이 총장은 한번은 나와 권위에 관한 이야기를 나누다가 조지 오웰의 「코끼리를 쏘다」라는 에세이를 언급했다. 오웰 자신이 버마(지금의 미얀마)에서 경찰 생활을 하던 때 코끼리를 쏘아 죽인 사건을 다룬 것이다. 이 에세이는, 코끼리가 그렇게 위험하다고 생각지 않았음에도 기대감에 찬 군중 때문에 어쩔 수 없이 쏘아 죽여야 했던 분위기를 묘사하고 있다. 이 총장은 이 일화를 왜 조직에 책임자가 있어야만 하는지를 알게 해주는 흥미로운 예로 보았다. 인간은 사회적 존재이기 때문에 철새들이 이동할 때 맨 앞에 누구 한 마리가 앞장서듯이 조직에도 그 생리를 알고 책임질 사람이 한 명 있어야 한다는 것이다. 그런 까닭에 리더십은 특별한 재능이 필요한 신비로운 것이기보다는 사회적 역학의 문제로 보인다는 것이다.

이렇듯 그는 문학에 관심이 많았고, 아는 것도 많았다. 우리가 마닐라에서 지낼 때, 그는 당시 영국의 외무장관이던 더글러스 허드가 라디오에서 "사람은 바라는 대로 생각하고 싶어 한다"[5]라고 말하는 걸 듣고 참 멋있는 말이라 생각하고, 그 말이 어디서 나왔는지 알고 싶어 했다. 셰익스피어의 <헨리 4세> 2막에서 왕자가 왕인 아버지에게 잠자는 것이 아니라 돌아가신 줄 알았다고 말했을 때, 왕이 왕자에게 한 말이었다는 것을 알고는 두 배로 인상적이라고 느끼고 나중에 써먹기 위해 기억해 두었다고 한다.

셰익스피어에 대한 그의 관심은 잘 알려져 있었다. 그가 소장한 셰익스피어 희곡 낱권들이나 전집들은 그의 책들 중에 눈에 잘 띄는 자리에 있었다. 그가 소장한 책들 중에는 고전들이 많았다. 월터 스코트나 찰스 디킨스, 생텍쥐페리, 마크 트웨인, 테네시 윌리엄스, T. E. 로렌스, 알베르 카뮈, 플루타르크, T. S. 엘리엇 같은 작가들의 작품이었다. 최근의 베스트셀러 중에는 『작은 것들의 신』이나 『시간의 역사』, 『문명의 충돌』, 『소피의 세계』, 『대륙의 딸』, 『백년 동안의 고독』, 『책 읽어주는 남자』, 『아직도 가야 할 길』같은 책을 비롯해 P. D. 제임스, 존 그리샴, 존 르 카레, 존 어빙, 켄 폴릿, 폴 서루 같은 작가들의 작품도 있었다.

위인전으로는 아인슈타인에 대한 책들과 『처칠의 발자취』, 『아메리칸 프로메테우스: 오펜하이머의 승리와 비극』, 『스콧 선장』, 『셰클턴』, 『폭탄의 형제애』, 그리고 리처드 파인만의 책들을 포함해 맨해튼 프로젝트에 관한 책도 여러 권 있었다. 『히틀러의 벙커 안에서』나 시백 몬테피오레의 『스탈린』, 크리스토퍼 히버트의 엘리자베스 1세 전기인 『처녀 여왕』 같은 책들도 있었다. 그런 종류의 책들이 부르고뉴 포도주나 남지나해의 해양생물, 상업이나 금융에 관한 프랑스어 책, 일본어 동사, 유럽의 성당과 성, 여행, 의료통계의 원리 같은 책들과 섞여 있었다. 보건에 관한 책들은 다른 주제에 비해 많지 않았고 『쉽게 하는 대중 연설』이나 『리더가 가장 흔히 저지르는 실수 10가지』, 『힘의 48 법칙』 같은 실용서도 몇 권 있었다.[6]

레이코 여사가 2002년부터 페루에서 지내면서 그는 책을 읽고 사색에 빠지는 시간이 더욱 늘어났다. 그 때문에 독신들이 가질 법한 별난 점들이 생겨났는지도 모른다. 이 총장은 이발을 해주던 아내가 없자, 특별 서비스를 받기보다 공항에 가서 이발을 하곤 했다. 그리고 괜찮은 양복이 필요할 때는 도쿄에 살고 있는 레이코의 동생 유리코에게 주문해 달라고 부탁했다. 때로는 한국인 직원들을 모두 불러 식사를 하곤 했는데, 모국어로 동지애를 나누고 싶어서였을 것이다. 같은 이유로 그의 많은 친구들과 이전 동료들은 사무총장이 그냥 얘기를 나누고 싶어 갑자기 걸어온 전화에 뜻밖의 기쁨을 맛보곤 했다. 자전거나 버스를 타는 것이 자기 차를 부르는 것보다 편할 때는 기꺼이 자전거나 버스를 타던 습관도 의도적으로 거만하지 않다는 것을 보이는 것과 함께 별나 보였다.

이 모든 것이 그가 좀 외로웠다는 것을 보여주는 것이기도 하다. WHO 사무총장이 되면서 사람들이 그에게 늘 관심을 갖고 환심을 사려고 하다 보니, 자연스러운 우정을 나누기가 더 어려워졌던 것이다. 대등한 상대건 아니건 서로 야심을 꺾거나 이루려는 성향이 있어서 경계하게 되기 때문이었다.

"고독은 천재의 학교"라는 격언이 이 총장에게 해당한다면, 안타깝게도 자신과 상대와의 사이에 거리감이 있다는 자각 때문인지도 모른다. 한쪽이나 양쪽 모두 높은 위치에 있으면 더 그랬다. 역설적이게도 그러한 자각 때문에 많은 사람들이 특별히 그를 이해하고, 또 그도 그들을 이해한다는 재미있는 공감대가 형성되었다. 레이코 여사가 "그의 천재적 교우 관계"라고 부른 게 바로 그런 점이었는지 모른다. 그런 능력 덕분에 그는 늘 잃지 않았던 모험심을 지인들도 느낄 수 있게 해주었다. 그는 그런 모험심을 이 세상에 남겨 두고 떠났다.

미주

프롤로그

1 동료들과 친구들을 대표한 빌 킨의 추도사(http://www.who.int/dg/lee/tributes/eulogy/en/index1.html).

2 가족을 대표한 아들 충호의 추도사(http://www.who.int/dg/lee/tributes/eulogy/en/index.html).

3 국제 보건계를 대표한 한국의 유시민 보건복지부 장관의 추도사(http://www.who.int/dg/lee/tributes/eulogy/en/index2.html).

4 M. Day, "Obituary, Lee Jong-wook", *BMJ* 332, 2006.6.3, p. 1337.

5 (역주) 세계은행 총재이며, 다트머스 대학 총장을 지낸 재미교포 김용 박사.

6 Sarah Boseley, "Obituary, Lee Jong-wook", *Lancet* 367, 2006. 6. 3, p. 1812.

7 리처드 브리들에게서 받은 이메일(2006년 5월 23일).

8 (역주) Dr(Doctor)라는 호칭은 의사인 경우에는 박사가 아닌 경우에도 쓰지만, 이종욱 선생의 경우 작고 이후 모교에서 명예의학박사 학위를 수여하기도 했으므로 '이종욱 박사'라 부르기로 한다.

9 2009년 12월 10일 남명진이 찾아서 번역해 준 내용(http://www.dailynk.com/korean/sub_list1.php?jld=tjjjjj).

10 아룬 난다에게서 받은 이메일(2006년 5월 23일).

11 루스 보니타와 로버트 비글홀에게서 받은 이메일(2006년 5월 23일).

1 남들이 가지 않는 길

우리의 소원은 통일

1 종욱의 어린 시절 이야기는 주로 누님인 이종원 여사의 (책으로 펴내지 않은) 회고록의 도움을 받았다.

2 당시 한국의 정치 상황을 요약해 주는 자료를 이메일(2009년 9월 2일자)로 보내주신 이종구 선생(이종욱 총장의 동생. 성공회대학교 교수)께 감사드린다.

3 WHO, "Constitution of the World Health Organization"(세계보건기구 헌장), in *Basic Documents*, forty-sixth edition (Geneva: WHO, 2007), p. 1.

4 (역주) 당시 경복중학교 교사였던 안병원 선생(1926~)을 말한다.

5 담배규제기본협약 당사국 총회 연설(2006년 2월 6일).

남들이 가지 않는 길

1 린 스탠스베리와 존 헤스에게 보낸 편지(1978년 11월 16일).

2 C. J. Eckert, K. B. Lee, Y. I. Lew, M. Robinson and E. W. Wagner, Korea Old and New: A History (Seoul: Ilchokak, 1990), pp. 364~683.

3 이종구 선생이 보내준 글(2009년 9월 2일)을 요약 편집했다.

4 Bruce Cumings, *Korea's Place in the Sun : A Modern History* (New York: W. W. Norton, 2005), p. 456.

5 Barry and Lily Kaufmann, *Reflections on Our Friend Jong Wook Lee (Uggy)*, 2009. 6 (미출간).

6 카우프만 부부에게 보낸 편지(1975년 가을, 날짜 미상).

7 (역주) 각각 인기 가수 밥 딜런과 '피터, 폴, 앤 메리'의 1960년대 초 히트곡. 평화의 메시지를 담고 있다.

8 카우프만 부부에게 보낸 편지(1975년 12월 22일).

9 카우프만 부부에게 보낸 편지(1976년 1월 25일).

라자로 마을

1 카우프만 부부에게 보낸 편지(1976년 3월 26일).

2 이종욱 총장의 성 라자로 마을 활동과 레이코 여사와의 만남에 관한 진술은 주로 필자가 그녀와 나눈 대화와 서신에서 가져온 것이다.

3 (역주) *Far from the Madding Crowd* (1874), 영국 작가 토마스 하디의

장편소설. 1967년에 영화로 만들어졌다.

4 카우프만 부부에게 보낸 편지(1976년 8월 9일).

5 카우프만 부부에게 보낸 편지(날짜 미상).

6 (역주) John le Carré (1931~). 스파이 소설의 대가. 영국 첩보원 출신이다.

7 린 스탠스베리와 존 헤스에게 보낸 편지(1979년 2월 14일).

춘천도립병원

1 카우프만 부부에게 보낸 편지(1977년 2월 21일).

2 린 스탠스베리와 존 헤스에게 보낸 편지(1978년 12월 12일).

3 같은 편지.

4 린 스탠스베리와 존 헤스에게 보낸 편지(1979년 2월 28일).

5 린 스탠스베리와 존 헤스에게 보낸 편지(1979년 3월로 추정).

2 백신의 황제

호놀룰루, 그리고 파고파고

1 린 스탠스베리에게서 받은 이메일(2008년 11월 7일).

2 린 스탠스베리에게서 받은 이메일(2008년 11월 6일).

3 기젤라 쉘터에게서 받은 이메일(2008년 6월 16일).

4 린 스탠스베리와 존 헤스에게 보낸 편지(1982년 11월 18일).

5 J. T. Douglas, S. O. Naka, and Lee JW, "Development of an ELISA for Detection of Antibody in Leprosy", *International Journal of Leprosy* 52(1) : 1984, pp. 19-25.

6 J. T. Douglas, R. M. Worth, C. J. Murry, J. A. Shaffer and Lee J. W., "ELISA Techniques with Application to Leprosy", in *Proceedings of the Work on Serological Tests for Detection of Subclinical Infection in Leprosy* (Tokyo: Sasakawa Memorial Health Foundation, 1983), pp. 85-90.

수바의 WHO : '이렇게 다를 수가!'

1 (역주) 천연두는 일본식 표기다. 예방접종을 통해 두창 바이러스 근절에
   성공하자, 1980년 5월 8일 33차 세계보건총회는 지구상에서 두창이 근절
   되었다고 선언했다.

2 (역주) WHO의 전체 직원은 147개국에 8500명 수준이다.

3 킹슬리 지에게서 받은 이메일(2008년 6월 3일).

4 린 스탠스베리와 존 헤스에게 보낸 편지(1983년 11월).

5 이 일화는 레이코 여사의 미발간 회고록에 기록되어 있다.

6 이 프로그램은 1987년 1월 27일에 방송되었다(MBC 해외특별기획).

7 WHO, *The Work of WHO in the Western Pacific Region* (Manila: WHO,
   Western Pacific Region, 1983, 1989, 1991).

8 레이코 여사의 기억에 따르면 한국 '공중보건의 아버지'로 알려진 권이혁
   박사인지 세계은행의 한국인 고위 관리인지 분명치 않다.

9 레이코 여사의 미발간 회고록.

마닐라 : 기민하고 유능한 관리자

1 Carter J. Eckert 외, *Korea Old and New: A History* (서울 : 일조각, 1991),
   pp. 382–383.

2 Kelly Lee, *The World Health Organization* (New York : Routledge,
   2009), p. 75.

3 WHO, "Section 1 : Duties, Obligations, and Privileges; Staff Regula-
   tions of the World Health Organization", in *Basic Documents*, forty-
   sixth edition (Geneva: World Health Organization, 2007), pp. 99–100.
   선거운동에 관여하지 말 것을 상식적인 차원으로 시사하는 '대원칙'을 제
   시할 뿐, 구체적으로 언급하지는 않았다. 입후보하려는 직원에 대한 규정
   은 별도로 존재하며 비교적 엄격하다.

4 WHO, *Basic Documents*, p. 8.

5 WHO, "Organizational Structure", in *The Work of WHO in the Western
   Pacific Region, 1987–1989* (Manila : World Health Organization, 1989),
   p. 202.

6 오미 시게루의 회고는 2008년 7월 마닐라에서 필자와 가진 몇 차례의 대담에서 진술한 내용이다.

7 소네 유리코의 미발간 회고록.

'모든 어린이들에게 더 나은 미래를!'

1 William Muraskin, *The Politics of International Health: The Children's Vaccine Initiative and the Struggle to Develop Vaccines for the Third World* (Albany: State University of New York Press, 1998).

2 UNICEF, James P. Grant biography, http://www.unicef.org/about/who/index_bio_grant.html.

3 World Declaration on the Survival, Protection and Development of Children. Agreed to at the World Summit for Children on 30 September 1990, paragraph 25.

4 Muraskin, *The Politics of International Health*, p. 37.

5 Arthur Allen, *Vaccine : The Controversial Story of Medicine's Greatest Life Saver* (New York: W. W. Norton, 2007), p. 162.

6 위의 책 저자 앨런은 그러한 인식이 러시아와 쿠바의 소아마비 퇴치 성공 사례에서 받은 자극과 관련이 깊다고 설명한다.

7 Muraskin, *The Politics of International Health*, p. 55.

8 같은 책, chapter 3, pp. 55-91.

9 아리타는 두창 퇴치 캠페인 당시 팀장인 도널드 헨더슨을 보좌했으며, 당시 일본 국제보건협력단의 대표였다.

10 Muraskin, *The Politics of International Health*, p. 176.

11 레이코 여사의 미발간 회고록.

12 John Peabody, "An Organizational Analysis of the World Health Organization: Narrowing the Gap Between Promise and Performance", *Social Science & Medicine* Vol 40, 1995, pp. 731-742.

13 두 사람은 함께 테니스를 즐기던 사이였다. 피바디는 더 젊고 힘도 좋았지만, 둘은 한 팀이 되어 대회 우승을 하기도 했다. 피바디는 백핸드가 좋았고 이 총장은 포핸드가 강했다고 한다.

14 피바디에게서 받은 이메일(2009년 5월 9일).

15 William Muraskin, "The Last Years of the CVI and the Birth of the GAVI", in *Public-Private Partnerships for Public Health*, ed. Michael R. Reich (Cambridge MA: Harvard University Press, 2002), p. 127.

16 비요른 멜고르와의 인터뷰(2009 1월 22일).

17 브루스 에일워드와의 인터뷰(2009 3월 24일).

18 1997년 10월의 WHO 보도자료 (http://www.who.int/vaccines/en/martina/martina.htm).

"다른 데로 가고 싶나요?"

1 이하의 설명은 지금의 '결핵퇴치프로그램' 국장인 마리오 라빌리오네에게 큰 도움을 받았다.

2 Roy Porter, *The Greatest Benefit to Mankind : A Medical History of Humanity from Antiquity to the Present* (London: HarperCollins, 1997), pp. 401–402.

3 M. Raviglione and A. Pio, "Evolution of WHO Policies for Tuberculosis Control, 1948-2001", *Lancet* 359, 2002. 3. 2, pp. 775–780.

4 John Walton, Jeremiah A. Barondess and Stephen Lock, eds., *The Oxford Medical Companion* (Oxford: Oxford University Press, 1994), p. 977.

5 WHO, *TB Advocacy Report 2003* (Geneva: World Health Organization, 2003), 42.

6 WHO, *Global Tuberculosis Programme: Report of the Ad Hoc Committee on the Tuberculosis Epidemic*, London, 1998. 3.17~19 (Geneva: WHO, 1998), (WHO/TB98.245).

7 M. Raviglione, "The TB Epidemic from 1992 to 2002", *Tuberculosis* 83, 2003, pp. 4–14.

8 Raviglione and Pio, "Evolution of WHO Policies for Tuberculosis Control", p. 779.

9 WHO, "Stop TB Initiative", Amsterdam, 2000.3.22~24, *Tuberculosis*

and Sustainable Development. Report of a Conference (Geneva: WHO, 2000), (WHO/CDS/STB/2000.6).

10 그는 브룬트란트를 보좌하여 WHO의 전염병 프로그램들을 총괄하던 인물로, 이종욱을 결핵퇴치사업 책임자로 추천했다.

11 Ian Smith, *Reflections on JW*, 2009년 3월에 녹음된 육성 회고.

12 Kim Jim Yong, "Dr Lee Jong-wook (1945~2006) : A Personal Tribute", *Bulletin of the World Health Organization* 84(7) : 2006, p. 517.

13 Kim, "Dr Lee Jong-wook".

14 (역주) 레이코 여사는 지금도 이 단체 소속으로 페루에서 봉사활동을 하고 있다(http://www.pih.org/).

15 이언 스미스의 앞서 인용한 2009년 3월 자료에서.

16 Institute for Health Sector Development, *Independent External Evaluation of the Global Stop TB Partnership: Report* (London: IHSD, 2003), i.

17 WHO, *Tuberculosis Control: Progress and Long-Term Planning. Report by the Secretariat to the Sixtieth World Health Assembly*, document A60/13, 2007. 3.22, p. 2.

3 '옳은 일을 하라, 옳은 방법으로'

새로운 리더십

1 Gavin Yamey, "Head of WHO to Stand Down", *BMJ* 325, 2002, p. 457.

2 이종욱의 개인 서신.

3 2003년 1월 19일 WHO 사무총장 후보들의 공식 토론회(http://www. kaisernetwork.org/health_cast/hcast_on 4 December 2009).

4 그 정도로 선거 과정을 아는 사람은 많지만 투·개표가 비밀리에 진행되기 때문에 공식 기록은 없는 것으로 안다.

5 이종욱, 집행이사회에서의 연설, 2003.1.27.

6 이종욱, 세계보건총회에서의 연설, 2003. 5.21.

7 Robert Beaglehole and Ruth Bonita, *Public Health at the Cross-roads* (Cambridge : Cambridge University Press, 2001).

8 이언 스미스, 2008년 12월부터 2009년 1월 사이에 진행된 회고 녹음.

9 Tokuo Yoshida, Decentralization, Phase II Objectives, PowerPoint display, 2003. 7. 7.

10 요시다 도쿠오로부터 받은 이메일(2009년 8월 28일).

11 스미스의 회고 녹음.

12 Gavin Yamey, "WHO's Management Struggling to Transform a 'Fossilized Bureaucracy'", *BMJ* 325, 2002.11.16, pp. 1170–1173.

13 스미스의 회고 녹음.

14 요시다 도쿠오로부터 받은 이메일(2009년 8월 24일).

15 스미스의 회고 녹음.

16 스미스의 회고 녹음.

17 WHO, "Lee Jong-wook Takes Office With Pledge for Results in Countries", *Bulletin of the World Health Organization* 81(8) : 2003, p. 628.

18 Fiona Fleck, "How SARS Changed the World in Less than Six Months", *Bulletin of the World Health Organization* 81(8): 2003, p. 625.

19 WHO, "WHO Frontline Worker Dies of SARS", *Bulletin of the World Health Organization* 81(5) : 2003, p. 384.

20 Charlotte Crabb, "Farmers Kill 23 Million Birds to Stop Influenza Virus", *Bulletin of the World Health Organization* 81 : 2003, p. 471.

21 WHO, *Declaration of Alma-Ata, International Conference on Primary Health Care, Alma-Ata, USSR, 6–12 September 1978*, (Geneva: WHO, 1978). http://www.who.int/hpr/NPH/docs/declaration_almaata.pdf

22 (역주) http://www.who.int/dg/lee/almaata_celebration/en/index.html

공중보건 위기대응 전략

1 이 테러 및 다른 공격에 대한 자세한 내용은 다음 책을 참조하기 바란다. Samantha Power, *Chasing the Flame: Sergio Vieira de Mello and the Fight to Save the World* (London: Allen Lane, 2008), pp. 451~516.

2 http://www.who.int/mediacentre/statements/2003/statement_nabarro/en/index.html

3 이러한 견해에 대해 더 알고 싶다면 다음을 참고하기 바란다. Power, *Chasing the Flame.*

4 Brock Chisholm, "The Urgent Need to Reshape Education", in *Lectures by Brock Chisholm, M.D.* (Chapel Hill: University of North Carolina, 1959), pp. 4–9.

5 Allen, *Vaccine*, 11.

6 Mark Honigsbaum, *Living with Enza: The Forgotten Story of Britain and the Great Flu Pandemic of 1918* (London : Palgrave Macmillan, 2009), p. xiii. 호닉스봄은 다음 자료에서 수치를 인용했다. N. P. Johnson and J. Mueller, "Updating the Accounts : Global Mortality of the 1918~1920 'Spanish'Influenza", *Bulletin of the History of Medicine* 76(1) : 2002년 봄, pp. 105–115.

7 Honigsbaum, *Living with Enza*, p. 57.

8 Fleck, "How SARS Changed the World in Less than Six Months", p. 625.

9 재닛 범파스에게서 받은 이메일(2008년 7월 8일).

10 "Options for the Further Development of the Global Alert and Response Operations", WHO 내부 자료 초안, 2003. 7. 31.

11 재닛 범파스에게서 받은 이메일(2008년 7월 8일).

12 스티븐 우고위처와의 대화(2008년 5월 9일).

'3 by 5' 캠페인

1 WHO, *World Health Report 2004: Changing History* (Geneva: World Health Organization, 2004), p. 1.

2 WHO, *World Health Report 2004*, 3, box 1.1.

3 같은 책, p. xv.

4 같은 책, p. 2.

5 Laurie Garrett, "An AIDS Emergency Declared: WHO Aims to Help Poor", *Newsday*, 2003. 9. 3(http://www.aegis.com/news/newsday/2003/ND030902.html).

6 WHO, "'Three Ones' Agreed By Donors and Developing Countries", *The 3 by 5 Initiative* ; http://www.who.int/3by5/newsitem9/en.

7 WHO, "'Three Ones'".

8 "Canada to Contribute $72M to WHO 3 by 5 Initiative", *The Body : The Complete HIV/AIDS Resource*, 2004. 5. 11 (http://www.thebody.com/content/art10175.html).

9 Roy Porter, *The Greatest Benefit to Mankind* (London: HarperCollins, 1997), p. 716.

10 Porter, *The Greatest Benefit to Mankind*.

11 Paul Benkimoun, *Médecine objectif 2035* (Paris : L'Archipel, 2008).

12 Laurie Garrett, *The Coming Plague: Newly Emerging Diseases in a World Out of Balance* (London: Virago, 1995).

13 Lee B. Reichman and Janice H. Tanne, *Timebomb : The Global Epidemic of Multi-drug-Resistant Tuberculosis* (New York : McGraw-Hill, 2002).

14 Mark J. Walters, *Six Modern Plagues and How We Are Causing Them* (Washington DC: Shearwater, 2003).

15 "Jimmy Carter Calls for Urgency in the Fight to Eradicate Guinea-Worm Disease in West Africa: Ghana Accepts the Challenge (WHO)"; (http://www.who.int/mediacentre/news/releases/2004/pr10/en/index.html), 2009.11.4.

16 여행에서 돌아온 이 총장이 사무실에서 동료들에게 재미있어 하며 들려준 일화.

17 (역주) 한국국제보건의료재단의 전신. 2004년 3월에 설립되었으나 2006년 8월 해산했다.

18 패트릭 슈발리에와의 인터뷰에서(2008년 5월 16일).

보건의 사회적 결정요인

1 Lincoln Chen, "Summary Reflections", *Prince Mahidol Award Conference on Mainstreaming Healthy Public Policies at All Levels*, Bangkok, 2009.1.28~30.

2 (역주) *The Status Syndrome: How Social Standing Affects Our Health and Longevity*.

3 이 위원회에 관한 정보와 명단은 모두 다음 사이트 참조. http://www.who.int/social_determinants/en/

4 (역주) 인도의 거대 정당인 국민회의 당수. 암살당한 라지브 간디 전 총리의 부인으로 이탈리아 출신이다.

5 (역주) 유엔 2대 사무총장을 지낸 스웨덴 정치인으로, 아프리카에서 비행기 사고로 타계했다.

6 이종욱의 연설(2005년 3월 18일).

7 "The state of the world's health" (http://news.bbc.co.uk/2/hi/programmes/hardtalk/3742545.stm).

8 (역주) 치과 의사로서 WHO에서도 일했던 데이비드 밤스를 기리는 강연 (http://www.nidcr.nih.gov/Research/DER/BarmesLectures.htm).

9 부록 pp.344-355 참조.

타고난 친화력

1 사무총장 전담 수행원이던 지니 아널드의 회고(2009년 11월 2일).

2 "Vision 97 Foundation Awards Computer Scientist Joseph Weizenbaum" (http://www.radio.cz/en/article/33139).

3 로버타 릿슨과의 인터뷰(2008년 5월 15일).

4 Colin Keating, "Selecting the World's Diploma", in *Secretary or General? The UN Secretary-General in World Politics*, ed. Simon Chesterman, (Cambridge: Cambridge University Press, 2007), pp. 47-56.

5　*The International Secretariat of the Future: Lessons from Experience by a Group of Former Officials of the League of Nations* (London: Oxford University Press, March 1944). Brian Urquhart가 "The Evolution of the Secretary-General", in *Secretary or General?*, p. 16 에서 인용.

6　지니 아널드와 나눈 대화(2009년 11월 2일).

7　2005년 1월 14일자로 작성된 여행 보고서(여행 일자는 1월 4~8일).

대립과 화해

1　Alison Katz, "The Independence of International Civil Servants During the Neoliberal Decades: Implications of the Work Stop-page Involving 700 Staff of the World Health Organization in November 2005", *International Journal of Health Services* 38(1) : 2008, pp. 161–182.

2　켄 버나드와의 대화(2010년 4월 30일).

3　이종욱 총장이 직원협의회 사람들과 가진 마지막 회의에 대한 회고. 마리아 드웨가가 2006년 5월 인트라넷에 게시한 글로, 2008년 3월 필자에게 출력물로 전달했다.

4　2005년 12월 1일자 사무총장의 메시지(http://www.who.int/dg/lee/speeches/2005/worldaidsday2005b/en/index.html).

5　앨리슨 로우에게서 받은 이메일(2008년 4월 28일).

"총장님이 쓰러지셨어요"

1　당시의 상황 설명은 오찬에 참석했던 WHO 직원들(류 페이룽, 데니스 아이켄, 빌 킨)과의 대화를 토대로 했다.

2　레이코 여사에게 받은 이메일(2009년 10월 29일).

3　같은 메일.

4　사망 원인에 대하여 지금까지 발표되었던 유일한 진술이다. 필자의 문의를 받은 한 혈액 전문의는 두개골 내 동맥의 맥류脈瘤가 원인이었을 것으로 보았으며, 한 신경외과의도 같은 의견이었다. 다른 전문가들에 따르면

그럴 경우 지주막하 출혈이 있었을 것이며, 경막하 출혈은 대개 트라우마나 항응혈제 때문에 발생한다고 말한다. 일반인들은 대부분 경막하혈종의 원인이 스트레스인 것으로 알지만, 교과서적으로는 사실이 아닌 것으로 보인다.

5   "Statement regarding Dr. LEE Jong-wook, Director-General, World Health Organization", 2006.5.22 (http://www.who.int/mediacentre/news/statements/2 006/s07/en/print.html).

6   WHO, *Fifty-ninth World Health Assembly, Geneva, 22–27 May 2006, Verbatim Records of Plenary Meetings*, WHA59/2006/REC/2 (Geneva: World Health Organization, 2006), p. 2.

7   WHO, *Fifty-ninth World Health Assembly*, p. 27.

8   같은 자료.

9   부록 참조(pp.358-369).

10 Executive Board, Special Session, 23 May 2006, EBss-EB118/2006/REC/1.

에필로그

1   Paul Benkimoun, "How Lee Jong-wook Changed WHO", *Lancet* 367, 2006.6.3, p. 1807.

2   Robert Beaglehole and Ruth Bonita, "Global Public Health: A Scorecard", *Lancet* 372, 2008.12.6, p. 1988.

3   AVERT, "Universal Access to AIDS Treatment: Targets and Challenges" (http//www.avert.org/universal-access.htm), 2010. 7.19.

4   필자와 나눈 격의 없는 대화에서.

5   (역자) 'Thy wish was father harry to that thought".

6   이 책들은 2006년 WHO 직원 자선 도서 판매전에 이 총장이 기증한 것이다.

참고문헌

- Adler, Robert E. *Medical Firsts : From Hippocrates to the Human Genome.* Hoboken, NJ: John Wiley & Sons, 2004.

- Allen, Arthur. *Vaccine: The Controversial Story of Medicine's Greatest Life Saver.* New York: W. W. Norton, 2007.

- Beaglehole, Robert, and Ruth Bonita. *Public Health at the Crossroads.* Cambridge: Cambridge University Press, 2001.

- ____. "Global Public Health: A Scorecard". *Lancet* 372, 6 December 2008, 1988.

- Benkimoun, Paul. *Médicine objectif 2035.* Paris: L'Archipel, 2008.

- ____. "How Lee Jong-wook Changed WHO". *Lancet* 376, 3 June 2006, p. 1807.

- Black, Maggie. *The No-Nonsense Guide to the United Nations.* Oxford: New Internationalist, 2008.

- Boseley, Sarah. "Obituary, Lee Jong-wook". *Lancet* 367, 3 June 2006, p. 1812.

- Camus, Albert. *La Peste.* Paris : Gallimard, 1947.

- ____. *L'Etanger.* Paris: Gallimard, 1942.

- Carter, Jimmy. *Beyond the White House: Waging Peace, Fighting Disease, Building Hope.* New York: Simon & Schuster, 2007.

- Chen, Lincoln. "Summary Reflections", *Prince Mahidol Award Conference on Mainstreaming Healthy Public Policies at All Levels*, Bangkok, January 28-30, 2009.

- Chesterman, Simon, ed. *Secretary or General? The UN Secretary – General in World Politics.* Cambridge University Press, 2007.

- Crabb, Charlotte. "Farmers Kill 23 Million Birds to Stop Influenza Virus". *Bulletin of the World Health Organization* 81, 2003, p. 471.

- Cumings, Bruce. *Korea's Place in the Sun : A Modern History.* New York: W.W. Norton, 2005.

- Chisholm, George Brock. *Lectures by Brock Chisholm, M.D.* Chapel: University of North Carolina, 1959.

- Day, M. "Obituary, Lee Jong-wook". *BMJ* 332, 3 June 2006, p. 1337.

- Douglas, J. T., S. O. Naka, and J. W. Lee. "Development of an ELISA for Detection of Antibody in Leprosy". *International Journal of Leprosy* 52(1): 1984, pp. 19-25.

- Douglas, J. T., R. M. Worth, C. J. Murry, J. A. Shaffer, and J. W. Lee. "ELISA Techniques with Application to Leprosy". *Proceedings on the Work on Serological Tests for Detection of Subclinical Infection in Leprosy.* Tokyo: Sasakawa Memorial Health Foundation, 1983, pp. 85-90.

- Eckert, C. J., K. B. Lee, Y. I. Lew, M. Robinson, and E. W. Wagner. *Korea Old and New: A History*. Seoul : Ilchokak, 1991.

- Farmer, Paul. *Pathologies of Power: Health, Human Rights, and the New War on the Poor*. Berkeley: University of California Press, 2005.

- Fleck, Fiona. "How SARS Changed the World in Less than Six Months". *Bulletin of the World Health Organization* 81 (8) : 2003, p. 625.

- Foege, William H., Nils Daulaire, Robert E. Black, and Clarence E. Pearson, eds. *Global Health Leadership and Management*. San Francisco: Jossey-Bass, 2005.

- Garrett, Laurie. *The Coming Plague : Newly Emerging Diseases in a World Out of Balance*. London : Virago, 1995.

- _____ . "An AIDS Emergency Declared : WHO aims to Help Poor". *Newsday*, 2 September 2003.

- Havel, Vaclav. *Living in Truth*. London : Faber & Faber, 1989.

- Honigsbaum, Mark. *Living with Enza: The Forgotten Story of Britain and the Great Flu Pandemic of 1918*. London: Palgrave Macmillan, 2009.

- Institute for Health Sector Development. *Independent External Evaluation of the Global Stop TB Partnership: Report*. London: IHSD, December 2003.

- Johnson, N. P., and J. Mueller. "Updating the Accounts : Global Mortality of the 1918-1920 'Spanish' Influenza". *Bulletin of the History of Medicine* 76(1): Spring 2002, pp. 105-115.

- Katz, Alison. "The Independence of International Civil Servants during the Neoliberal Decades : Implications of the Work Stoppage Involving 700 Staff of the World Health Organization in November 2005". *International Journal of Health Services* 38 (1) : 2008, pp. 161-182.

- Keating, Colin. "Selecting the World's Diplomat". In *Secretary or General? The UN Secretary-General in World Politics*, ed. Simon Chesterman, pp. 47-56. Cambridge : Cambridge University Press, 2007.

- Kim, Jim Yong, Joyce V. Millen, Alec Irwin, and John Gershman. *Dying for Growth : Global Inequality and the Health of the Poor*. Cambridge, MA : Common Courage Press, 2000.

- Kim, Jim Yong. "Dr Lee Jong-wook(1945-2006) : A Personal Tribute". *Bulletin of the World Health Organization* 84 (7) : 2006, p. 517.

- Korea Foundation for International Healthcare. *Dr LEE Jong-wook*. Seoul : KOFIH, 2008.

- Lee, Kelly. *The World Health Organization* . New York : Routledge, 2009.

- Marmot, Michael. *The Status Syndrome : How Social Standing Affects Our Health and Longevity*. New York : Times Books, 2004.

- Mathiasan, John. *Invisible Governance : International Secretariats in Global Politics*. Bloomfield, CT : Kumarian Press, 2007.

- Meisler, Stanley. *Kofi Annan: A Man of Peace in a World of War.* Hoboken, NJ: John Wiley & Sons, 2007.
- Mellersh, H. E. L., R. L. Storey, N. Williams, and P. Waller, eds. *The Hutchinson Chronology of World History.* Oxford: Helicon, 1998.
- Muraskin, William. *The Politics of International Health : The Children's Vaccine Initiative and the Struggle to Develop Vaccines for the Third World.* New York: State University of New York Press, 1998.
- ____. "The Last Years of the CVI and the Birth fo the GAVI". In *Public-Private Partnerships for Public Health,* ed. Michael R. Reich, pp. 115-168. Cambridge, MA: Harvard University Press, 2002.
- Orwell, George. "Shooting an Elephant". In *Inside and Whale and Other Essays.* Harmondsworth: Penguin, 1957.
- Peabody, John. "An Organizational Analysis of the World Health Organization : Narrowing the Gap between Promise and Performance". *Social Science & Medicine* 40, 1995, pp. 731-742.
- Poter, Dorothy. *Health, Civilization and the State : A History of Public Health from Ancient to Modern Times.* London: Routledge, 1999.
- Porter, Roy. *The Greatest Benefit to Mankind : A Medical History of Humanity from Antiquity to the Present.* London: HarperCollins, 1997.
- Power, Samantha. *Chasing the Flame : Sergio Vieira de Mello and the Fight to Save the World.* London: Allen Lane, 2008.
- Raviglione, M, and A. Pio. "Evolution of WHO Policies for Tuberculosis Control, 1948~2001". *Lancet* 359, 2 March 2002, pp. 775-780.
- Raviglione, M. The TB Epidemic from 1992 to 2002. *Tuberculosis* 83, 2003, pp. 4-14.
- Reich, Michael T., ed. *Public-Private Partnerships for Public Health.* Cambridge, MA: Harvard University Press, 2002.
- Reichman, Lee B., and Janice Hopkins Tanne. *Timebomb : The Global Epidemic of Multi-Drug-Resistant Tuberculosis.* New York : McGrawiHill, 2002.
- UNICEF. *World Declaration on the Survival, Protection and Development of Childre. Agreed to at the World Summit for Children on 30 September 1990.* New York: UNICEF, 1990.
- ____. James P. Grant biography. http://WWW.unicef.org/about/who/index_bio_grant.html.
- Walters, Mark Jerome. *Six Modern Plagues and How We Are Causing Them.* Washington, DC : Shearwater, 2003.
- Walton, John, Jeremiah A. Barondess, and Stephen Lock, eds. *The Oxford Medical Companion.* Oxford : Oxford University Press, 1994.

- World Health Organization. *The work of WHO in the Western Pacific Region*. Manila: WHO, Western Pacific Region, 1983, 1989, 1991.
- ____. *Basic Documents*, forty-sixth edition. Geneva: WHO, 2007.
- ____. *Closing the Gap in a Generation : Commission on Social Determinants of Health, Final Report*. Geneva : WHO, 2008.
- ____. *Fifty-Ninth World Health Assembly, Geneva, 22-27 May 2006, verbatim records of plenary meetings*, WHA59/2006/REC/2.: World Health Organization, 2006.
- ____. *International Health Regulations* (2005), second edition. Geneva: WHO, 2008.
- ____. *Polio Eradication: Western Pacific Region*. Manila: WHO, Western Pacific Region, 2002.
- ____. *SARS: How a Global Epidemic was stopped*. Manila: WHO, Western Pacific Region, 2006.
- ____. *TB Advocacy Report 2003*. Geneva: WHO, 2003.
- ____. *World Health Report 2003 : Shaping the Future*. Geneva: WHO, 2003.
- ____. *World Heath Report 2004 : Changing History*. Geneva: WHO, 2004.
- ____. "Lee Jong-wook Takes Office with Pledge for Results in Countries". *Bulletin of the World Health Organization* 81(8) : 2003, p. 628.
- ____. *Declaration of Alma-Ata, International Conference on Primary Health Care, Alma-Ata, USSR, 6-12 September 1978*. Geneva : WHO, 1978.
- ____. "WHO Frontline Worker Dies of SARS". *Bulletin of the World Health Organization* 81(5) : 2003, p. 384.
- ____. *Global Tuberculosis Programme: Report of the Ad Hoc Committee on the Tuberculosis Epidemic*. London, 17-19 March 1998. Geneva : WHO, 1998.
- ____. *Tuberculosis & Sustainable Development : Report of a Conference*. Geneva: WHO, 2000.
- ____. *Tuberculosis Control : Progress and Long-Term Planning. Report by the Secretariat to the Sixtieth World Health Assembly*. Geneva : WHO, 2007.
- Yamy, Gavin. "Head of WHO to Stand Down". *BMJ* 325, 31 August 2002, p. 457.
- ____. "WHO's Management Struggling to Transform a 'Fossilized Bureaucracy'". *BMJ* 325, 16 November 2002, pp. 1170-1173.

이종욱 연설 선집

2003년 1월 27일 ~ 2006년 5월 23일

집행이사회에서의 후보 발표 연설

의장님과 집행위원님들, 그 밖의 신사 숙녀 여러분께.

오늘 이 자리에서 여러분께 제가 왜 이 위대한 조직의 차기 사무총장 선거에 나왔는지 말씀드릴 수 있게 되어서 영광입니다. 아마 오늘 모든 후보의 연설을 듣고 나시면 무척 피곤하실 테지만, 지금부터 한 시간 반 동안은 제게 집중할 수 있지 않나 하는 생각을 감히 해봅니다.

저는 지난 20년 동안 WHO에서 일해 왔습니다. 그리고 그러한 사실을 자랑스럽게 여기고 있습니다. 저는 피지에서 한센병 환자를 돌보며 업무를 시작했습니다. 그것은 보람 있으면서도 겸손함을 배울 수 있는 경험이었습니다. 당시 젊은 의사였던 저는, 나이도 많고 경험도 풍부해서 훨씬 더 현명한 그곳의 의사들과 함께 일하면서 돌아다녔습니다. 그들은 항상 저를 먼저 배려해 줬는데, 그 이유는 단지 제가 WHO에서 파견되었기 때문이었습니다. 그들의 이해심과 긍정적인 삶의 태도는 제가 공중보건 분야의 경력을 쌓는 데 큰 도움이 되었습니다. 그들과 헤어진 후 7년간 서태평양 지역사무처에서 일한 다음, 본부에서 9년째 근무하고 있습니다. 그러나 제가 언제나 삶의 기준으로 삼았던 것은 의사와 환자 그리고 공중보건 담당 관리들과 함께 일한 경험이었습니다. 그분들이 있었기에 오늘 제가 이 자리에 설 수 있었던 것입니다.

아시다시피 1948년 WHO가 처음 창설되었을 때 우리의 임무는 "도달할 수 있는 가장 높은 수준의 건강을 모든 이들이 누릴 수 있도록 하는 것"이었습니다. 약 55년이 지났지만 아직 이 원대한 목표를 달성하기 위해 가야 할 길이 멉니다. 수백만 명의 사람들이 여전히 죽지 않아도 될 병으로 고통받다 죽어가고 있으며, 수억 명의 사람들이 비참한 가난에서 벗어나는 데 필요한 기본적인 건강유지 조건조차 결여된 상태입니다.

그러나 이 때문에 낙심해서는 안 됩니다. 우리 스스로 세워 온 고귀한 목표들을 절대 포기해서는 안 됩니다. 누가 봐도 불가능한 목표들을 세웠던 덕에 우리는 두창을 퇴치했고, 소아마비로부터 막 자유로워지려는 지점까지 올 수 있었습니다. 이러한 일들은 전 세계의 보건계가 더 위대한 성취를 위해 본보기로 삼아야 할 이상입니다.

이 연설에서 저는 세 가지 근본적인 문제에 대하여 답하려 합니다. 우리의 사명을 완수하기 위해 필요한 것은 '무엇'이며, '어떻게' 그것을 이룰 수 있으며, '왜' 제가 그 임무에 가장 적합한지에 대해서 말입니다.

그러면 '무엇'이 필요한지부터 말씀드리도록 하겠습니다.

오늘날 우리에겐 25년 전 알마아타 선언이 표방한 대로, WHO 헌장 및 만인을 위한 건강에 대한 열망을 토대로 하는 또 하나의 야심찬 목표가 있습니다. 바로 2000년 9월 유엔 회원국들이 참가한 새천년 정상회의에서 제창한 '새천년 발전 목표'입니다. 우리는 이제 지속가능한 개발과 빈곤 퇴치를 위한 전 지구적 차원의 약속에 모든 노력을 기울여야 합니다.

여덟 개의 새천년 발전 목표는 명확한 대상과 지표를 가지고 있습니다. 그중 여섯 개의 목표와 대상의 상당수는 특별히 건강과 관련된 것입니다. 지금 우리에게 필요한 것은 그 목표에 부합하도록 행동과 자원을 대대적이고 신속하게 확대하는 것입니다. WHO는 이러한 일을 하는 데 핵심적인 역할을 해야 합니다.

우리 모두 알다시피 지구상의 많은 지역들, 특히 아프리카는 에이즈 확산으로 재앙을 겪고 있습니다. 에이즈로 극심한 재앙을 겪는 나라들에서는 인간의 사회적 삶의 대부분이 위협받기에 신임 사무총장이 이 문제의 해결을 최우선으로 삼아야 한다는 것에 이론이 없을 것입니다. 이 전염병을 해결하기 위한 첫걸음으로 저는 유엔에이즈계획 및 글로벌펀드와 함께 강력하고 효과적인 동맹을 구축할 것입니다.

물론 답이 쉽게 얻어지는 문제는 아닐 것입니다. 그러나 백신과 결핵 프로그램을 이끌면서 저는 자원이 부족한 상황에서 복잡하게 얽힌 보건 문제를 풀어 나가는 방법을 많이 배울 수 있었습니다. 우리는 이미 경험한 사례들의 교훈을 활용해야 할뿐더러 새로운 방법 또한 많이 고안해 내야 합니다.

우리 세대는 에이즈에 어떻게 대응했느냐에 따라 규정될 것입니다. 에이즈가 다른 중요한 프로그램들에 악영향을 끼치도록 내버려둬서는 안 됩니다. 뿐만 아니라 성공적인 대응을 통해 우리 보건 체계의 모든 부문에 긍정적인 효과를 가져오도록 해야 합니다.

이제는 '어떻게' 할 것이냐에 대해 말씀드리겠습니다. 저는 말씀드린 것들의 성과가 가시적으로 나타날 수 있도록 WHO의 다섯 가지 우선 과제를 다음과 같이 꼽아 보았습니다.

- 밀레니엄 개발 목표를 달성하기 위해 온힘을 다해 헌신하기
- WHO 조직 및 업무의 분권화
- WHO의 업무 효율성 증대
- WHO의 책임 제고
- WHO를 사람들이 일하기 훨씬 더 좋은 직장으로 만들기

제가 만약 당선된다면, 사무총장으로서 가장 먼저 할 일은 건강과 관련된 밀레니엄 개발 목표를 달성하는 것입니다. 저는 공중보건 시스템에 대한 개

별 국가 및 국제적 단위의 투자 확대를 지지할 것입니다.

'에이즈·결핵·말라리아와 싸우는 글로벌펀드GFATM'를 통한 새로운 재원은 상당한 차별성을 보일 것이며, 대단한 환영을 받을 것입니다. WHO는 앞으로도 글로벌펀드 이사회 및 사무국과 협력하여 글로벌펀드가 현재의 재원을 잘 운용하여 자금 지출을 신속히 할 수 있도록 할 것입니다. 그러나 이와 함께 확실하게 해두어야 할 것은 지금까지의 재원 투입이 그 어디에서도 만족스럽지 못하며, 에이즈·결핵·말라리아에 대한 통제를 확대하려는 폭넓은 요구에 적절히 부응하지도 못했다는 점입니다.

이 회의실을 비롯해 다른 곳에 계신 우리의 지지자들이 보여준 관대함에도 불구하고 WHO는 결코 우리가 원하는 일들을 모두 할 만한 재원을 갖지는 못할 것입니다. 따라서 우리가 가장 잘할 수 있는 일에 노력을 집중해야 합니다. 건강에 관한 높은 수준의 규범과 표준을 만들고, 국제 공중보건을 감독하고 조정하며, 더 많은 재원을 더 효율적으로 사용하고, 우리의 주장을 뒷받침할 수 있는 근거를 제공하는 것과 같은 일들입니다.

상당수 회원국들이 지금 맞닥뜨리고 있는 심각한 인적자원 문제를 해결할 수 있도록 돕는 일에도 초점을 맞출 것입니다. 이 점에 대해 저는 개별 국가들과 함께 다음과 같은 일들을 해나갈 것입니다.

- 각국 보건 종사자들에 대한 기본 교육을 늘리기 위한 투자를 활성화하도록 하겠습니다.
- 보건 종사자들의 보수 체계를 지속가능한 수준으로 발전시키겠습니다.
- 남반구의 두뇌 유출을 완화할 수 있도록 부유한 나라와 가난한 나라의 장기적 인력 수급 계획을 향상시키겠습니다.
- WHO 내에 멘토링 시스템을 운영하겠습니다. 여기에는 젊은 전문가들의 모집과 교육이 포함될 것입니다. 그들은 WHO에서 2년간 상급 직원들과 함께 일하면서 소중한 경험을 쌓은 후 고국으로 돌아가게 될 것입니다.

또 저는 가장 취약한 계층의 질병률과 사망률을 확실히 줄일 수 있는 구체적인 보건 방안을 장려하고자 합니다. 예를 들면 산모 건강, 영유아의 면역, 결핵 치유를 위한 DOTS 같은 것들입니다. 저는 서태평양 지역사무처와 본부에서 지난 8년 동안 소아마비 퇴치 캠페인을 이끌어온 사람으로서, 재임하게 된다면 소아마비를 확실히 퇴치하도록 하겠습니다. 새천년 발전 목표에 집중한다고 해서 WHO의 활동 범위와 권한을 축소시키지는 않을 것입니다.

건강에 관한 우리의 정의는 광범위합니다. 우리는 비전염병, 출산 보건, 담배 규제, 보건 체계, 인권, 젠더, 폭력, 정신건강과 같은 다른 시급한 분야들도 계속해서 아우르며 활동해야 합니다. 이 모든 분야에서 지속적으로 지도력을 발휘해야 합니다. 담배규제기본협약이 대표적인 예입니다. 이 중요한 협약에 합의하는 것은 시작일 뿐이며, 앞으로 몇 달이나 몇 년에 걸쳐 그 효과를 면밀하게 관찰해야 합니다.

저의 두 번째와 세 번째 핵심 과제인 분권화와 효율성은 서로 이어져 있습니다. 저는 WHO 자원을 직접적인 효과가 나타날 수 있도록 개별 국가와 지역에 더 많이 배분하려 합니다. 최근 본부의 장단기 고용 직원의 수는 꾸준히 증가하고 있습니다. 2004년도와 2005년도에는 예산의 36퍼센트가 본부에 배정되었습니다. 저는 이것을 2005년까지는 25퍼센트로, 2008년까지는 20퍼센트로 낮추겠습니다. 줄어든 만큼 각 지역과 개별 국가 예산을 늘린다면 본부 직원의 증가세를 중단시킬 수 있을 뿐만 아니라 역전시킬 수 있을 것입니다.

저는 가장 큰 효과를 낼 수 있는 지역에 특정 기술 프로그램을 '전진 배치' 하려 합니다. 이를테면 한센병 관련 프로그램은 동남아시아 지역사무처로, 기생충 관련 프로그램은 동지중해 지역사무처로, 전통의료 관련 프로그램은 서태평양 지역사무처로 이관하는 것입니다. 이러한 프로그램들의 '전진 배치'를 특정 질병의 '지역화'로 오인하지는 마시기 바랍니다. 그보다는 WHO

의 전문성이 지역의 풍부한 지혜의 도움을 받고, 프로그램의 도움을 가장 받기 좋은 수혜자들에게 프로그램을 더 직접적으로 제공하는 것으로 이해해주면 좋겠습니다. 그만큼 경비도 절감될 것입니다. 아울러 업무를 진행하는 방식과 업무가 이루어지는 장소도 모두 바꿔야 할 것입니다.

또한 첨단기술로 나아가야 합니다. 이를 위해 정보기술에 지속적으로 투자할 것이며, 특히 각 사무소와 지역사무처, 그리고 본부를 연결하는 통신 기반시설을 확충할 것입니다. 화상회의 사용 횟수를 높인다면 각종 회의와 그에 따르는 출장이 줄어들 것입니다.

그리고 되도록이면 아웃소싱을 많이 해야 합니다. 세계 각지에 있는 수많은 협력센터를 보다 효과적으로 활용하는 방법도 있지 않을까요?

어떤 이들은 각 지역사무처와 각국 사무소가 기여할 수 있다는 점을 믿지 않습니다. 그런 회의적 태도 때문에 오늘날 우리가 목격하듯이 자원이 중앙에 집중된 것입니다. 저는 그런 평가에 전혀 동의할 수 없습니다.

각국 사무소와 각 지역사무처, 그리고 본부는 WHO를 받치는 세 개의 큰 기둥입니다. 저는 이 세 기둥을 거쳐본 경험을 충분히 살려서 그들 사이에 자원이 보다 효과적으로 배분되도록 감독하겠습니다.

지역사무처장들과는 각 지역사무처와 각국 사무소의 운영을 개선하고 역량을 키워 나가도록 협력하겠습니다. 그만큼 역량이 커지고 자원이 확충된다면, 각 지역사무처와 각국 사무소가 보다 책임 있게 해당 국가를 지원할 수 있을 것입니다. 본부 업무의 핵심은 세계적 보건 이슈들의 전략적 방향을 설정하고 감독하며 감시 및 조정을 하는 것이 될 것입니다. 통상적으로는 지역사회와 국가들이 각각의 보건 목표를 달성할 수 있도록 지원하게 될 것입니다.

이러한 변화들은 브룬트란트 총장이 5년 전에 시작했던 일의 확장입니다. 저는 이러한 변화를 집행위원들과 지역위원회, 지역사무처장, 회원국 여러분들과 면밀하게 협의해 이루어낼 것입니다.

네 번째로 제가 재임하게 된다면 WHO는 보다 책임 있고 투명한 조직이 될 것입니다. 우리는 엄청난 공공자금을 받아서 집행하고 있습니다. 가장 가난한 나라의 최저 납세자조차 우리의 활동에 재정적으로 기여하고 있습니다. 사무총장이 된다면 저는 프로그램과 재정에 대한 평가를 지속적으로 해나가겠습니다. 아울러 개별 회원국들이 WHO의 존재 기반임을 잊지 않도록 하겠습니다.

오늘 마지막 순서로 말씀드리지만 다른 것들 못지않게 중요한 우선과제는 WHO에서 일하는 사람들에 관한 것입니다. 제가 말씀드린 그 어떤 일도 헌신적인 직원들 없이는 이룰 수 없습니다. 저는 앞에서 WHO를 최고의 업무환경을 갖춘 일터로 만들겠다고 말씀드렸습니다. 이를 위해 투명한 인력관리 체제를 구축하고, 재직자 연수에 투자하며, 숙련된 전문가들에게 권한을 위임할 것입니다. 직원들이야말로 우리가 가진 가장 귀한 자산입니다. 높은 도덕적 규범을 유지하며 헌신적으로 업무에 집중하도록 만드는 것은 쉬운 일이 아닙니다. 저는 최고의 인재들을 모으고 싶습니다. 그리고 그들에게 가능한 한 최적의 업무 환경을 제공하고 싶습니다. 그래서 그들이 여기에 있는 동안 전문가로 자라나도록 하고 싶습니다.

의장님과 집행위원 여러분, 이제 협력사업의 핵심적 역할에 대해 말씀드리고자 합니다. WHO는 본래 주권을 가진 각 회원국들의 특화된 협력체입니다.

저는 지난 2년간 '결핵퇴치사업'을 재편하는 책임을 맡아 왔습니다. 그 사이 '결핵퇴치사업'이라는 협력사업은 WHO 회원국, 기부자, NGO, 산업계 및 재단들을 망라하여 250개가 넘는 국제 파트너들이 함께하는 복잡하고도 효과적인 협력체로 성장했습니다. 우리는 '글로벌약품조달기구'를 통하여 필수 의약품들을 구매하고 보급하는 혁신적인 방법을 개발해 왔습니다. 아울러 안타깝게도 간과되어 오던 문제들에 대하여 국제사회의 주의를 환기시켰으며, 결핵을 보다 잘 발견하여 치료한다는 목표에 다가가는 중대한 진전을 이루기도 했습니다.

이야말로 진정한 발전입니다. 그것이 가능했던 것은 협력 관계에 대한 진지한 헌신 덕분입니다. 우리는 무슨 일을 하든 지금까지의 WHO를 능가하는 방법을 찾아내야 합니다. 포용적이면서 성공적인 협력 관계를 구축하는 일이 우리의 핵심 업무에 부가적인 일이 되어서는 곤란합니다. 그 자체가 핵심 업무가 되어야 합니다. WHO가 작은 역할이라도 맡을 수 있다면 어떠한 협력사업이라도 추진해야 합니다. 협력사업 때문에 WHO의 주도적 역할이 희석될까 걱정하는 분이 계실지 모르겠지만, 우리에게 파트너가 필요한 만큼 파트너에게도 우리 WHO가 필요하다는 점을 말씀드리고 싶습니다.

저는 여러분이 차기 WHO 사무총장을 선출할 때 다음 세 가지 요소를 고려해 주시길 부탁드립니다.

첫째로, 저는 이 조직을 잘 압니다. 아마 가장 잘 알 것입니다. 여기에서 일하는 사람들도 잘 압니다. 우리의 강점과 약점도 알고 있습니다. 저는 사무총장을 보좌하는 선임 정책자문으로서 지난 몇 년간의 개혁 작업에 긴밀히 관여해 왔습니다. 그러한 경험은 WHO가 거둔 지난 55년간의 성취에 더해 앞으로 우리가 기여하는 데 꼭 필요한 자산이 될 것입니다.

둘째로, 저는 개발도상국과 선진국이 함께 직면한 기회와 문제점들에 대해 잘 알고 있습니다. 저는 한때 극빈국이던 한국에서 태어나고 자랐습니다. 한국은 이제 산업과 경제 양면에서 실력을 갖춘 나라가 되었지만, 제 인생 초기의 한국은 개발도상국으로서 많은 문제를 겪었습니다. 저는 그 경험을 잊지 않고 있습니다.

셋째로, 저는 성과를 내는 사람입니다. 지난 9년간 저는 두 가지 핵심 프로그램을 이끄는 특권을 누릴 수 있었습니다. 소아마비 퇴치 프로그램과 결핵 통제 프로그램입니다. 이 두 프로그램에서 가장 중요한 점은 각 나라에 끼치는 파급효과였습니다. 수많은 어린이들이 예방접종 덕분에 질병으로부터 안전해질 수 있었습니다. 수많은 사람들의 결핵이 완치되었습니다. 제 지휘에 따라 두 프로그램은 큰 성과를 거두었고 자원도 상당히 늘었습니다.

저는 이 조직을 압니다. 그리고 많은 국가들이 직면한 기회와 문제를 이해하고 있습니다. 저는 성과를 내는 사람입니다. 이것이 오늘 제가 여러분에게 드리고 싶은 말씀입니다. 대단히 감사합니다.

2003년 5월 21일, 스위스 제네바

✳ 제56차 세계보건총회 연설

오늘 저는 세계 보건 상황과 관련하여 앞으로 5년간 우리가 추구해야 할 핵심 가치와 우리가 대응해야 할 현재의 보건 문제들에 대하여 간략히 설명 드리겠습니다.

오늘날 세계는 질병에 감염되는 것을 막기 위한 지속적인 투쟁과 빈곤 때문에 병에 노출되는 가장 불행한 사람들을 위해 지도력을 필요로 합니다. 유엔 체제는 이러한 안전과 정의라는 두 개의 원칙을 지탱하기 위해 정교하게 구축되었습니다. 이 두 가지 원칙은 상호 의존적 관계입니다. 유엔 헌장을 기초한 세계의 지도자들은 평화와 안전이 "정의가 …… 유지될 수 있는 상황"을 확립하는 데 달려 있다고 봤습니다.

1946년에 조인된 WHO 헌장 역시 같은 주제를 택했습니다. 국제정치에서 적용되는 원칙이라면 보건에서도 통한다고 보았던 것입니다. WHO는 포괄적인 사명을 가진 조직입니다. 바로 "인종, 종교, 정치적 신념, 경제적 또는 사회적 조건에 따른 차이 없이 모든 인류를 위하여" 달성할 수 있는 가장 높은 수준의 보건을 위하여 일한다는 것입니다. 우리의 헌장은 우리에게 연대할 것을 요구하고 있습니다. 또한 "보건 향상과 질병 통제에서 불평등한 발전"은 만인에게 "공통의 위험"이 된다고 경고하고 있습니다. 이러한 우리의 사명은 천진난만한 것이 아닙니다. 인류가 목격한 최악의 전쟁을 겪고서 비롯된 사명인 것입니다.

지금 유엔 헌장과 WHO 헌장의 가치들이 우리 업무의 근원이 되어야 한다는 것이 그 어느 때보다 명백해졌습니다.

세계의 보건 상황은 WHO가 창설된 이후 55년 동안 여러 가지 측면에서 개선되어 왔습니다. 우리는 많은 역사적 성취를 목격했습니다. 두창이 퇴치되었고, 영유아 사망률이 크게 줄었으며, 많은 나라에서 평균수명이 크게 늘어났습니다. 하지만 오늘날 그러한 성취와는 극명한 대조를 이루는 현실도 있습니다. 아직 달성되지 않은 보건상의 도전이 있으며, 수많은 사람들이 의료와 과학의 발전이 가져다주는 혜택에 접근조차 할 수 없어 고통받고 있습니다.

엄청난 전염병 또한 계속 퍼져 나가고 있습니다. 에이즈는 일부 국가에서 수십 년 동안 이루어 온 수명 연장의 성과를 무색하게 만들고 있습니다. 가장 심한 타격을 입은 지역에서는 성인의 25퍼센트가 앞으로 10년 안에 사망할지도 모릅니다. 결핵의 경우 에이즈 바이러스와의 상승작용 탓도 있겠지만, 통제가 더디게 진행되는 탓에 200만 명에 이르는 사람들이 매년 결핵으로 죽어 가고 있습니다. 한편 말라리아는 매일 3000명의 목숨을 앗아가고 있으며, 주로 아이들이 희생되고 있습니다.

우리는 또한 새롭고 강력한 도전에 직면해 있습니다. 사스의 발병은 새로운 전염병에 세계가 얼마나 취약한지를 보여줍니다. 열흘 전 저는 베이징에서 이 상황에 관해 중국 정부와 이야기를 나눴습니다. 저는 이 회담에서 사스를 통제하기 위한 단호한 노력이 이루어지고 있음을 직접 확인했으며, 국가와 지역과 세계적 수준에서 더 강력한 질병 감시와 즉각적인 대응 체계 마련이 시급하다는 것도 확인했습니다.

동시에 비전염성 질병은 더 많은 해를 끼치고 있습니다. 비전염성 질병은 2001년 세계 질병 부담의 45% 이상을 차지했으며, 그 비율은 앞으로 더 높아질 것입니다. 여성 보건의 경우 아직 해결하지 못한 도전들이 있는데, 산모 보건이 그중 하나입니다. 지난 10년간 임산부 사망률은 거의 줄어들지 않았습니다. 정신건강 분야에서도 우리가 직면한 도전은 엄청납니다.

이상과 같은 수치가 나오게 된 배경에는 악전고투하는 보건 체계가 있습니다. 많은 국가들이 보건 기반이나 의료기술, 그리고 인력 때문에 큰 어려움을 겪고 있습니다. 개발도상국가들의 경우, 보건 체계에 대한 투자가 여전히 부족합니다. 여러 국가와 기부자와 국제기구가 일관되고 효과적인 대응을 할 필요성이 여전히 있습니다.

그러한 양상이 반복됨에 따라 세계적으로 보건 불평등이 계속해서 확대되고 있습니다. 두 가지 극단적인 경우를 생각해 봅시다. 2002년 일본에서 태어난 소녀는 합리적으로 생각할 때 22세기를 볼 수 있을 때까지 살 수 있을 것입니다. 반면 같은 해 아프가니스탄에서 태어난 어린이는 다섯 살이 되기 전에 사망할 확률이 25퍼센트나 됩니다.

일부 선진국에서 평균 기대수명은 80세에 접근하고 있으나 사하라 이남 아프리카 일부 지역에서는 에이즈 등의 건강 위협 요인들로 인해 평균수명이 40세도 안 됩니다. 세계화가 되었다고 해도 이런 극단적인 차이가 난다면 그 사회는 받아들이기 어려운 정도가 아니라 지속하기도 힘들 것입니다.

형평성의 문제는 제게 특별한 의미가 있습니다. 저는 한국에서 태어났습니다. 제가 소년이던 시절 한국은 전쟁으로 빈곤과 파탄을 겪었습니다. 예나 지금이나 다른 많은 가난한 국가들이 겪은 고통을 한국민들도 경험했습니다.

저와 같은 세대의 한국인들은 지난 시절의 교훈을 잊지 않고 살아왔습니다. 우리는 만연한 질병과 빈곤과 갈등과 마주한다는 것이 어떤 것인지 알고 있습니다. 저는 그런 유년기를 겪었기에 어려운 처지에 있는 국민들에 대한 보건 지원을 더 강조하는 것입니다.

의장님, 이제 WHO와 그 동반자들이 앞으로 어떻게 세계의 보건 문제에 대처할 것인지에 대해 말씀드리겠습니다. 우리가 나아갈 방향은 명백합니다.

25년 전 알마아타 선언에서는 1차 보건의료 시스템을 강화하여 "2000년까지 모든 사람을 위한 보건"이라는 목표를 달성하겠다고 선언한 바 있습니다. 시계를 알마아타로 되돌릴 수는 없을 것입니다. 하지만 "모든 사람을 위한 보건"이 표방하는 형평성에 대한 기본 책무만큼은 새롭게 해야 합니다. WHO는 회원국들과 새로운 관계를 맺음으로써 그러한 이상을 주목할 만한 성과로 일구어 내야 합니다.

앞으로 몇 년간 WHO는 개별 국가 수준의 성과를 새로이 강조하게 될 것입니다. 지금부터 5년 동안 우리가 할 일은 훨씬 더 개별 국가에 집중될 것입니다. 우리는 "훨씬 더 현장에 가까이 가서" 개별 국가의 보건기구들과 함께 그들이 우선적으로 원하는 보건 목표에 부응하기 위해 더 집중적으로 일할 것입니다. WHO가 기술과 자원을 제공할 수 있는 영역에서 도달 가능한 목표들에 집중할 것입니다.

이처럼 개별 국가에서의 성과를 강조한다는 것이 무엇을 뜻하는지는 WHO의 동료 카를로 우르바니 박사를 보면 알 수 있습니다. 우르바니 박사는 지난 3월 29일 사스 감염으로 세상을 떠났습니다. 그는 이 새로운 질병의 심각성을 처음 인지하고는 하노이에서 초기 사례들을 다루었습니다. 그는 WHO의 여느 의사들이나 과학자들처럼, 이 병의 전파를 막고 수많은 생명을 구하기 위해 전 세계에 처음으로 사태의 심각성을 일깨웠습니다.

우르바니 박사가 몸져눕기 전에 그의 아내가 지금처럼 연구하는 것이 너무 위험하지 않느냐고 걱정을 했습니다. 그러자 그는 이렇게 대답했습니다. "내가 그런 여건에서 일할 수 없다면 왜 여기서 일하겠어? 이메일에 답하고 서류 업무만 하면서 지내려고?"

카를로 우르바니 박사는 우리에게 WHO가 할 수 있는 최선의 것을 보여주었습니다. 사무실에서 서류만 제출하며 지내는 대신 가난과 질병에 맞서 싸웠던 것입니다. 오늘 이 자리에 우르바니 박사의 부인이신 지울리아나 치오리니 여사를 모시게 되어 영광입니다. 여사님과 가족, 그리고 고인에 대한 애도와 존경을 표합니다.

의장님,

개별 국가에서의 성과를 강조하는 것은 제가 WHO에 대해 갖고 있는 비전의 핵심입니다. 여기에는 다섯 가지 의미가 있습니다. 그 각각이 우리의 업무에 대해 지닌 전반적인 중요성을 간단히 말씀드리겠습니다.

첫 번째는 2000년 9월에 유엔 회원국들이 참가한 새천년 정상회의에서 제창한 '새천년 발전 목표'를 포함해 측정 가능한 보건 목표들을 적극적으로 추진하는 것입니다. 이들 목표는 나라별로 영양, 안전한 물 확보, 모자 보건, 전염병 통제, 필수의약품에 대한 접근 등에 관한 것들로, 알마아타 선언에 입각한 폭넓은 보건 의제 안에서도 전략적 핵심을 이루고 있습니다.

이들 의제에서도 가장 중요한 것은 에이즈에 대한 대응을 강화하는 것입니다. 저는 UNAIDS, 글로벌펀드, 회원국, 시민사회 그리고 다른 이해관계자들과 공조하여 2005년까지 300만 명의 개발도상국 사람들이 항레트로바이러스 처치를 받도록 하는 '3 by 5'라는 대담한 목표를 달성하기 위해 WHO의 리더십을 발휘할 것입니다. 치료법이 나오고 있는 만큼 에이즈 예방 노력도 강화되어야 할 것입니다.

그런 맥락에서 우리의 에이즈 대응 업무는 보건시스템을 구축하는 차원이 될 것입니다. 아울러 파트너들과 함께 에이즈 예방·관리·치료에서 지역의 역할을 확대해 나갈 것입니다.

우리는 다른 보건 목표들도 추진해 나갈 것입니다. 저는 8년간 소아마비 관련 캠페인을 이끌어 본 경험이 있습니다. 4년은 서태평양 지역사무처에서, 4년은 본부에서였습니다. 이제는 사무총장으로서 임기 내에 소아마비를 퇴치하겠다는 약속을 드립니다.

국가 수준의 성과를 강조하는 방침의 두 번째 의미는 자원을 개별 국가들에게 더 많이 이전하는 것입니다. WHO 업무의 분권화는 각국을 보다 효과적으로 지원하게 될 것입니다. 이는 WHO 전체로 볼 때 각국의 바닥 현장에서부터 긍정적인 결과를 촉진할 만한 선에서 추진될 것입니다.

이것은 세 번째 강조점인 효율성과 밀접한 관련이 있습니다. 간단히 말해 우선순위를 정하고 예산 절감 측정 방법을 구체적으로 바꾸어 보려 합니다. 효율성을 높이는 핵심 요소는 신기술을 더 잘 활용하는 것입니다. 우리는 정보기술 분야에서 많은 발전을 거두었지만, 아직 할 일이 많습니다. IT 투자를 더 늘리고, 특별히 각국 사무소와 지역사무처, 그리고 본부를 연결하는 통신 기반시설에 집중할 계획입니다.

네 번째 의미는 책임성을 새롭게 강조하는 데 있습니다. 사무총장으로서 WHO의 감사 기능을 크게 강화하려 합니다. 이 책임성은 회계감사 차원만이 아니라 우리가 보건에 얼마나 효과적으로 기여하는가에 대한 것이기도 합니다.

더 넓게 보자면 각국에서의 활동에는 보다 신뢰할 만하고 시의적절한 보건 자료들이 필요하기 때문에 지구적인 보건과 감시 활동, 그리고 자료 운용을 개선하는 일은 향후 5년간 WHO의 핵심 목표가 될 것입니다.

저는 WHO와 그 파트너들이 '글로벌 전염병 경계'와 '대응 네트워크'를 더 확장하고 강화하도록 이끌겠습니다. 21세기 들어 처음 닥친 위협적인 신종 전염병인 사스가 끝은 아닐 것입니다. 우리는 사스를 완벽하게 통제하게 될 것이며, 앞으로 생겨날 치명적인 새로운 전염병들에 대한 대응책을 강화할 것입니다. 자원의 90%는 각 회원국과 지역사무처의 질병 감시 역량을 구축하는 데 쓰일 것입니다. 기본 자금은 이미 마련되었습니다. 최근 미국이 지원 의사를 밝힌 것은 무척이나 고무적인 일입니다.

아울러 우리는 보건 측정을 확대하고 개선하는 것과 함께, 각 회원국의 역량 구축에 주안점을 둘 것입니다. 보건 활동 목표에 얼마나 접근했는지를 추적하고 회원국과 기부자와 국제기구 간의 상호 책임성을 강화하기 위해서는 합리적인 보건 지표를 체계적으로 관리할 필요가 있습니다.

다섯 번째이자 마지막 강조점은 조직 안팎으로 인적자원을 보강하자는 것입니다. 저는 WHO 직원들이 조직에 몸담고 있는 동안 조직의 기대에 부응하면서 개인적 발전도 이룰 수 있는 방안을 마련하고자 합니다. 또한 WHO 직원들을 다양한 회원국 출신들로 구성하고 성비 균형도 맞출 계획입니다.

마찬가지로 우리는 WHO 외부적으로도 각 회원국들의 보건 인력에 대한 요구에 부응해야 합니다. 저는 많은 나라의 보건 시스템이 겪고 있는 인력난을 해결하기 위해 WHO의 전문성과 영향력을 활용할 것입니다.

의장님, 저는 서로 떼려야 뗄 수 없는 두 개의 가치, 즉 안전과 정의라는 핵심 가치를 다시금 강조하면서 이 연설을 시작했습니다. 아울러 오늘날 전 세계 보건 상황이 마주하고 있는 도전들에 대해서도 언급했습니다. 그리고 그 도전들에 대응하는 데 WHO가 주도적 역할을 할 수 있다고 믿는 이유들을 말씀드렸습니다. 그것은 각 회원국에서의 성과 중심적 활동과 다섯 가지 핵심 가치에 집중한다면 가능할 것입니다.

저는 WHO에서 일하면서도 그랬고 WHO 직원이 되기 전 의사로 일할 때에도 잘 듣는 것이 얼마나 중요한지를 배웠습니다. 저는 WHO가 열린 의사소통을 중시하는 잘 '듣는 조직'이 되기를 바라며, 저 스스로 그런 자세를 갖는 모범이 되려고 노력할 것입니다. 향후 몇 개월 동안은 아이디어를 공유하는 것이 매우 중요할 것입니다. 그러나 우리의 마지막 시험은 행동에서 판가름날 것입니다. 앞으로 힘을 합쳐 일해 봅시다. 감사합니다.

✱WHO 직원들에게 한 연설

147개 회원국, 6개 지역사무처, 이곳 본부, 그 밖의 어디엔가 계시는 동료 여러분!

제가 WHO에서 일한 지도 거의 20년이 되었습니다. 20년이라는 세월 동안 저는 우리 조직이 성취한 많은 일들을 지켜볼 수 있는 특권을 누렸습니다. 그 모든 성취는 바로 WHO에서 일하시는 여러분이 이룬 것입니다.

WHO의 강점은 다양한 배경과 재능에서 나옵니다. 우리는 경험에서 나오는 지혜와 젊음에서 나오는 에너지와 열정을 한데 모읍니다. 우리 가운데 가장 젊은 사람은 제가 이 조직에 몸담은 지 얼마 되지 않아 태어났습니다. 예를 들어 뉴델리의 동남아 지역사무처 도서관에서 근무하는 데프티 아들라카는 제가 피지에서 WHO 일을 시작할 때 한 살이었습니다.

젊은 시절의 헌신이 평생의 천직이 될 수도 있습니다. 브라자빌에 있는 아프리카 지역사무처 사무관인 조셉 옥카나는 1964년 그가 스물한 살 되던 해에 WHO에 몸을 담아 올해까지 39년 동안 이 조직을 위해 일해 왔습니다.

이 두 명의 동료들은 WHO가 의존하는 경험의 폭과 다양한 재능을 대변합니다. 베테랑과 신입 직원, 관리직과 전문직, 유지보수 직원들, 여러분 모두의 헌신이 없었다면 WHO 활동은 진전할 수 없었을 것입니다.

오늘 우리는 WHO 역사의 새로운 장을 열어 나갈 것입니다. 우리는 지금

껏 해오던 활동을 계속 이어 나가는 동시에, 각 회원국이 거둔 성과라는 새로운 도전에 대응하기 위해 변화를 꾀할 것입니다.

세계적 보건사업들은 윤리적 비전에 따라 추진되어야 합니다. 우리의 비전은 WHO 헌장에 명시되어 있으며, 그 핵심은 모든 인류에 대한 헌신과 존중입니다. 우리의 모든 활동은 그러한 헌신으로 이루어져야 합니다.

'모든 사람을 위한 보건'이라는 개념은 WHO 헌장에 표현되어 있는 사회 정의와 의료 형평성 추구를 잘 반영하고 있습니다. '알마아타 선언'이 여전히 우리에게 영감을 주고 있는 것은 사람을 보건과 발전의 중심에 놓기 때문입니다. 이번 5월의 세계보건총회 결의안과 수많은 보건 종사자들의 행동력, 그리고 세계의 지역사회들은 '모든 사람을 위한 보건'이라는 이상이 아직도 살아 있다는 것을 보여줍니다. 구호야 생겨났다 사라지게 마련이지만 '모든 사람을 위한 보건'이라는 목표는 언제나 WHO 활동의 중심이 될 것입니다.

동료 여러분, 앞으로 우리의 활동은 다음 세 가지 원칙에 따라 이루어질 것입니다. 그것은 옳은 일을, 적절한 곳에서, 올바른 방법으로 해야 한다는 것입니다.

첫째로 옳은 일을 하는 것에 대해서 말씀드리겠습니다. HIV/AIDS라는 전 지구적 유행병이 확산되기 시작한 지 20년을 넘어선 오늘날, 새로운 정치적 결의와 신기술들이 글로벌 킬러의 확산 추세를 바꿔 놓을 기회를 주고 있습니다. 국제사회는 지금 바로 행동을 취해야 합니다. 우리는 가난하고 보건 여건이 열악한 지역을 우선적으로 돌보면서 HIV/AIDS의 예방과 관리와 치료를 연계하는 통합적이고 전 지구적인 전략을 확대해 나가야 합니다. 그러기 위해서 WHO는 지역과 각국과 국제사회의 파트너들과 공조하는 가운데 활동의 최전선에 설 수 있는 전담 선도팀을 만들도록 하겠습니다.

'글로벌펀드'와 여타 공조 프로그램들은 HIV/AIDS와의 싸움에 더 많은 지원을 약속했습니다. 그러나 이러한 지원이 성과를 낼 수 있도록 각국은 포괄적인 에이즈 프로그램들을 설계하고 이행함에 있어 기술적 협력을 요청하고 있습니다. 저는 HIV/AIDS에 맞선 투쟁의 최전선에 각국이 주도적인 역할을 할 수 있도록 지원하는 데 WHO의 자원을 집중하고자 합니다.

5월에 열렸던 세계보건총회에서는 2005년 말까지 개발도상국의 300만 명에게 항레트로바이러스 치료를 제공하겠다는 목표가 주목을 받았습니다. 이 '3 by 5'라는 목표에는 넘어서야 할 엄청난 기술적 도전과 정치적 과제가 있습니다. 올해 12월 1일 '세계 에이즈의 날'에는 파트너들과 함께 일하는 WHO의 에이즈 부서에서 '3 by 5' 목표에 도달하기 위한 지구적 계획을 발표할 것입니다. 이 계획을 실행에 옮기는 데 필요한 추가적 지원과 정치적 의지를 동원하기 위해 WHO는 유엔에이즈계획 같은 파트너들과 함께 가능한 모든 수단을 동원할 것입니다.

HIV의 예방을 강화하고 보건 체계를 구축하기 위해 우리는 적절한 에이즈 치료를 제공할 것입니다. 항레트로바이러스 치료제에 대한 저항력의 추이를 면밀히 모니터할 것입니다. 또한 에이즈 치료제에 대한 저항력 패턴을 모니터하기 위해 WHO 파트너들과 함께 지구적 네트워크를 만들어 나갈 것입니다.

2001년도에 결핵퇴치사업인 'STOP TB' 파트너십은 질 좋은 결핵 치료제를 보다 저렴한 가격에 공급하기 위해 글로벌약품조달기구와 '그린라이트 위원회Green Light Committee'를 발족했습니다. 이들 기구를 통해 프로그램 규모 확대의 길을 닦고 치료약에 대한 내성 관리를 지원하면서 결핵 치료의 표준화를 향상시켰습니다. 올해 말 WHO는 말라리아와 HIV/AIDS에 대해서도 유사한 프로그램을 발족할 것입니다.

주요 전염병에 대하여 우리의 사업들이 시너지 효과를 낼 수 있도록 하기 위해서는 HIV/AIDS, 결핵, 말라리아를 담당하는 WHO 부서들이 한 부문에 속해야 합니다. 그래야만 우리의 활동이 내부적으로 더 원활해질 것입니다. 또한 그래야만 '글로벌펀드' 같은 사업들이나 각 회원국과의 협력 관계도 보다 효율적이 될 것입니다.

'새천년 발전 목표'의 보건 분야를 위한 각국과의 공조는 향후 WHO의 핵심 목표가 될 것입니다. 우리는 '새천년 발전 목표'를 '모든 사람을 위한 보건'으로 가는 길의 이정표로 삼고 있습니다. 지금까지 WHO는 주로 측정에 초점을 맞춰 '새천년 발전 목표'에 기여해 왔지만, 앞으로도 신뢰할 만한 자료 입수를 강조하고 개별 국가 단위의 보건 측정 역량을 구축하는 데 협력해 나갈 것입니다. 아울러 목표에 다가가기 위한 국가별 계획을 수립하고 적용하는 데 있어 개별 국가들과의 기술 협력도 강화해 나갈 것입니다.

산모와 영유아 보건에 대한 위협에 대처하기 위해서도 우리의 활동을 강화해야 합니다. 해마다 임신기와 출산기에 사망하는 여성의 수가 50만 명이 넘고, 병들거나 장애를 입는 여성도 수백만 명이 넘습니다. 올해만 해도 저개발국에서 1천만 명이 넘는 어린이들이 다섯 번째 생일을 맞이하기도 전에 목숨을 잃게 될 것입니다. 이러한 죽음의 70퍼센트는 주로 예방과 치료가 가능한 5대 질병, 즉 폐렴·설사·말라리아·기생충·영양실조가 그 원인입니다. 우리는 각국의 보건시스템이 '보다 안전한 임신'이나 '통합 영유아 질병관리' 프로그램을 도입하도록 함으로써 사망자 수를 크게 낮출 수 있습니다.

비전염성 질환과 상해로 인한 병이 전 세계 질병의 60퍼센트 정도를 차지하고 있고 점점 증가하는 추세인 만큼, 비전염성 질환에 대처하기 위해 포괄적인 방안을 마련하여 이행해 나가야 합니다.

아울러 흡연 통제, 영양섭취, 폭력과 상해, 정신건강 같은 분야의 활동도 지속적으로 강화해 나갈 것입니다. 영양섭취 패턴의 변화는 최빈국이나 지역을 제외하면 점점 더 큰 문제가 되어 가고 있습니다. 이에 우리는 모든 이해관계자들과 협력하여 부적절한 영양섭취로 인한 건강상의 문제를 피해 가면서, 영양실조에 대한 필수적 요구에 대응하는 통합적인 접근법을 개발해야 합니다.

한편 2004년 '세계 보건의 날'에는 교통사고로 인한 상해를 중점 부각시킬 것입니다. 매년 100만 명 이상의 사망자가 발생하는 교통 상해는 대부분 개발도상국에서 일어나는 사고 상해입니다.

더불어 소아마비도 퇴치해야 하는 힘든 싸움을 앞두고 있습니다. 하지만 헌신적으로 임한다면 이러한 재앙을 종식시키기 위한 세계 보건단체들의 오랜 노력이 결실을 거둘 수 있을 것입니다.

또한 새로운 위협에도 대비해야 합니다. 사스 발발로 인한 위기는 전염병 창궐에 대한 국제사회의 대응을 조율하는 핵심적 역할을 WHO가 하는 게 얼마나 중요한지 잘 보여주었습니다. 사스는 글로벌 질병 감시 체계의 취약점을 드러내는 계기가 되기도 했습니다. 우리는 파트너들과 더불어 '글로벌 발병 경계 및 대응 네트워크Global Outbreak Alert & Response Network' 활동을 해나갈 것이며, 양자간 또는 다자간 원조에 대한 국가별 또는 지역별 감시 체계를 강화해 나갈 것입니다. 또한 '글로벌 네트워크'의 지원 및 조정 기능을 강화할 것이며, 질병 통제력을 높이기 위해 '국제보건규약'을 개정할 것입니다.

옳은 일을 하는 것은 우리 활동의 일부일 뿐입니다. 옳은 일을 적절한 곳에서 하는 것에도 관심을 쏟아야 합니다. 이 말은 각국을 활동의 중심에 두어야 한다는 뜻입니다. 이러한 생각은 우리 조직만큼이나 오래된 것입니다. 변한 것이 있다면 우리의 사명이 긴급하다는 것이며, 우리의 사명을 자원을 동원하여 되살리려는 결의를 해야 한다는 것입니다. 우리는 각국이 있을 자리에 있도록, 즉 우리 활동의 중심에 있도록 할 것입니다.

앞으로 수개월 또는 수년간 우리는 WHO의 존재감과 영향력을 개별국 수준에서 강화해 나갈 것입니다. 회원국, 지역사무처, WHO의 국가별 담당 직원과 함께 각국 사무소가 각자 필요로 하는 자원과 권한을 갖도록 할 것입니다. 우리는 WHO의 각국 사무소가 각국 당국과 더불어 보다 효과적이고 책임성 있게 국가나 지역 차원의 보건 현안에 대응할 수 있도록 권한을 강화해 줄 것입니다.

근래 들어 WHO의 자원은 제네바에 점점 집중되어 왔습니다. 자원이 집중된 만큼 본부의 성과는 뛰어났습니다. 그러나 개별 국가의 수준에서 요구되던 프로그램들이 점점 본부의 우선순위에 따라 추진되는 프로그램들로 옮겨 오는 부작용이 나타났습니다.

저는 모든 사무총장보들께 각자 맡고 있는 부문의 업무를 분석해서 본부의 자원을 지역사무처와 회원국으로 이관하는 구체적인 절차를 제안해 달라고 요청했습니다. 아울러 HIV/AIDS 통제와 보건 시스템 역량을 구축하는 데 각국 사무소가 선도적 위치에 설 수 있도록 자원을 추가로 지원하려고 합니다. HIV/AIDS 관련 기술 협력과 여타의 우선순위를 신속히 확충하자면 2004년 초까지 그만큼의 자원을 이용할 수 있어야 합니다.

회원국들은 보건시스템 발전을 위해 더욱 협력하겠다는 바람을 피력하고 있습니다. 이는 WHO의 '정책 근거 및 정보EIP' 부문의 핵심 임무가 될 것입니다. 이 임무를 달성하기 위해 EIP는 새로운 지도력을 발휘하여 전략적인 계획 과정을 이끌어 나갈 것입니다.

보건 정보는 보건시스템을 결합시켜 주는 접착제와도 같습니다. 대부분의 나라들이 보다 강력하고 통합된 정보시스템을 필요로 하고 있습니다. 한 예로 등록시스템, 즉 출생과 사망을 헤아릴 수 있는 시스템이 절실합니다. 질병 부담이 큰 나라일수록 이 시스템이 결여되어 있습니다. 사람을 중히 여기려면 우선 사람 수를 헤아릴 수 있어야 합니다. 이 문제에 대처하기 위해 회원국은 물론이고 게이츠 재단, 세계은행, 유니세프 등의 국제기구와 더불어 WHO의 보건 정보 파트너십을 확립하고자 합니다. 아울러 각국이 보건 정보의 심각한 격차를 메우는 데 도움이 되도록 보건 측정 네트워크도 만들어 나가야 합니다.

많은 나라들이 보건 인력의 위기를 겪고 있습니다. 숙련된 보건 인력이 부족하면 '3 by 5' 같은 보건 목표나 산모 사망률상의 새천년 목표를 향한 발전이 더뎌질 수밖에 없습니다. 우리는 이 문제에 관하여 각국과 협력을 강화해 나가야 합니다. 아울러 파트너나 지역의 보건 인력에 대한 훈련·배치·감독을 혁신함으로써 보건 인력을 확충해야 합니다. 지역사회의 활동을 활성화하는 것은 성공의 핵심입니다. 또한 시민사회 및 지역사회와의 공조를 발전시켜 나가야 합니다. 국제 포럼과 각국 현장을 함께 활용하는 것도 하나의 방법입니다.

WHO는 국제적 수준의 보건 인력 강화에 직접적으로 기여할 수 있습니다. 저는 2004년 초에 '보건 리더십 서비스'라는 프로그램을 발족하려 합니다. 세계 각지의 유망하고 젊은 보건 전문 인력을 채용하여 2년 동안 WHO 회원국 사무소나 지역사무처, 또는 본부에서 일하며 배울 기회를 제공하는 사업입니다. 그들은 WHO의 선임 직원들을 멘토로 하여 차세대 국제 보건 지도자로 성장할 것입니다.

각국이 지역민들의 요구에 부응할 만한 보건시스템을 마련하고 유지하는 능력을 기르는 데에는 국제적 차원의 지원과 영향력이 중요합니다. 각국을 우리 활동의 중심에 두려면 지속가능한 발전에 영향을 끼치는 요소들과 발전 정책이 보건에 끼치는 파급효과를 면밀히 따져 볼 필요가 있습니다. WHO는 세계의 보건 수호자로서 보건에 영향을 끼치는 모든 이슈에 관한 국제 토론에서 강력한 목소리를 낼 것입니다. 우리는 세계 무역 정책, 지적재산권, 환경 변화, 이민, 분쟁, 그 밖의 개발 관련 제도나 과정이 보건에 끼치는 영향을 분석하고 문제점을 살피는 역할을 계속해 나갈 것입니다.

우리는 옳은 일을 적절한 곳에서 하는 만큼 옳은 방법으로 해야 합니다. 이는 새로운 방식의 협업을 의미합니다.

우리는 회원국들을 더 잘 섬기기 위해 우리의 인적자원 정책을 바꿀 필요가 있습니다. 저는 WHO 직원들이 직무 만족도 느끼면서 일을 더 잘할 수 있게 해주고 싶습니다. 그런 차원에서 조직 전체를 아우르는 재능 검토를 올해 말까지 실시하고자 합니다. 직원들의 기능과 경험이 효과적으로 활용되어 각국에서 더 나은 성과를 얻는다는 우리의 공동 목표에 도달하기 위해서입니다.

그런 점에서 직원들의 보직 이동을 확대하는 새로운 시스템을 도입하려고 합니다. WHO 직원들이 다른 지역이나 직무를 경험할 기회를 주기 위해서 입니다. 이 프로그램은 직원들의 능력을 향상시키고, 지식 교류를 활성화하며, 각 나라와 지역사무처와 본부 간의 유대를 강화할 것입니다. 저는 몇 주 내로 모든 고위 간부 및 지역사무처와 더불어 직원의 업무 순환과 보직 이동 문제를 상의할 것입니다.

지금까지의 직원 평가 체계가 직원들의 업무 성과를 향상시키는 데 언제나 도움이 되었던 건 아닙니다. 우리는 건설적이고 대화에 기초한 평가에 따라 각 직원들이 명료한 발전 계획의 혜택을 받을 수 있도록 할 것입니다. 또 직원들의 발전을 위해 더 많은 자원을 투입하려 합니다. 아울러 평등과 지역 및 성비 균형이라는 우리의 지향에 맞게끔 채용과 계약 과정을 살펴보려 합니다.

구체적인 정책과 더불어 우리의 조직 문화도 발전해야 합니다. 그러한 변화를 억지로 강요할 수는 없습니다. 다만 각 수준, 즉 각국 사무소에서 제네바 본부에 이르기까지 구상하고 지원할 수는 있습니다. WHO 내부 분위기도 보다 개방적이고 협력적인 것이 되어야 합니다. 우리는 신뢰와 상호 존중의 분위기 속에서 보다 끈끈하게 결속해야 합니다. 그리고 의사결정 과정에 더 많이 참여할 수 있어야 합니다. 부문 간, 부서 간 정보 공유도 강화해야 합니다.

경우에 따라서는 사무실의 물리적 배치를 달리해 새로운 업무 방식을 활성화할 수 있습니다. 예를 들면 여기 본부의 사무총장실을 트인 구조로 바꾸는 것입니다. 그러면 제 책상은 다른 직원들 사이에 있게 됩니다. 이는 상징적인 제스처가 아닙니다. 의사소통 구조를 개방해 언제든 저와 접촉할 수 있도록 하기 위한 것입니다. 조직 내 협력이 강화되면 업무도 보다 효율적으로 이루어질 것입니다.

또한 조직의 관리 절차도 점검해서 합리적으로 개선하려 합니다. 관리지원 팀들은 보다 능률적으로 간소화될 수 있습니다. 저는 관리지원팀 하나가 두 개 부문을 지원하도록 통합할 예정입니다. 정보기술을 활용해 효율성을 높일 방안도 마련하겠습니다. 정보기술은 WHO의 목표를 달성하는 데 중요한 촉매 역할을 할 것입니다. 특히 조직을 더 끈끈하게 통합하고 각국 현장의 활동을 강화하는 데 필요한 수단이 될 것입니다.

현재 WHO의 IT 전문직들은 자원 부족과 조직 전반의 기술 전략 부족으로 어려움을 겪고 있습니다. 저는 올 하반기 안에 조직 전체를 아우르는 지식 관리 및 정보기술을 위한 포괄적인 계획을 내놓으려 합니다. IT 부서 자체를 위해서도 명료하고 합리적인 팀 구조를 육성해야 합니다. 관리 기능은 '글로벌 관리 시스템'을 통해서 원활히 할 것입니다. 또 협업이 잘 되도록 유연한 '소비자 주도형' IT 솔루션을 개발할 것입니다. 한 예로 오늘 사무총장실에 테스트용 무선 네트워크를 도입했습니다. 각국 사무소의 정보관리를 강화하고, 본부와 각국과 지역사무처 간의 연락도 긴밀하게 할 것입니다. 아울러 자료 관리를 용이하게 하고 자료 수집을 할 때 이용할 수 있는 솔루션도 구축해야 합니다.

지난 몇 년간 우리는 계획 차원의 강조점을 자원에서 성과로 옮겨 왔습니다. 이러한 변화는 평가와 감사 기능에서도 일어나야 합니다. 저는 감사 역량을 강화하려 합니다. 아울러 기술 옴부즈만 제도를 도입하려 합니다.

동료 여러분, 저는 우리 조직의 일원이 되어 함께 일하며 기여할 뛰어난 분들을 채용할 수 있어 기쁘다는 말씀도 드립니다. 여러분은 지난주에 제가 보낸 이메일에서 그분들의 이름을 이미 보았을 겁니다.

먼저 사무총장보로 일할 분들을 소개합니다.

데니스 아이켄(영국)은 WHO 각료장을 지낸 분으로, 사무총장실 실장을 맡게 되었습니다.

류 페이룽(중국)은 중국 보건부 국제협력국장을 지낸 분으로, 사무총장 비서관으로 일하게 되었습니다.

아나르피 아사모아-바아(가나)는 현재 '보건의료기술 및 제약 총괄국장'으로, 전염병 부문장을 맡게 되었습니다.

카젬 베베하니(쿠웨이트)는 가장 최근에 '동지중해 연락관'을 지낸 분으로, '대외관계 및 운영' 부문을 이끌게 되었습니다.

잭 차우(미국)는 미국 국무부 보건 및 과학 부차관보를 지냈던 분으로, '에이즈·결핵·말라리아' 부문을 맡았습니다.

팀 에반스(캐나다)는 뉴욕의 록펠러 재단에서 의료형평성 부문 국장으로 있던 분으로, '정책 지원 근거 및 정보' 부문을 맡게 되었습니다.

카트린 카뮈(프랑스)는 프랑스 보건장관 과학 고문을 지냈던 분으로, '비전염성 질병 및 정신건강' 부문을 맡았습니다.

케르스틴 라이트너(독일)는 중국 주재 유엔 조정관 및 유엔개발계획 대표를 지냈던 분으로, '지속가능한 개발 및 건강한 환경' 부문을 맡았습니다.

블라디미르 레파힌(러시아)은 가장 최근 러시아 인민친선대학의 일반 및 임상 약리학과 학과장을 지낸 분으로, '보건의료기술 및 제약' 부문을 이끌 것입니다.

안데르스 노르드스트룀(스웨덴)은 스웨덴 국제개발협력기구SIDA의 보건 부문장을 지낸 분으로, '종합관리' 부문을 책임질 것입니다.

조이 푸마피(보츠와나)는 현재 보츠와나 보건장관으로, '가정보건 및 공동체보건' 부문을 맡았습니다.

그러면 사무총장보들을 대표해서 조이 푸마피 장관께 선서를 부탁하겠습니다. 아울러 저는 브룬트란트 총장님과 함께 각료로 일하며 임기를 마치신 뛰어난 동료 네 분께 중요한 임무를 부탁드렸습니다.

데이비드 헤이먼은 우리의 '소아마비 퇴치' 활동을 이끌게 되었습니다. 데이비드 나바로 박사는 '공중보건 위기대응' 활동을 이끌기로 했습니다. 톰리스 튀르멘은 지적재산권 구조가 보건에 미치는 영향을 평가하고 이 분야에 관한 명료한 정책안을 개발하는 팀을 이끌 것입니다. 데렉 야크 박사는 비전염성 질병에 대한 WHO의 대응을 강화하는 포괄 계획을 설계할 것입니다.

신임 국장들은 다음과 같습니다. 로버트 비글홀(뉴질랜드)은 '정책 근거 및 정보국'을, 마거릿 챈(중국)은 '인간 환경 보호' 부서를, 그레이엄 클럭스턴(오스트레일리아)은 '기술 옴부즈만' 부서를, 마리 안드레이 디우프(세네갈/프랑스)는 '협력 및 회원국 집중' 부서를, 엔도 히로요시(일본)는 '전염병 예방·통제·박멸' 부서를, 마리오 라빌리오네(이탈리아)는 신설 'HIV/AIDS·결핵·말라리아' 부문을, 베른하르트 슈바르틀란더(독일)는 'HIV/AIDS·결핵·말라리아 대응 전략 지원' 부서를, 암비 순다람(스리랑카)은 '지원 서비스·조달·여행' 부서를, 파울루 테이셰이라(브라질)는 'HIV/AIDS·결핵·말라리아' 부서를 맡았습니다.

동료 여러분, 제가 방금 소개한 분들은 우리의 활동을 이끌어갈 촉매 역할을 할 것입니다. 하지만 제가 말한 목표에 도달하기 위해서는 모든 WHO 직원의 헌신과 회원국들의 지지, 그리고 각 나라와 국제 파트너들의 노력이 필요합니다.

우리는 겸손과 결의로 무장하고 앞으로 몇 개월 또는 몇 년 동안 활동해야 합니다. WHO 창립 이념과 지금까지의 업적, 파트너, 직원들이 있기에 기반은 탄탄합니다. 우리는 회원국들을 우리 활동의 중심에 둘 것입니다. 충실성과 투명성과 탁월성을 중시하는 우리의 원칙에 따라 '모든 사람을 위한 보건'이라는 목표를 향해 나아가야 합니다. 과거에서 배우며 힘을 합친다면 세계 공중보건의 미래를 바꿀 수 있습니다. 대단히 감사합니다.

✹ 에이즈 치료 관련 세계 보건 응급상황에 대한 기자회견

신사 숙녀 여러분!

항레트로바이러스 치료가 필요한 수백만 명의 에이즈 환자들에게 치료를 제공하지 못하고 있는 지금은 전 지구적 응급상황입니다.

오늘날 우리는 하루 1달러 미만의 비용으로 에이즈 환자들을 치료할 수 있는 의약품들을 보유하고 있지만, 이 약품들이 필요한 사람들에게 전달되지 못하고 있습니다.

항레트로바이러스 치료제를 수백만 명에게 보급하기 위해서는 우리의 사고방식과 행동방식을 모두 바꾸어야 합니다. 하던 대로 해서는 안 됩니다. 하던 대로 한다는 건 매일 수천만 명이 죽어 가는 걸 그냥 보고 있는 셈입니다.

에이즈 치료 응급상황에 대처하자면 응급조치를 취해야 합니다. 여기 오늘 우리 모두는, 즉 WHO, 유엔에이즈계획, 글로벌펀드, 그 밖의 모든 파트너들은 응급행동을 실행에 옮겨야 합니다. 우리는 아프가니스탄, 라이베리아, 이라크에서의 까다로운 응급상황에 대처하거나 사스 발발을 신속히 통제하면서 배운 신속 대응법을 활용할 수 있습니다.

WHO는 HIV/AIDS 부담이 가장 큰 나라들을 도울 긴급대응팀들을 조직하여 활동을 주도할 것이며, 해당국 정부의 요청에 따라 활동을 전개할 것입니다. 국제적인 비정부기구 출신의 에이즈 치료 전문가들로 구성된 이들 팀은 도움이 필요한 사람들에게 항레트로바이러스 치료나 진단 테스트 등을 신속히 제공할 수 있도록 노력할 것입니다.

이미 우리는 항레트로바이러스 약품을 공급하고 이용하는 기준이 되는, 보다 간편화된 기술 지침을 개발하고 있습니다. 적정량 투약 조합이나 실험실 기초 테스트, 그리고 좀 더 간편한 투약법에 따른 지침 등입니다. 지금 우리는 개발도상국들이 양질의 항레트로바이러스 약품을 조달할 수 있게 도와준 '에이즈 약품 및 진단 기구'를 조직하고 있습니다. 또한 치료를 도와줄 보건 인력 수천 명을 신속히 훈련시킬 방안도 마련하고 있습니다.

저는 또 WHO의 대단히 야심찬 목표를 실행에 옮기기 위해 애쓰고 있습니다. 다름 아닌 300만 명의 사람들에게 2005년까지 항레트로바이러스 치료를 제공하겠다는, 이른바 '3 by 5' 목표입니다.

지금 추세대로라면 그들 중 목표 연도인 2005년 말까지 100만 명이 안 되는 사람들이 항레트로바이러스 치료를 받게 될 것입니다. 우리의 목표에 도달하자면, 이미 기울이고 있는 수준을 뛰어넘는 특별한 노력이 필요합니다.

개발도상국 사람들 중 약 600만 명이 항레트로바이러스 치료가 필요한 HIV 감염 환자입니다. 하지만 정작 치료를 받고 있는 사람은 30만 명이 채 되지 않습니다. 치료가 필요한 사람들 대부분이 살고 있는 아프리카 사하라 사막 남부 지역에서는 치료를 받는 사람이 5만 명도 되지 않습니다.

지난달 저는 앙골라에서 카롤리나 핀토라는 젊고 용기 있는 여성을 만났습니다. 그녀는 앙골라에서 항레트로바이러스 치료를 받고 있는 극소수 사람들 가운데 한 명입니다. 그녀는 앙골라에서 항레트로바이러스 치료를 제공하는 유일한 센터에서 치료를 받고 있지만, 센터의 재정이 불확실해서 치료를 더 받을 수 있을지 모르겠다는 말을 했습니다. 우리는 카롤리나와 그녀 같은 수백만 명이 필요한 치료를 받을 수 있도록 해야 합니다.

물론 의약품을 제공하는 것만으로는 충분치 않습니다. 에이즈 치료에 투자한다는 것은 보건시스템을 강화하는 일이기도 합니다. 그렇게 되면 에이즈든 결핵이든 다른 어떤 질병이든 의료 처치가 필요한 모든 사람에게 도움이 될 것입니다.

지금 우리는 돈이 정확히 얼마나 들지 알아보고 있습니다. 의약품을 제공하고, 그를 위해 필요한 의료 시스템을 강화하는 데 드는 모든 비용을 알아야 하기 때문입니다. 우리는 그러한 자금이 가능한 한 빨리 마련될 수 있도록 열심히 노력할 것입니다.

필요한 건 아주 간단합니다. 예컨대 유럽에서는 암소 한 마리당 보조금으로 매일 2달러를 지급합니다. 그런데 그 비용의 절반만 있으면 에이즈 환자를 치료할 수 있는 약을 구할 수 있습니다.

우리는 에이즈가 신종 질병이 아니라는 건 압니다. 사람들이 항레트로바이러스 약품 치료를 받을 수 있는 건 생소한 일이 아닙니다. 새로운 것은 지금의 응급상황에 대처하는 우리의 자세와 결의입니다. 생명을 구할 수 있는 약을 지금 당장 필요로 하는 수백만 명에게 제공하기 위해서는, 우리가 예전의 응급상황에 대처하고 사스 위기를 통제하면서 배웠던 모든 경험과 지식을 동원해야 합니다.

이러한 응급상황에 WHO는 유엔에이즈계획·글로벌펀드 같은 단체와 더불어 파트너들과 공조하며 대응해 나갈 것입니다. 전 세계적인 응급상황에 제동을 걸기 위해 각국 정부와 국제기구, 그리고 비정부기구에 요청합니다. 필요한 말과 행동, 결의는 물론이고 자원을 동원하여 어서 응급상황에 함께 대처하자고 말입니다.

✽유엔 총회 : 세계적 도로교통 위기

의장님, 총장님, 존경하는 파견단과 신사 숙녀 여러분.

영국에서 자동차 사고로 사망한 최초의 사람은 브리짓 드리스콜이었습니다. 그녀는 마흔네 살로 두 아이의 어머니였습니다. 그녀는 1896년 8월 17일 런던의 크리스털 팰리스에서 쓰러졌습니다. 사고 차량은 시속 12킬로미터의 속도로 달리고 있었습니다. 그녀는 자신이 무엇에 부딪쳤는지도 몰랐습니다. 검시관은 사고사라는 판단을 내렸고, 법정에서 이렇게 경고했습니다. "이런 일이 다시 일어나선 안 됩니다."

참으로 안타깝게도 세계는 그의 조언을 받아들이지 않았습니다.

20년 전, 미셸 졸라라는 분이 차를 몰고 출근하다가 트럭과 충돌하는 사고를 당했습니다. 그는 목숨을 잃지는 않았지만 6개월간 혼수상태에 빠졌습니다. 그가 지난주 제네바에서 열린 '세계 보건의 날' 행사에 참석했습니다. 그는 그때의 사고로 전신이 마비된 환자가 되어 휠체어를 타고 왔습니다. 그는 목소리까지 잃어 그의 아내가 대신 연설을 했습니다. 그녀는 말을 잇기가 아주 힘들어 보였습니다. 다친 데가 있어서가 아니라 남편에게 일어난 일을 다시 떠올리기가 너무 힘들었기 때문입니다. 그녀의 메시지는 그런 일이 다시는 그 누구에게도 일어나서는 안 된다는 것이었습니다.

그녀의 가족을 위해서, 그리고 매년 같은 식으로 사고를 당하는 수많은 사람들을 위해서, 저는 오늘 여러분께 같은 메시지를 전달하고자 합니다. 오늘 이 주제를 유엔 총회에서 다룰 수 있게 주선해 준 오만 정부에 감사를 드립니다.

도로교통 사고로 당하는 죽음과 부상과 경제적 손실은 얼마든지 예방할 수 있습니다. 저희가 지난주 파리에서 발간한 도로교통 피해 예방에 관한 세계 보고서에서는 이미 알려진 위험 요소와 효과적이라 알려진 예방책을 제시하고 있습니다. 이를테면 안전벨트 착용, 아동 보호용 의자 이용, 헬멧 착용, 음주운전에 관한 법률 제정 또는 강화, 주간 전조등 이용, 그리고 모든 도로 이용자를 위해 시야를 지금보다 더 확보할 수 있도록 하는 것 등입니다.

법을 제정하고 인식을 높이는 일 말고도 각국은 더 안전한 자동차와 더 안전한 교통관리, 그리고 더 안전한 도로를 설계하도록 하는 정책을 세울 필요가 있습니다. 안전성을 높이는 데 가장 성공한 나라들은 다방면으로 조정된 도로교통 프로그램에 정부와 시민사회, 그리고 업계의 여러 집단을 참여시킨 경우였습니다. 이 문제에 대처하려면 모든 영역, 특히 운송·교육·의료·법률 분야가 각자 할 역할이 있습니다.

공중보건 분야에서는 피해자에 대한 응급서비스 강화, 자료수집 향상, 정책 마련, 예방 활동 강화를 통해 기여도를 높일 필요가 있습니다.

국제기구, 기부단체, 비정부기구도 도로 안전을 높이는 데 중요한 역할을 할 수 있습니다. 우리 모두 보행자이건 운전자이건 정책 입안자건 안전 향상에 기여할 수 있습니다.

도로교통 안전은 사고가 아닙니다. 교통사고는 사람들이 예방이 가능하다고 여기고, 그에 맞게끔 행동한다면 줄어들 수 있습니다. 여기 모인 우리는 모두 이제 도로 안전을 마땅한 우선순위에 두도록 합시다. 대단히 감사합니다.

✳제57회 세계보건총회 사무총장 연설

의장님과 각국 장관, 파견단, 그리고 신사 숙녀 여러분.

여러분 중 많은 분들이 어제 회의 도중이나 이후에 우려를 나타내셨습니다. 어제는 다른 의제에 관해 토의하느라 상당한 시간이 걸렸습니다. 여러분의 우려에 저도 공감합니다. 일부 회원국은 회의 시간을 줄일 수 있도록 사무국이 조정해 주리라 예상했을 겁니다. 근년 들어 토론 시간을 줄이자는 원칙적인 합의가 있기도 했습니다.

하지만 올해엔 그런 합의가 없었습니다. 포괄적인 토론이 이루어진 것을 보면 그런 문제들을 여러 회원국들이 대단히 중요하게 여긴다는 것을 알 수 있습니다. 회원국들 간에 의견일치가 이루어지지 않을 때에는 서로의 입장을 잘 들어주는 게 중요하다고 생각합니다. 다음번에는 총회의 의사진행이 더 매끄럽게 될 수 있는 방법을 찾아보도록 하겠습니다. 우리가 다룰 의제의 모든 주제들에 관해 회원국들이 회기 중에 토론할 시간이 충분하도록 노력하겠습니다.

총괄위원회의 권고안에 대한 견해를 떠나서, 저는 모든 회원국들이 중국 정부가 세계 보건 활동에 대만이 참여할 수 있도록 해준 조치를 저처럼 감사히 여길 것으로 확신합니다. 중국의 조치에 따라 대만의 보건의료 전문가들이 총회에 파견될 수 있고, 대만에 대한 양국 정부의 회담이 가능해졌으며, WHO의 기술 관련 활동에 중국이 참여할 수 있게 되었습니다. 이를테면 중국은 우리 사무국과 협의하여 대만 출신의 의료 전문가들이 WHO의 기술 교환 활동에 참여하도록 해줄 것입니다. 아울러 중국이 WHO로부터 기술 지원을 받는 것도 가능해졌습니다. 사스 발병 위기로 우리는 전 지구적 감시 및 대응 네트워크에 어떠한 틈도 용납할 수 없다는 것을 알게 되었습니다. 저는 앞으로 몇 달 안에 이상의 제안들이 실행에 옮겨질 수 있기를 바랍니다.

의장님, 오늘의 세계가 처한 상황은 다음과 같습니다.

- 먼저 오늘날 28억 명이 하루에 2달러도 안 되는 돈으로 생활하고 있습니다.
- 4억 8천만 명이 분쟁 지역에 살면서 생명에 위협을 느끼고 있습니다.
- 12억 명이 깨끗한 물을 구하느라 고생을 하고 있습니다.
- 50만 명이 넘는 여성들이 매년 출산으로 목숨을 잃고 있습니다.
- 13억 명이 흡연으로 질병과 이른 죽음에 노출되어 있습니다.
- 120만 명이 매년 도로교통 사고로 목숨을 잃고 있습니다.

전 세계에서 질병이나 고난이나 죽음으로 고통받는 사람들의 수는 어마어마합니다. "한 사람이 죽으면 비극이지만 100만 명이 죽으면 통계다"라는 유명한 말이 있습니다. 죽음이나 고난에 노출되어 있는 사람들은 절대 그런 식으로 생각할 수 없습니다. 그들은 그런 불행을 무심하게 받아들일 수 없는 것입니다.

공중보건 종사자인 우리로서는 우리가 사용하는 통계가 대단히 중요하다는 것을 언제나 명심해야 합니다. 통계가 한 사람 한 사람의 아이나 여성이나 남성을 나타내기 때문입니다. 우리는 통계가 대변하는 목소리를 들어야 합니다. 그런 맥락에서 벨라루스의 아나스타샤 카밀크를 이번 총회에 초대했습니다. 그녀의 경험담을 한번 들어 보도록 하십시다. 아나스타샤 카밀크는 러시아어로 말할 것입니다.

(아나스타샤 카밀크가 이야기하다)

감사합니다. 이번 총회에 참석하신 분들의 책임을 명료하고 구체적으로 일깨워 주신 용기에 감사를 드립니다.

의장님,

기술의 발전은 우리가 살고 일하는 방식을 크게 바꾸어 놓았습니다. 기술 발전으로 나아진 점도 많습니다만, 보건을 향상시키는 우리의 능력이 나아 진 만큼 우리의 부주의로 보건이 열악해지기도 합니다. 빈부격차가 심해져 먹을 게 남아돌아도 배고프고 목마른 사람들이 아직도 많은 실정입니다.

조화와 평화와 안보를 지키려는 많은 나라들의 노력에도 불구하고, 수 억 명의 사람들이 매일같이 전쟁이나 분쟁으로 고난을 겪고 있습니다. 우리 WHO는 세계에서 무장충돌이 벌어지고 있는 대부분의 지역에서 '위기대응 보건행동'을 통해 활발히 활동하고 있습니다.

저는 WHO가 이 기회를 활용해 보건 관련 시설이나 차량, 인원을 남용하 는 어떠한 행위에 대해서도 단호히 맞서야 한다고 생각합니다. 마찬가지로 보건 종사자들에 대한 공격 행위도 중단되어야 합니다. 국제 인권법에서는 모든 전투원들에게 민간인들이 기본적인 필요, 즉 물이나 위생이나 식량이 나 유효 의료시설에 접근하는 것을 막아선 안 된다는 의무를 부과하고 있습 니다.

우리는 흔히 몇 년씩 지속되는 분쟁에서 민간인들이 희생되는 경우를 점 점 더 많이 보고 있습니다. 고통을 가장 받는 사람들은 식량이나 깨끗한 물 이나 의료처치를 받을 수 없게 된 사람들, 특히 여성이나 어린이나 만성질환 환자들입니다. 보건기구는 그런 식으로 목숨이나 건강을 위협받는 사람들을 대변해야 합니다.

세계 여러 지역에서는 중대한 환경 문제로 보건상의 혜택을 입지 못해 고통을 겪는 사람들도 있습니다. 물이 오염되거나 고형 폐기물이 관리되지 않거나 생활조건이 안전하지 못한 결과로 말입니다. 이런 문제들은 흔히 무계획적인 도시화나 기후변화, 통제되지 않은 개발과 관련이 있습니다. 이런 보건상의 위험이 없는 지역이라 해도 생활방식과 관련 있는 예방 가능한 만성질환이 개인이나 공중의 보건에 심각한 제약을 가하고 있습니다.

그럼에도 불구하고 그런 문제들을 해결하려는 세계적 요구나 능력이 커지고 있다는 증거도 있습니다. 2000년에 채택한 '새천년 발전 목표'가 증명한 바에 따르면, 지구촌 사회는 빈곤을 줄이고 보건의료를 보호할 필요성을 심각하게 여기고 있습니다. 오늘날의 보건시스템에서 가장 위험하면서 부적절한 문제는 나라 안에서나 나라끼리의 불평등입니다. 그러한 불평등이 만연하는 한, 세계 평화와 안보라는 희망은 퇴색할 수밖에 없습니다. 적절한 보건 서비스는 '새천년 발전 목표' 중에서 보건과 구체적인 관련이 있는 세 가지를 위해 반드시 필요할 뿐만 아니라 다른 다섯 가지 목표에도 크게 기여할 것입니다.

지난 몇 년 동안 보건 발전을 위한 원조가 늘어난 사실 또한 반가운 신호입니다. 1997년부터 2002년까지 평균 17억 달러가 늘어났습니다. 이 상승치의 상당부분은 HIV/AIDS로 인한 피해가 얼마나 심각한지를 각성하게 된 결과입니다. 일부 지역에서는 젊은 성인의 절반 가까이가 HIV 감염자입니다. 효과적인 치료를 받지 못하는 한, 그들은 앞으로 몇 년 안에 목숨을 잃게 될 것입니다.

작년 12월 '세계 에이즈의 날'에 WHO는 항레트로바이러스 치료에 대한 접근성을 높이기 위한 전략을 개시했습니다. 애초의 목적은 다양한 파트너들과 함께 개발도상국 사람들 300만 명에게 2005년 말까지 치료를 받게 하자는 것이었습니다. 우리는 이 목적을 달성하기 위해 여러 나라의 보건 당국과 더불어 노력하고 있습니다. 우리의 노력은 두 가지 원칙에 따라 이루어집니다. 하나는 그 누구든 되도록 빠른 시일 안에 치료를 받을 수 있게 해야 한다는 것이고, 또 하나는 예방 활동을 더욱 효과적으로 해야 한다는 것입니다.

우리는 파트너들의 도움으로 치료 접근성을 간소화하는 발전을 이루었으며, 항레트로바이러스 약품의 적정량 투약 조합을 미리 마련해 두었습니다. 이번 주 초 미국 정부의 발표도 환영할 일입니다. 미국이 적정량 투약 조합과 공동 패키지 약품co-packaged products을 검토하기 위한 빠른 절차를 제안했기 때문입니다.

3월에는 모잠비크 정부가 자국의 요구에 부응하기 위해 항레트로바이러스 약품 조합 세 가지를 제조하는 데 필요한 의무 면허증을 발행하기 시작했습니다. 이로써 모잠비크 정부는 '도하 선언'을 이행하는 중요한 절차를 처음으로 밟은 아프리카 국가가 되었습니다. 캐나다는 2003년 8월 세계무역기구가 내린 결정을 실행에 옮기기 위해 특허법 개정 움직임을 최초로 보인 나라입니다. 세계무역기구의 결정이란 제약 제조 능력이 충분하지 않은 나라들에게 일반 의약품을 수출할 수 있게 하자는 것이었습니다. 지난주에 캐나다의 법안이 채택되었다는 발표 역시 환영합니다.

'새천년 발전 목표' 중에 HIV/AIDS에 관한 내용은 2015년까지 HIV의 확산을 막고 흐름을 역전시키자는 것입니다. 치료가 새로운 HIV 감염을 예방하는 효과가 얼마나 있는지는 아직 알려져 있지 않지만, 치료를 받은 사람 각각에 대하여 새로운 전염병 한 가지가 역전될 수 있다면 '3 by 5' 사업은 '새천년 발전 목표'의 달성 속도를 크게 높이게 될 것입니다.

사람들이 우리에게 요구하는 것은 분명합니다. 2월과 3월 사이에 WHO는 여러 나라가 행동 계획을 세우고 글로벌펀드 보조금을 신청하는 일을 돕기 위해 25개국에 직원을 더 파견했습니다. 우리와 함께 일하는 나라들 중 90% 이상이 능력 배양과 훈련을 위해 전문적인 도움이 필요하다고 했습니다. 60%는 약품 구매와 공급망 관리의 도움이 필요하다고 하고, 50%는 모니터링과 평가를 위한 도움이 필요하다고 합니다. 우리는 그런 요구에 대응해야 합니다.

이제는 HIV/AIDS와 결핵과 말라리아와의 싸움에 전례가 없을 정도로 큰 정치적 결의와 재정 지원이 집중되고 있습니다. 이는 특히 글로벌펀드와 그 밖의 다자간 또는 양자간 지원을 통해 이루어지고 있습니다.

지난주에는 캐나다 총리께서 우리의 '3 by 5' 사업을 지원하기 위해 1억 캐나다달러를 지원하겠다고 발표했습니다. 이러한 지원은 앞서 영국 정부가 제공한 자금과 더불어 여러 나라에서 치료 접근성 규모를 확대하려는 우리의 활동을 더 활발하게 해줄 것입니다.

우리는 '3 by 5'에 관한 첫 번째 상세한 사업보고서를 7월 태국 방콕에서 열릴 '국제 에이즈 컨퍼런스'에 제출할 것입니다. 그 사이에는 '역사를 바꾸다'는 제목을 단 올해의 「세계 보건 보고서」를 통해 HIV/AIDS로부터 수백만 명의 목숨을 구하는 일에 우리가 현재 얼마나 와 있는지와 이번 기회를 왜 잘 잡아야 하는지에 관한 설명을 볼 수 있습니다.

바이러스는 예측 불가능하며 국경을 가리지 않습니다. 사스가 완전히 통제되었는지, AI가 아시아나 다른 지역에서 재발할 것인지 알 방법은 아직 없습니다. 사스 대유행이 작년 7월에 억제되었다고는 하지만, 아시아에서 네 건의 발병 사례가 더 있었습니다. 이 가운데 세 번은 실험실 사고에서 비롯되어 생물안전bio-safety을 강화할 필요성이 더욱 강조되고 있습니다. 1월에는 아시아 8개국에서 역사적으로 전례가 없는 H5N1의 발발로 인간에게서 확인된 발병 사례가 34건이었고, 23명이 목숨을 잃었습니다. 이 전염병을 억제하기 위해 WHO 전문가들은 여러 나라 당국에 신속한 지원을 해주었습니다. 그들의 협력적 노력은 지금까지 성공적이었지만 경계를 늦출 수 없는 상황입니다.

우리의 다른 장기 질병통제 프로그램들 중에는 소아마비 퇴치가 있습니다. 이 사업 성공의 핵심은 끈기일 것입니다. 면역 캠페인을 운영하고 감시의 끈을 늦추지 않으려는 우리 동료들도, 우리의 기부자들도 끈기를 잃지 말아야 합니다. 올해엔 아프가니스탄·이집트·인도·파키스탄에서 모두 22건의 발병 사례만 발견되었으니 퇴치 직전의 단계와 와 있는 셈입니다.

한편 아프리카 서부와 중부 지역에서는 어려움을 겪고 있습니다. 두 지역에서 발병률이 폭발적으로 늘어나 500명의 아동이 마비되고 말았습니다. 이들 지역 22개국 지도자들은 대대적인 면역 캠페인을 공동으로 다시 벌이기로 했습니다. 캠페인의 마지막 단계에 와 있는 만큼 용기를 잃지 않는다면, 1988년 세계보건총회에서 우리가 소아마비를 퇴치하겠다던 약속을 곧 지킬 수 있을 것입니다. 어떻게 하느냐에 따라 잃을 것도 얻을 것도 많은 상황입니다.

1년 전 보건총회에서 채택된 담배규제기본협약은 이제 유럽연합 말고도 112개국의 조인을 받아냈으며, 14개국에서 비준을 했습니다. 이 협약은 40개국이 비준하게 되면 발효되는데, 오늘날 가장 심각하면서 불필요한 건강 위협 요인 중 하나로부터 공중을 보호하려는 각국 정부와 보건당국에 도움이 될 것입니다.

의장님, 저는 우리가 닥쳐오는 도전에 대한 조직으로서의 대응력을 계속 향상시켜 나갈 것으로 믿습니다. 작년에 저는 총회에서 HIV/AIDS를 안고 살아가는 사람들에 대한 치료 공백을 메우겠다는 서약 말고도 네 가지 다른 분야도 중점적으로 관리하겠다고 말씀드린 바 있습니다. 각국에서 우리가 벌이는 활동을 효과적으로 향상시키기 위한 것들입니다.

하나는 조직의 탈중심화를 위해 구체적인 목표를 설정하는 것이었습니다. 그 이후로 올해까지 2년간 각 지역사무처와 각국 사무소의 예산을 70퍼센트까지 늘렸습니다.

효율성을 높일 필요성에 대해서도 말씀드렸습니다. 우리는 일반관리를 위한 전략적 틀을 개발했으며, 협력을 증진하고 재정 관리를 강화하며, 업무 프로세스를 능률적으로 하기 위한 방안도 마련하여 시행했습니다.

아울러 업무의 책임성을 높이기 위해 노력했습니다. 기쁘게도 2002~2003

년 두 해의 성과 측정 보고서 초안을 미리 구해 볼 수 있다는 말씀을 드립니다. 이제 우리는 성과 중심의 예산을 바탕으로 업무 성과가 예상한 결과에 비추어 어느 정도인지를 파악하여 보고할 것입니다. 이러한 보고 방식의 발전은 다음 두 해의 계획을 수립하는 데 도움이 될 것입니다.

저는 또 고용 현황을 개선할 필요가 있다는 점도 강조한 바 있습니다. 이는 각국에서의 성과를 높이기 위한 일로, 성비 및 지역 안배를 더 균형 있게 하고 직무 이동과 경력 개발을 촉진해야만 가능한 일입니다. 이 분야에서 우리는 계속 발전하고 있으며, 직무 이동 및 순환 제도가 지난달부터 시작되었습니다. 또한 '빌 & 멜린다 게이츠 재단'이 '보건 리더십 서비스' 사업의 기금을 대기로 했다는 소식을 알려 드리게 되어 기쁩니다. 이 새로운 사업은 젊은 보건 전문 인력들, 특히 제 목소리를 내지 못하는 개발도상국 출신들에게 2년 동안 체계적인 배움의 기회를 줄 것입니다.

아울러 우리에게 더 필요한 네 가지 보건 업무 분야를 강조하고 싶습니다.

우리는 보건과 평등과 발전을 연계해서 활동할 필요가 있습니다. 저의 사무총장 임기 첫해의 바탕이 된 주제는 평등과 사회정의입니다. 이 분야와 관련한 활동을 지원하기 위해 보건 불평등의 사회적·환경적 원인이 되는 증거를 수집하고 극복하는 기능을 할 위원회를 신설하고자 합니다. 목표는 전문가들의 지식을 한데 모으는 것입니다. 특히 이 문제에 대처해 본 경험을 가진 사람들의 지식을 모으는 것입니다.

산모 사망률을 줄이고 어린이 건강을 지키는 노력도 더 기울여야 합니다. 이 일을 앞으로 1년 동안 가장 우선시하려고 합니다. 2005년 세계 보건 보고서와 세계 보건의 날 또한 같은 주제, 즉 여성과 아동의 보건 문제를 다룰 것입니다. 이를 통해 WHO의 활동과 우리 파트너들의 활동을 상당수 하나로 모을 것입니다. 특히 면역과 산모 보호와 영양 분야에서 그렇게 할 것입니다.

보건 연구 자금의 전반적인 불평등도 큰 폭으로 줄여야 합니다. 매년 보건 분야의 연구개발에 쓰이는 자금은 공공 부문과 민간 부문을 합쳐서 700억 달러가 넘습니다. 하지만 이것의 10퍼센트도 안 되는 자금이 세계 보건 문제의 90퍼센트를 차지하는 분야의 연구에 쓰이고 있습니다. 우리는 오는 11월에 멕시코 정부와 더불어 보건 연구에 관한 각료 정상회담을 공동 주최하려고 합니다. 회담에서는 이러한 불평등 문제를 다룰 것이며, '새천년 발전 목표'를 달성하는 데 필요한 지식과 행동에 초점을 맞출 것입니다.

마지막으로, 우리는 보건 정보 시스템의 공백과 지연이라는 문제를 여전히 안고 있습니다. 이 문제를 해결하기 위해 우리는 WHO 본부에 '전략보건 운영센터'를 세웠습니다. 이 센터는 위기와 발병을 관리하기 위해 현재 이용할 수 있는 가장 빠르고 강력한 정보통신 시설로 이루어져 있습니다. 이 기술 덕분에 우리 개인이나 팀이나 회원국은 보다 효과적인 응급 활동을 할 수 있게 될 것입니다. 또 센터 덕분에 정보 관리 및 보급에서도 중단 없는 지원을 받을 수 있게 되었습니다. 기술적 차원에서 글로벌 발병 경계나 대응 네트워크에 틈이 생기지 않도록 하는 게 중요합니다.

의장님, 이번 57차 세계보건총회의 의제를 보면 오늘날 세계가 직면한 중대한 보건 위기에 대처하기 위해 우리가 함께 고민하고 있음을 알 수 있습니다. 여러분은 건강한 식사와 신체 활동을 장려하고 생식 건강을 향상시키기 위한 글로벌 전략을 논의할 것입니다. 원탁회의에서는 HIV/AIDS의 유행을 저지하기 위한 행동을 논의할 것입니다. 기술 브리핑에서는 위기나 정신건강 분야에서 우리가 최근 어떤 활동을 하고 있는지 듣게 되실 겁니다. 방금 말씀드린 것들은 여러분이 이번 주에 접하게 될 중요한 여러 주제 중 몇 가지에 지나지 않습니다.

이번 세계보건총회는 세계의 보건 활동을 선도하는 막중한 책임을 안고 있습니다. 6일 동안 우리가 함께 숙고하고 내릴 결정은 전 세계 모든 사람들의 건강에 중대한 영향을 끼칠 것입니다.

저는 몇 가지 수치를 말씀드리며 연설을 시작했습니다. 마치면서도 몇 가지 수치를 더 말씀드리려 합니다.

- 소아마비 퇴치를 위한 우리의 노력 덕분에 신체가 마비될 뻔했다가 걷게 될 아동이 2005년에 500만 명이나 됩니다.
- DOTS 프로그램에 따라 치료를 받고 있는 결핵 환자가 매년 300만 명 됩니다.
- '사상충증 통제 프로그램' 덕분에 실명 장애 60만 건이 예방되었습니다.

이러한 수치들을 보면 우리 조직이 어떤 성취를 이룰 수 있는지 잘 알 수 있습니다. 희망을 가져다주는 숫자들입니다. 아나스타샤 같은 개인이나 HIV를 안고 사는 수백만 명에게도 희망을 줄 것입니다.

의장님, 고매하신 각국 장관님과 파견단 여러분, 그리고 신사 숙녀 여러분.

WHO 직원들은 세계 보건을 향상시키기 위한 여러분의 헌신에 공감하며 함께 노력하고 있습니다. 저희는 보다 나은 보건을 누구보다 필요로 하는 사람들을 앞으로도 섬기기 위해 결의를 다지고 있습니다. 감사합니다.

21세기 보건 연구의 도전

데이비드 E. 밤스를 기리는 글로벌 보건 강연

데이비드 밤스는 1967년부터 1992년까지 WHO에서 일했습니다. 그는 대단히 유능한 '구강 보건 프로그램' 책임자이자 탁월한 과학자이고 빼어난 글로벌 보건 전략가로서 우리 기억에 남아 있습니다. WHO가 힘을 얻고 지금처럼 활동할 수 있게 된 것은 그와 같은 분들이 있었기 때문입니다. 제가 그분의 업적을 이어 이번 시리즈 강연에 동참하게 된 것을 기쁘게 생각합니다.

이번에 발표하는 내용은 현재의 세계 공중보건에 관한 우리의 우려를 역사적 맥락에 놓고 보기 위해서입니다. 그래야 우리의 현재와 미래의 책임을 가능한 한 명료하게 볼 수 있으리라 생각하기 때문입니다.

과학적 탐구가 인류의 보건을 향상시킬 수 있다는 사실은 24세기 전에도 적어도 한 사람에게는 분명했던 모양입니다. 기원전 400년경 히포크라테스는 체계적 관찰에 근거한 진단법을 도입했을 뿐만 아니라 세심한 테스트를 거친 식습관과 신체 활동을 가장 중요한 치료 방법으로 추천했습니다.

하지만 이 선구적인 접근법이 자리를 잡는 데는 오랜 시간이 걸렸으며, 제가 보기엔 아직도 우리에게 필요한 만큼 자리를 잡지 못한 게 아닌가 싶습니다. 사실 과학 지식을 보건에 적용하는 관행의 발전은 히포크라테스가 시작한 이래로 21세기가 지나서야 속도를 내기 시작했습니다.

역사적으로 지금 우리의 관심사에 참고가 될 만한 획기적인 사건이 세 가지 있었습니다. 치료와 예방법과 백신에 관한 것입니다. 세 가지 발견 모두 개인과 관련이 있습니다만, 발견 전후로 많은 사람들의 노력과 재능이 반영된 결과이기도 합니다. 저는 이번 세기 이전의 3세기 동안 매 세기에 한 번씩 있었던 사례를 이야기하고자 합니다.

- 1753년에는 제임스 린드가 괴혈병 치료법을 발표했습니다.
- 1854년에는 존 스노가 콜레라 예방법을 입증했습니다.
- 1954년에는 조너스 소크가 소아마비 백신을 발견했습니다.

지금 필요한 연구를 약간 언급하는 것으로 이야기를 마무리하려고 합니다. 제가 말씀드리고 싶은 것은 그러한 연구 덕분에 오늘날 우리를 위협하는 중대한 질병 대부분을 통제하고 예방할 수 있게 되었다는 사실입니다. 또한 지금 우리에게 닥친 도전은 그러한 방법들을 잘 활용하는 문제이기도 하다는 것입니다.

1753년 괴혈병 치료법을 발견하다

18세기에 괴혈병은 매년 수천 명의 목숨을 앗아간 무서운 병이었습니다. 영국 해군의 경우, 적과의 교전보다 괴혈병으로 죽는 선원이 더 많았습니다. 그러던 차에 제임스 린드가 1753년에 「괴혈병 논고」라는 논문을 발표했습니다. 이 논문은 괴혈병 치료에 흔히 이용되던 여섯 가지 방법을 비교한 것으로 최초의 예견적 임상실험 중 하나로 불리곤 합니다. 이 논문에는 괴혈병의 진단·예방·치료에 관하여 그 이전에 발표되었던 논문들을 체계적으로 검토한 내용도 포함되어 있습니다.

해군 외과의였던 린드는 '채널 플리트'(영국해협 방어 선단)에 근무하던 1747년에 비슷한 단계의 괴혈병을 앓고 있던 선원 12명을 택했습니다. 그들은 배에서 비슷한 식사를 하고 같은 선실에서 자는 생활을 하고 있었습니다. 린드는 12명 중 2명씩에게 당시 괴혈병 치료법으로 쓰이던 다음 여섯 가지 방법

중 하나씩을 적용했습니다.

- 하루에 사과술 1쿼트를 한 차례 복용.
- 하루에 황산 용액 25방울을 세 차례 복용.
- 하루에 식초 2스푼을 세 차례 복용.
- 하루에 육두구·겨자·마늘 혼합물을 세 차례 복용.
- 하루에 오렌지 두 개와 레몬 한 개 섭취.

린드는 그 결과를 다음과 같이 보고했습니다. "가장 빠르고 가시적인 효능은 오렌지와 레몬을 섭취한 경우에서 나타났다. 오렌지와 레몬을 섭취한 두 사람 중 한 명은 6일째 저녁 근무할 수 있는 수준으로 회복되었다. (…중략…) 다른 한 사람은 투병 기간에 가장 나은 상태에 도달하고 상당히 호전된 것으로 여겨졌기에, 간호사는 나머지 환자들만 보살펴도 되었다."

린드는 항해를 마친 다음 해군을 떠나 에든버러 대학으로 돌아가서 괴혈병 문헌을 두루 살펴보았습니다. 그는 비판적 평가가 필요한 책 54권을 발견하고는 그 책들을 요약했습니다. 싱싱한 과일과 채소가 괴혈병을 예방하고 치료한다는 증거는 엄청났습니다.

그 뒤 린드는 450쪽 분량의 논문을 발표한 데 이어, 영어·프랑스어·이탈리아어·독일어로 다시 발표했습니다. 쿡 선장 같은 계몽적인 사람은 기회만 있으면 싱싱한 과일과 채소를 섭취하도록 하는 원칙을 잘 지켰으며, 모든 선원들에게 그런 음식을 먹도록 했습니다. 덕분에 그와 함께 항해한 선원들의 사망률은 매우 낮았습니다.

하지만 해군성에서 선원들에게 레몬주스를 대대적으로 제공하기 시작한 것은 린드가 사망한 지 1년 뒤인 1794년부터였습니다. 효과는 아주 뛰어났습니다. 시행한 지 2년이 못 되어 괴혈병이 해군 내에서 거의 사라지다시피 했으니까요. 필요한 정보와 지식은 누가 봐도 알 수 있게 이미 있었지만, 영국

해군 당국이 그것을 적용하는 데에는 40년이란 세월이 걸렸던 것입니다.

우리 시대에도 마찬가지로 지체되고 있는 일이 있습니다. 어쩌면 더 심할지도 모르겠습니다. 리처드 돌과 브래드퍼드 힐이 흡연과 폐암의 연관성을 보여준 기념비적 연구 결과를 발표한 게 1950년입니다. 그런 연구가 처음 있었던 것도 마지막으로 있었던 것도 아니었지만 "담배를 질병의 원인으로 보는 사례를 처음 제시한 것"으로 평가받고 있습니다.

하지만 유럽과 미국에서 흡연을 제한하기 위한 국제 공조를 대대적으로 벌이기 시작한 것은 수십 년 뒤의 일이었습니다. 세계적으로 볼 때 우리가 매년 500만 명의 사망을 막을 수 있는 간단한 방법으로 비흡연을 적용하려면 아직도 갈 길이 멉니다. 그러는 가운데 500만이라는 숫자는 2020년이면 1천만 명으로 늘어날 것으로 보입니다.

WHO의 담배규제기본협약은 2005년 2월 28일부터 발효될 것입니다. 지난주에는 페루가 40번째 가맹국이 되었습니다. 이로써 이 협약은 모든 가맹국에서 법적 구속력을 갖게 되었습니다. 이것은 대단한 성취로 자축할 필요가 있습니다. 하지만 이런 협약의 지원이 있다 하더라도, 담배 관련 질병들이 줄어들기 위해서는 정부와 일반 대중의 결단력 있는 행동이 시급합니다.

WHO의 '식습관 및 신체활동 글로벌 전략'은 지난 5월 세계보건총회에서 채택되었습니다. 이 전략은 따라하기 쉬운 방법들을 권하고 있으며, 효험이 있다는 명백한 증거를 제시하고 있습니다. 이 방법을 따르면 한창 능력을 발휘할 나이인 수많은 남녀의 생명을 구할 수 있습니다.

린드의 독창성과 체계적인 접근이 시급히 요구되는 분야는 영양학자들과 비전염성 질병 연구자들의 지식이 충분히 융합되고 이해되고 적용될 수 있도록 해주는 방법을 찾는 일이라고 하겠습니다.

1854년 콜레라 예방법을 발견하다

아시아의 콜레라가 영국에 침투한 것은 1831년 선덜랜드 항구를 통해서였습니다. 당시 견습 의사였던 존 스노는 뉴캐슬 지역의 환자들을 돕도록 배치되었습니다. 그는 기존의 약이 콜레라에 무력하다는 것을 금세 알 수 있었습니다. 환자가 콜레라에 감염된 지 몇 시간 안에 사망하고 말았던 것입니다. 그는 뉴캐슬 지역에 이어 런던에서의 발병 사례들을 연구한 결과 콜레라의 전염이 분변-구강 경로로 이루어지며, 주로 오염된 식수를 통해 퍼진다는 확신을 갖게 되었습니다.

1854년 런던에서 콜레라가 발병하자, 그는 우리가 잘 알다시피 사망신고서를 조회하고, 가구들을 방문해 설문조사로 감염 경로를 추적했습니다. 또한 런던의 상하수도 배관망을 분석함으로써 자신의 이론을 입증해 나갔습니다. 스노는 사망 사례와 공공 급수펌프의 위치를 모두 도로 지도에 표기했습니다. 그리고 살펴보니 10일 안에 작은 한 지역에서 500명이 사망한 것을 알 수 있었습니다. 그중에서 50명이 브로드스트리트 펌프에서 15미터가량 떨어진 거리 안쪽에 살던 사람들이었습니다. 그는 또 그 동네에서 죽은 사람들 대부분이 그 펌프에서 나온 식수를 마셨다는 것을 알 수 있었습니다. 다른 펌프의 물을 마신 집들에선 사망자가 없었습니다.

스노는 그 펌프에서 얼마 안 되는 거리에 하수관이 지나가는 것에도 주목했습니다. 게다가 당시에는 그 펌프의 물에 유기물이 많이 함유되어 있음을 보여줄 만큼 충분히 발달된 현미경이 있었습니다.

스노는 자신이 발견한 사실을 1854년 9월 7일 세인트 제임스 교구 구호위원회에 보고했습니다. 위원회는 그의 조언을 받아들여 브로드스트리트 펌프의 손잡이를 없애 버렸습니다. 그러자 스노가 예상한 대로 며칠 지나지 않아 발병 사례가 줄어들기 시작했습니다.

콜라라 대유행이 어쩌면 정점에 도달했을지도 모릅니다. 하지만 중요한 건

코흐의 미생물학이 콜레라균을 밝혀내기 29년 전에 이미 스노의 역학(전염병학)이 예방법이 될 만한 근거를 충분히 마련했다는 사실입니다.

하지만 그가 발견한 사실을 접수한 의회 위원회에서는 처음에 확신을 갖지 못하고 기존의 견해를 고수했습니다. 콜레라가 나쁜 공기 때문에 발생하는 공기 전염성 질병이라고 믿었던 것입니다. 더 많은 증거와 정치적 압력이 쌓여 런던의 상하수도 시스템을 개편하는 결단이 내려지기까지는 여러 해가 더 걸려 수천 명이 더 목숨을 잃어야 했습니다.

이 이야기는 공중보건이 개별적인 의료 개입보다 많은 목숨을 구할 수 있다는 교훈을 줍니다. 콜레라는 개별 환자에게는 무시무시한 신비였지만, 콜레라의 전파를 막기 위해 할 수 있는 일은 많았던 것입니다. 필요한 것은 용기 있게 꾸준히 증거를 모아 나갈 한 사람이었습니다.

작년에 발발했던 사스도 마찬가지입니다. 사스를 멈추게 한 것은 존 스노가 썼던 역학과 같은 기본적인 방법이었습니다. 사례를 지도에 표시하고, 전파 경로를 추적하고, 발견한 사실들을 분석하고, 결론을 내린 다음, 행동에 나서는 것입니다. 2003년에 그런 일이 가능했던 것은 전 세계적으로 빠른 정보 교환과 여러분 같은 전 세계의 과학자들이 지식과 기술을 한데 모으려는 의지가 있었던 덕분입니다.

브로드스트리트 펌프 이야기가 주는 두 번째 교훈은 작은 지역 당국이 큰 정부 기구보다 더 빠르고 적절하게 움직일 수도 있다는 사실입니다. 사람들에게 정보가 충분히 주어진 경우에는 대대적인 행동을 취하기 위해 기다릴 필요가 없습니다. 펌프 하나를 못 쓰게 조치하는 것은 로켓 공격이나 국내 또는 국제 합의나 회의가 필요한 일이 아닙니다. 필요한 일이라는 것을 알기 위해서 고난도의 연구가 필요했지만, 연구 결과가 이미 나와 있기 때문입니다. 그다음 단계는 그러한 지식이 시급히 요구되는 곳에 적용하는 것입니다. 이 역시 중요한 일입니다. 그래서 우리 WHO는 신뢰할 만한 정보에 입각하여 지역 단위의 활동을 지원하기 위해 우리가 할 수 있는 모든 일을 다하고 있습니다.

하지만 자조가 기능을 발휘하기 위해서는 신뢰가 뒷받침되어야 하기에 각국 정부와 함께 국가별 국제적 보건시스템을 구축하는 게 우리가 할 일입니다. 이러한 차원의 보건 활동이 시작된 것은 1851년 파리에서 열린 '국제 위생 컨퍼런스'에서였습니다. 이 회의는 질병을 통제하기 위해 선박의 선적 및 부두 접안에 관한 협약을 맺기 위한 것이었습니다. 콜레라가 유럽 전역을 휩쓸며 사람을 1천 명 이상 죽이고 막대한 재산 피해를 입히고 있었으니까요.

153년 뒤인 지난달, 우리 회원국 대표들은 협약을 개정하기 위해 제네바에서 2주 동안 회의를 했습니다. 그 이전의 큰 개정은 1969년에 있었는데, 당시 세계는 지금과는 많이 달랐습니다(예컨대 두창이 여전히 고민거리였고, 에이즈는 아직 알려지지 않았습니다). 이번 개정의 가장 큰 관심사는 인플루엔자 대유행이었습니다. 개정안은 내년 5월 세계보건총회에서 고려될 것입니다. 세계의 보건은 갈수록 그런 협의나 조치에 따라 좌우되겠지만, 개인과 지역의 주도적 역할도 그 못지않게 중요합니다. 완벽한 해결책을 기다릴 필요가 없습니다. 많은 경우, 그럴 여유가 없기 때문입니다.

존 스노의 이야기를 통해 제가 말하고 싶은 세 번째 교훈은 보건의 결정 요인이 생물학적인 것 못지않게 사회적인 것이라는 점입니다. 콜레라로 목숨을 잃은 사람들은 주로 가난한 사람들이었습니다. 질병과 그것을 막기 위한 노력은 더 안전하고 정의로운 사회를 만들 필요성을 드러내 줍니다. 이 말은 믿을 만한 보건시스템만으로는 충분하지 않으며, 모두를 위해 적절한 물과 위생과 생활조건이 갖추어져야 한다는 뜻입니다. 그렇지 않다면 모두가 위험에 처하게 됩니다.

오늘날 빈곤이라는 질병도 마찬가지입니다. 우리는 이 점을 분명히 하고 적절히 행동하는 프로세스를 만들기 위해 내년 3월 '보건의 사회적 결정요인 위원회'를 발족시킬 것입니다. 이 위원회는 보건 문제의 원인이 되는 사회적 결함과 그것을 어떻게 극복할 것인지를 검토할 것입니다. 보건과학은 오늘날 수많은 아동과 청소년을 죽이고 있는 질병 대부분을 예방하거나 억제하는 방법을 발견했지만, 필요한 사회적 지원 없이는 무력할 수밖에 없습니다. 역사는 주거와 노동의 조건이 사람들의 건강에 얼마나 큰 영향을 끼치는지 잘 이해할 때 사회적 지원이 주어진다는 사실을 말해 줍니다.

우리에겐 존 스노처럼 증거를 모으고, 사실을 이해하고, 그것을 정책 입안자들에게 명료하게 제시할 만큼 용기와 끈기를 갖춘 사람이 필요합니다.

1954년 소아마비 백신을 발견하다

이번에는 조너스 소크의 이야기를 들려 드리려 합니다. 그가 시작한 일 역시 우리가 아직 이루지 못하고 있으니까요.

소크는 1947년부터 소아마비 백신을 체계적으로 연구하기 시작했습니다. 그의 나이 33세, 피츠버그 대학 의대에서 일하며 '국립소아마비재단'과 함께 연구하던 때입니다. 1952년에 그는 비활성 소아마비 백신을 발견하여 개발했습니다. 그로부터 2년 뒤 미국에서는 170만 명의 아동이 이 신약을 실증하기 위한 테스트에 참여했습니다.

미국 말고도 서구의 여러 나라들이 생명을 앗아가거나 평생 다리를 절룩거리게 만드는 이 전염병에 맞서 싸우고 있었습니다. 여름에 수영장이나 극장을 폐쇄하는 등의 조치를 취해 봤지만 수천 명의 아동과 성인이 마비 증세로 고통받았습니다. 철제 호흡 보조기에 누워 있거나 목발이나 다리 보조 기구에 의지해 절뚝거리면서 말입니다. 당시 소아마비는 커다란 슬픔과 걱정과 두려움을 안겨 주던 존재였습니다.

그랬으니 소크의 성취는 국제적으로 센세이션을 불러일으킨 일대 뉴스였습니다. 그는 발견과 개발의 영광에다 유명한 답변으로 명성을 더욱 높였습니다. 새로운 백신의 특허권을 누가 갖게 되느냐는 질문에 여러분도 아시다시피 이렇게 답했던 것입니다. "사람들이지요! 태양을 가지고도 특허를 낼 수 있습니까?" 조너스 소크에 대한 의견이 갈릴 수도 있지만 정말 대단한 답변이었습니다.

물론 그의 발견에 이어 앨버트 세이빈이 경구 소아마비 백신을 개발했습니다. 이렇게 매우 효과적이고 저렴한 제품들 덕분에 수억 명의 아동이 예방 혜택을 받을 수 있었습니다. 이후 소아마비는 불필요한 고통으로 인식되어 1988년 세계보건총회에서 '글로벌 소아마비 퇴치' 사업을 발족하게 되었습니다.

소아마비 바이러스는 아프가니스탄·이집트·인도·파키스탄에서는 아직도 발생하고 있지만 내년 중반이면 억제할 수 있을 것입니다. 아프리카에서도 발생하고 있지만 내년 말까지 발병을 막을 수 있을 것으로 보입니다. 이제 끝이 보이는 시점에 와 있지만, 임무를 완수하자면 아직도 많은 활동과 끈기가 필요합니다.

소크는 강력한 사회운동과 과학에 대한 신념과 자비로움이 있으면 당대에 가장 다루기 어렵고 위험하던 공중보건 문제도 해결할 수 있다는 것을 보여주었습니다. 그의 업적을 완수하려면 그런 정신이 필요합니다.

그런 정신은 HIV/AIDS를 해결하기 위해서도 시급히 요구되는 자질입니다. HIV/AIDS 치료는 1990년대부터 있어 왔지만, 치료가 필요한 사람들 중 600만 명이 혜택을 입지 못해 죽어 가고 있습니다. 그들이 죽어 가고 있는 것은 효과적인 약이 없어서가 아니라 약을 구할 수 없을 만큼 너무 가난하기 때문이며, 약을 조달해 줄 보건시스템도 없기 때문입니다.

작년에 WHO와 유엔에이즈계획은 300만 명의 사람들에게 2005년도 말까지 치료를 제공하자는 사업을 시작했습니다. 우리는 이 사업을 HIV 전염을 예방하기 위한 보편적 접근과 필수적인 지원 활동에 이르는 첫걸음으로 보고 있습니다. 이는 응급조치입니다. 세계 일부 지역에서는 에이즈가 사회

전체를 파괴하고 있기 때문입니다.

치료를 위해서는 이용하기 쉬운 약뿐만 아니라 효과적인 보건시스템도 필요합니다. 지난달 저는 멕시코에서 열린 '보건 연구에 관한 각료정상회담'에 참석했습니다. 이 회담의 목적은 빈곤으로 인한 질병을 막기 위한 연구 노력을 이끄는 것이었습니다. 참가자들은 국가 차원에서는 이미 혁신이 충분히 이루어졌지만 제대로 활용하지 못하고 있다는 점을 알게 되었습니다. 그들은 또 부유한 나라 못지않게 가난한 나라들도 보건시스템에 대한 도전에 직면해 있다는 것을 알 수 있었습니다. 가장 필요한 것은 질과 안전, 형평성, 공정성 같은 것이었습니다.

회담에서는 가장 필요한 연구 분야에 대한 합의가 많이 이루어졌습니다. 그중에는 물론 우선관리대상 질병에 대한 진단, 약품, 백신에 관한 합의가 있습니다. 무엇보다 중요한 점은 그러한 것들이 일관된 시스템의 일부나 일련의 접근법으로 이해되어야 한다는 것입니다.

모인 사람들의 가장 큰 관심사가 21세기의 필요를 충족시켜 줄 보건시스템의 연구 필요성이었던 것도 그 때문입니다. 그런 시스템이 저절로 발전하지는 않습니다. 그것은 도시 수도 시스템과 마찬가지로 상당히 전문적으로 설계되고 구축되어야 합니다. 효과적이고 신뢰할 만한 국제 또는 국내 보건 시스템이 하루빨리 필요한 시점입니다.

그런 시스템을 운영하는 사람들은 정보를 잘 알고 있어야 하며, 이용 가능한 기술을 충분히 활용할 줄 알아야 합니다. 그들은 또 의학적 요소만이 아니라 사회적·경제적 요소도 모두 고려해야 합니다.

맺는말

지금까지 말씀드린 세 명의 연구자들은 비범한 개인이었을 뿐만 아니라 자기 시대 사회운동의 한 부분이기도 했습니다. 린드는 계몽주의자였습니다.

스노는 산업혁명이 초래한 비인간적인 주거 및 작업 조건에 경종을 울렸습니다. 소크는 소아마비 피해자를 돕기 위한 미국의 대대적인 대중운동과 '마치 오브 다임스' 재단의 지원을 받았습니다.

그들은 사회적 추세에서 힘을 받았지만 그런 추세에 개인적으로 힘을 실어 주기도 했습니다. 그들은 우리처럼 어렵고 위험한 시대를 살았습니다. 그들처럼 우리도 우리 시대의 긍정적인 추세에 맞추어 일할 필요가 있습니다.

그들은 각자 다른 면에서 뛰어난 위대한 과학자였지만 존경스러운 품성을 갖추고 있었습니다. 그런 품성이야말로 그들이 성공한 중요한 비결 중 하나였습니다. 또한 그들은 용기와 끈기와 너그러움을 갖고 있었습니다. 그런 자질을 갖추어 가며 고민하고 노력한다면 어느 분야에서건 필요한 발견을 해낼 수 있을 것입니다.

데이비드 밤스는 이를 실천한 탁월한 본보기였습니다. 그는 대개 잘 알려져 있지 않은 많은 사람들을 대표합니다. 저는 이번 기회를 통해 우리 모두 그런 정신을 갖고 일하는 것이 얼마나 중요한지를 다시 일깨우고 싶습니다. 우리는 조직의 전문성과 역할을 한데 모아 오늘의 보건 문제에 대처할 수 있으며, 위대한 선배들의 업적을 이어 나가야 합니다.

감사합니다.

보건의 사회적 결정요인 위원회

ECLAC(라틴아메리카 및 카리브해 경제위원회) 공식 출범식, 라울 프레비시 강당에서

의장님, 위원회 여러분, 존경하는 각료 여러분, 동료 여러분, 그리고 신사 숙녀 여러분!

"나에게 설자리를 주면 지구를 들어 보이겠다." 아르키메데스의 말입니다. 오늘 '보건의 사회적 결정요인 위원회'의 출범을 맞아 보건 종사자인 우리 모두 같은 말을 할 수 있을 것입니다. 우리에게 설자리를 주면 오늘날 세계의 너무나 많은 사람들을 너무나 불필요하게 짓밟고 있는 건강 장애의 부담을 덜어 주겠노라고 말입니다.

아르키메데스의 말은 충분히 긴 지렛대와 그것을 누르기 적당한 자리만 있으면 아무리 무거운 것이라도 들어올릴 수 있다는 뜻이었습니다. 그는 22세기 전에 역학과 물리학을 발견한 사람으로 알려져 있습니다. 그 지식은 지금까지도 우리의 생활방식을 바꾸어 나가고 있습니다. 위원 여러분도 마찬가지로 중요한 무언가를 발견할 필요가 있을지도 모릅니다. 여러분 각자가 뛰어난 능력과 전문성을 갖춘 만큼 더 나은 보건 활동을 추구하고 있으니까요. 여러분은 각자의 재능을 한데 모음으로써 성공 가능성을 높일 수 있을 것입니다.

의학은 엄청나게 발전했으며, 앞으로 더 발전할 것으로 예상됩니다. 하지만 지금 우리는 사회적 결정요인 과학social determinants science이라 부를 만한 분야에서 돌파구를 마련할 필요가 있습니다. 아니면 우리 조상들과 마찬가지의 보건 위험에 노출될지도 모릅니다. 지금 우리가 직면한 도전에는 항균제 내성, 신종 유행병의 대두, 기존 유행병의 지속적 확산 등이 있습니다.

이런 문제들에는 의생물학적 해법 못지않게 사회적 해결책이 시급히 요구됩니다.

WHO의 입장에서 볼 때 지금 세계는 두 가지 보건 문제의 해결을 요구하고 있습니다. 하나는 세계적 보건 안보를 향상시키는 것이고, 또 하나는 각국에서 보건 활동의 위상을 높이는 것입니다. 여기서 어느 하나 없이 다른 하나를 이룬다는 건 불가능합니다.

우리는 그러한 요구들을 충족시키기 위한 활동을 전면적으로 하고 있습니다. 글로벌 발병 경계 태세를 발달시키고, 감염병을 예방하고, 소아마비를 퇴치하고, 모자 보건을 지키는 것 등입니다. 그 모든 노력은 강력한 사회적 협력을 필요로 합니다.

일례로 소아마비 퇴치의 경우를 보면 이해하기 쉬울 겁니다. 소아마비 예방은 백신에 따라 좌우되지만, 백신은 1950년대에 대단히 강력한 사회운동에 힘입어 연구 자금이 마련되고 연구가 장려되었기에 만들어질 수 있었습니다. 백신을 발견했다 해도 지체없이 대규모로 보급되자면 사회적 추동력이 있어야 합니다. 게다가 소아마비가 세계적으로 아직 박멸되지 않은 것은 의료적 이유보다는 사회적 어려움 때문인 경우가 대부분입니다.

마찬가지로 부유한 나라든 가난한 나라든 국가의 보건 프로그램은 교육, 생활 및 노동 조건, 경제 같은 사회적 요인들을 해결하느라 애쓰고 있습니다. 보건 종사자들이 그러한 사회적 요인을 보지 못하고 애만 쓴다면 그들의 프로젝트는 실패하기 십상입니다. 반면에 이미 알려진 것을 활용하고 다른 영역의 동료들과 힘을 합쳐 열린 눈으로 일한다면 큰 효과를 거둘 수 있습니다.

보건의 사회적 결정요인에 대해서는 세계적으로 알려진 게 많지만 그런 지식을 한데 모으고, 더 분명히 이해하고, 좀 더 체계적으로 활용할 필요가 있습니다. 그러기 위해서는 위원회가 세계의 모든 지역을 대변해야 합니다. 어떤 위원들은 행동의 세계 출신이고, 어떤 위원들은 지식의 세계 출신입니다. 우리의 바람은 그들이 서로의 행동을 현명하게 만들고 서로의 지식을 활발히 구현할 수 있도록 영감을 주는 것입니다. 그래서 많은 경우에 그들의 지식과 행동이 아주 효과적일 수 있도록 말입니다.

이곳 다그 함마르셸드 거리에 와보니 칠레의 글로벌 비전이 다시 떠오릅니다. 다그 함마르셸드는 유엔의 두 번째 사무총장으로, 100년 전 7월에 태어나셨습니다. 그는 국제적 서비스와 연대에 삶을 바쳤는데, 그 두 가지를 세계의 미래를 위해 없어선 안 될 요소로 보았습니다. 우리의 새 위원회는 그런 그의 이해를 되살리고 강화하는 데 도움이 될 것입니다.

유엔의 사회적 목적이 최근에 표현된 것은 2000년 세계보건총회에서 채택된 '새천년 발전 목표'입니다. 채택된 8개 목표는 보건을 매우 강조하고 있습니다. 보건 지표야말로 인간의 복리를 가장 잘 평가하는 수단일 것입니다.

새천년 목표 말고도 많은 유망한 사업들이 펼쳐지고 있습니다. 그것들은 위원회의 힘을 강화해 줄 것입니다. 저는 특히 '아프리카위원회'와 G8과 유럽연합의 노력에 주목하고 있습니다. 부채 탕감과 새로운 금융제도와 개발원조 증가를 통해 빈곤을 줄이려는 노력 말입니다. 또 칠레의 솔리다리오(연대) 시스템이나 어제 현장 방문에서 우리가 본 프로그램들 같은 국가 주도의 사업들에도 주목하고 있습니다. 예컨대 칠레가 항레트로바이러스 치료를 보편적으로 할 수 있게 되었다거나, 강력한 보건시스템을 구축하기 위한 진전이 있었다거나, '생명윤리 지역 프로그램' 센터가 이곳 칠레 대학교에 있다는 것 등입니다.

그러한 활동들은 사람들의 건강을 지키고 향상시키는 데 가장 직접적이고 효과적으로 기여할 수 있습니다.

'사회적 결정요인 위원회'는 모든 나라에서 그러한 활동을 촉진하고 강화하는 강력한 수단이 될 것입니다. 위원회의 첫 사업은 2008년에 마무리됩니다. 2008년은 '알마아타 선언'(1978) 이후 30년, WHO가 출범(1948)한 지 60

년이 되는 해입니다. 그 두 해는 세계 보건을 위한 요구와 기회가 아주 분명하던 때였습니다. 이제 우리는 위원회의 도움을 받아 그처럼 명료하던 순간들이 다시 오도록 준비를 해야 합니다.

지구촌 각지의 보건 종사자들, 그리고 그들을 필요로 하는 모든 사람들을 대신해서 우리의 노력에 동참해 준 위원회 여러분께 감사를 드리며, 모두가 성공하시기를 기원합니다. 감사합니다.

2006년 5월 22일, 스위스 제네바

❋ 제59차 세계보건총회 사무총장 보고

의장님, 존경하는 각료 여러분, 저명하신 대표단 여러분, 그리고 신사 숙녀 여러분!

우선 성원해 주신 모든 국가들에 감사를 드립니다. 여러분은 지난해 결정된 많은 중요한 협상들, 예를 들면 WHO의 담배규제기본협약이나 2005년 국제보건규약 개정을 위한 당사국 총회 등에서 결정적으로 협력해 주셨습니다. 이러한 민감한 절차들은 지연되기 십상인데 여러분 덕분에 그렇지 않았습니다. 여러분의 협동심과 더 큰 목표에 감사를 드립니다.

WHO는 항상 회원국들에 열려 있습니다. 지난해에는 노르웨이 국왕 내외분과 이집트와 세네갈의 영부인께서 방문해 주셔서 영광이었습니다. 2005년에는 여러 국가의 수반, 각료, 대사, NGO, 국회의원, 기업체, 그 밖의 파트너 기관의 대표께서 방문해 주셨습니다. 여러분을 맞이하는 것은 저희로선 언제나 영광입니다. 저희는 세심한 주의를 기울여 여러분의 의견을 경청할 것입니다. 여러분의 요구가 무엇인지 알 때, 그 요구에 맞춰서 일할 수 있을 것입니다.

우리는 많은 보건 문제에 신속히 대응해야 합니다. 우리의 발병 및 응급 대응팀에 대한 수요는 많고, 계속 증가하고 있습니다. 여러분이 우릴 부를 때 우리가 그곳에 있을 것입니다. 남아시아에 지진이 발생한 직후 파키스탄 정부와 칸 장관께서 위급함을 알렸을 때 우리는 즉각 대응팀을 보내고 자원을 지원했습니다.

팔레스타인 사람들의 보건에 관한 우려는 늘 있었습니다. WHO는 상황을 면밀히 파악하고 있으며, 웨스트뱅크와 가자지구의 팔레스타인 사람들에게 보건서비스를 계속 제공하고 있습니다.

올해에는 1988년 소아마비 퇴치 사업이 시행된 이후 가장 많은 나라에서 소아마비 전염병이 발생했지만, 대단히 효과적으로 대응했습니다. 25개국이 넘는 국가들의 집단적 행동이 이러한 국제적 노력을 정상 궤도로 올려놓은 것입니다.

AI가 전 세계로 퍼져 나가자, 우리는 여러분의 지원 요청에 수 시간 이내에 전문가들을 파견했습니다. 올해는 아프리카·아시아·유럽·중동의 20개국에 평가 및 대응팀을 보냈습니다.

'전략보건운영센터'는 행동을 조율하고 정보를 제공하는 데 있어 핵심적인 역할을 계속 해오고 있습니다. 이러한 연계성은 저희와 여러분의 관계에서 반드시 필요한 부분입니다. 우리는 WHO가 신뢰할 만한 정보나 전략이나 지혜의 원천이 되길 원합니다. 여러분은 제멋대로 구는 바이러스와도 싸워야 하지만, 터무니없는 소문들과도 싸워야 하기 때문입니다. 솔직히 말하고 제대로 과학을 하는 것만이 도움이 될 것입니다.

솔직한 발언은 제가 초대한 연사가 아주 잘하는 일입니다. 저는 올 3월 그의 고향인 케냐를 방문했다가 이 19세 청년의 시를 듣고 깜짝 놀랐습니다. 저는 그가 HIV에 관해 말하는 것을 듣고 이 자리에 초대했습니다. 신사 숙녀 여러분, 존슨 와카지의 이야기에 귀를 기울여 주십시오.

그의 발언은 우리가 귀담아 들어야 할 목소리입니다. 그는 HIV와 함께 살아가는 4천만 명을 대표하여 말합니다. 오명의 그늘에서 살아가는 사람들 말입니다. 존슨, 나와서 이야기해 주시기 바랍니다.

(존슨 와카지가 시를 읽다)

이 자리에 있는 모두를 대표해서 존슨에게 감사드립니다. HIV와의 싸움에서는 '안심 수준'이란 게 있을 수 없습니다. 예방과 치료와 간호가 서로 유기적으로 작동하도록 지속적으로 압력을 가해야 합니다.

'3 by 5'의 핵심 결과물은 2010년까지 치료에 대한 보편적인 접근이 가능하도록 노력하는 것입니다. 그렇다면 보편적인 접근이란 무엇을 의미할까요?

그것은 누구도 약을 구하지 못해서 목숨을 잃는 일이 있어서는 안 된다는 것입니다. 누구도 병원이 없다는 이유로 진단이나 검진이나 치료를 놓쳐서는 안 됩니다. HIV 양성인 어머니가 자기도 모르게 자신의 아이에게 사형선고를 내려선 안 됩니다. 부모들은 아이들을 에이즈 고아로 만드는 대신 그들을 돌보며 살아야 합니다. 필요한 모든 사람들이 진단과 상담, 치료, 간호를 받도록 끊임없이 노력해야 합니다. 동시에 사람들이 HIV 감염 예방법을 알고, 또 실행할 수 있도록 충분히 지원해야 합니다.

'3 by 5'는 이를 위해 확실한 기반을 구축하도록 도왔습니다. 이 사업 덕분에 공급망과 적격심사제, 치료, 진단, 사례관리 등에 관한 물질적 기반과 운영 기반을 구축할 수 있었습니다.

그러나 보편적 접근은 여전히 심각한 도전에 직면해 있습니다. 오늘날 항레트로바이러스 치료가 시급한 사람은 600만 명에 이릅니다. 약품 부족은 세계 도처에서 아주 흔한 일입니다. 어린이들이 효과적인 치료를 받을 수 없다는 것은 끔찍한 일입니다. 소아과와 관련한 대비가 거의 없기 때문에 일어나는 일입니다. HIV의 경우만 그런 게 아닙니다. 결핵과 말라리아의 경우도 그렇습니다. 그 이상의 문제까지 언급하자면, 결핵과 말라리아에 대한 2차 치료는 언제나 비싸고 공급이 부족합니다. 대담한 행동과 새로운 자원이 필요한 때입니다.

저는 그러한 필요를 충족시킬 수 있도록 브라질·칠레·프랑스·노르웨이 정부가 주도하는 국제약품조달기구IDPF 같은 사업을 진심으로 환영합니다.

IDPF는 지속가능한 자금조달을 위해 항공세 등의 세금에서 나오는 안정적이고 혁신적인 자금을 사용할 것입니다. 또한 IDPF는 자금 및 물자를 공동으로 조달함으로써 약품 가격을 낮추고, 전 세계에 유통되는 제품의 품질을 하루빨리 높이며, 환자들이 이들 제품에 접근할 수 있도록 할 것입니다. WHO는 우리가 할 수 있는 모든 방법을 동원해 IDPF를 지원할 것입니다.

치료도 중요하지만 예방도 필수입니다. 전염병 예방 활동에서 예방접종은 주춧돌과도 같습니다. 홍역으로 인한 사망자는 지난 몇 년간 거의 절반으로 줄었습니다. 소아마비가 고질병인 나라는 4개국으로 감소했는데, 이는 역사상 최저입니다. 그 마지막 네 나라를 한번 살펴보겠습니다.

인도와 파키스탄은 올해 말이면 소아마비를 완전히 퇴치할 것으로 보입니다. 몇 건의 사례만이 남아 있을 뿐이니 대단한 성취라고 할 수 있습니다. 아프가니스탄도 마지막 발병 사례들을 치료해 퇴치하기 위한 작업이 잘 진행되고 있습니다. 단, 남부 지역의 치안 상황이 문제이긴 합니다. 분쟁이 어린이들과 소아마비 백신을 가로막고 있는 형국입니다.

지금 세계는 나이지리아를 주목하고 있습니다. 북부 지역에서는 아동의 절반가량이 아직도 예방접종을 받지 못하고 있습니다. 소아마비가 아직 통제되지 않고 집중되어 있는 마지막 지역입니다.

우리에겐 훌륭한 파트너들이 있습니다. 국제로터리클럽, 미국 질병통제 및 예방센터, 유니세프는 나이지리아 당국에 대한 지원을 주도하고 있습니다. 우리는 그들과 함께 소아마비 백신을 접할 수 없는 아이들에게 접종을 할 수 있도록 새로운 전략을 구사하고 있습니다. 예를 들어 부모들이 아이를 예방접종 장소에 데리고 오면 모기장을 준다고 유도합니다.

세계는 소아마비 퇴치를 위해 지금까지 40억 달러를 투자했습니다. 저는 여러분에게 이 일이 완료될 때까지 정치적·재정적 지원을 계속해 주실 것을 호소합니다.

소아마비 퇴치가 과연 가능할까 의심하는 분들이 있었습니다. 그러한 의심이 사라지도록 합시다. 우리는 할 수 있습니다. 그리고 반드시 해낼 것입니다.

AI 문제로 넘어가 보겠습니다. 지금까지 고병원성 H5N1 바이러스는 아시아와 유럽, 아프리카, 중동 50여 개국의 야생 조류나 가금류에서 발견된 것으로 보고되고 있습니다. 이들 나라 가운데 10개국에서는 인간 감염 사례도 보고되었습니다.

안타깝게도 올해는 지금까지만 해도 지난 2005년의 전체 사망자 수보다 많은 사망자가 나왔습니다. 우리는 경계를 늦추어선 안 됩니다. AI의 위협은 아직 끝나지 않았습니다. 당장 사라지지도 않을 것입니다. 바이러스가 어떤 식으로 변할지 모르므로 앞으로도 모든 징후에 주의를 기울여야 합니다.

지금 우리 전염병 학자들은 지금까지 보고된 가장 큰 규모의 인간 집단 사례인 인도네시아의 대가족을 관찰하고 있습니다. 이 집단은 효과적인 감시에 힘입어 격리되었습니다. 그러나 세계 여기저기엔 여전히 수백, 어쩌면 수천 명의 질병 관찰 사각지대가 있습니다. 그곳은 무엇을 지켜봐야 하는지, 무엇을 보고해야 하는지, 또 누구에게 보고해야 하는지 아무도 알지 못합니다. 우리는 이러한 틈새를 메워야 합니다. 그곳이 어디든 질병의 발달 과정을 집단별로 감시해야 합니다.

지금까지 2억 마리가 넘는 조류가 폐사하거나 살처분되었습니다. 그로 인해 사람들이 생계수단을 잃고 필수영양분을 잃었습니다.

이러한 파괴적인 바이러스 공격을 아직 받지 않은 나라 분들에게 드리고 싶은 말씀은 잘 생각해 보시라는 것입니다. 숨 돌릴 여유가 있다면 그 여유를 잘 활용하시기 바랍니다. 대비에는 끝이 없습니다. 백신 개발에 박차를 가하고, 생산 능력을 구축하고, 조기경보 시스템을 개선하고, 산업보호 방안을 공유하고, 다른 나라의 대비를 도와야 합니다.

저는 AI와 신종 인플루엔자에 관한 국제 파트너십을 발족시키는 데 핵심적인 역할을 한 미국의 부시 대통령께 진심으로 감사를 드립니다. 캐나다와 중국, 일본 정부는 즉각 그러한 취지에 공감하여 리더십과 자금을 마련하기 위한 회의를 열었습니다. 그런 중요한 일에 애써 주신 여러분 모두에게 감사를 드립니다.

이번 주에 여러분은 개정된 국제보건규약 조항들을 즉각 자발적으로 준수할 것을 요구하는 결의안을 검토하게 될 것입니다. 이 결의안은 우선 고려 대상국들이 신종 인플루엔자의 위협에 대해 보내는 분명한 의사 표시입니다. 상당한 자금 조달이 약속되었지만 가장 시급하게 필요로 하는 곳에 도달하는 것이 늦어지고 있습니다. 중국 베이징에서 맺은 자금 지원 약속은 이행되어야 합니다.

말라리아 문제로 넘어가겠습니다. 말라리아 통제와 관련된 일은 분명히 잘 안 되고 있습니다. 모기를 통제할 수 있는 간단한 도구나 살충제가 처리된 침대그물, 아르테미시닌 조합 치료법을 사용했다면 많은 생명을 구할 수 있었을 것입니다. 많은 연구자들은 이 질병을 물리칠 효과적인 백신 개발이라는 궁극의 목표를 추구하고 있습니다.

하지만 말라리아는 아프리카에서 여전히 5세 이하 어린이가 사망하는 가장 큰 원인입니다. 우리는 여기에 책임을 져야 합니다. 망설일 때가 아닙니다. WHO는 말라리아 통제에 더 강력한 리더십을 발휘할 것입니다. 우리는 이 질병과 싸워 온 많은 파트너들의 홀륭한 노력을 존중합니다만, 하루라도 빨리 정상 궤도에 올라서야만 합니다. 우리는 회원국들의 기대에 부응해야 합니다. WHO의 '글로벌 말라리아 프로그램'이 지난해 발족한 것은 그래서입니다. 다음 보건총회에서는 진척 사항을 보고할 것입니다.

'3 by 5' 사업에서 우리가 한 경험은 단계별 목표 설정이 얼마나 유용한지를 잘 말해 줍니다. '중간 단계' 목표는 책임감을 갖게 합니다. '새천년 발전 목표'는 그 자체로는 충분치 않습니다. 새천년 발전 목표 중 보건 관련 분야는 각각 명확한 목표가 있어야 합니다.

결핵 통제 역시 같은 접근법을 따라야 합니다. '결핵 퇴치 글로벌 계획'이라는 신사업은 포괄적이면서 잘 구성되어 있어 측정하고 책임성을 파악하기도 용이합니다. 해마다 세계 연례 결핵 보고서를 통해 결핵의 전염 경로와 병을 막기 위한 진행 상황을 추적하고 있는데, 이런 식으로 접근하는 게 중요합니다. 진행 지표뿐만 아니라 사람들의 생명에 끼친 긍정적인 영향까지 추적해야 합니다.

신생아와 어린이 보건 관찰에도 같은 접근법이 유용합니다. 산모 사망률을 낮추기 위해서도 똑같이 만족할 만한 모델이 하루속히 필요합니다.

저는 올해 열린 G8 정상회담에 보건을 매우 중요한 의제로 포함시킨 러시아연방의 푸틴 대통령께 감사를 드립니다. 보건·안전·교육은 서로 떼려야 뗄 수 없는 관계이며, 제각각 많은 어려움을 안고 있습니다.

우리는 지금 그런 어려운 문제들에 주목해야 합니다. 그렇지 않으면 새천년 발전 목표와 빈곤의 감소는 몽상에 그치고 맙니다. 새천년 발전 목표에 도달하기 위해서는 빈곤, 여성의 권리 신장, 사회적 배제, 주거환경, 무역정책 및 공중보건의 파급효과, 환경 위험 같은 사회적 요소들을 건강보험과 연계시켜야 합니다. 1년 전에 발족한 '보건의 사회적 결정요인 위원회'는 그것이 어떻게 이루어질 수 있는지를 보여줍니다. 여러 영역에 걸친 효과적인 정책을 찾아내고 시행하기 위해 이 위원회와 함께 일하려는 국가들이 늘어나고 있습니다.

이번 주에 여러분은 '지적재산권·혁신·공중보건위원회'의 보고서를 검토하게 될 것입니다. 여기서 다시 드라이푸스 여사께 감사드립니다. 스위스 대통령을 지내신 여사께서는 위원회의 공통 진로를 찾기 위해 엄청난 외교적 수완을 발휘하셨습니다. 여러분은 이러한 보고를 바탕으로 개발도상국에 시급히 필요한 백신과 진단과 약품들을 개발·보급하기 위해 지속적으로 노력하게 하려면 어떠한 행동을 취해야 할지를 숙고하게 될 것입니다. 저는 우리가 그러한 목표를 향해 나아갈 수 있다고 확신합니다.

「2006년 세계 보건 보고서」는 빠른 해결책이 없는 또 하나의 고질적인 문제를 다루고 있습니다. 바로 보건 인력의 위기 문제입니다. 저는 이처럼 중요한 문제를 계속 제기해 온 많은 아프리카 국가 여러분에게 감사드리고 싶습니다. 여러분의 설득 덕분에 이번 회기에 관련 주제 두 건에 관한 결의안을 다룰 수 있게 되었습니다. 여러분은 변화를 위해 계속 압력을 가해 오셨습니다.

잠비아의 루사카에서 「세계 보건 보고서」를 발표할 때 현지 병원의 간호사를 한 분 만난 적이 있습니다. 그녀는 하루 18시간을 일하고 있었습니다. 그녀는 계속해서 그렇게 일할 수는 없을 것 같다고 말했습니다. 제가 본 한 병원은 1000명의 직원을 고용하는 게 맞지만 직원은 400명도 채 안 되었습니다. 저는 간호대 학생들도 만났습니다. 장한 직업을 선택했다며 격려했지만, 그들 중에서 졸업과 동시에 이민을 갈 작정인 학생이 얼마나 많을까 하는 의문이 들었습니다.

우리는 파트너들과 함께 이번 목요일에 '세계보건인력연합'을 발족시킬 것입니다. 보건 인력이 없다면 발전도 없다는 것은 분명합니다. 출산을 돕는, 제대로 훈련받은 조산사의 부족은 신속한 행동이 필요한 분야 중 하나입니다. 출산 전후의 산모와 자녀의 건강은 개선이 필요한 중대 문제입니다.

임신 관련 사망은 15세에서 19세 사이 소녀들의 사망률 중 으뜸가는 요인입니다. 지난해 세계 청소년의 수는 12억이었습니다. 사상 최고였으며, 앞으로 더 늘어날 것으로 예측됩니다. 이 젊은이들 집단은 또한 HIV로 가장 큰 타격을 입고 있습니다. 해마다 HIV에 새로 감염되는 490만 명 중에서 절반가량이 15세에서 24세 사이입니다. 그리고 여성이 남성보다 감염률이 높습니다.

문제가 돈만으로 해결될 수 있다면 정말 어려운 문제도 아닐 겁니다. 그렇다면 이 어려운 문제들에 어떻게 접근해야 할까요? 기대치를 바꿔야만 합니다. 그리고 변화를 이끌어내도록 도울 수 있는 분위기를 만들어야 합니다.

지침과 표준에 따라 일한다면 이룰 수 있습니다. 예를 들어 최근에 나온 아동 성장 표준은 인종과 유전적 차이에도 불구하고 모든 어린이들이 동일한 비율로 성장할 수 있는 잠재력을 갖고 있음을 보여줍니다. 이는 발육 기대치에서 새로운 시대가 왔음을 의미합니다. 이것이 암시하는 바는 대단합니다. 우리는 이제 아이들이 잠재 성장치까지 도달할 수 있도록 아이들을 먹여 기르는 방식의 변화를 지원하기 위해 노력해야만 합니다.

글로벌 보고서인 「만성병 예방」 같은 출판물은 기대치를 수정하고 변화를 지원하는 활동의 일부입니다. 이 보고서는 최초로 암·당뇨·심혈관계 질환 같은 질병이 끼치는 피해 정도를 명확히 분석하여 제시했습니다.

아울러 2015년까지 해마다 만성질환으로 인한 사망자수를 매년 2%씩 줄여 나가겠다는 야심찬 목표를 제시하기도 했습니다. 그렇게 되면 3600만 명이 조기 사망하는 것을 막을 수 있습니다.

변화는 우리가 문제를 제기하고, 문제에 대한 이해와 합의를 이끌어낼 때 일어납니다. 이를테면 '성병에 관한 글로벌 전략'과 '제11차 업무총괄 프로그램'은 폭넓은 협의를 거쳐 개발되었습니다.

진화적 압박은 유기체들이 진화하는 방법을 변화시킵니다. 우리는 AI를 예측하고 예방하는 작업에 그러한 지식을 활용하고 있습니다. 소아마비 바이러스 전파를 고립시키고 퇴치하는 데에도 같은 지식이 활용되고 있습니다. 그런데 그런 지식을 우리 자신에게 적용할 때, 우리가 배울 수 있는 건 무얼까요? 우리 환경을 어떻게 바꿀 수 있을까요?

저는 사무총장에 선출되고 나서 우리 조직의 투명성과 책임성을 높이기 위해 노력하겠다고 약속드린 바 있습니다.

올해 초에는 WHO를 위한 '책임성 기준'을 발표했습니다. 이 기준은 우리 조직 전반의 책임과 권한을 개략적으로 서술하고 있습니다. 또 이 기준은 우리가 달성하기를 바라는 결과를 강조합니다. 달리 말해 과정만을 바라보는 것이 아니라 실제로 사람들의 보건에 어떤 일이 일어났는지를 알고 싶은 것입니다.

예를 들면 결핵 연례 보고서가 그렇습니다. 여기에는 얼마나 많은 협의가 이루어지고 회의가 열렸는지는 적혀 있지 않습니다. 그보다는 2004년에 480만 명의 결핵 환자가 DOTS 전략에 따라 전 세계적으로 치료를 받았다는 사실이 적혀 있습니다. 그중 80%는 지금 완치되었습니다.

그러한 책임의 일환으로 지난 2개 연도의 예산 사용처를 조사해 보았습니다. 저는 앞에서 돈만으로 문제를 해결할 수 있다면 그것은 어려운 문제가 아니라고 말씀드렸습니다. 그런가 하면 돈이 있어서 문제를 해결했다는 즐거운 보고를 드릴 수 있는 분야도 많이 있습니다.

여러분의 지속적이고 관대한 재정 후원에 감사를 드립니다. 당연한 말씀이지만 돈이 없다면 우리는 더 이상 활동하지 못할 것입니다. 여러분이 계속 후원해 주신다는 사실은 WHO의 활동을 인정하고 지지해 주신다는 아주 반가운 신호입니다. 우리의 으뜸가는 자원은 바로 사람입니다.

재정 현황에 관해서는 세 가지를 말씀드리고자 합니다.

첫 번째로, 2004~2005년의 예산 외 기부금 총수입이 20억 달러가 조금

넘습니다. 사상 최고 액수입니다. 자발적 기부가 61% 증가했습니다.

두 번째로, WHO는 그러한 자발적 자원으로부터 대부분의 재정 계획을 세우고 있는 추세입니다. 현재 이들이 전체 재정의 4분의 3을 차지하고 있습니다.

세 번째로, 2004~2005년에 조직의 업무 강조점에 변화가 있었습니다. 본부 예산의 급격한 증가 추세는 이제 꺾였습니다. 우리는 조직의 자원을 가장 필요로 하는 곳, 즉 각 지역사무처와 회원국으로 더 옮기겠다는 제 약속을 지키는 방향으로 과감히 나아가고 있습니다. 지역사무처와 회원국의 총지출은 2002~2003년의 13억 달러에서 2004~2005년에는 19억 달러로 증가했습니다. 46%가 증가한 것입니다. 총지출에서 회원국 지출이 차지하는 비율은 30%에서 35.5%로 높아졌습니다.

저는 야심찬 장기 목표를 설정할 때 중간 목표들을 설정할 필요가 있다고 강조했습니다. '중기 전략 계획'은 그래서 나왔습니다. 이 계획의 2008~2013년의 상세한 내용은 몇 달 뒤에 열릴 지역위원회 회의에서 협의하기 위해 공개될 것입니다.

저는 오늘 WHO가 여러분의 요구에 대응하는 방식에 대해 상세히 설명드렸습니다. 여러분의 이야기에 귀를 기울여야 할 필요성에 대해서도 말씀드렸습니다. 보건 관련 성과가 측정 가능하도록 우리의 대응을 구조화해야 하는 이유도 말씀드렸습니다. 우리가 여러분의 자금을 어떻게 쓰는지 완전히 투명하게 해야 할 필요성도 말씀드렸습니다. 장기 계획과 함께 단기 계획들이 있어야 하는 필요성도 말씀드렸습니다.

그리고 계획을 적용하고 전략을 실행하는 것이 우선적인 일이 아니라는 것을 항상 기억할 필요가 있다는 말씀도 드렸습니다. 그보다는 사람이 중요하다는 뜻입니다. 삶을 향상시키고 사람들의 건강을 지키는 일 말입니다.

유엔 개혁을 둘러싸고 말들이 많습니다. 제가 보기에 유엔 개혁은 연례 행사가 아니라 날마다 해야 하는 일입니다.

개혁에서 중요한 것은 말이 아니라 행동입니다.

조직은 행동으로 말해야 한다고 생각합니다.

이 연설 서두에서 말씀드렸듯이 저는 WHO 직원인 저희와 회원국 여러분의 관계를 깊이 인식하고 있습니다. 저희의 역할과 목표는 여러분의 공중보건에 관한 요구를 반영하는 것입니다. 사무총장의 중요한 임무 중 하나는 여러분의 요구에 민감하게 반응하고, WHO가 여러분의 필요에 맞게끔 충분히 유연한 수단이 되도록 하는 것입니다.

60년 전인 1946년 7월, '국제보건회의'가 WHO 헌장을 채택했습니다. 가장 먼저 서명한 두 나라는 영국과 중국이었습니다. 그들은 '유보 없이' 헌장에 지지를 보냈다고 합니다.

60년이 지난 지금까지 어떠한 유보도 없었다고 여긴다면 외람된 말씀이 될지도 모르겠습니다. 그러나 한 가지만은 변하지 않았습니다. 그것은 저희가 저희 역할을 분명히 인식하면서 이해하고 있다는 점입니다.

WHO는 '국제 보건 활동을 선도하는 조직'으로서 회원국들을 섬기기 위해 만들어졌습니다. 저는 여러분에게 바로 그 취지가 저희를 이끌어 가는 원동력이라는 말씀을 주저 없이 드립니다.

감사합니다.

이종욱 연보

1945   4월 12일 서울 북아현동에서 아버지 이명세李名世와 어머니 이상간李商簡의 5남2녀 중 넷째로 태어났다. 원래는 누나와 형이 한 명씩 더 있었으나 일찍 세상을 떠났다.

1951   봉래초등학교에 입학했다. 당시 생활기록부를 보면 '영리하고 온순한 아이'라고 적혀 있다.

1957   경복중학교에 입학했다. 중학 시절 그를 아는 친구들은 그가 시시하게 학교 성적에 연연하기보다 세계여행이나 대모험 같은 거창한 일에 관심이 많았다고 기억한다.

1960   경복고등학교에 입학했다. 학우들에게 신망을 얻고 인기가 있어 3년 내리 반장에 뽑혔다.

1963   한양대에 입학했다. 그러나 전공에 흥미를 느끼지 못했다고 한다.

1966   군에 입대해 통역병으로 근무했다. 1968년 무장공비 침투 사건으로 남들보다 더 긴 3년 반 동안이나 군복무했다.

1970   서울대학교 의과대학에 입학했다. 남들보다 7년 늦게 시작한 셈이다.

1976   의대를 졸업하고 1년가량 보건소에서 근무하며 성 라자로 마을에서 한센병 환자들을 돌보는 봉사활동을 했다. 그곳에서 레이코 여사를 만났다.

1976   12월 18일 서울 명동성당에서 노기남 주교의 주례로 결혼식을 올렸다.

1977	춘천도립병원(지금의 강원대학교병원) 응급실 임상의로 근무했다.
1979	8월 초 미국 하와이대학교에서 공중보건학 석사과정을 시작했다. 그는 유능한 학생이요 연구자였다.
1981	전염병학으로 석사학위를 받았다. 그 후 미국령 사모아로 가서 린든 B. 존슨 병원 임상의로 2년간 근무했다.
1983	피지 수바에서 WHO 남태평양 지역사무처 한센병 자문관으로 일했다. 오지 마을의 한센병 환자들을 찾아 밀림을 헤쳐 가며 며칠씩 걷기도 하는 등, 그는 직업정신이 투철하면서도 정이 많은 사람이었다.
1986	11월 WHO 서태평양 지역사무처에서 일하기 위해 필리핀 마닐라로 떠났다.
1991	WHO 서태평양 지역사무처 질병관리국장이 되어 소아마비 퇴치 활동에 앞장섰다. 그가 새로 맡게 된 일로는 예방접종 프로그램 전면 확대, 에이즈 프로그램 신설, 급성호흡기질환 관리, 보건연구소 서비스, 그 밖의 전염병 관리 등이었다.
1994	WHO 어린이백신사업 국장이 되었다. 소아마비 발생률을 세계 인구 만 명당 한 명 이하로 떨어뜨려 '백신의 황제'라고 불렸다.
1998	할렘 브룬트란트가 새 사무총장이 되자, 그의 선임 정책자문이 되었다. 이 시기 WHO 정보통신시스템을 종합 점검·감독하는 일을 했다.

2000   12월 WHO 결핵국장에 임명되었다. 이 무렵 북한을 방문해 6만 명분의 결핵
        약을 전달하고 지원을 계속하겠다고 약속했다.

2003   1월 WHO 6대 사무총장으로 선출되었다. 한국인 최초의 국제기구 수장이 된
        것이다.

2004   AI 확산 방지, 소아마비 및 결핵 퇴치 등 강력한 사업 추진으로 '세계에서 가장
        영향력 있는 인사 100인'에 선정되었다.

2005   '세계 에이즈의 날'에 에이즈 환자 100만 명에게 치료제를 보급했다고 발표
        했다.

2006   5월 22일, 세계보건총회를 앞두고 뇌혈전으로 쓰러져 갑자기 세상을 떠났다.
        5월 24일 스위스 제네바의 노트르담 성당에서 WHO장으로 장례식이 거행되
        었다. 그의 유해는 국립 대전현충원에 안장되었다.